BEST SELLER

Julia Llewellyn vive en Londres y escribe regularmente para el *Sunday Telegraph*, el *Sunday Times* y muchas otras publicaciones. Esta es su primera novela.

JULIA LLEWELLYN

Love Trainer

Traducción de
Encarna Quijada Vargas

DEBOLS!LLO

Título original: *The Love Trainer*
Diseño de la portada: Departamento de diseño de Random House Mondadori
Ilustración de la portada: Mr. Z/Agent 002

Primera edición: julio, 2005

Printed in Spain – Impreso en España

ISBN: 84-9793-704-X
Depósito legal: B. 27.603 - 2005

Fotocomposición: gama, s. l.

Impreso en Cayfosa-Quebecor, Ctra. de Caldas, km. 3
Santa Perpètua de Mogoda (Barcelona)

P 8 3 7 0 4 X

A mi madre y mi padre

[illegible] Wallace [illegible] agencia Crandall [illegible]
[illegible] Pero [illegible]
[illegible]

—[illegible] nombre [illegible]

—Kate Wallace. [illegible] un poco. Era un [illegible] da muy importante para ella.

—¿Por qué? —preguntó.

—Rebecca Crandall.

[illegible]

—[illegible]

[illegible]

—[illegible] importa demasiado [illegible] su [illegible]

—No. [illegible] Rebecca. Una persona [illegible] con [illegible] y una [illegible]

—Parece [illegible] que [illegible] a Rebecca. ¡Oh! [illegible] sola al mundo.

—[illegible] —dice [illegible] de la boca [illegible]

[illegible]

1

Katie Wallace estaba nerviosa cuando entró en el vestíbulo revestido de madera de haya de la agencia Greenhall y Graham, pero la recepcionista, una adolescente, estaba concentrada en un artículo sobre exfoliantes y no se dio cuenta.

—¿Nombre? —suspiró sin levantar la vista.

—Katie Wallace. —La voz le temblaba un poco. Era un día muy importante para ella.

—¿Por quién pregunta?

—Rebecca Greenhall.

La chica cerró la revista y la miró de arriba abajo con expresión de incredulidad.

—¿Rebecca? ¿Querrá decir Tara?

—¿Tara?

—La ayudante de Rebecca.

Katie se irguió en su metro sesenta y siete y esbozó lo que esperaba fuera una sonrisa triunfal.

—No. He venido a ver a Rebecca en persona.

La chica la miró con escepticismo y marcó un número con una uña de color magenta.

—Tara. Hay una chica en recepción que dice que viene a ver a Rebecca... Oh. De acuerdo. Ahora te la mando.

—Tercera planta —dijo por la comisura de la boca, con los ojos puestos en los destrozos que las celebridades habían hecho con su pelo—. El ascensor está por allí.

El ascensor llegó con un sonido computarizado. Katie pensaba comprobar su aspecto en el espejo, pero estaba tapizado de arriba abajo con cuero de color borgoña, como la celda de un lunático después de la visita de una horda de decoradores. Trató de verse en los botones del panel de cromo, pero lo único que distinguía era una nube de rizos oscuros y una cara pálida y quizá demasiado redonda.

Con la ayuda de su prima y compañera de piso, Jess, Katie se había pasado buena parte del día buscando ropa adecuada para la entrevista, rechazando camisetas, pantalones, botas y zapatillas de deporte en favor de unos botines de piel de camello, una camisa de color pastel a rayas y una falda larga tejana. Su intención era dar una imagen profesional, pero también moderna. «Tienes que impresionar a Rebecca», le dijo Jess.

Jess y Katie no conocían a Rebecca, pero lo sabían todo sobre ella a través de su amiga Miranda, que trabajó con ella en la agencia literaria y de nuevos talentos Gadney, antes de que Rebecca se despidiera para montar su propia agencia. Miranda les enseñó algunas instantáneas de Rebecca en la sección de sociedad de un número antiguo que Jess tenía de la revista *Hello!* En las fotografías aparecía sonriendo junto a Salman Rushdie y Moby, con un traje chaqueta de Bianca Jagger color crema. Se la veía delgada, guapa y bronceada.

—Seguramente trataba de convencerlos para que firmaran un contrato con ella —les informó Miranda. Esta, que había dejado su trabajo en Gadney para dedicarse a la enseñanza de educación primaria, no conocía tan bien como eso a Rebecca, aunque oyéndola hablar así nadie lo hubiera dicho—. Cuando se trata de operaciones importantes es la mejor. Ella fue quien consiguió a Billy Briggs su programa y convenció a Julie Malone de que escribiera su libro sobre dietas.

—Oh —dijeron ellas impresionadas. Julie Malone era una antigua estrella del pop muy regordeta que había perdido unos veinticinco kilos en los últimos dos años. El libro fue un gran éxito de ventas. Jess tenía su ejemplar muy usado y era uno de sus favoritos.

—Entonces, ¿Rebecca trabaja sola? —preguntó Jess. Esta no tenía mucho éxito como actriz, y la idea de conocer a una agente nueva y dinámica le resultaba muy atractiva. Katie tenía que conseguir ese trabajo.

—No, tiene un socio, Ben. Rebecca es quien representa a la mayoría de autores... ya sabes, intenta crear programas televisivos para ellos y ese tipo de cosas. Ben toca más el tema de los actores y los músicos. Forman un buen equipo.

Katie trataba de mantener la calma, pero por dentro sentía el estómago revuelto. A veces la vida podía ser maravillosa. Una semana antes, cuando la echaron injustamente de Delman y Prout, la agencia inmobiliaria donde trabajó durante cuatro meses como secretaria, estaba convencida de que nunca volvería a trabajar. Pero ¿cómo era aquello que decían sobre puertas que se cierran y puertas que se abren? Conseguiría un nuevo trabajo. Rebecca sería su mentor y le enseñaría. Y, más que compañeras de trabajo, serían como amigas, al igual que Jess.

—Cuando vayáis a una fiesta, Rebecca dirá: «Katie, ¿quieres ponerte mi vestido Dolce y Gabbana?» —dijo Jess, completamente de acuerdo, en su mejor acento a lo Cocodrilo Dundee. Miranda les dijo que Rebecca era australiana—. Y cuando la dejes para...

—Montar mi propio negocio.

—... Lo que sea. Rebecca dirá: «No soporto la idea de que te marches».

Las puertas del ascensor se abrieron y Katie se encontró en una amplia sala con cubículos abiertos, poblada por amplias mesas y con un par de despachos al fondo. Las paredes estaban decoradas con fotografías de presentadores de televisión con sonrisa falsa. Había una nevera transparente llena de latas de Red Bull y una minicadena en la que sonaba Eminem. La lluvia de marzo caía contra las ventanas.

Una mujer vestida con ropa de estilo militar y con el pelo muy mal teñido se levantó y se acercó con una sonrisa.

—¿Katie? Soy Tara, la ayudante personal de Rebecca. Te la presentaré.

Abrió la puerta de la oficina acristalada. Rebecca estaba hablando por teléfono. Su rostro anguloso parecía animado y agitaba una larga mano en el aire.

—Así que yo le dije: «¿Por qué no nos escapamos este fin de semana?». Pero él me contestó que debía terminar un trabajo sin falta.

Tenía el pelo pelirrojo que le caía hasta los hombros, ojos azules y una boca que parecía una tajada de sandía. No podía decirse que fuera guapa, pero sí muy atractiva. Tendría unos treinta y cinco, pero aparentaba al menos cinco años más joven. Su camiseta ceñida de color fresa mostraba dos pechos perfectos. «¿Auténticos?», pensó Katie. Seguramente no.

Rebecca levantó la vista, le hizo un leve gesto con la cabeza y siguió hablando por teléfono.

—Sí, sí. Así que yo dije... Oh, lo siento. Tara trata de decirme algo. No cuelgues... Tara, ¿qué pasa?... Oh, Mark Wells. —Parecía decepcionada—. Dile que no cuelgue... Suze. Tendré que llamarte más tarde... Vale... ¡Mark! ¡Cariño! ¿Cómo estás? ¿Has tenido tiempo de leerlo?

La conversación con Mark fue en su mayor parte ininteligible, algo sobre unos manuscritos enviados por mensajero y saltarse un embargo. Katie, de pie junto a la puerta, miró por encima del hombro a Tara. La mujer le sonrió alegremente y miró al techo. Parecía agradable. ¿Por qué dejaba la empresa? Seguramente por algún nuevo y maravilloso trabajo.

Al rato Rebecca colgó. Se hizo una pausa mientras examinaba a Katie como si fuera uno de los animales más aburridos del zoo: un burro de la zona infantil en lugar de un guepardo enjaulado.

—Hola —dijo Rebecca—. Eres amiga... amiga de Miranda. Perdona, ¿cómo has dicho que te llamas?

—Katie. —Y le ofreció la mano. Rebecca vaciló un momento y luego se la estrechó con flacidez.

—Sí, Katie. Bueno, escucha, Katie. Si Miranda te ha recomendado, debes de ser muy buena. Y, sinceramente, no tiene sentido que empiece a preguntarte por tu experiencia y ese tipo de cosas porque cualquier idiota podría hacer ese trabajo. Y no te ofendas.

Katie se limitó a asentir y sonrió, confundida.

—Así que, mira, he estado pensando. No tiene mucho sentido que tengamos esta charla aquí. En realidad tendríamos que hablar en mi casa. Para que puedas ver un poco de qué se trata. De todos modos, esta tarde había pensado marcharme antes, porque tengo que arreglarme para salir con mi novio.

—¿Oh? —Asuntos personales. Evidentemente Rebecca estaba tratando de ser amable.

—Sí. Se llama Tim. Es escritor. Ganó el premio Trevor Costello al mejor autor novel hace un par de años. —Dedicó a Katie una mirada paternal—. ¿Tienes novio?

—Sí.

Rebecca pareció algo desconcertada.

—¿Ah, sí? ¿Y vais en serio? ¿Habrá boda?

Katie llevaba tres años saliendo con Crispin, así que la gente le hacía aquella pregunta con cierta frecuencia, pero la idea le seguía pareciendo ridícula.

—Oh, no. —Y rió tontamente, algo cohibida—. De momento no.

Rebecca estaba distraída y miraba más allá de Katie, por el cristal de su oficina. Su bonito rostro se deshizo en una gran sonrisa.

—¡Oh, qué detalle! —exclamó. Y dicho esto se levantó de un salto y fue corriendo hacia la puerta. Katie se volvió. Tara acababa de recibir un envío: un enorme ramo de rosas amarillas. Las otras mujeres de la oficina no dejaban de lanzar ohs y ahs—. ¿No son preciosas? Rápido. Busca un jarrón.

—Gracias —dijo Tara.

—Bueno —espetó Rebecca—. ¿Qué dice la tarjeta? —Y estiró el brazo para coger el sobre. Tara retrocedió.

—Rebecca, si no te importa. Es... personal.

—Oh. —Las facciones de Rebecca vacilaron, pero enseguida se transformaron en una sonrisa fija, como un actor que no gana en la entrega de los Oscars. Evidentemente pensaba que las flores eran para ella—. Perdona. Qué chismosa soy. Quiero decir que... Supongo que son de Andrew, ¿no? ¡Qué encanto!

Tara sonrió.

—Son para celebrar que hace diecinueve meses que salimos —confesó con timidez.

—¡Diecinueve meses! ¿De verdad hace tanto? Cómo pasa el tiempo. —Se había puesto roja—. Bueno, eres muy afortunada, Tara. —Rebecca volvió a su despacho, cerró la puerta y miró a Katie algo confundida, tratando de recordar qué hacía allí—. Bueno —dijo de pronto con rapidez—. Perdona por la interrupción. Bueno. Son casi las seis, así que ya podemos irnos. Cogeremos un taxi y te enseñaré el piso por encima.

Aquello era más serio de lo que Katie pensó. Trabajar en la casa de Rebecca. Convertirse en su mano derecha. Era evidente que alguien como Rebecca necesitaba dos ayudantes, una en el trabajo y otra en su casa. Espera que se lo cuente a Jess, pensó mientras Rebecca cerraba su ordenador y se ponía una chaqueta roja que debía de ser carísima.

En la calle caía una llovizna constante. Rebecca, que llevaba unos pantalones de estilo militar y sandalias con un tacón de diez centímetros, se metió de lleno en un charco.

—¡Mierda! —chilló. Miró con expresión pesarosa a Katie—. No consigo acostumbrarme a estar al tanto de las predicciones meteorológicas.

Evitando los charcos, paró un taxi y subieron. Desde la oficina de Rebecca en Bond Street a su casa en Bayswater habría una caminata de unos veinte minutos y, con aquella lluvia y siendo hora punta, eso fue más o menos lo que tardaron en llegar con el taxi. En lugar de entablar conversación con su nueva empleada, Rebecca se pasó todo el trayecto enviando mensajes de texto con su pequeño Motorola plateado y riendo tontamente cuando recibía las respuestas.

Katie la observaba fascinada. Sentía curiosidad por conocer su pasado. Lo único que ella sabía de Australia es lo que había visto en el programa *Holiday*. Y no entendía que alguien pudiera renunciar a un mar luminoso y arena fina por un piso en Kilburn High Road, pero eso es exactamente lo que hacían cada año millones de australianos. Y desde luego a Rebecca le había ido muy bien.

—Bueno, ¿para quién trabajabas antes? —preguntó Rebecca limpiando la ventanilla empañada con la manga para mirar los escaparates de las tiendas de moda.

Katie se sintió algo abochornada. Agente inmobiliario. No era precisamente un trabajo ideal. Y no quería contarle a Rebecca la forma tan ignominiosa en que se había quedado en la calle. Fue porque le dijo a una cliente por teléfono que por el precio que ofrecía solo disponían de un piso con una habitación en Richmond, pero que francamente ella no se lo quedaría porque estaba infestado de ratas y, a juzgar por la cantidad de verrugas que tenía en la barbilla, la propietaria debía de ser una bruja que había echado una maldición sobre el lugar. ¿Cómo iba ella a saber que estaba hablando con la propietaria/bruja, que había llamado haciéndose pasar por un cliente en un intento por descubrir por qué su piso no se vendía? No. Mejor correr un tupido velo.

—Mmm, tenían la central en Putney.

—¿Putney? —Rebecca arqueó una ceja—. Hay algunas casas bonitas por allí.

Miranda debía de haberle contado algo sobre su antiguo trabajo.

—Sí, estaba bastante ocupada.

—No te preocupes —dijo Rebecca con una sonrisa afectada—. Ya te encontraremos cosas que hacer.

El taxi se detuvo ante un enorme edificio de los sesenta en la parte de atrás de Bayswater Road. Desde fuera parecía un hospital, pero por dentro era más bien como un hotel de cinco estrellas. El vestíbulo estaba enmoquetado de rojo con sofás de cuero. Sonaba una suave música ambiental. Un portero joven con peinado rasta estaba sentado ante un panel con diferentes pantallas de televisión.

—Hola, Johnny —dijo Rebecca, apretando el botón del ascensor. El hombre la saludó con la mano con gesto ausente y volvió a su ejemplar de *The Sun.*

El ascensor las llevó a la planta doce. Rebecca seguía concentrada en su móvil, como Sherlock Holmes ante una pista decisiva.

—Perdona —dijo de pronto con una sonrisa—. Sé que resulta un poco enfermizo, pero es que espero una llamada importante. Y siempre pierdo la señal cuando subo en ascensor.

Salieron a un pasillo enmoquetado y giraron a la izquierda. Al fondo había una puerta roja. Rebecca abrió y entraron directamente en la sala de estar, con metros y más metros de parquet claro, flores por todas partes e inmensos ventanales con vistas a la oscura extensión de Hyde Park. A lo lejos, se divisaba la cúpula iluminada del Albert Hall y las torres del Knightsbridge, que brillaban bajo la lluvia como el canalillo de Elizabeth Taylor.

Pero el piso parecía una pocilga. Si uno se fijaba, el suelo estaba lleno de polvo. Las flores de los jarrones de cristal estaban muertas o marchitándose y el agua se veía negra. En el sofá de terciopelo rojizo había dos bolígrafos mordisqueados junto a unos leotardos y un libro abierto. El equipo de música Bang & Olufsen estaba rodeado de CD sin sus fundas.

—Bueno, aquí estamos —dijo Rebecca alegremente, tirando su abrigo sobre un sillón de cuero—. ¿Te apetece tomar algo mientras te enseño todo esto?

Katie la siguió a la cocina. Una enorme nevera Smeg, una cocina de acero de gas, unos vasos sucios en el fregadero. Una superficie cubierta de botellas manchadas de Amaretto y Baileys. Rebecca rebuscó entre ellas.

—Es mi colección libre de impuestos aduaneros —comentó riendo—. Cuando hay algún retraso en el aeropuerto, no puedo resistirme y siempre acabo comprando alguna. —Estudió las botellas—. ¿Gin tonic? Oh, no. Se me ha acabado la tónica. A ver qué cócteles tenemos. —Abrió la nevera. Por encima de su hombro, Katie vio un paquete de agropiro y varios botes de aromatizador—. Bueno, no hay gran cosa. Excepto... ¡Oh! —Y se volvió blandiendo una botella de champán—. ¿Un poco de Moët? Por qué no. Después de todo, quiero que te lleves una buena impresión de mí.

Sacó dos vasos altos del fondo de un armario y luego descorchó con suavidad la botella.

—Bueno, ¿de qué conoces a Miranda? —preguntó mientras servía las bebidas, más por educación que por curiosidad.

—A través de mi prima Jess —replicó Katie, tratando de limpiar disimuladamente el vaso sucio con su camisa—. Son viejas compañeras.

La buena de Miranda. Katie estaba en deuda con ella. En cuanto se enteró de que habían echado a Katie la llamó.

«Mira —le dijo tras media hora compadeciéndola—. No te hagas ilusiones, pero creo que Rebecca está buscando a alguien que trabaje con ella. Veré qué puedo hacer.»

—Mmm —hizo Rebecca—. Miranda conoce a Tim. De hecho ella contribuyó a que estuviéramos juntos. Él me vio en una fiesta. Yo ni siquiera me fijé en su presencia. Al día siguiente consiguió mi teléfono a través de Miranda y me envió el ramo más grande que puedas imaginarte.

—Qué bonito —comentó Katie entusiasmada. Le gustaba saber cómo se habían conocido las personas—. ¿Y ahora él es uno de tus clientes?

Rebecca pareció desconcertada.

—Por supuesto que no. Él ya tiene un buen agente. No necesita mi ayuda. —Dejó su vaso con cierta brusquedad—. Bueno. El caso es que aquí estamos. Y no quiero que pienses que estoy utilizando este champán para sobornarte ni nada parecido, pero la verdad es que si esta noche pudieras hacer un pequeño trabajo para mí te estaría muy agradecida.

—Pues claro. ¿Qué quieres que haga?

Rebecca miró a su alrededor algo indecisa.

—Bueno, ya sabes. Arreglar un poco esto.

No, Katie no sabía. ¿Qué tenía que hacer, archivar las invitaciones que Rebecca recibía?

—Me sentiría mucho mejor si esta noche cuando Tim y yo volvamos todo está bajo control —siguió diciendo Rebecca.

De pronto Katie lo entendió. E-mails. Durante toda la noche no dejarían de llegar e-mails de sus clientes estadounidenses. Y llamadas. Claro, y Rebecca necesitaba a alguien que se ocupara de eso.

—Entonces, ¿tienes una oficina en casa?

Rebecca se rió.

—Oh, no, por Dios. Eso sería de lo más triste. Me refiero... tengo un portátil en casa, claro, pero prefiero separar el trabajo de la vida privada.

—¿Y qué material vamos a utilizar?

Esta vez fue Rebecca quien la miró algo extrañada.

—Bueno, no sé muy bien qué tengo. Pero si hay algo tiene que estar en ese armario bajo el fregadero.

—¿Bajo el fregadero?

—Bueno, sí. Ah, y seguramente habrá alguna cosa en el cuarto de baño. La verdad es que no tengo ni idea. La última asistenta que tuve compraba lo que necesitaba y luego me pasaba la factura. Puedes hacerlo así.

Katie no estaba muy segura de haber oído bien.

—¿Asistenta?

—Sí. Era muy buena. Pero al final tuvo que irse. La pillamos haciéndolo en mi cama. ¿Puedes creértelo? Mi prima pasaba unos días conmigo y ese día llegó a media mañana de comprar y se encontró a Alicia echando un polvo con un tipo en mi cama. Kimbo me llamó a la oficina en un estado de agitación terrible. No dejaba de decir «¿Qué debo hacer?». Y la verdad es que, por un momento, no lo tuve muy claro. —Soltó una risita tonta—. Porque no sabía si podría encontrar una sustituta. Dar con una buena asistenta es como descubrir el maquillaje de base perfecto. Te cambia la vida.

»Pero me di cuenta de que aquello era absurdo. Alicia tenía que irse. El caso es que ella y su novio salieron de mi cuarto y Kim les pidió las llaves. A Tim le pareció muy divertido.

Katie asintió y sonrió débilmente.

—Mira —dijo Rebecca—, esta noche solo tienes que ordenar un poco por encima. Fregar los platos. Hacer el cuarto de baño. Arreglar el dormitorio. Y quizá pasar la aspiradora. —Pareció pensativa—. ¿Dónde está la aspiradora? Pongamos, tres horas. A veinticinco libras.

—¿Veinticinco libras?

—Sí. A Alicia le pagaba veinte libras por tres horas. De todos modos, puedes venir tres veces por semana a veinticinco libras por día. Haré un nuevo juego de llaves. Lunes, miércoles y viernes por la tarde. ¿Qué te parece?

Katie abrió la boca, pero no le salió ninguna palabra. Limpiar. «Yo pensaba que sería una glamurosa ayudante personal y ganaría treinta de los grandes», hubiera querido gritar. Setenta y cinco libras a la semana. ¿Cómo se supone que iba a vivir con eso? Incluso en su trabajo anterior, por muy asqueroso que fuera, ganaba cuatro veces más.

Abrió la boca para decir que no, pero algo la retuvo. No tenía sentido montar un espectáculo. Evidentemente, Rebecca no sabía que se trataba de una confusión. Y allí solo trabajaría nueve horas a la semana. Le quedaría mucho tiempo libre para hacer otras cosas. Su amada abuela había muerto hacía un par de años y le había dejado unos cuantos miles de libras, así que por el momento podía vivir con eso mientras encontraba un buen trabajo. Ya saldría algo. Algo mejor. Es lo que siempre se decía Katie.

Entretanto, podía fisgonear a sus anchas en la fabulosa (aunque sucia) casa de Rebecca Greenhall. Puedo tomar fotografías de este desastre para enseñárselas a Jess, pensó. Fisgonear en su armario. Probarme su maquillaje. Un pequeño pensamiento la asaltó. Utilizar su lavadora. En el piso que tenía alquilado no había lavadora, y Katie estaba cansada de tener que llevar su ropa a casa de Crispin o a la lavandería.

El teléfono de la pared sonó. Rebecca cogió el auricular.

—¿Hola?... Oh, Jenny. Hola. —Parecía decepcionada. Al otro extremo de la línea una voz parloteaba.

Rebecca tapó el auricular con una mano, e hizo una señal a Katie, que seguía como un pasmarote junto al fregadero.

—Venga —hizo vocalizando con los labios.

Por unos momentos, Katie no se movió. Luego abrió el armario y se puso a ganarse las habichuelas.

2

La noche siguiente, en casa de Katie, en la otra punta de Londres, Ronan, su compañero de piso, no dejaba de reírse.

—Vas a ser asistenta —cacareó—. ¡Asistenta!

Katie trató de reír también, pero ya había oído demasiados chistes en boca de Jess el día antes, cuando por fin regresó de la casa de Rebecca casi a medianoche. Ronan ya se había acostado. Necesitaba sus diez horas de sueño, decía siempre, como las supermodelos.

—Pero ¿por qué no se lo dijiste? —le preguntó Ronan—. ¿Por qué no le dijiste: «Perdona, pero ha habido un terrible error»?

—Tendría que haberlo hecho. Pero estaba demasiado abochornada. No sabía qué hacer. Tengo que hablar con Miranda y averiguar qué es lo que le dijo a Rebecca. Aunque estará en Brasil durante las próximas dos semanas. De todos modos al final pensé, bueno, solo serán un par de semanas, hasta que encuentre un trabajo como Dios manda. Y es dinero en efectivo. Al menos me permitirá pagar el alquiler del mes que viene.

—Pero Katie... Eres la peor asistenta del mundo. Para ti fregar los platos significa apilarlos en el fregadero y dejarlos ahí. Tu idea de arreglar el cuarto de baño es echar un par de tapones de jabón y hacer burbujas. Tus sujetadores están todos viejos y tus leotardos tienen agujeros. Eres una deshonra para el género femenino.

—Seré más ordenada de lo que nunca he sido aquí —protestó Katie—. Recuerda que los últimos meses he estado demasiado ocupada vendiendo cuchitriles excesivamente caros a parejitas con expresión malhumorada.

—Y un cuerno —dijo Ronan riendo—. Siempre has sido así. ¿Qué me dices de los años que has pasado haciendo trabajos temporales? A las seis ya estabas en casa todos los días y nunca se te ocurrió mover un dedo. No señor. Te ponías a ver directamente la tele o te ibas al pub.

—Porque tú lo hacías por mí —se defendió Katie—. Pero con Rebecca es distinto. Para empezar, ella va a pagarme. Eso lo cambia todo. Tampoco creo que haga falta ningún doctorado para limpiar. Y ya te lo he dicho, es algo temporal. Hasta que encuentre un trabajo de verdad.

Ronan se volvió de nuevo para remover su risotto en tinta de calamar.

—Eres un caso. Muy espabilada en algunas cosas y un desastre en otras.

—Eso es porque soy libra con ascendente aries —dijo ella. No tenía ni idea de lo que eso significaba, pero sonaba bien.

—¿Y cómo te gustaría que fuera ese trabajo de verdad?

Se produjo una larga pausa. Katie tenía veintinueve años. Durante toda su vida de adulta había sido una «Oh, claro». Al menos esa era la reacción que provocaba en la gente cuando decía que trabajaba como secretaria o corredora de una empresa cinematográfica o que introducía datos en una revista de programación de televisión. Y entonces sus ojos se nublaban y empezaban a mirar por encima de su hombro, buscando a alguien más interesante con quien hablar.

En alguna ocasión fue una «¿En serio?», como cuando trabajó en Joseph como dependienta, o cuando trabajaba para Delman y Prout —en tono irónico, por lo aburrido—, y que inevitablemente llevaba a todo el mundo a comentar lo altísimo que estaba el precio de la vivienda y cómo podía permitirse una simple enfermera o una trabajadora social seguir trabajando en Londres.

Lo cierto es que empezaba a resultar un poco molesto. Katie siempre se había considerado una persona ambiciosa. Fue a la universidad porque su profesora le había dicho: «No querrás acabar haciendo de mecanógrafa para ganarte la vida», consiguió su título y ahora, años después, allí estaba, ganándose la vida como mecanógrafa.

El problema es que Katie no tenía ni idea de hacia dónde enfocar su ambición. En otro tiempo quería trabajar en televisión y, de no haber sido tan dolorosa su experiencia en Chanel Update, quizá lo habría hecho. Pero sus experiencias allí fueron tan desagradables que lo dejó por la seguridad de un trabajo como secretaria de un fabricante de ropa deportiva.

Desde entonces se dedicó a ir de un lado para otro, ganando el dinero justo para sobrevivir, divirtiéndose y despreciando conceptos como carrera profesional, hipoteca o marido. «¿Dónde está la libertad? —exclamaba cuando estaba un poco bebida—. ¿Qué tiene de divertido? Yo si quisiera podría irme a recorrer el mundo mañana mismo.»

El problema es que nunca lo hacía.

—Si yo fuera tú, me tomaría mi tiempo antes de decidir lo que quieres —dijo Ronan echando un puñado de sal en la olla—. Después de todo, Crispin tiene un montón de dinero. Él puede ayudarte.

—Pero no quiero aprovecharme de él.

—No te estarías aprovechando. Crispin es tu novio. Desea cuidar de ti. Si te preocupa el alquiler, vete a vivir con él.

—¿Y qué pasará contigo? —contraatacó Katie, cogiendo un cigarrillo del paquete de Silk Cut de Ronan.

—Me las arreglaré. Aún tengo a Jessica. Sobreviviremos. Tú no te preocupes por nosotros.

Katie chasqueó la lengua.

—Mira. Ya sé que me odias. No hace falta que seas tan sutil.

—Oh, Katie, sabes perfectamente que te queremos. Solo deseamos que seas feliz.

Katie miró su vodka con tónica.

—Pero es que soy feliz viviendo con vosotros.

Katie, Ronan y Jess habían compartido más de dos años de felicidad doméstica. Era sorprendente lo rápido que pasaba el tiempo. Cada vez que llegaba el cumpleaños de Katie o Año Nuevo, Ronan y Jessica esperaban que anunciara que se iba a vivir con Crispin. Pero por lo visto Katie se encontraba bien como estaba.

—¿Qué tiene de divertido vivir con Crispin? —preguntaba ella siempre—. No tiene un guardarropa tan grande como el de Jess ni cocina como Ronan.

Observó con afecto cómo Ronan servía un vaso de vino, lo olía, y luego lo echaba en la olla, donde siseó momentáneamente. Ronan medía metro noventa y cinco y era tan guapo que casi resultaba aburrido mirarlo. Debido a su mentón afilado, su pelo negro y lacio, su afición por la cocina y el hecho de que era actor, las mujeres creían invariablemente que era gay. Y, cuando se enteraban de que no lo era, a la gente le costaba creer que nunca se hubiera acostado con sus compañeras de piso. En el caso de Jess, no era por falta de ganas ni de intentos. Se conocieron en la escuela de teatro el primer día de clase, y Jess notó enseguida que las piernas le temblaban. Sin embargo, él estaba enamorado de Jeannette, que iba un curso por delante y lo trataba a patadas. Jess intentó seducirlo durante tres años, convirtiéndose en su amiga. Escuchó pacientemente los monólogos de Ronan sobre Jeannette, que según él era clavadita a Béatrice Dalle (aunque en realidad parecía más un pato estreñido) y sobre lo desdichado que se sentía cuando ella no le hacía caso en el pub.

Otros hombres sí valoraban los tops escotados de Jess y el brillo de labios que se aplicaba con tanto esmero. Pero Ronan ni siquiera se fijaba. Cuando ella ligaba con alguien, Ronan decía: «Es agradable», y acto seguido enlazaba con lo cruel que era Jeannette. Con el tiempo, esta hizo lo más correcto y se quedó preñada de un ex alumno que ahora era policía. Ronan estaba libre pero, con gran alivio por su parte, Jess se dio cuenta de que la idea de practicar el sexo con él la perturbaba. Eran solo amigos y ahora, después de cinco años, estaba segura de que Ronan jamás supo lo que sentía por él.

En cuanto a Katie, en un primer momento Ronan no le gustó; según ella todos los hombres guapos son unos cerdos. Y Ronan tenía que ser especialmente idiota si había preferido a Jeannette y no a Jess. Pero encontraron un piso encima del restaurante King Kebab en Elephant and Castle y necesitaban a alguien que ocupara la tercera habitación. Ronan estaba buscando un sitio donde vivir. Jess amenazó a Katie con denunciarla a la Comisión por la Igualdad de Oportunidades por discriminar a hombres increíblemente guapos si no se sobreponía a sus prejuicios.

Aun así, durante algunos meses, Katie casi no le dirigió la palabra a Ronan, a pesar de que el chico limpiaba y cocinaba. Finalmente, se ablandó un sábado por la noche, unas seis semanas antes de conocer a Crispin. Jess había salido de marcha, y Ronan y ella se quedaron en casa y disfrutaron de una maratón con *Cita a ciegas, Stars in their Eyes* y un programa nostálgico llamado *Adoro los Ochenta*. Se amodorraron el uno junto al otro en el sofá, con los platos manchados de curry a los pies. De vez en cuando Katie lo miraba, mientras él reía entre dientes al escuchar los éxitos musicales y veía los divertidos peinados de su juventud que no resultaba tan lejana.

—¿Por qué no has salido? —le preguntó por fin.

Ronan reparó en la hostilidad de su voz.

—¿Y tú, por qué no has salido?

—Porque me apetecía quedarme en casa y no hacer nada.

—A mí también.

Katie no entendía por qué se sentía tan irritada. Lo intentó.

—Pero una persona como tú tendría que estar ahí fuera. Eligiendo chica. Rompiendo corazones.

—Lo mismo digo. Pero con chicos, claro.

—Yo no soy una rompecorazones. —Y lo miró de reojo—. No como tú.

Él se dio la vuelta y la miró, perplejo.

—¿Y de dónde has sacado esa idea, Katie? Sabes perfectamente que no tengo suerte con las mujeres.

Era cierto. Ronan nunca llevaba a nadie a casa.

—A lo mejor tendrías que salir más —dijo tratando de cambiar de tema.

—A lo mejor. Pero no a clubes. Hay demasiado ruido y todo el mundo está hasta las orejas de drogas. ¿Cómo puedes conocer a alguien en un ambiente así? Ojalá tú y Jess me presentarais a alguna amiga.

Las amigas de Katie estaban deseando conocer a Ronan, pero ella las había disuadido. Ahora se sentía culpable. Recordaba lo cruel que Jeannette había sido con él. A modo de disculpa, unas semanas más tarde le presentó a su amiga Tiffany, que lo dejó a las dos semanas porque era «demasiado agradable», y le hizo sentirse más vulnerable que nunca. Estaba decidido: Ronan era el alma gemela de Katie. Y ella nunca podía resistirse a una víctima del amor. Así que se ablandó y desde entonces su amistad fue viento en popa, aunque, por más que se esforzaba por convencerlo de que no fuera demasiado amable, Katie fue incapaz de impedir que siguiera saboteando sus posibles relaciones.

A veces se sentía culpable porque ella y Crispin mantenían el tipo de relación que Ronan siempre había deseado tener. Si Ronan llevase tanto tiempo como ella saliendo con alguien, a esas alturas ya estarían más que casados y su mujer estaría embarazada por lo menos de su segundo hijo. Sería feliz ocupándose de la casa y se despediría para siempre de los humillantes castings. A pesar de su belleza, la carrera de Ronan no acababa de despegar, seguramente porque tenía muy poco talento como actor, y empezaba a cansarse de que lo rechazaran. No entendía por qué sus compañeras de piso mostraban tan poco interés por sentar cabeza, ni en el trabajo ni en sus vidas privadas.

A ese paso, decía siempre Ronan, los tres acabarían como las protagonistas de la serie *Sexo en Nueva York*, pero sin los *lofts* en el Soho ni la ropa de diseño. Se acercaban a los cuarenta y sin embargo seguían comportándose como adolescentes. Ni pareja, ni hijos. Ni siquiera tenían lavadora, por el amor de Dios, y no hablemos de una batería de cocina decente. Estaba harto de vivir en una casa donde el puesto de honor lo ocupaba un sofá rescatado de la basura cubierto con una colcha india.

A Katie le resultaba reconfortante secarse con las viejas toallas de su madre y dormir bajo un nórdico que tenía desde los once años. A Ronan le parecía frustrante. A él le gustaba deambular por Tottenham Court Road, mirar boquiabierto los escaparates de Heals y Habitat y fantasear sobre la cocina y el baño de sus sueños. Pero ¿qué sentido tenía comprar muebles si no tenías una casa propia donde ponerlos? Los anuncios ocasionales que grababa para televisión le permitían pagar su parte del alquiler y las cervezas, pero no era ni remotamente suficiente para impulsarlo al escalafón más bajo del mundo de la propiedad inmobiliaria en Londres. Y, según le dijo a Katie, estaba convencido de que esa era la causa por la que no tenía éxito con las mujeres. ¿Quién querría a un hombre sin perspectivas de conseguir una hipoteca?

Ella contestaba que eso eran tonterías, que actualmente las mujeres eran perfectamente capaces de comprar sus propias casas. Él no la creía. A veces se sentía como el hijo más joven de alguna novela de Jane Austen, el reservado para las solteronas con granos y mirada mandona.

La puerta de la calle se cerró de un portazo.

—¡Hola! —gritó una voz ronca del Ulster—. ¡Estoy en casa!

Jess tenía el pelo castaño y corto, ojos redondos, nariz chata y boca grande. Entró en la cocina, dejó su bolso sobre la mesa y miró con expresión hambrienta por encima del hombro de Ronan.

—¿Qué es eso? Me muero de hambre. ¿Y por qué está negro?

Ronan le dio una palmada en la mano.

—Es risotto en tinta de calamar. Por eso está negro. Estará listo en diez minutos. Ponte algo de beber mientras esperas.

Katie sonrió.

—¿Cómo ha ido con el casting?

Jess había acudido a un casting para un anuncio de yogur.

—Una pérdida de tiempo —dijo ella alegremente, sacando una lata de Stella de la nevera—. Tengo que llenar una bañera burbujeante, encender velas y quedarme allí tumbada con expresión expectante. Llega un tipo muy atractivo y deja caer su toalla, pero a mí solo me interesa el Yoggle que lleva en la mano. Una idiotez. Y tampoco es que me interesara cogerlo.

—¿Qué pasa con el tipo atractivo?

—Es gay —dijo Jess al instante—. Aunque era divertido. Conoce a uno que vende anfetas. Dice que me mandará el número con un mensaje de texto.

Jess y Katie. «*We are fa-me-lee*»,[1] como le gustaba cantar a Jess, aunque Katie se crió en los suburbios de Birmingham y Jess en Belfast. Hasta los veintidós años, solo se vieron en tres ocasiones: en las bodas de plata de los padres de Jess, en el entierro de su tía abuela y en el nonagésimo cumpleaños de su abuelo.

Empezaron a conocerse cuando las dos llegaron a Londres, Katie para hacer trabajos temporales, Jess para estudiar durante tres años más en la escuela de arte dramático. Las dos necesitaban un sitio donde vivir y alguien con quien compartir piso. Eso ocurrió nueve años atrás, y desde entonces habían pasado de un piso de una sola habitación y sin calefacción central en Battersea (a Jess le gustaba excitar a sus novios contándoles que ella y Katie compartían la misma cama durante todo el invierno), a un dúplex con cucarachas en Hackney, y finalmente a su actual piso de tres habitaciones, con goteras y vecinos gruñones.

1. Famoso tema de Sister Sledge cuyo título significa «Somos familia». *(N. de la T.)*

—Bueno, Katie —dijo Jess, echando mano de otro de los Silk Cut de Ronan—. ¿Has encontrado trabajo hoy?

—Bueno, he comprado *The Guardian* —dijo su prima—. Pero no he visto nada interesante.

—Vaya, no importa. Por el momento, puedes seguir contándonos las confidencias y trapos sucios de Rebecca G.

—Trapos sucios es la palabra justa.

Ronan miró al techo y empezó a servir la cena.

—Apártate que me tiznas, le dijo la sartén al cazo.

—¿Cómo? —preguntó Jess en tono apremiante.

Katie parecía pensativa.

—Bueno, a primera vista asusta un poco. No deja de ladrar. Te mira de una forma que parece que te esté diciendo «no te equivoques conmigo». Pero al mismo tiempo tiene un algo muy dulce. Pisa charcos sin querer y no deja de hablar de su novio, que por lo que he oído debe de ser un burro integral. Y su piso parece una pocilga, muy moderna, pero una pocilga.

Jess acercó una silla a la mesa.

—Pues me sigue pareciendo una injusticia que hayas conseguido ese trabajo en su casa. ¿Qué pasa conmigo y con Ronan? Nosotros estamos en paro de forma permanente.

—Estamos «descansando» —la corrigió Ronan. Jess le dio unas palmaditas en la cabeza.

—Habla por ti, perdedor.

Cenaron.

—En serio, Ronan, qué bien cocinas —dijo Katie—. Eso es lo que tendrías que hacer... trabajar como chef para Rebecca Greenhall. Todas las estrellas tienen uno.

—Sí, pero seguramente solo querría que le preparara tortillas con la clara del huevo. Ensaladas vegetales sin aliño. Nada de carbohidratos. ¿Qué interés tiene eso?

—Bueno, Katie —dijo Jess con la boca llena—. Aunque no nos presentes a Rebecca, ¿cuándo piensas enseñarnos su casa?

—¡No pienso hacerlo! —exclamó Katie—. Me despediría. Ya te he contado por qué echó a la asistenta anterior.

—Vamos, Katie. No seas muermo. No nos cogerán. Pero, incluso si lo hacen, ¿qué más da? Dijiste que solo era temporal.

Katie sonrió con gesto sereno.

—Vamos. Tampoco es que vayamos a vaciarle la casa. Solo queremos echar un vistazo, ¿verdad, Ronan?

—No especialmente —repuso este en un tono remilgado, mientras servía el segundo plato—. No quiero que Katie tenga problemas.

—Vaya, menudo par. —Jess suspiró. Se dio la vuelta en su silla, cogió el mando del televisor y se puso a hacer zapping—. ¿*Hollyday Swaps*? ¿Un programa de cocina? ¿Algún aburrido documental? ¿Qué preferís?

—Oh, apaga eso —dijo Ronan—. Mejor hablamos.

—¿Hablar? ¿De qué?

—Oh, pues no sé. La vida. Cultura. ¿Cuál fue la última película que viste en el cine?

—*Misión imposible III*. La vimos juntos.

—Sí, es verdad. Vale. ¿Y si hablamos de lo que va a hacer Katie con su vida?

Ronan y Jess se volvieron a mirarla.

—¿Reconvertirse como médico de árboles? —sugirió Jess.

—No digas tonterías —la amonestó Ronan, repartiendo el borracho de frutas—. ¿Tú qué dices, Katie?

Katie suspiró.

—No sé, Ronan. Tengo que descubrir en qué soy buena.

—En coger mi ropa —sugirió Jess.

—Recordar las letras de todas las canciones habidas y por haber —apuntó Ronan.

—Tratar a Richard, del piso de abajo —dijo Jess. Richard era un médico que corría la maratón y se iba a la cama a las diez de la noche, se levantaba a las seis y se ponía furioso cuando Ronan, Jess y Katie alteraban su rutina diaria bailando al ritmo de viejos discos de Abba.

—Darme consejos sobre chicas.

—Darme consejos sobre chicos. Aunque nunca te haga caso.

No podía disfrazarse la realidad. Jess se acostaba con todo el mundo. Directores de castings, actores que conocía durante los rodajes, el ayudante de su agente, varios amigos de Ronan. Básicamente con cualquiera que se lo pidiera.

Katie tenía la cama más grande de los tres, y Jess tenía la fea costumbre de «tomarla prestada» cada vez que Katie se quedaba a pasar la noche en casa de Crispin. Katie estaba harta de encontrarse en su cama calzoncillos y enormes sujetadores de la talla cien.

—Creo que lo mejor de Katie es su buen corazón —dijo Ronan casi con timidez—. Quizá tendrías que hacer de trabajadora social. O enfermera.

—¿Y pasarse el día limpiando el culo de los viejos? ¡No gracias! —exclamó Jess.

—Entonces no podría permitirme vivir en Londres —señaló Katie, conmovida por el comentario de su compañero de piso—. Al menos eso es lo que me dice todo el mundo. —Y como siempre el tema quedó relegado.

Después de cenar, vieron juntos *Urgencias* y fantasearon sobre la posibilidad de que Jess y Ronan tuvieran algún papel en la serie. Jess se casaría con el doctor Carter («Ya está casado», le recordó Ronan. «¿Y?», le soltó ella), y Katie se trasladaría a Los Ángeles para ser su ayudante personal.

—Solo que me niego a vivir en Los Ángeles —dijo Katie con alegría.

—¿Por qué? —exclamó Jess—. Tienen sol todo el año. Unas tiendas increíbles. —Y entonces reparó en la expresión excesivamente tranquila de su prima y recordó—. Vale —concedió—. Viviremos en Nueva York.

Después de *Urgencias*, sacaron la caja de chocolatinas belgas que Jess había comprado el día antes y discutieron para ver quién se quedaba con la de avellana.

—Al que le salga la chocolatina de avellana se queda dos —dijo Katie.

—No, todos tendríamos que comer dos —terció Jess—. Al que le salga la de avellana se queda tres.

—¿Y por qué no cogemos todos tres y al que le salga...? —empezó a decir Ronan.

—¡Ronan! —Katie se rió—. Pensaba que querías controlar tu peso.

—Y quiero, pero...

—Cuanto antes nos las comamos, antes se acabarán —les interrumpió Jess—. Adiós tentación.

Impresionados por la lógica del comentario, se acabaron toda la caja, mientras hablaban de sus planes para el fin de semana.

—El sábado es la fiesta de Emily —dijo Jess.

Katie puso mala cara.

—Yo tendría que quedar con Crispin.

—Bueno, pues tráetelo —la animó Jess.

—Quizá. —En realidad Katie no quería ir a ninguna fiesta con Crispin, porque entonces no podría relajarse. Se animó—: Es posible que trabaje. Si trabaja, voy.

Jess y Ronan intercambiaron una mirada significativa.

Unos minutos después, Katie se levantó bostezando.

—Mi nueva vida de trabajadora me ha agotado —dijo sonriendo, y los besó a los dos en la mejilla—. Qué durmáis bien.

Se volvió para irse a su habitación y justo en ese momento sonó el teléfono.

—Aaah —gritó Jess—. Katie, ¿puedes cogerlo?

Katie suspiró. Hacía aquello al menos dos veces por semana. Decir a los que llamaban que Jess no estaba en casa, que no sabía cuándo volvería y que no, no tenía móvil (¡ja ja!) y sí, tomaría nota pero le parecía recordar que Jess estaba rodando en... ¡Siberia! Así que seguramente no estaría localizable en bastante tiempo.

Y, por supuesto, todo ese tiempo Jess pemanecía a su lado, gesticulando obscenidades con la boca y haciendo gestos con las manos para que lo despachara.

—¿No puede hacerlo Ronan?

—¡No! Sabes perfectamente que no sabe mentir. —Jess le lanzó el inalámbrico a las manos.

—¿Hola?

—¿Eres tú, Katie?

—¡Tía Gillian! —Katie quería con locura a la madre de Jess. La mujer se hubiera muerto del disgusto si conociera solo una pequeña parte de lo que hacía su hija.

—¿Está mi hija por ahí?

—Sí —dijo Katie, y le pasó el teléfono a Jess, que parecía notablemente aliviada. Ronan, que ahora estaba ante el fregadero con unos guantes rosa, se rió por lo bajo.

Ya en la cama, mientras oía el tráfico de Old Kent Road, Katie siguió pensando en su prima. Tenía veintinueve años, y definitivamente era mayor para los prototipos que se estilan en el mundo del cine. Y, aunque no podía negarse que era muy sexy, con sus labios carnosos y su pecho inmenso, era demasiado baja y —reconozcámoslo— demasiado rolliza. No es que estuviera gorda, no, usaba la talla 44, que en el mercado británico es perfectamente aceptable, aunque en la costa Oeste se la consideraría obesa.

De hecho, todos sabían que Jess había pasado su mejor momento. Su experiencia en el mundo de la interpretación consistía en una miniserie basada en una novela de Catherine Cookson, en un par de obras de teatro en el West End y en varias películas sobre abismos, que habían durado una semana en cartelera antes de quedar relegadas al mundo de los vídeos. No era un mal historial para una actriz, pero difícilmente podía esperar que le dieran el premio Judy Dench.

¿Sería Rebecca Greenhall la respuesta? Katie les presentaría a Jess y Ronan y ella —o su socio— los tomarían bajo su protección y promocionarían sus carreras. Quizá su nuevo trabajo era una oportunidad encubierta que les ayudaría a los tres a pasar a una nueva etapa en sus vidas. Era el momento de cambiar. Últimamente Katie tenía a veces esa misma sensación que se produce al final de una fiesta, cuando las luces se encienden y miras a tu alrededor a los pocos rezagados que quedan: gente demasiado amodorrada, demasiado desesperada por hacer manitas, demasiado bebida para marcharse.

¿Por qué sigo yo aquí?, solía preguntarse entonces. ¿Significa eso que soy como ellos?

Pero ella quería a Ronan y a Jess. Tenían sus excentricidades, claro, pero se llevaban bien y, aunque Jess gritaba y decía muchas palabrotas, casi nunca discutían. A Katie le aterraba cualquier tipo de confrontación. Esa era la principal razón de que hubiera aceptado el trabajo de Rebecca. Pensar en lo mucho que se habría enfadado si le hubiera explicado la situación.

Y tampoco es que ella y Crispin discutieran, pensó, pero, claro, Crispin trabajaba a menudo hasta tarde. Y, mientras él estuviera en el bufete, ella tendría que quedarse sola y bajar a Elephant, entonces ¿qué sentido tenía que se fuera a vivir con él? Y la perspectiva de convertirse en una de esas parejas de aspecto hastiado a las que solía enseñar casas la asustaba demasiado. Tenía que haber algo más en la vida, ¿no? Dio un pequeño suspiro y se volvió sobre el costado izquierdo. Mañana empezaría a buscar un trabajo de verdad. Cuando encontrara algo que le gustase, todo se solucionaría.

3

Aquella misma noche, Rebecca estaba sentada en un desastrado sofá de cuero en Priory Street, un club privado del Soho. A su lado se encontraba una de sus viejas amigas, Suzanne Bell.

Rebecca le estaba contando los acontecimientos de la noche anterior.

—¡El muy cerdo! —se lamentó—. ¡El muy cerdo!

Suzy suspiró y consultó disimuladamente su reloj. Solo eran las ocho. Dentro de unos minutos se escabulliría para hacerse una raya. Si no no sería capaz de aguantar toda la noche.

Suzy era menuda y esbelta. Como una gata, le gustaba pensar. Tenía el pelo largo, negro azabache, y siempre vestía de negro, con algún detalle ocasional de blanco en el cuello.

—Estoy de duelo por mi vida —explicaba siempre si alguien preguntaba, aunque en realidad se inspiró en un artículo que encargó en una ocasión a la difunta, pero siempre elegante, Carolyn Bessette Kennedy.

El sueño de Suzy siempre fue convertirse en una corresponsal del estilo de Martha Gellhorn, pero, por alguna razón, acabó como editora en *Seduce*! «La revista de mayor tirada para mujeres de entre 25 y 30 años», solía recitar con sarcasmo. Se pasaba el día analizando fotografías de famosos en bañador y corrigiendo artículos con nombres como «¿Está caducado tu maquillaje?». Para su disgusto, era muy buena en su trabajo, y la revista no dejaba de ganar premios.

—Estaba a punto de salir cuando él me llamó —decía en ese momento Rebecca—. Me dijo que no podía venir, que tenía que quedarse a trabajar. Yo me ofrecí a ir a su casa y prepararle algo de comer, pero me dijo que eso le distraería.

Suzy y Rebecca eran amigas desde hacía más de diez años. Se conocieron cuando Rebecca aún trabajaba para la agencia de relaciones públicas de famosos y Suzy era una periodista con futuro que buscaba a quien entrevistar. Desde entonces, la carrera de las dos había prosperado, pero sus vidas amorosas habían fracasado. Al menos Rebecca, Suzy tenía un amante casado llamado Hunter en Filadelfia y, si alguna vez hablaba del tema, siempre decía que no lo hubiera aceptado de otro modo, que prefería un viaje de campaña a Yorkshire que permitir que él dejara a su mujer.

Había otros dos miembros en el grupo: Jenny y Ally. Jenny era una antigua amiga del colegio de Suzy. Rebecca conoció a Ally cuando tenía veintidós años. Fue cuando acababa de llegar a Londres y trabajaba vendiendo seguros por teléfono. Ally estaba en el asiento de al lado y no tardaron en coincidir en lo desagradable que era tener que oír cómo te mandan a la mierda catorce mil veces al día.

Rebecca adoraba a Ally, a pesar de que su amistad pasaba por un mal momento y se comportaban más como conocidas que como amigas.

El problema es que se veían muy poco; por lo visto, Al tenía todo su tiempo libre reservado para su nuevo novio, Jon. Quedaron un par de veces pero, como bien recordaba Rebecca, ella lo canceló en el último momento poniendo como excusa el trabajo, aunque la verdadera razón era que Tim la había llamado.

De todos modos por fin iban a verse. Rebecca se emocionó cuando vio a su amiga entrar contoneándose en la sala. Ally era una mujer alta de aspecto exótico, con el pelo negro y rizado hasta los hombros y nariz ganchuda. Esa noche vestía con un pantalón vaquero y un jersey negro que realzaba al máximo su figura. Ally trabajaba en un banco y siempre vestía con traje, pero en cuanto acababa su jornada, se metía en el lavabo y se cambiaba de ropa como si fuera Supergirl.

—¡Al! —Rebecca se levantó de un salto y le dio un beso en cada mejilla.

—¡Becs! —Se dieron un abrazo.

—¿Cómo te va? —preguntó Rebecca, cuando Ally besó a Suzy y se sentó.

—Oh, fatal, fatal —dijo ella alegremente. Ally tenía un trabajo de mucha responsabilidad, pero nadie tenía ni idea de lo que hacía exactamente durante el día—. He recibido una llamada de Japón diciendo que el índice Nikkei estaba cayendo en picado y en ese mismo momento Jon me ha mandado un mensaje de texto diciendo que habían rechazado nuestra oferta por la casa. —En ese momento su móvil sonó con insistencia—. Hablando de Roma... —Sacó el móvil del bolso y sonrió al ver el mensaje—. Oh, este chico es demasiado.

—No se permiten teléfonos aquí —le advirtió Suzy. Por más que lo intentaba, no podía deshacerse del todo de su antiguo yo de chica mandona.

Ally sacó la lengua.

—Vaya. ¿Y qué me harán? ¿Reducir mi ración de ensalada? Mira esto. —Y le puso el móvil debajo de la nariz.

—¿El qué?

—Tú lee.

«Quiero follarte ahora mismo.»

—¡Al! —Suzy pestañeó. Pero Ally se limitó a reír.

Rebecca miró al techo. Ella ya había picado con aquello alguna vez. Una de las muchas cosas que todas detestaban de la relación de Ally y Jon era cómo alardeaban de su vida sexual: siempre sobándose y haciendo cochinadas con la lengua.

Se dio cuenta de que durante semanas había evitado a Ally porque era incapaz de ser sincera con ella. ¿Cómo iba a confesarle que su novio le daba asco? Pero, ahora que lo pensaba, Ally tampoco le había dicho a ella gran cosa sobre

Tim. Ninguna de sus amigas le había dicho nada de Tim. ¿Es que no les gustaba?, se preguntó sorprendida. ¿Cómo podía ser? Seguramente era debido a que casi no lo conocían. Tim no se dejaba ver mucho y odiaba hacer planes. La mayoría de las veces se veían a solas, en casa de Rebecca, cuando los pubs ya habían cerrado.

—¿Así que estáis buscando casa? —le preguntaba Suzy en ese momento. Otro tema deprimente. Ally vivía en una adorable casita rosa en Camden Town, pero recientemente les había dicho que estaba en venta y que buscaba casa en Hackney, una lo bastante grande para que vivieran con ellos las dos hijas de Jon.

—Sí. Pero de momento no ha habido suerte. O no tienen suficientes habitaciones, o el jardín es pequeño o tenemos un antro donde venden droga en la casa de al lado. —Se volvió hacia el camarero, que tenía la cabeza afeitada—. ¿Podrías traernos una jarra de agua, por favor? Del grifo. —Ally podía tener un sueldo con tantas cifras como un móvil, más pluses, pero en el fondo seguía siendo una chica de Northumberland, que no había podido superar la decepción de descubrir que Londres era una tomadura de pelo.

—Y una botella de champán, Maurizio —dijo Rebecca, presumiendo porque conocía al personal por su nombre. Ya estaba un poco borracha, pero qué demonios.

Maurizio sonrió afectadamente. En los dos años que hacía que llegó de Brasil, había visto suficientes mujeres como aquella para llenar la playa de Copacabana. Sexys, bien vestidas y borrachas. O puestas de cocaína. Tan indignas... Con razón él prefería a los hombres. Hombres fuertes y discretos.

—¡Oh, Dios, no os vais a creer a quién acabo de ver! —dijo Jenny, tarde y tan incontrolable como siempre.

Todas levantaron la vista para mirar a una mujer alta y pechugona, con una aureola de rizos rubios que parecían huevos revueltos.

—¡A Victoria Beckham! Bajando las escaleras con los zapatos más absurdos que he visto.

—¿Cómo eran? —corearon todas al unísono.

Jenny les describió cada detalle de su ropa cursilona mientras encendía un pitillo y se servía una copa de champán que se bebió prácticamente de un trago.

—Tiene un pelo increíble —barboteó—. Pero sigue siendo... demasiado flaca. Y esas tetas... No pueden ser auténticas, son...

Rebecca sonrió mientras observaba a su amiga que trataba de contarlo todo. Jenny adoraba el glamour de Priory Street. Era diseñadora gráfica y, aunque era la única de las cuatro con un novio decente, se sentía incómoda porque sus amigas tenían trabajos más ostentosos que el suyo.

—¿Creéis que se habrá hecho un tratamiento con botulina? Estaba bastante cerca, pero uno de sus guardaespaldas se ha puesto en medio...

—¿Vamos a comer? —preguntó Ally interrumpiéndola.

—Oh, claro —exclamó Jenny. Cogió el menú—. ¡Mmm! Aquí todo está buenísimo.

—¿Tomarán pan las señoras? —preguntó Maurizio.

Todas menearon la cabeza como si les acabaran de ofrecer residuos nucleares. Pero entonces Jenny sonrió.

—Pues yo voy a comer uno de estos —dijo cogiendo un bollo de semilla de calabaza—. Es que no he comido nada —dijo disculpándose.

—Yo cogeré otro —dijo Ally para sorpresa de todas. Cogió una rebanada de pan integral y, acto seguido, hizo algo aún más extraño: lo untó con abundante mantequilla.

—Pensaba que eras alérgica a los lácteos. —Rebecca estaba sorprendida. Durante años Ally había alegado alergia al azúcar, los frutos secos, la grasa... prácticamente a todo lo que no fuera lechuga. Suzy había hecho lo mismo.

—¡Yo también lo pensaba! Pero el otro día Jon me hizo dar un mordisco a su tostada y no ocurrió nada.

—¡Es increíble! —Jenny estaba sorprendida—. Porque ¿no eras alérgica al trigo también?

Y menos mal que no estaba siendo sarcástica. Rebecca

trató de no sonreír, pero Suzy no se molestó en disimular. Ally no les hizo caso.

—Su agua del grifo, señoras —dijo Maurizio en un tono excesivamente alto—. ¿Saben ya qué van a pedir?

—Oh, no soy capaz de decidirme. —Suzy suspiró—. Quizá pida la hamburguesa. O la pizza, la pizza estaría bien. Que pida alguna de vosotras primero.

—Vale —dijo Jenny con impaciencia—. Yo pediré la hamburguesa. Mediana, por favor. Y con muchas patatas.

—Yo quiero pollo asado con ensalada de calabaza —pidió Ally.

—En realidad, he comido muchísimo al mediodía —dijo Suzy—. Así que creo que me conformaré con la ensalada de espinacas. Sin el queso de cabra.

—Yo también —concedió Rebecca.

Jenny las miró con expresión tonta. ¿Por qué era ella la que siempre pedía más?

—Pensándolo mejor, ¿puedo cambiar las patatas por una ensalada? —se apresuró a preguntar.

—Oh, no, pide las patatas. Nosotras te ayudaremos. —Suzy le sonrió con gesto triunfal.

—Y, mientras esperamos, quizá Ally quiera ayudarme con esto. —Jenny ofreció su paquete de Marlboro Light a su perversa cómplice fumadora—. Vamos.

Pero Ally rechazó la oferta.

—No, esta noche no.

—¡Esta noche no! —Como de costumbre, Jenny expresó lo que todas estaban pensando—. ¡Al! ¿No estarás embarazada?

Ally se rió.

—Claro que no.

—¿Y entonces por qué bebes agua?

Suzy se encogió. La sutileza nunca había sido el punto fuerte de Jenny.

—Me duele un poco la cabeza. Hoy ha sido un día muy agitado. Y mañana también lo será. E intento dejar el tabaco. A Jon no le gusta.

Las otras se miraron. Había demasiadas cosas que a Jon no le gustaban de su amiga perfecta.

Bebieron más, y luego llegó la comida, momento en el cual Suzy se levantó para ir al aseo. Cuando volvió, la nariz le moqueaba y estaba considerablemente más alegre.

—¿Cómo está Hunter? —preguntó Rebecca cuando Suzy se sentó. Esta era irritantemente reservada con su vida amorosa, así que el mejor momento para atacar era cuando acababa de hacerse una raya.

—Está muy bien. Vendrá la semana que viene.

—¿Podremos conocerlo por fin? —preguntó Jenny.

Suzy se encogió de hombros.

—No creo. No tenemos muchas ocasiones de disfrutar de momentos especiales.

—¿Y eso no te preocupa? —preguntó Jenny, y entonces se rió tontamente, contestándose a sí misma—. Creo que a Gords y a mí no se nos da muy bien eso de pasar momentos especiales juntos, a menos que contemos los viajecitos a Homebase.

Rebecca sintió una punzada. A ella le hubiera encantado tener a alguien con quien ir a Homebase, con quien hablar de suelos y grifos. A ella y a Tim aún les faltaba mucho para eso. Pero Suzy le dedicó una sonrisa aprobadora.

—Esa es la ventaja de ser la querida —dijo—. Tú te pasas la mañana de los domingos en Homebase, yo las paso lamiendo el chocolate del cuerpo de Hunter en una suite del Ritz.

Rebecca sabía que no podrían sonsacarle nada más a su amiga. Se volvió hacia Ally.

—¿Y tú qué, Al? ¿Cómo te va con Jon?

En otro tiempo, Ally era la reina de las historias divertidas sobre novios. Pero en aquel momento, se limitó a encogerse de hombros y dio un mordisco a su pan.

—Bien.

Oh, estupendo, si es lo que quieres. Se volvió hacia Jenny.

—¿Y Gordy? —Gordy era novio de Jenny desde hacía cuatro años.

—Oh, pues se está portando como un perfecto gilipollas —exclamó Jenny, que deseaba que llegara su turno—. Dice que no podemos ir de vacaciones porque hay que cambiar la caldera.

—¿Y es verdad? —preguntó Rebecca.

—Oh, desde luego. El agua caliente no para de salir cuando estoy en la ducha. Pero... no tener vacaciones... ¿Acaso no podemos hacer las dos cosas?

—A lo mejor no os lo podéis permitir —sugirió Ally.

—Podemos cargarlo en la tarjeta de crédito, ¿no? ¡Gordy es tan aguafiestas! No comprende que en una casa las vacaciones son tan importantes como los ladrillos y el mortero, sobre todo cuando una está tan estresada como yo.

—¿Y a ti cómo te va, Rebecca? —preguntó Ally cambiando de tema rápidamente. Todas adoraban a Gordy, porque no era un matón, ni un grosero, ni un neurótico, y no les gustaba que Jenny lo criticara.

Así que finalmente cuando Maurizio llegó con la cena, Rebecca tuvo que contarles lo de Tim y, dado que ninguna lo conocía o lo apreciaba lo bastante para sentir ninguna lealtad hacia él, todas se alegraron.

—No lo entiendo —se lamentó Rebecca—. Tim fue el que empezó la relación. Él fue quien me sedujo.

Durante unos momentos guardó silencio, recordando cómo había sucedido. Fue en la fiesta de inauguración de la casa de Jake y Stella. Ella estaba en un rincón, mortalmente aburrida. Atrás habían quedado los tiempos en que una fiesta era sinónimo de gente que practicaba el sexo abiertamente o se colocaba con droga en los aseos y bailaba hasta el amanecer, para coger después el primer metro y volver a casa. Pero entonces cruzó la extraña barrera de los treinta y de pronto las fiestas empezaron a significar champán de relumbrón, conversaciones de compromiso y despedirse antes de las diez para que la canguro de los niños pudiera marcharse.

A pesar de todo, Rebecca se obligaba a salir sobre todo por cuestiones de trabajo pero principalmente porque, como decía su madre, nunca se sabe cuándo puedes conocer al hombre de tu vida. Aquel día se preguntaba si estaría bien que se disculpara y se fuera a casa a tiempo para ver las últimas noticias, cuando él la abordó directamente. Un tipo feo, con pelo mate, gafas Joe 90 y tejanos que destacaban sus piernas largas y flacas. Fumaba un Gitane. Menudo imbécil pretencioso, pensó.

Pero ¿qué había pasado para que dos meses después se encontrara en aquella situación?

—Es tan extraño —dijo—. Ni siquiera me gustaba. Cuando me envió las flores ni siquiera me acordaba de él. Me suplicó que saliéramos.

Era algo tan familiar como un cuento de cabecera. Las otras asintieron con gesto soñador. Ally le cogió una patata a Jenny.

—Y entonces, una noche nos acostamos y me llevé una agradable sorpresa —prosiguió—. Me dijo que me quería, que nunca había sentido algo así por nadie. Que quería que nos casásemos y viviésemos en una de esas viejas mansiones de Hampstead que miran a Heath. Y que tuviéramos cuatro hijos que crecerían con grandes complejos porque, aunque los querríamos, resultaría evidente que nos preferíamos el uno al otro.

—Aaah —suspiró Jenny.

—Puaj —gruñó Suzy—. ¿Y qué es lo que te parecía tan maravilloso?

—Oh, Suze, ¿por qué siempre tienes que llevar la contraria? —dijo Ally—. Sabes perfectamente que ese es el sueño de toda mujer.

Suzy se encogió de hombros. Rebecca hizo como que no la había oído.

—Y lo que yo digo es ¿por qué me está haciendo esto? —preguntó nerviosa—. ¿Por qué no quiere verme?

Jenny se inclinó hacia delante y le tocó el brazo.

—Becky, estoy segura de que sí quiere verte. Si dice que tiene que trabajar hasta tarde, será porque tiene que hacerlo. Te quiere, y te lo ha dicho.

—Pero es que hace un par de semanas Tim quería estar conmigo todas las noches. Y ahora no lo veo desde el domingo. Y ese día ni siquiera quiso quedarse.

—¿Desean algo más las señoras? —preguntó Maurizio sin mucho entusiasmo. Sabía que con un pequeño empujoncito, Jenny pasaría allí toda la noche.

Por supuesto:

—Otra botella —exclamó ella blandiendo la botella de champán vacía.

—Y la cuenta —terció Ally enseguida. Jon la esperaría levantado.

—¿La cuenta? Pero si solo son... —Jenny consultó su reloj. Señor, ¿cómo era posible que ya fueran las once y media? Bueno, tampoco tenía nada importante que hacer mañana en el trabajo.

—Sí, yo también tendría que irme —concedió Suzy—. Es mi hora de conectarme a mi *hotline* particular con Hunter.

Maurizio nunca había hecho una cuenta tan deprisa. Y Ally, que no se había acostumbrado al hábito londinense de sacar directamente la tarjeta de crédito, cogió la cuenta y la estudió con gesto severo.

—¡Ciento noventa y cinco libras! ¡Por favor! Supongo que el servicio está incluido, ¿no?

Maurizio hizo una mueca.

—Bueno, sí. Aunque no es exactamente el servicio. Es por el champán, no es de la casa.

—¡Por el champán! Pero si ya hemos pagado cincuenta libras por la botella. Además —Ally estudió la cuenta, pero su supercerebro se rindió—. Y esto es demasiado para lo que hemos comido. Así que no me mienta, el servicio está incluido y no hay más que hablar.

—Oh, no nos avergüences —le susurró Jenny por lo bajo.

—¡Avergonzaros! —dijo la otra vociferando—. Ellos son los que tendrían que avergonzarse. Cargan un quince por ciento por el servicio y encima pretenden sacarte más.

Si hubiera querido provocar a Rebecca y Suzy no lo hubiera hecho mejor.

—Bueno, yo me quedo —dijo Jenny con una risita. Acababa de reparar en un hombre con el pelo largo y aspecto de griego que le hacía gestos desde la barra para que se acercara. Solo está flirteando, le dijo a su madre interior. No iba a hacer nada malo—. ¿Seguro que no queréis otra botella? —Pero todas negaron moviendo la cabeza con ímpetu.

—Mañana tengo que madrugar —dijo Rebecca.

—Vaya, antes nunca decías eso —se quejó Jenny, despidiéndose con un beso. Tiene razón, pensó Rebecca. En otro tiempo prolongaban las salidas hasta las dos o las tres de la mañana y al día siguiente trabajaban como podían con una fuerte resaca. Pero ahora a su cuerpo cada vez le costaba más recuperarse. Y además, reconoció para sus adentros, si conseguía marcharse antes de medianoche, quizá aún estaría a tiempo de hablar con Tim.

—Al menos no tenemos hijos —dijo—. Porque entonces seguro que ni siquiera hubiéramos podido salir. —Vio que Ally sonreía ligeramente. Oh, señor. Sí que estaba embarazada. Una a una todas abandonaban el barco.

—Rebecca tiene toda la razón —dijo Suzy poniéndose su cazadora Joseph de piel de cordero—. Los niños significan el fin de la vida como la conocemos. Buenas noches, Jenny. No hagas nada que yo no haría.

—Oh, de eso puedes estar segura —dijo Jenny riendo, y acto seguido cogió su vaso y se fue con gesto decidido hacia la barra.

4

—Señor, pero ¿qué le pasa a Jenny? —preguntó Ally mientras ella, Rebecca y Suzy permanecían en la acera, esperando a que les asignaran un taxi.

—Oh, se encuentra bien —comentó Suzy—. Solo está aburrida. Vive en la zona más apartada de la ciudad, y sale con un asesor de internet, fanático del bricolaje. ¿Quién podría culparla por querer algo más de la vida?

—Pues si lo que quieres es algo más de la vida desde luego Priory Street no es el lugar más indicado para buscarlo —rebatió Ally. En realidad, estaba haciendo de abogada del diablo... hacía siglos que ella no iba por Priory Street y se sorprendió al ver lo mucho que añoraba la despreocupación de las noches que pasaba allí con las amigas.

Dos coches pararon delante de ellas.

—¿Primrose Hill? —dijo uno de los chóferes.

—Oh, sí, esas somos nosotras —dijo Ally. Ella y Suzy siempre compartían taxi. Rebecca se despidió con un beso y acto seguido se subió a un achacoso Escort. En cuanto cerró la puerta, se puso a toquetear el móvil. No pudo resistirse. Apretó la tecla de rellamada.

—«Hola. Soy Tim...»

Mierda. Probó con el fijo. También el contestador. ¿Dónde demonios estaba? Repasó con rapidez los mensajes de texto archivados, por si se había saltado alguno. Tim era un gran defensor de los mensajes de texto. Él decía que era porque se pasaba el día encerrado en las bibliotecas, pero Rebecca empezaba a comprender que también era una forma de evitarla. No puedes discutir con un texto, ni hacer que se sienta culpable cuando te hace esperar durante tres cuartos de hora en el restaurante.

Volvió a pensar en su primera noche con Tim. O, más bien, en la mañana siguiente, cuando él se fue a la ducha y ella se quedó tumbada en la cama, imaginando que la esperaba en el altar. ¿Por qué siempre tenía que hacer lo mismo?, se preguntó con ironía. Incluso cuando tenía veinticuatro años y pasó una noche de alcohol y diversión —muy provechosa para su carrera, por cierto— con Henry Bagshawe, su jefe en Barter PR, casado, de mediana edad y con barba... incluso entonces a la mañana siguiente se descubrió mirando con ojos inocentes las iglesias e imaginando a su madre con sombrero y expresión orgullosa.

Solo que lo de ahora era un poco más serio. Tenía treinta y seis años, por el amor de Dios. En vez de reírse del catálogo Lakeland como antes, ahora lo hojeaba con atención e incluso escribió pidiendo una cama hinchable porque siempre había alguien que se quedaba a dormir. Dios, el otro día hasta pidió una falda de Boden. ¿Qué diría Suzy?

Rebecca se había reconciliado con algunos de los aspectos que conlleva hacerse mayor. Había aceptado que tal vez no se casaría nunca: no tendría que sufrir la agonía que suponía elegir un tocado, las discusiones sobre la disposición de los asientos o la estafa de la empresa de las marquesinas. Pero deseaba tener hijos. Y alguien con quien compartir sus problemas. Sí, era cierto, Tara siempre la ayudaba con las pequeñas tonterías, y también estaba la nueva asistenta. ¿Cómo se llamaba? Su memoria ya no era la misma. Demasiado éxtasis a principios de los noventa.

Pero incluso con esas dos personas a su servicio, en última instancia Rebecca era la principal responsable de todo. ¿No sería fantástico tener quien te dijera: «Este fin de semana te llevaré a Venecia. No te preocupes, ya he reservado hotel y vuelo», en lugar de tener que llamar una a una a todas sus amigas y suplicarles que abandonaran a sus parejas e hijos para pasar un fin de semana con ella?

La cuestión era ¿por qué aún no se había casado? Aunque seguramente ya no estaba en su mejor momento, seguía teniendo un aspecto genial, mucho mejor que durante la adolescencia, porque en aquella época estaba bastante gordita, o a los veinte, que no se caracterizaron precisamente por su acierto en el vestuario. En cambio, al llegar a los treinta tuvo una gripe gástrica que le hizo perder doce kilos en quince días, y no había vuelto a recuperarlos.

¿Qué otras cosas buenas tenía? Era una mujer de éxito... y ya nadie creía que los hombres se sintieran intimidados ante una fémina con carrera. Y cuando no se obsesionaba con Tim, resultaba ser una buena compañía, era divertida.

Y tampoco es que no hubiera tenido ocasión de sentar cabeza. Algunas de sus relaciones duraron más años que la mayoría de los matrimonios. Estaba Jack, su novio de la escuela, con el que vivió todos los tópicos adolescentes sobre el sexo en el cuarto de él, con la puerta cerrada y la ropa puesta. La relación terminó cuando los dos entraron en la universidad. Entonces Rebecca se trasladó a Melbourne y allí pasó dos años memorables con Mike, a quien amaba con locura, aunque no lo suficiente para rechazar la oferta de trabajar en Londres.

Los dos eran un encanto, pero, sinceramente, no se arrepentía de haber roto con ninguno de ellos. En aquel entonces, los hombres no eran más que una diversión en una vida llena de emociones. Fueron los que llegaron después los que le hicieron daño, pensó cuando el coche se detuvo en Dartmouth Mansions. Sobre todo Jamie, que la monopolizó antes de que cumpliera los treinta y a quien imaginaba como su futuro marido, porque eso es lo que se supone que ocurre cuando tienes un novio al final de los veinte. Se divertían mucho juntos, compraban en Selfridges, disfrutaban de lujosas vacaciones, comían en los restaurantes más modernos o disfrutaban con el sushi para llevar delante del televisor.

Y entonces, un día Rebecca se levantó y se dio cuenta de que ya no era una mujer joven con toda la vida por delante. Tenía casi treinta años y era consciente de que, aunque la mayoría de sus amigas aún no se habían casado, el tiempo se acababa. No es que quisiera casarse con Jamie, pero al menos podían vivir juntos.

Jamie no quiso darse por enterado con sus insinuaciones, así que al final tuvo que preguntárselo directamente. Ocurrió cuando estaban de vacaciones en Zanzíbar, cenando en la terraza de la azotea del hotel. Era una noche preciosa, las luces parpadeaban en la vieja ciudad de piedra, casi había luna llena y podías oír el susurro del mar. Rebecca se comió los entrantes mientras trataba de encontrar las palabras, y finalmente consiguió decirlo cuando terminaban el primer plato.

—¿Crees que deberíamos vivir juntos? —Le salió de un tirón.

Jamie se detuvo con el tenedor pinchado en un bocado de pescado con curry.

—No —dijo al final—. No lo creo.

—¿Por qué?

Jamie tenía una expresión precavida.

—Porque no quiero.

—Pero nos lo pasamos tan bien juntos...

Jamie se rió algo histérico.

—¿Eso crees?

Y entonces, como si nada hubiera pasado, empezó a hablar del libro que estaba leyendo. Rebecca estaba perpleja. La había despreciado como si tal cosa. Ni siquiera había dejado lugar a la negociación. En uno de los lugares más románticos del mundo.

Más tarde, aquella misma noche, le hizo el amor en la cama. Ella respondió con tanto entusiasmo como pudo, dadas las circunstancias. Al menos, le recordaría que tenían una vida sexual fabulosa.

—Házmelo —le susurró a Jamie al oído.

Jamie se incorporó de golpe y la apartó de su lado.

—Joder, Bec. Por eso precisamente no quiero vivir contigo. Siempre pides demasiado.

¿Pedir demasiado? Rebecca no tenía ni idea de lo que hablaba.

—Siempre con el cuento de ir a comprar. Los jodidos restaurantes. Los hoteles más finos. Estas vacaciones. Pero nunca hablamos. Nunca tocamos lo verdaderamente importante. Yo no sé qué te hace vibrar, y desde luego tú tampoco sabes nada de mí. No me quieres, Bec. Tú solo te quieres a ti.

Y tras la diatriba, Jamie se dio la vuelta y se durmió, como si no hubiera pasado nada. Rebecca siguió despierta, desconcertada y llorosa. Por supuesto que quería a Jamie. ¿Cómo podía decirle algo tan terrible? Y lo más importante, ¿qué iban a hacer ahora? Aún quedaban tres noches más en Zanzíbar y una semana en Kenia. ¿Cómo iba a pasar aquellos diez días en compañía de un hombre que, no solo no la quería, sino que además parecía despreciarla?

Pero los días pasaron. Rebecca le suplicó a Jamie que le explicara lo que estaba haciendo mal, pero él se negó a seguir hablando del tema. Rebecca se vengó acaparando los mejores asientos en el minibús del safari cada día, así que siempre tenía las mejores vistas de los leones y los facoqueros. Jamie iba en el asiento de atrás, de mal humor. En otro tiempo Rebecca se hubiera ofrecido a que se turnaran el sitio, pero ya no.

Cuando volvieron a Londres, Rebecca trató de prepararse para la ruptura, pero él no dijo nada y, sorprendentemente, la relación siguió a trancas y barrancas durante otros seis meses. Con la esperanza de que Jamie comprendiera lo que estaba a punto de perder, Rebecca compró su piso. Estuvo esperando que apareciera hasta el mismo momento de firmar el contrato, que dijera que había cometido un terrible error y que deseaba casarse mañana mismo. Pero eso no ocurrió, claro.

«Intenta minimizar los daños —le decían algunas amigas—. Déjalo ya.» Rebecca sabía que tenían razón, pero seguía posponiéndolo, hasta que una humillante noche de viernes, Jamie, después de no contestar en todo el día a sus llamadas, se presentó a última hora en su piso. Ella le esperaba con su vestido de noche de seda más bonito.

—¿Por qué no contestas a mis llamadas? —dijo con suavidad—. Ya no me quieres.

Hubo un largo silencio.

—Pues no.

—¿Cómo? —gritó ella, aunque no era ninguna sorpresa.

—Ni siquiera sé si te he querido alguna vez —dijo Jamie con expresión aliviada—. Me gustabas mucho porque eras guapa y divertida y tienes un trabajo interesante, pero nunca hubo amor.

Y se fue. Rebecca estaba desolada, pero —ahora se daba cuenta— no porque le partiera el corazón, sino porque había herido su orgullo. A una chica tan glamurosa y guapa como ella no podían dejarla, se dijo sollozando contra la almohada una y otra vez aquella noche. Y, para acabar de arreglarlo, Jamie encontró otra novia despampanante y glamurosa en cuestión de semanas y seis meses después vivían juntos.

Al volver la vista atrás, Rebecca comprendió que no lloraba porque añorara el tacto suave de la espalda de Jamie, o las peleas por el paquete de palomitas en el cine. Quizá para ella Jamie no fue más que un accesorio, al igual que ella lo fue para él. Quizá nunca lo amó de verdad. Quizá nunca había amado a nadie de verdad, excepto a Mike. Quizá —Dios, la ponía furiosa tener que admitirlo— Jamie hizo bien al romper con ella.

Pero hubiera querido ser ella quien lo hiciera.

Y entonces cumplió los treinta, y a partir de esa edad las oportunidades para obtener sexo apasionado quedaban limitadas a adolescentes, hombres casados y psicópatas. Rebecca no estaba tan desesperada como para eso, y pasó por una sequía de dos años, interrumpida únicamente por una breve aventura con Giles, de cuarenta años, quien, después de su primera y maravillosa noche, le dijo que su relación más larga había durando tres meses. Sin embargo, Rebecca se convenció de que él era su hombre y pasó un año persiguiéndolo dolorosamente.

Luego más sequía y entonces, hacía tres meses, conoció a Tim. Era el primer hombre desde hacía siglos que hacía saltar de alegría su corazón. Él le decía que la amaba y, aunque ella no estaba segura de quererlo a él, estaba convencida de que era su última oportunidad.

Rebecca estaba decidida a hacer lo posible para que la relación funcionara. Y así lo hizo: se sometía a una depilación integral a la cera, lo llevaba a restaurantes bonitos (él nunca tenía dinero), veía sus vídeos porno y fingía que le gustaban.

Pero seguía sin tener ninguna garantía de que recibiría algo a cambio de su inversión. Tim era muy inestable. Un día afirmaba que te quería y al siguiente decía que necesitaba espacio y pasaba días sin dar señales de vida.

En otro tiempo, Rebecca le hubiera dicho que se largara. Pero en aquella etapa de su vida tenía la sensación de que ya no podía elegir. Estaba siendo demasiado exigente, se decía a sí misma. Para que una relación funcione tiene que haber un compromiso. Tim era una persona creativa y no podía seguir las normas. Eso es lo que lo hacía tan especial, así que Rebecca tendría que aprender a ser menos rígida y dejarse llevar.

«¿Es uno de sus clientes?», le susurró una vocecita en su cabeza. ¿Quién había tenido la poca delicadeza de preguntar eso? ¡Katie! Ese era el nombre de la asistenta. La verdad, Rebecca no lo veía muy claro: su manera de trabajar no tenía nada que ver con la de Alicia. Aunque al menos hablaba inglés. ¡Qué pregunta! Por supuesto que no se trataba de un cliente; su trabajo no tenía nada que ver con su relación. Al menos eso esperaba. Tim le hacía muchas preguntas sobre sus contactos con las grandes empresas publicitarias y lo fácil que sería conseguir un trabajo como panelista en Arts Roundup. Pero eso era inevitable trabajando como lo hacían los dos en la industria creativa. Ello no significaba que la estuviera utilizando.

Cuando dejó el abrigo y el bolso en el suelo, Rebecca vio que la luz roja del contestador parpadeaba. ¡Una llamada! Corrió hasta el aparato y apretó el botón.

—«Hola, cielo, soy mamá. Solo quería saber si estabas bien. Sé que siempre estás muy ocupada. Si tienes un momento llámame. Me encantaría oír tu voz. Un beso.»

Ninguna llamada de Tim, pensó desolada, y entonces se dio un golpe en la cabeza por ser tan egoísta. ¡Su madre la había llamado! Y ella solo era capaz de pensar en sí misma y en sus patéticos problemas. Comprobó la hora. En Sydney sería por la mañana.

La línea con Australia chirriaba. Crrr, crrrrr. Aquel tono monótono siempre le hacía sentirse triste. Echaba tanto de menos a su madre... procuraba volver a casa una vez al año, pero no era suficiente. Ella siempre se ofrecía a pagarle el billete de avión a Londres, pero a su madre le daba miedo volar y no quería ni pensarlo.

Crrr. Clic. «Laurel Greenhall no puede atenderle en este momento...»

Maldita sea. La echaba de menos. Ojalá su madre se comprara un móvil. Ella se lo pagaría. Pero cada vez que se lo sugería su madre se reía.

Respiró hondo.

—Hola, mamá. No estás en casa. Bueno, creo que voy a acostarme. Pero volveré a llamar mañana. Cuídate.

Rebecca colgó pero, durante un minuto, siguió con el auricular en la mano, medio cegada por las lágrimas. Quizá había llegado la hora de volver a casa. Pero el negocio que tanto esfuerzo le había costado levantar estaba en Londres. Y sus amigas. Y su apartamento. Y el problema del marido difícilmente mejoraría en Sydney, porque allí los hombres o bien eran unos palurdos o gays.

El teléfono sonó.

—¿Mamá?

La persona que llamaba pareció divertida.

—¿Parezco tu madre?

—¡Tim! ¡Hola!

—Hola, cariño.

Estaba borracho, pero al menos había llamado.

—¿Qué haces?

Es la una de la mañana. Tengo una reunión a las nueve. ¿Qué crees que estoy haciendo? Pero lo que dijo fue:

—Nada.

—Entonces, ¿puedo ir y asaltarte?

—Pues claro. —Y se rió aliviada.

—Genial. Estoy a la vuelta de la esquina. En cinco minutos estaré ahí.

¡Cinco minutos! Cinco minutos para quitarse su feo pijama, sacar su *negligé* de agente *provocateur* de la cómoda, ir corriendo al cuarto de baño, enjuagarse la boca con Listerine, cepillarse el pelo, quitarse el lápiz de labios y sustituirlo por brillo.

¿Y ahora qué?

Oh, sí. ¡Una vela! Enciende una vela. Para cuando sonó el timbre, Rebecca jadeaba como si hubiera corrido una maratón.

—Hola —dijo jadeante al intercomunicador poniendo la voz más cariñosa posible.

—Hola nena.

Se puso junto a la puerta con gesto seductor. Tim salió del ascensor y entró a toda prisa en dirección al lavabo.

—¡Me estaba meando! —gritó él por encima de un estruendo que parecían las cataratas del Niágara.

La meada pareció durar unos cinco minutos. En un primer momento, Rebecca se sentó en el sofá, pero le dio frío. Cogió la vela y se fue a la habitación. Mierda. Había olvidado hacer la cama, como siempre. No importa. Arregló la colcha a su alrededor.

Tim apareció en la puerta, balanceándose ligeramente con su parca de nailon de siempre.

—Nena —musitó. Se quitó la camisa, las zapatillas de deporte, los tejanos. Y se dejó caer en la cama, a su lado, con los bóxers del pato Daffy—. Me alegro de verte. —Le dio un beso con sabor a cerveza y se dio la vuelta.

En cuestión de segundos ya estaba roncando, con pequeños y cómicos gemidos. Solo que no tenía gracia. Rebecca no se lo podía creer. Menuda cara. Ella desviviéndose y él... la utilizaba. Como si fuera una pensión. Eso no podía ser. Lo despertaría y le exigiría sexo.

No, espera. Quizá estaba siendo demasiado exigente. Pobre Tim. Trabajaba mucho. Tenía derecho a salir y emborracharse con sus amigos.

Aun así, si Rebecca lo seducía, se daría cuenta de lo afortunado que era. Empezó a restregar su cuerpo contra la espalda de Tim. Le cubrió la espalda de besos y entonces metió la mano por la abertura de sus bóxers y la ahuecó sobre su pene flácido.

Los ronquidos se hicieron más fuertes.

Rebecca se rindió. Dios, en realidad ni siquiera le apetecía echar un polvo. Estaba agotada. Pero a ver cómo iba a dormirse ahora con tanto ruido.

Durante la siguiente hora, estuvo tendida en la oscuridad, preguntándose qué había salido mal, si era una bruja por no querer que su novio borracho se le durmiera. ¿Por qué es tan importante?, se preguntó. ¿Por qué creo que necesito tener novio? ¿Por qué no puedo ser feliz yo sola?

Y entonces pensó en su madre, sola. Y supo que no quería acabar como ella. Rebecca había conseguido todo lo que quería. Y lograría que aquello funcionase.

5

La primera noche que trabajó en casa de Rebecca no fue nada. Pero en su segunda visita Katie empezó a comprender dónde se había metido. Al tercer día, era imposible escapar a la verdad.

Rebecca Greenhall representaba el triunfo del estilo sobre el desorden. En otras palabras, era un auténtico desastre.

El quinto día en su nuevo trabajo, Katie abrió la puerta de la calle y desactivó la alarma, perfectamente consciente de lo que le esperaba. Katie siempre había pensado que la gente ordenaba un poco su casa antes de que llegara la asistenta pero, quizá porque era extranjera, parece ser que a Rebecca esa idea no se le había pasado por la cabeza. O quizá sí que había ordenado un poco. La idea era demasiado aterradora.

Katie se puso el viejo delantal rojo que había descubierto en su última visita hecho un pingo en el fondo de un cajón de la cocina y se preparó para lo peor.

Tarea número uno: abrir las ventanas para dispersar el olor a humo que se notaba en la habitación como un sudario. Rebecca no fumaba, así que habría sido el novio. Poner el lavavajillas, aunque solo hubiera tres vasos y un cenicero dentro. Limpiar la barra de la cocina y barrer el suelo. Por suerte, Rebecca no dejaba muchos platos por fregar. O comía fuera o no comía.

Tarea número dos: entrar en el dormitorio. Recoger los calcetines que seguían donde Rebecca se los había quitado y las uñas cortadas de color borgoña que había tiradas por la alfombrilla de la cama. Retirar una toalla húmeda de encima de la cama y poner la funda de una almohada manchada de rímel con la ropa sucia. ¿Es que Rebecca no se quitaba el maquillaje por la noche? ¿O habría estado llorando? Katie se preguntó si su jefa tendría idea de las muchas cosas que sabía de ella.

Tarea número tres: el cuarto de baño. Aclarar los restos de exfoliante de agua de mar de la bañera. Echó un vistazo al interior del pequeño armario cromado que había encima del lavabo: crema para aftas, un tubo de Zovirax, polvos para el pie de atleta, crema bronceadora, un paquete de hojas de afeitar y veinticuatro tubitos de champú, acondicionador y loción corporal sustraídos en cuartos de baños de hoteles de todo el mundo. Si por alguna razón de pronto Rebecca se quedara en la ruina, tendría suficientes muestras para tener el pelo limpio y la piel hidratada el resto de su vida.

También tendría suficiente ropa, libros y bolsas de maquillaje de color berenjena de las que regalan por la compra de dos productos de Estée Lauder, incluyendo uno para el cuidado de la piel. Porque, para su sorpresa, Rebecca era de las que lo guardaban todo. Sus armarios estaban a rebosar de fulares de ganchillo de color rosa y los cajones de su mesa de despacho contenían montañas de postales navideñas que decían «Felices Pascuas 1997 de todos en Shlalwar Tandoori» y recortes de periódico con los diez parajes más románticos de la Provenza. A Katie le daban ganas de tirarlo todo. Quizá en un par de meses, cuando se conocieran un poco mejor. Aunque dentro de un par de meses ella ya no estaría allí.

Por el momento, empezó por reorganizar la colección de maquillaje de Rebecca. Con alegría, Katie empezó a revolver entre docenas de tubos y polveras que había en una canasta junto al fregadero. Con receta... quizá esa era la base perfecta de maquillaje de la que le habló. Utilizando la pequeña esponjita triangular, Katie se aplicó el maquillaje con suaves toquecitos por toda la cara. Quizá no era su color, pero no estaba mal.

¿Y ese rímel? Shisheido. Katie se aplicó un poco en las pestañas. Era de un precioso violeta que resaltaba sus ojos marrones. Oooh. A ver. ¿Y qué tal si probamos ese colorete...?

Su móvil estaba sonando. Katie se sobresaltó como si le hubieran disparado. Se lo sacó del bolsillo. Oh, solo era Crispin.

—Hola —dijo.

—Hola, cielo —Se oía el sonido del tráfico de fondo. Seguramente Crispin iba en un taxi—. ¿Estás ocupada?

—Por supuesto —repuso ella en tono altanero.

Él se rió.

—Me lo imaginaba. ¿Haciendo qué exactamente?

Probándome las posesiones personales de mi jefa.

—Limpiando, por supuesto.

Otra risa.

—Pobrecita.

La irritación que los comentarios inocentes de Crispin solían provocarle reaparecía. Solo porque tú eres un abogado importante y yo estoy en paro..., pensó.

—No hace falta que te rías —dijo, lo cual era injusto, pensó al instante. Crispin no se estaba riendo de ella. La compadecía de verdad.

—¿A qué hora terminas? —preguntó él—. Ahora tengo una reunión en Mayfair. Y por una vez creo que terminará pronto. Así que he pensado que podía llevarte a cenar. Hay un sitio genial en Shepherd's Market que me gustaría probar. Es mexicano-polaco.

¿Qué les pasaba a los hombres con la comida? Crispin y Ronan estaban obsesionados con preparar comidas al estilo de Gordon-Ramsay y probar cada nuevo restaurante antes de que tuviera tiempo de abrir sus puertas. Katie se hubiera contentado con subsistir durante el resto de su vida a base de latas de atún en escabeche.

—No voy precisamente vestida para la ocasión —dijo ella mirándose sus tejanos y las zapatillas de deporte sucias. Crispin era un hombre muy tradicional y, aunque nunca decía nada, se notaba que la prefería con falda. Una vez casi se desmaya cuando la vio con sus llamativas botas blancas hasta la rodilla. «Son un poco escandalosas, ¿no?», le dijo pestañeando. Así que Katie las escondió bajo la cama y no volvió a ponérselas.

Sin embargo, en aquellos momentos no parecía preocupado.

—Bueno, ya sabía que irías con tu ropa de trabajo, corazón. ¿A qué hora quedamos?

—Para las seis ya estaré lista.

—¿Nos encontramos en el pub que hay en Shepherd Market? En la esquina de la calle donde está el cine, donde vimos aquella película bosnia. A las seis y media. ¿Vale?

—Estupendo.

Katie arregló la cocina, cambió la funda del nórdico, limpió el polvo y pasó la aspiradora, aunque no le gustaba la forma en que la lucecita roja del aparato parpadeaba. El móvil volvió a sonar.

Jess.

—¿Qué puedo hacer por ti? —Katie no había visto a su prima desde ayer por la mañana. Había pasado la noche fuera otra vez.

—Oh, Katie. He pasado una noche increíble.

—¿Con quién?

—Bueno, se llama Antoine. Ya sé que suena afeminado, pero es un tipo increíble.

—¿Dónde le conociste?

—En el Century. —El Century era un club de Shaftesbury Avenue frecuentado por actores—. Los dos estábamos en la barra y él me invitó a una copa. Acabamos completamente borrachos y fuimos a su casa y fue maravilloso.

—O sea, que podría haber sido cualquiera. —Katie trató de evitar el tonillo de desaprobación. Jess juraba y perjuraba que siempre utilizaba condones, pero eso no evitaría que la violaran o la asesinaran.

—No, Kate, no podía ser cualquiera. Este conoce a Petronella. Así que es perfectamente legal. Y me pidió mi número de teléfono. Tengo un buen presentimiento.

—Estupendo —contestó Katie tranquilizándola. Mientras hablaba, iba de una habitación a otra, vaciando los cubos rebosantes en una bolsa negra. El pitido de llamada en espera sonó. Orla. Oh, mierda, tenía que hablar con ella.

—Jess, mira, tengo que dejarte. Te veo luego. ¡Buena suerte! Hola, Orls, ¿cómo estás?

—Muy bien —contestó Orla—. Acabo de volver del curso de meditación.

—¿Ah, sí? ¿Y cómo ha ido?

—Maravillosamente. Nos levantábamos a las cuatro de la mañana cada día y meditábamos hasta la hora de comer. Y cada día me acostaba a las nueve. Y hemos hecho una dieta de desintoxicación durante tres días, a base de zumo de agropiro. Me siento mucho más fuerte.

Orla era una antigua amiga del colegio, y una de las mejores chicas que conocía. Y también una de las más excéntricas. Tenía algo de dinero proveniente de la familia, lo que significaba que nunca había tenido un trabajo estable y que pasaba el tiempo haciendo cursos de meditación, yoga y cestería. A pesar de todo, a Katie le parecía que estaba un poco sola. No había tenido pareja estable desde hacía siete años.

—Y me preguntaba si no te apetecería venir conmigo al cine —decía Orla en ese momento—. A una de las primeras sesiones, claro, porque tengo que levantarme a las cinco y media para el yoga.

Señor. No resultaba extraño que estuviera sola. Además de levantarse temprano, no fumaba ni bebía y seguía una dieta macrobiótica muy estricta que no solo excluía la carne, los productos lácteos y el trigo, sino también los tomates, berenjenas y pimientos, porque procedían de «la planta de la belladona».

—Me encantaría —dijo Katie algo ausente—. Mañana estaría bien. ¿Por qué no miras qué películas dan y me llamas luego? ¡Oh, mierda!

—¿Qué?

La condenada bolsa se había roto y había dejado caer sobre el parquet de color claro de Rebecca colillas, posos de café, botes de champú, algodoncillos, paquetes de cigarrillos (Peter Stuyvesant: vaya, estaba claro que el novio de Rebecca era un intelectualoide), el rollo vacío de papel del váter y media tonelada de envoltorios de plástico.

—Vaya —exclamó—. Orls, tengo un pequeño problema. No te preocupes. No es nada grave, pero tengo que dejarte. Llámame mañana. —Nada. A por la aspiradora. Katie consultó su reloj. Llegaría tarde a su cita con Crispin. Qué mala suerte. Sacó la aspiradora del armario de la cocina, la enchufó y aplicó la cabeza del aparato sobre la basura.

No pasó nada.

Katie colocó la mano ante la abertura. Emitía una leve brisa, como la respiración de un bebé. Pero no aspiraba nada. Maldita sea.

La lucecita roja había dejado de parpadear y se había quedado encendida de forma permanente. Katie tenía la terrible sospecha de que la bolsa estaba llena. Pero ¿cómo demonios se hacía para cambiarla? Nunca había hecho nada parecido. De todos modos, no recordaba haber visto ninguna bolsa debajo del fregadero. Fue corriendo a mirar. No, nada. Y encima se había olvidado de comprar bolsas de la basura.

¡Socorro! ¿Qué iba a hacer ahora con la basura? Podía barrerlo todo y salir corriendo a comprar bolsas. Pero eso significaba llegar muy tarde a su cita con Crispin. Y lo peor es que era posible que entretanto Rebecca llegara a la casa y la descubriera. Katie no quería pasarse el resto de su vida limpiando, pero, la verdad, tampoco le hacía gracia que volvieran a echarla.

Había una solución. Katie cogió una escoba con un mango muy largo y empezó a empujar la basura hacia el sofá. Escóndela toda debajo y reza para que Rebecca no se dé cuenta. Lo recogería todo con la aspiradora cuando volviera el viernes.

El móvil sonó. Su madre. Apretó el botón de ocupado.

—Vete.

Volvió a sonar otra vez. Otra vez su madre.

—¿Sí? —espetó al fin Katie.

—¿Es esa forma de contestarle a la gente? —dijo su madre.

—Mamá, ya sabía que eras tú. Se llama identificador de llamada. —Minette Wallace lo sabía muy bien. Trabajaba como directora de personal de una importante empresa cristalera en Solihull, y tenía a su cargo a quinientas personas. Pero en presencia de su familia era la perfecta esposa amish e insistía tímidamente en que no sabía cómo poner en marcha el vídeo o conectarse a la red.

—¿Es decir, que sabías que era yo y me has contestado en ese tono expresamente?

—Mamá, estoy muy ocupada. Así que, si no te importa...

—Pues claro, hija. ¿Qué tienes entre manos?

—Yo... tenía que ir a una entrevista de trabajo. —No podía decirle a su madre que trabajaba como asistenta.

Su madre lo entendió.

—Oh, no te entretendré. Solo quería recordarte que tu padre y yo salimos hacia Vietnam el lunes. Pero antes de irnos quería asegurarme de que tú y Crispin vais a venir el fin de semana de Pascua.

—Eeeh... ¿cuándo es Pascua?

—Katie, te lo he dicho mil veces. Es el 20 de abril. Bueno ¿qué dices?

Katie se sintió un poco coaccionada. Detestaba que su madre tratara siempre de hacer que ella y Crispin participaran en la vida familiar. Y, para ser sincera, no disfrutaba especialmente cuando llevaba a Crispin a su casa. Su madre siempre se reía demasiado fuerte de sus chistes, agitaba las pestañas con coquetería cuando le pedía que la ayudara a llevar una pesada mesa de la sala de música a la sala de estar y se ponía a hacer ohs y ahs cuando él insistía en preparar alguna cosa rara para la comida.

—Ojalá enseñaras a Katie a cocinar, Crispin —le dijo una vez.

—No serviría de nada —señaló ella—. Entre él y Ronan nunca tengo ocasión de entrar en la cocina.

—Sí —le dijo su madre—, pero no vas a vivir con Ronan para siempre. —Y le guiñó un ojo.

Al menos su padre se comportaba como siempre, es decir, que hacía como si Crispin no estuviera, si no era para hablar de fútbol. Durante su primer año de relación, lo llamó Paul, y eso cuando lo llamaba de alguna forma. Katie se ponía furiosa, pero ahora, al volver la vista atrás, le parecía divertido.

—¿Y bien? —insistió su madre.

—No sé, mamá. Pero he quedado con Crispin esta noche, se lo preguntaré. Te llamaré mañana, lo prometo.

—¿Lo ves esta noche? Pues dale un abrazo de mi parte.

—¿Y qué pasa con mi entrevista? —preguntó Katie, molesta porque su madre ya se había olvidado, como si no existiera.

—Oh, claro, buena suerte, cielo. Ya hablaremos mañana. Oh, y Elton te manda un beso. Adiós.

Elton era el viejo cocker spaniel de la familia y a veces Katie tenía la sensación de que era el verdadero amor de su vida. Cuando estaba cerca, Crispin se ponía muy nervioso y no dejaba de enseñar el puño y decir «Buen perro». Los perros le daban miedo desde que era pequeño, porque el doguillo de un vecino le mordió. Cuando se lo contó, Katie profirió toda serie de sonidos indicando que lo comprendía, pero para sus adentros no pudo evitar pensar que era un memo.

Diez minutos más tarde, la basura estaba apropiadamente escondida y Katie se fue. Llegó al pub sudando.

—¿Qué le ha pasado a Katie? —le preguntó Crispin riendo, sentado en un rincón con su vaso de bitter—. Tienes el pelo revuelto. ¿Y por qué llevas las pestañas de ese color tan divertido?

Crispin. En otro tiempo, con solo ver su hermoso perfil era feliz. Se conocieron hacía tres años en una fiesta. Katie le dio su número, pero durante dos semanas se empeñó en no contestar a sus llamadas. Cuando por fin se dignó salir con él, al final de la velada le dio un rápido beso en la mejilla y entró corriendo en su casa.

No le dejó hacer manitas hasta la tercera cita y no se acostó con él hasta que no transcurrió un mes. Y aunque en el aspecto sexual no era nada del otro mundo —la primera noche no se le levantaba y la segunda se corrió a los cinco segundos—, Katie se decía que el buen sexo evoluciona con el tiempo.

Crispin estaba de acuerdo. Así que fue y se compró un montón de manuales sobre sexo y se obsesionó con encontrarle a Katie el punto G. Durante horas, Crispin la obligaba a adoptar diferentes posturas, al igual que integrantes del Circo estatal de Moscú, hasta que una noche, cuando estaba tendida sobre la espalda en una postura relativamente cómoda, mintió y le dijo que por fin lo había encontrado. Crispin era demasiado caballero para correrse antes que ella, así que Katie se convirtió en una experta en fingir orgasmos.

A veces eso preocupaba a Katie, pero entonces recordaba que la fase de arrancarse el uno al otro los pantalones con los dientes nunca duraba más que unos pocos meses, y que después el sexo se convertía en algo más cotidiano. Todo el mundo lo sabía, aunque no quisieran reconocerlo. Era mucho más maduro embarcarse en una relación de esa manera que en el calor de la pasión. La diferencia estribaba entre sacar la pizza del congelador y meterla en el microondas o sacarla el día antes y dejarla descongelar y después prepararla en un horno precalentado durante veinte minutos. En realidad, Katie no veía nada malo en lo primero, pero Ronan siempre decía que la segunda opción era mucho mejor.

Casi tres años después, Katie aún se sentía cautivada por la belleza de Crispin. Pero su aspecto no era lo único que le atraía de él. Era amable, inteligente y, lo mejor de todo, le transmitía seguridad. Katie sabía que siempre la querría de forma incondicional y nunca la traicionaría. Era como una orca, eso decía él. «Las orcas se aparean de por vida, como yo —declaraba, mirándola fijamente a los ojos—. Vi un documental en el canal Discovery.»

Katie se detestaba por ello, pero cuando Crispin decía aquello a veces le daban ganas de darle un sopapo. No porque no apreciara sus sentimientos, sino porque su expresión bobalicona la ponía enferma.

—¿Cómo te ha ido el día? —le preguntó en ese momento.

Ella se lo contó y él rió; le revolvió los rizos y le dijo lo lista que era y la censuró por haber aceptado aquel trabajo y no dejar que él cuidara de ella.

—No me gusta Katie cuando está estresada —dijo él besándola—. Me gusta cuando está feliz. ¿Por qué no viene Katie a vivir conmigo y olvida esa tontería de limpiar? Yo la cuidaré.

—No puedo —contestó ella sinceramente—. Sabes que firmé el contrato hasta junio. Le prometimos al propietario que seríamos nosotros tres quienes viviríamos en el piso, que no meteríamos a ninguna otra persona. Si yo me fuera los otros dos se quedarían colgados.

Ya habían hablado de eso otras veces, y Crispin se había ofrecido a pagar su parte del alquiler hasta junio, pero Katie decía que eso le haría sentirse como una mantenida.

—Lo sé, cariño. —Crispin sonrió—. Eres tan independiente. Bueno, ¿qué quieres tomar?

—Vodka y tónica. Y patatas. Con sal y vinagre, por favor. —Crispin arrugó la nariz por sus gustos plebeyos, pero aun así se levantó y se abrió paso hasta la barra entre la multitud de personas que habían invadido el local después del trabajo. De pronto Katie se sintió cansada. Para ser sincera, hubiera preferido estar en casa con Jess y Ronan, o en Pizza Express, cenando con alguna amiga, y no allí, sabiendo que tendría que escuchar cada detalle sobre la jornada de Crispin.

Katie se sintió culpable. Tenía un hombre que la adoraba, que sería un marido estupendo y un padre maravilloso. ¿Y qué si no era siempre perfecto? ¿No era mejor que acabar como Jess u Orla?

Pero había una cosa peor que no tener pareja, y era tener una pareja que se comportase como tal. Quedarse apoltronados en el sofá viendo la serie sobre la vida en pareja *Cold Feet*. Preparar cenas para otras parejas. La idea le resultaba tan aburrida que le daban escalofríos. Además, nunca hay que confiar demasiado en otra persona. No porque Crispin pudiera dejarla, pero, supongamos que... que muriera... o algo por el estilo. Una de las pocas cosas que la ayudaron a seguir adelante cuando rompió con Paul, el amor de su vida, era que seguía teniendo a sus amigas.

Por eso insistía tanto en que los dos dedicasen mucho tiempo a sus amigos. Cuando él se pasaba el sábado buscando la pantalla perfecta para una lámpara en los mercados de antigüedades, ella y Jess buscaban un par de zapatos por King's Road. Cuando a ella le apetecía quedarse a ver el Top 100 de las personalidades televisivas, él salía de marcha. Así, los dos disfrutaban de las ventajas de la vida de solteros, sin tener que aguantar el sufrimiento de las aventuras de una noche o de tener que esperar que el teléfono sonara. Katie no entendía por qué los demás no hacían lo mismo.

Crispin volvió con las bebidas y se puso a contarle cómo le había ido el día: clientes, oficinistas, un nuevo caso que le habían encargado esa tarde y que debía tener preparado para el lunes por la mañana.

—Así que tendré que trabajar buena parte del fin de semana. ¿Te importa?

—No, claro que no. —Katie estaba acostumbrada.

Es justo lo que necesito, pensó mientras Crispin seguía hablando, cada vez más expansivo porque ya iba por su segunda cerveza. Un trabajo de verdad. Entonces me respetaría a mí misma. Siempre busco los defectos a nuestra relación porque no estoy satisfecha conmigo misma. No tiene nada que ver con Crispin. Soy yo.

Decidió que pasaría el fin de semana buscando en las ofertas de trabajo del *Guardian*.

—Pero tengo una buena noticia —decía Crispin en ese momento.

—¿Ah, sí?

—¿Adivina a quién vamos a ver?

—No sé.

Crispin sonrió, disfrutando de tenerla en ascuas.

—¡Al Boss!

—¿Al qué? —Sabía que Crispin adoraba su trabajo, pero ¿por qué le entusiasmaba tanto la idea de ver a Colin Dickenson? Ese era el nombre ¿no? El corpulento director del bufete.

—¡Venga, Katie! ¡Ya sabes! El Boss. Bruce.[1]

—¡Oh! —Al principio de su relación Katie trató de hacer feliz a Crispin fingiendo que le gustaba Bruce Springsteen.

—Es estupendo —mintió—. ¿Cuándo?

—El sábado de Pascua. Actúa en Wembley. Las entradas están más buscadas que el oro, pero yo estaba decidido a conseguirlas para mi Katie.

—Oh, Crispin, es un detalle muy bonito. —El sábado de Pascua, así que puedo ponerlo como excusa para no ir a casa de mis padres. Las cosas malas siempre tienen su lado bueno.

Él sonrió con orgullo.

—¿Vamos a comer algo?

Al ver su rostro entusiasmado, de pronto Katie se sintió muy culpable. Era una desagradecida. Tenía mucha, muchísima suerte de tener un hombre como aquel.

—¿Qué haría yo sin ti? —le dijo a Crispin, y le dio un beso en la mejilla.

1. Bruce Springsteen es el Boss, que significa «jefe». *(N. de la T.)*

6

Cuando la gente conocía a Crispin, la misma expresión se dibujaba en sus rostros. Katie la conocía muy bien. Una expresión que significaba: ¿Cómo ha conseguido atraparlo?

No le importaba, en realidad le resultaba divertido. Porque, aunque tenía un aspecto y una inteligencia normales, si en algo destacaba Katie era en que sabía atrapar a un hombre.

No siempre había sido así. En la escuela, Katie no era la típica chica de la que todos se enamoran... eso era para Lisa Thompson, con sus largas piernas. En su adolescencia, Katie tenía una bonita sonrisa y unas bonitas tetas, pero sus piernas eran llenitas y su piel grasa. Pasaba mucho tiempo comprando pantalones y poniéndose cremas para las espinillas, que le dejaban marcas en la cara y le manchaban de amarillo la funda del nórdico.

Katie aprendió a jugar duro dos meses después de su decimocuarto cumpleaños, cuando hizo manitas con Matthew Williams en una fiesta. Al día siguiente lo llamó, pero su hermano le dijo que había salido. Dejó su número y, cuando vio que pasaban las horas y él no llamaba, volvió a intentarlo. Y otra vez, y otra. Matthew siempre estaba fuera, aunque en una ocasión le pareció oír risitas. Después de una semana, se rindió. Volvió a verlo en una fiesta, él estaba con unos amigos, bebiendo sidra de botellas de plástico. Cuando pasó por delante, se pusieron a reír. «Puta», dijo uno por lo bajo.

Y se acabó. A partir de entonces, Katie decidió que no volverían a humillarla. Era ella ahora quien se hacía de rogar. Aunque su época de estudiante estuvo marcada por una serie de desengaños amorosos, jamás lo confesó ante nadie. En la discoteca de la escuela, cuando Richard Bedford le pedía que bailaran el «True» de Spandau Ballet, ella bailaba. Pero cuando la voz de Tony Hadley se fundía para dar paso al «Endless Love» de Lionel Richie, ella sonreía y decía que necesitaba beber algo y desaparecía.

Cuando los chicos la llamaban después de clase, ella le pedía a su hermano pequeño, Nick, que se pusiera y dijera que había salido. Cuando se presentaban a la puerta de su casa, ella salía por la de atrás. Y aunque al rato volvía, no especificaba dónde había estado ni qué había hecho (normalmente viendo la televisión y comiendo helado en casa de Orla... antes de que se apuntara al vegetarianismo estricto, claro).

Katie jugaba con los chicos, pero era fiel a sus amigas. Los chicos iban y venían, pero las amigas siempre estaban a tu lado y ella estaba decidida a no fallarles. Si quedaba con una amiga, jamás anulaba la cita para ir con un chico. Bueno, si se trataba de Richard Bedford sí, claro, pero incluso él tenía que quedar con ella con antelación.

Nadie tenía tanta voluntad como ella. Katie se enfadaba cuando Orla cancelaba una tarde en el cine para quedarse sentada en los escalones del monumento a la guerra, compartiendo Marlboros con un chico de un curso superior. No era nada personal... y siempre había otra amiga con quien ir al cine. Lo que enfurecía a Katie era que al dejarlo todo por un chico, Orla se ponía en sus manos. Nunca ocurría al revés, le señalaba Katie, y aun así trataba de callarse los «te lo dije» cuando a las pocas semanas Orla lloraba desconsolada porque la habían dejado. No es de extrañar que acabara teniendo su relación más significativa con una esterilla para hacer yoga.

Cuando terminó la carrera, Katie tuvo dos relaciones que duraron más de un año. Ella fue quien rompió las dos. Entre medias tuvo alguna aventura ocasional. A veces el tipo quería llegar más lejos, a veces lo deseaba ella. Pero si la llamada no llegaba, lo dejaba pasar. Tenía que pasar, tenía que pasar, se decía. Y normalmente la llamaban. Desde que Katie tomaba la píldora, las espinillas habían desaparecido y sus pechos se habían vuelto más imponentes. Tenía veintitrés años, acababa de llegar a Londres y no tenía ninguna preocupación. De hecho empezaba a sentirse muy satisfecha de sí misma.

Y entonces conoció a Paul.

La primera vez que Katie se encontró con su verdugo fue en el pub, después del trabajo. Él era un reportero junior de Channel Update, donde Katie trabajaba como secretaria. Con el tiempo, su idea era ser presentadora, aunque era demasiado joven y optimista para preocuparse ni remotamente por lo que debía hacer si quería empezar a subir escalones. Deseaba incorporarse al mundo del trabajo con sus emocionantes rituales: dejar los trajes en la lavandería, comprar sándwiches en Pret y llamar a las amigas para decirles en un tono importante que tenía que trabajar hasta tarde y no podía salir con ellas.

Paul tenía una altura normal, y era más rechoncho de lo que a Katie le hubiera gustado, pero también es verdad que su anterior ligue tenía el culo muy grande y ella descubrió que le encantaba agarrarse a él. A Katie le gustaba la forma en que sus mechones de rizos castaños le caían sobre la frente. No fue un amor a primera vista, aunque más adelante tratara de convencerse de lo contrario. Paul le gustaba con locura.

Lo que significa que cuando Jeevan, un divertido productor, los presentó, Katie sonrió, le estrechó la mano y acto seguido se dio la vuelta y se pasó el resto de la velada charlando animadamente con Marina, una investigadora.

En las semanas siguientes, Katie lo observó por la oficina. Le gustaban sus andares, y la forma en que su lengua asomaba ligeramente entre los labios cuando sonreía. No tenía ni idea de lo que pensaría de ella. Una vez lo sorprendió mirándola y él sonrió, pero, claro, él sonreía a todo el mundo. Aun así, Katie sabía que solo un perdedor demuestra abiertamente que otra persona le gusta.

Para la fiesta de Navidad, Katie se probó por lo menos quince vestidos, antes de decidirse finalmente por un previsible vestido negro. Cuando se trataba de ropa, Katie se inspiraba en Rachel, de la serie *Friends*: bonita pero no excesivamente moderna, sexy pero no vulgar. No comprendía a esas chicas que insisten en vestirse de alta costura: los hombres no entienden de trapos.

Llegó tarde expresamente. En cuanto entró en la sala, lo vio bailando fatal con su artística chaqueta de cuero marrón. En su organismo las sustancias químicas empezaron a desbocarse. Katie no le hizo el menor caso en toda la noche y se divirtió con otros hombres. Y cuando al final de la fiesta discutían unos con otros quién podía llevarlos a todos al Groucho Club, ella se esfumó.

En la oficina se iba enterando de chismes.

—¡Uau! Mira qué tía —dijo Jeevan con un gemido. Él y Katie estaban comiendo en la cantina, que Update compartía con otras empresas. Tenía los ojos clavados en un culo bien redondeado que se había inclinado sobre la barra de ensaladas—. Trabaja de contable en la agencia de publicidad, en la planta siete. Ya me gustaría poder tirármela. Ese cabrón con suerte de Paul Grant la tiene en el bolsillo. Siempre consigue a las más guapas. ¿Cuál es su secreto?

Ese tipo de comentarios normalmente la repelían. Mujeriegos. ¿Quién quería a un mujeriego? Pero, extrañamente, lo que ocurrió ese día azuzó su carácter competitivo. Ella era más guapa que su rival, y más joven, y tenía un culo muy presentable.

Ahora, cuando pensaba en todo aquello, se espantaba. ¿Qué se proponía hacer, quitarle el hombre a otra? Pero ese era el efecto que Paul tenía sobre ella, la impulsaba a hacer tonterías.

—Paul Grant está enamorado —dijo Marina un par de semanas después cuando andaban viendo ropa por Hennes a la hora de comer—. Ella es francesa, vive en París. Por lo visto, se está planteando dejarlo todo y marcharse a vivir allí.

Aun así, Katie se sentía extrañamente tranquila. De alguna forma sabía que él era su destino.

Su política de no hacer absolutamente nada —no flirtear, no sonreír, no mandar e-mails— dio su fruto. Unas dos semanas después hubo una reestructuración en Update. Katie fue trasladada a la oficina de asuntos pendientes: Paul estaba dos mesas más allá. Ni estando casados hubieran pasado más tiempo juntos.

En su nuevo trabajo debería contestar a las llamadas que recibía todo el mundo, lo que le permitía supervisar muy de cerca la vida amorosa de Paul. Una voz francesa preocupantemente sexy preguntaba por él al menos tres veces al día. Y Paul pasaba una cantidad anormal de tiempo conectado a internet buscando vuelos baratos en la compañía Eurostar.

Katie nunca le preguntaba. Cuando sabía que él podía oírla, llamaba a sus amigas y comentaba entre risitas sus planes para el fin de semana; procuraba que quedara bien claro que llevaba una vida divertida e interesante. Cuando Paul hablaba con ella, Katie se mostraba amable, pero no más que con el resto de la gente.

Cuando llevaban diez días trabajando juntos, él le preguntó en un tono informal si le apetecía que comieran juntos.

—¿Por qué no? —dijo ella.

Fueron a la brasería Nino, y ella pidió una hamburguesa con patatas.

—Vaya, una mujer que come —dijo Paul en tono aprobador—. Eso me gusta.

Por supuesto que te gusta, por eso he pedido toda esa porquería. Por la misma razón, Katie asintió con entusiasmo cuando él sugirió que pidieran una botella de vino, aunque a la hora de comer el vino le producía somnolencia.

Como lo único que tenían en común era el trabajo, de eso hablaron.

—Update es un buen sitio para trabajar —dijo él—. De hecho, acepté un recorte de sueldo para trabajar aquí. Aunque evidentemente no es lo que quiero a largo plazo.

—¿Y qué quieres?

—Un puesto en el extranjero —dijo él sin mirarla a los ojos—. Algo con Radio 4, tal vez. Ya veremos.

—Hay tiempo de sobras para eso.

—No tanto. Me estoy haciendo mayor.

—¿Qué dices? ¿Cuántos años tienes?

—Treinta y dos.

Katie estaba sorprendida, y así se lo dijo. Ella le echaba unos veintisiete. Él aceptó el cumplido con un gesto de la cabeza y sonrió. Evidentemente, ya le habían dicho aquello otras veces. A Katie no le preocupaba la diferencia de edad; al contrario, le gustaba la idea de estar con un hombre mayor.

Para cuando terminaron de comer, Katie tenía claro que le gustaba a Paul. La clave estaba en la conversación. Después de hablar del trabajo, charlaron sobre libros, películas, programas de televisión y lugares favoritos para las vacaciones.

Paul no mencionó ni una sola vez que tuviera novia.

¡Bingo!, pensó Katie. Los amigos hablan de sus parejas. Los hombres que fingen que no tienen vida privada quieren llevarte a la cama.

Cuando salieron del restaurante, Paul estaba muy callado.

A la mañana siguiente, cuando llegó al trabajo, Katie encontró un e-mail esperándola.

«¿Te gustaría ir al cine mañana por la noche?»

El estómago le dio un vuelco, pero siguió sentada en perfecta compostura. No lo miró, aunque podía sentir sus ojos observándola. Abrió sus otros e-mails, consultó su buzón de voz, fue a la cantina a comprar una ronda de tés y al volver contestó.

«Lo siento. Mañana estoy ocupada. Otro día.»

La respuesta llegó enseguida. «¿El lunes?» Hubiera podido sugerir el viernes, sábado o domingo, pero pedir una cita en noches tan evidentes habría sido excesivo.

Diez minutos más tarde, Katie contestó. «El miércoles me iría mejor.»

Así que quedaron el miércoles, lo que significaba que tenía una semana para depilarse, exfoliarse, aplicarse un falso bronceador y retirarlo con pasta de dientes cuando empezara a agrietarse y ponerse naranja. Fue al gimnasio todas las noches y no comió más que arroz integral y verduras.

—Tú tramas algo —señaló Jess.

—Podría ser —dijo ella cohibida.

Cuando llegó el miércoles, Paul tuvo que trabajar hasta tarde, así que Katie hizo tiempo en la oficina, como si ella también estuviera ocupada. Era una fría noche de febrero. Cogieron un taxi desde las oficinas en Kensington hasta el West End. Llegaban algo justos para la película, pero decidieron que aún tenían tiempo de tomar algo en el pub.

Bebieron y charlaron sobre el trabajo hasta que, media hora después, Katie miró su reloj.

—¡Mierda! ¡La película! Ya ha empezado.

Como si de verdad se hubiera olvidado.

Para cuando Paul sugirió que comieran algo, ella estaba bastante bebida. Subieron a otro taxi y en cuestión de minutos se encontraron en el Café Flo, en Islington.

Paul vivía a la vuelta de la esquina.

Así que empezó como suelen comenzar estas cosas. Después de cenar, Paul sugirió una última copa en su casa. Su piso estaba en la segunda planta de una casa georgiana, con altos techos y una enorme sala de estar con un sofá viejo y barato y una larga mesa de roble cubierta por montañas de periódicos y libros. En el rincón, Katie vio que la lucecita del contestador parpadeaba, pero Paul no lo miró.

—¿Te apetece beber algo?

—Cerveza, por favor —mintió ella. Era el tipo de cosa que a los hombres les gustaba oír.

—Lo siento —oyó que decía él desde la cocina—. No queda cerveza. Aunque tengo una bonita botella de champán frío.

Debía de haberla puesto a enfriar por la mañana.

Se sentaron en el sofá, escuchando el CD de Oasis, fumando, y hablaron otra vez de la oficina, tratando de aparentar calma, como si fuera perfectamente normal estar borracho en el sofá de la casa de un compañero de trabajo a las dos de la mañana en un día entre semana.

Normalmente, al llegar a ese punto, Katie hubiera dicho que se iba, pero aquella noche decidió que había llegado el momento de romper las normas.

—¿Dónde viven tus padres? —chapurreó.

—Están divorciados —dijo Paul levantándose para poner otro CD—. Mi padre vive en el sur de Francia con su novia. Mamá está en Suffolk.

Cuando volvió a sentarse, le rozó el brazo con la mano. Ella no se apartó.

—¿En qué parte de Suffolk?

—Cerca de Southwold.

Katie tenía la boca seca. Lo único que la hubiera aliviado es que Paul la besara.

—¿Es... —no podía recordar el nombre del lugar del que supuestamente hablaba— bonito?

Paul se volvió a mirarla.

—Está bien —musitó.

Hubo una larga pausa.

Katie trató de mantener la cabeza centrada en la conversación.

—¿Y qué...? —Miró y sus ojos se cruzaron con los de Paul. Por un momento, ninguno de los dos habló. Y entonces los dos se inclinaron hacia el otro y se besaron.

Y ya está. Katie cerró los ojos y le pasó los dedos por su pelo húmedo. Olía a jabón con un leve toque de sudor. Su boca se movía al compás de la de ella, muy despacio al principio, luego con avidez.

Se interrumpieron un momento. Paul se quitó las gafas. Sin ellas su rostro parecía vulnerable. Pestañeó.

Fue uno de esos milagros que se producen cuando alguien te gusta y tú le gustas también. Katie se puso a reír.

—¿Qué te hace tanta gracia? —preguntó Paul, de pronto algo nervioso.

Ella rió más.

—Nada. Es que soy feliz.

Pau la miró con intensidad. Y sonrió.

—Bien —susurró.

Siguieron besándose durante lo que parecieron horas. Katie estaba como hipnotizada. Cuando abrió los ojos, le sorprendió ver la programación de televisión de un periódico dominical metida por un lado del sofá y oír el hervidor silbando.

De pronto el tempo cambió. Katie empujó a Paul contra el sofá y se sentó sobre él. Este desabrochó el botón de su chaqueta, que cayó al suelo. Ella le aflojó la corbata y le desabrochó con torpeza la camisa. Él le quitó la camiseta. Katie se despojó a toda prisa del sujetador de color carne poco favorecedor que se había puesto esa mañana como parte de un trato que había hecho con Dios (Si no me pongo ropa interior sexy, no pasará nada). Paul le pasó las manos por el cuerpo, acariciándole las caderas, los pechos. Se quitó la camisa. Katie trató de quitarle el cinturón y él le quitó su falda de licra.

Se despojó de los leotardos (nada de medias, esa fue otra de las condiciones de su pacto con Dios) y él la besó de nuevo y rodó sobre ella, de forma que quedara debajo. Katie le apretó los glúteos, y él le tiró tan fuerte de las bragas (blancas y normales) que se las rompió. Katie se puso a reír otra vez y, al cabo de un momento, Paul rió con ella.

Entonces las risas pararon. Paul la hizo volverse para que quedara de rodillas contra el sofá. Katie oyó que se bajaba la cremallera de los pantalones. Le separó suavemente las piernas. Y de pronto estaba dentro de ella.

Lo tenía sorprendentemente pequeño, pensó Katie con un sobresalto. Pero no importaba. No importaba en absoluto.

Cuando por fin pararon eran las seis de la mañana. Durante una hora, los dos fingieron que dormían. Luego Paul estiró el brazo y Katie notó que su mano subía lentamente por su pierna y le acariciaba el vientre.

—Hola —susurró Paul.

—Hola —susurró ella.

Se subió encima de ella y restregó sus caderas contra ella.

—Los clérigos dicen que quien busca refugio debe...

—¡Mierda! —exclamó él cogiendo el reloj de la radio—. La maldita alarma. Aunque tampoco es que tenga que levantarme. Hoy tengo el último turno.

En cambio, Katie tenía que estar en el trabajo en una hora. Se duchó y recogió su ropa del suelo. Tenía la barbilla dolorida. Para el final del día tendría un terrible sarpullido. Pero de momento estaba radiante por el exceso de endorfinas. Paul salió a despedirla a la puerta vestido con una bata y la besó durante un buen rato antes de dejarla marchar.

Katie llegó media hora tarde al trabajo, pero en Update eran bastante tolerantes con esas cosas. Ese día, solo había hombres en la oficina, así que nadie reparó en el olor a alcohol y cigarrillos. Aunque a Katie tampoco le importaba. Tendría que haber estado molida, pero la verdad es que no se había sentido más despierta en su vida. Se rió estrepitosamente de los chistes de su compañero y fue encantadora con la gente que llamaba. Su sándwich de la comida le pareció tan delicioso que casi no pudo tragarlo. Cuando esperaba en la cola para el café en la cantina o estaba organizando los turnos, de pronto una imagen del cuerpo desnudo de Paul alrededor del suyo le venía a la cabeza y se le escapaba una exclamación. En voz alta.

Entonces, hacia las dos, recibió una llamada.

—¡Buenos días, Update!

—Hooola —dijo una mujer francesa—. ¿Puedo habla*r* con Paul, po*r* favo*r*?

Katie sintió como si le hubieran dado un puñetazo en el estómago.

—No ha llegado todavía.

—OK. —Un suave chasquido de la lengua—. P*r*oba*r*é en su casa.

Katie ya imaginaba que aquella mujer —se llamaba Aline— seguía en escena. Después de todo no había oído ningún rumor por la oficina que indicara lo contrario. Pero había tratado de olvidarlo. Ella estaba allí, en Londres, y en cambio aquella tal Aline estaba en París. Después de lo sucedido la noche pasada, estaba más convencida que nunca de que ella ganaría.

Rió y siguió bromeando con los otros, y se estaba riendo cuando contestó de nuevo al teléfono a las cuatro y media.

—¡Update! —Le tiró un Hula Hoop a Jeevan, que le estaba sacando la lengua.

—¿Nunca dejas de reír?

—Paul.

—Solo llamaba para ver cómo va todo. ¿Algo que deba saber?

—En realidad, no —rió ella mientras Jeevan trataba de quitarle el paquete de snacks de las manos—. Hoy ha estado todo muy tranquilo.

—Bien. Debes de estar hecha polvo. Yo me he pasado el día durmiendo.

—Me alegra oír eso. Hasta luego, Paul.

Aquella era la clave. Pensaba mantener la calma. Actuar como si nada hubiera pasado. Y si la condenada Aline llamaba, la pasaría directamente, sin hacer preguntas. Si se contenía, ella y Paul acabarían juntos. Era el destino.

Katie no creía en ese tipo de cosas, pero el problema es que, aunque hubiera preferido arrancarse un brazo antes que admitirlo, estaba enamorada de Paul. ¿Cómo lo sabía? Porque en los meses siguientes, cada vez que pensaba en él, que era el 83 por ciento del tiempo, era como si un manantial brotara en su interior. A veces era una sensación positiva, y le daba vigor a su paso. Pero también le hacía sentirse mareada.

Durante los dos años siguientes, Katie pasaría buena parte del tiempo en ese estado de náusea. Cuando todo acabó, estaba más delgada, y sus sueños de presentar los noticiarios se habían esfumado hacía tiempo.

Pero se produjo otro cambio más importante.

Katie Wallace ya no creía en el amor.

7

Al volver la vista atrás, Katie no acababa de decidir cuándo empezaron a torcerse las cosas. El último año de relación fue muy triste, por supuesto. Pero los seis meses anteriores también fueron bastante malos. Lo cual le dejaba seis meses de felicidad perfecta con Paul.

Al menos, eso le pareció en aquel entonces.

En cambio, con la perspectiva del tiempo, Katie tenía la sensación de que aquellos primeros días también estaban contaminados. Todas las señales de alarma ya estaban allí. Simplemente, ella era demasiado joven e ingenua para darse cuenta.

Tal vez hubo un par de días en los que todo fue perfecto entre ellos. El día después de su primera noche juntos, Paul llegó a la oficina a las seis. Katie acababa de echarse un fular al cuello.

—Hola —se dijeron el uno al otro amablemente, y Katie se fue.

A la mañana siguiente, recibió un e-mail. «¿Comemos el domingo?»

Por suerte, Paul trabajó en el turno de tarde los siguientes dos días, así que el trabajo no fue una tortura como era de prever. Cada tarde, Katie se iba poco después de que él llegara. La aplicación regular de una crema cada ocho horas la ayudó a eliminar el sarpullido de la barbilla. Y, por lo que se refiere a Aline, Katie no era tan tonta como para pensar que Paul le había contado lo suyo, pero el caso es que la mujer permaneció extrañamente callada. O, claro, también puede ser que supiera que Paul trabajaba en el turno de tarde.

El domingo, Katie llegó diez minutos tarde a su cita con Paul en un café del Soho. Lo vio por la ventana, leyendo el *Sunday Times* y ataviado con la espantosa cazadora de cuero marrón de la fiesta de Navidad. Se sintió conmovida. Evidentemente era su ropa para ligar y, para ser sinceros, había funcionado. Los dos pidieron un plato de pasta y compartieron una botella de vino tinto, y después se fueron a ver una película muy mala con Eddie Murphy y un alsaciano. No importaba, aunque hubieran estado en el estreno de *Casablanca*, Katie se habría pasado la película escuchando la respiración de Paul, tratando de controlar su corazón cuando la rozaba con el codo.

Después, no hizo falta decir nada. Subieron a un taxi y fueron a casa de Paul. Este abrió la puerta y ella pasó delante y tiró el bolso en el sofá mientras él encendía la luz. Cuando se dio la vuelta, Paul la cogió y se besaron con algo de torpeza, y el brazo de ella quedó apresado contra su cuerpo. Katie sentía un fuerte deseo, y se notaba la cabeza como embotada. Como si estuviera drogada.

Ahora, al volver la vista atrás, Katie comprendió que era eso exactamente lo que ocurrió. Las malditas feromonas que hicieron que se sintiera de aquella forma. Había algo en la piel de Paul que provocaba una reacción al contacto con la suya. Incluso si hubieran realizado actos degradantes e ilegales, no se conocían de verdad.

Paul tenía las rodillas escocidas de la última vez, así que extendió un nórdico en el suelo de la sala. Pasaron allí el resto de la noche. Entre polvo y polvo, se quedaban tumbados, hablando de la oficina.

—Jeevan me cae bien —dijo Katie.

—Es un cabrón —dijo Paul acariciándole el pelo—. Está dispuesto a cargarse a cualquiera que se interponga en su camino. Lo conozco desde la universidad.

—¿Qué universidad?

—Oxford —dijo él. Cómo no.

—Bueno, pues a mí me gusta. En cambio, Giles Plimmer me intimida un poco. —Giles era el jefe de la cadena y Paul salía a menudo de copas con él.

—Oh, Giles es un trozo de pan. No debes tenerle miedo.

La existencia de Aline no surgió en la conversación, y Katie no pensaba mencionarla expresamente. Hacia las diez Katie se fue. Paul le pidió que se quedara, pero era demasiado pronto en la relación para eso. Se había acostado con él mucho antes de lo que pretendía, pero aun así Katie trataba de seguir su plan.

En cambio, la noche del jueves cedió. Y el sábado, y pasó buena parte del domingo en casa de Paul. Mejor eso que tener que aguantar la mirada inquisitiva de Jess.

Pasaron dos semanas. Casi cada noche se encontraban después del trabajo, comían algo rápido y se iban a la casa de él en un taxi. Hacían el amor durante horas. Un jueves, estaban tendidos el uno junto al otro en la oscuridad, muy quietos.

—Este fin de semana estaré fuera —dijo Paul.

—Bien.

Lo normal hubiera sido que preguntara adónde iba. Pero no pensaba hacerlo. Sabía que lo mejor era mantener la calma. Paul iría a París y se acostaría con Aline, porque resultaba evidente que era demasiado cobarde para cancelar la cita. Pero la echaría de menos. Y cuando el fin de semana pasara, sería suyo y de nadie más.

Aquel fin de semana Katie se lo pasó en grande con Jess y se negó a pensar en lo que Paul estaría haciendo. Fue sorprendentemente fácil.

—¿Lo has pasado bien? —le preguntó a Paul cuando volvió.

—Sí —dijo él con expresión atormentada. Y se animó—. Estuve patinando.

¿Qué se suponía que debía entender Katie con aquello? ¿De verdad Paul creía que ella no sabía nada de Aline? ¿Qué no le interesaba saber dónde había pasado el fin de semana?

¿De verdad pensaba que ella iba a creerse que se había ido solo a algún lugar misterioso para patinar sobre hielo?

Hubiera debido estar preocupada. Pero curiosamente aquello la divertía.

—Suena divertido.

Su indiferencia funcionó. Paul pareció más enamorado que nunca. Los hombres adoran a las mujeres que no curiosean, que no hacen preguntas, pensaba Katie. En el trabajo, cada vez que levantaba la vista veía cómo la miraba. Le mandaba e-mails sugerentes, le pedía que salieran juntos el fin de semana.

—¿Va en serio? —le preguntó Jess emocionada la noche del jueves (una de las raras noches que estaba en casa) mientras ella preparaba la bolsa de viaje para pasar el fin de semana fuera.

—Claro que no. —Katie sonrió. No le habló de Aline; Jess pensaría que se había vuelto loca.

Fueron a Devon, se alojaron en un lujoso hotel y pasaron todo el sábado en la habitación, para disgusto de la asistenta. Finalmente, el domingo salieron a dar una vuelta. Como en una burbuja, vagaron por el bonito pueblo, luego siguieron un sendero que corría paralelo a los acantilados y bajaron por una empinada escalera tallada en la roca hasta una playa rocosa y desierta.

Era un día gris y frío. Katie llevaba un abrigo largo. Paul le metió las manos por las solapas, por el jersey. Ella le desabrochó los tejanos. Colocaron su abrigo sobre el duro suelo y se tumbaron, acariciándose. Katie tenía la espalda y el culo destrozados, pero aguantó. Paul estaba a punto de penetrarla cuando fueron engullidos por una ola de agua helada y salada. Empapados y entre risitas, se pusieron de pie.

Estoy enamorada de ti, pensó Katie, mientras veía el gran trasero de Paul subiendo por el acantilado delante de ella. Se sentaron en un salón de té y comieron tortitas. Katie sentía que el corazón le iba a estallar de la emoción. Pero ¿cómo podías amar a una persona a quien solo habías visto trece veces?

Katie no conocía ni a los amigos ni a la familia de Paul, ni él conocía a los suyos. Pero ¿cómo si no podía explicar aquel sentimiento?

A desgana, reconoció que había llegado el momento de hablar de Aline. Si nunca la mencionaba Paul creería que era una imbécil. No es que Paul le ocultase la situación para engañarla. Simplemente, le avergonzaba confesar que ya tenía novia y que, siendo justos con Aline, seguramente le gustaba mucho.

Aunque no tanto como le gustaba Katie. Eso se notaba por cómo se comportaba cuando estaba con ella.

En el coche, cuando volvían a casa, Katie guardó silencio y observó el perfil chato de Paul iluminado por las luces de la autopista. En la radio ponían el Top 40. Él iba con los ojos clavados en la carretera. Sería más fácil tener aquella conversación si no tenían que mirarse a los ojos. Y a pesar de eso, cuando Katie sacó el tema, empezaban a acercarse peligrosamente a Londres.

—Paul, sé que tienes novia.

Su voz sonó chillona y distante. El perfil de Paul parecía muy quieto. La música seguía sonando.

—¿Paul?

—Sí.

—¿Pensabas que no lo sabía? Todo el mundo lo sabe.

Silencio.

—¿Qué pasó cuando fuiste a París el fin de semana pasado?

Se hizo un largo silencio. Por primera vez desde que lo conocía, Katie sintió que sus pies se convertían en pedazos de hielo. En los meses siguientes se acostumbraría a aquella sensación.

—Lo siento, Katie. Me he comportado como un cerdo. Tendría que habértelo dicho. Pero no quería estropearlo todo.

La música seguía sonando.

—Cuando conocí a Aline pensé que estaba enamorado de ella. Pero entonces apareciste tú. Y fue maravilloso. Katie, eres increíble. Eres atenta. Me haces reír... y eso es importante. —La miró—. Y contigo tengo el mejor sexo que he probado nunca. —Volvió a mirar a la carretera.

—¿Pero? —Su corazón golpeaba con violencia contra su caja torácica.

—No hay ningún pero. Eres la persona con quien quiero estar. —Profirió una risita aguda, como una chica—. Pero tengo miedo. Aline quiere que nos casemos. Tiene más de treinta años. Otros la han dejado antes que yo. No sé qué haría si la dejo.

—¿Y por eso follas conmigo a sus espaldas?

Él volvió a mirarla. Esta vez Katie vio una angustia genuina en su rostro redondeado. Y de pronto supo qué aspecto tendría cuando fuera viejo.

—¡No, no es eso! Cuando te conocí supe que quería estar siempre contigo. Pero no soporto la idea de hacerle daño a Aline. Soy una persona muy sensible.

—¡Pero, Paul, algún día tendrás que decírselo!

—Lo sé. Ella vendrá el fin de semana que viene no, el otro. Ya ha comprado el billete. No sé cómo quitármela de encima.

—Pero ¡tienes que hacerlo!

—Lo sé —y suspiró—. Y lo haré. Lo haré por teléfono. —Su voz pareció más animada—. O por e-mail.

—¡Paul, no puedes dejarla por e-mail! —Una idea se le pasó por la cabeza—. ¿Por qué Aline te da tanta libertad? ¿Por qué nunca te llama al móvil? ¿Dónde cree que estás este fin de semana?

—No me llama al móvil porque no sabe que tengo. Y cree que este fin de semana he ido a casa de mi madre.

Katie no recordaba exactamente cómo terminó la conversación, pero básicamente Paul prometió que se lo diría a Aline lo antes posible. Y entonces decidieron que en vez de irse cada uno a su casa, se registrarían en un hotel y pasarían allí la noche y por la mañana irían directamente al trabajo.

Años después, cuando todo había terminado, Katie comprendió por qué Paul no quiso llevarla a su casa esa noche. Dios sabe la cantidad de mensajes que Aline le habría dejado en el contestador.

En la minúscula habitación del motel Brewr, en la A40, Paul le arrancó prácticamente la ropa y la arrojó sobre el resbaladizo nórdico marrón, besándola con más pasión que nunca.

Katie no pudo evitarlo, de verdad, no pudo. Le salió sin querer.

—Oh, te quiero.

Paul dejó de besarla. Durante un buen rato estuvo escrutando su rostro.

—Yo también te quiero —le susurró al fin—. Desde el momento en que te vi.

Después de aquello, Katie pasó una semana sintiéndose completamente feliz. Paul le dijo que tenía que hacer algunas llamadas algo difíciles. Jess estaba fuera, grabando una mini serie en Northumbria, así que se estableció un nuevo patrón entre ellos: Paul era el que aparecía a deshora en la casa de ella, con aire estresado. Katie nunca preguntaba, pero era evidente que había hablado por teléfono con Aline. No debía de ser fácil. Pero, tras pasar unos momentos con ella en la cama, seguro que Paul sabía que hacía lo correcto.

Pasaron todo el fin de semana encerrados en la casa de Katie, viendo vídeos y haciendo el amor.

—Por cierto —le susurró Paul cuando estaban tumbados el domingo por la noche—. La semana que viene estaré fuera.

Ella no dijo nada. A los hombres les gustan las mujeres tranquilas, que no se sulfuran, que no se entrometen.

Y añadió:

—Tengo que ir a ver a mi madre.

8

Era lunes. Katie había pasado el fin de semana rodeando con un círculo trabajos que parecían prometedores en el *Guardian* y la mañana enviando currículos. Y no es que hubiera visto nada especialmente atractivo, pero había que trabajar.

Porque no podía seguir haciendo aquello mucho tiempo más, pensó al abrir la puerta de la casa de Rebecca.

—¡Oh, Dios! —chilló Jess—. Aquí apesta.

Eso le pasaba por no hacerle caso e insistir en acompañarla. Su prima había sido inflexible: si quería saber cómo se cambiaba la bolsa de la aspiradora, tendría que dejar que se lo enseñara allí mismo. Desgraciadamente, Katie no pudo practicar en casa, porque ellas tenían una Dyson, no una Hoover, como Rebecca.

—Esta no necesita bolsa —le explicó Ronan con una sonrisa—. Lo sabrías si la hubieras utilizado alguna vez.

Así que Jess consiguió lo que quería, echar un vistazo a la fabulosa casa de Rebecca. A Katie tampoco le importaba demasiado. Trabajar en casa de Rebecca no tenía gracia si no podías compartir la experiencia con alguien.

Después del fin de semana, el sitio estaba peor que de costumbre. Los ceniceros rebosaban de colillas por todas partes. El fregadero estaba lleno de agua fría. Una capa espumosa de grasa flotaba por encima, sobre un surtido de cuchillos, espátulas y sartenes. Estaba claro que Tim había disfrutado de alguna monstruosa fritura de domingo.

—¿Crees que Rebecca se habrá comido algo de esto o se limitaría a mirar? —preguntó Katie, pero Jess no la escuchaba, porque acababa de abrir la puerta de la nevera.

—¡Jesús!

—Sí, lo sé —dijo Katie a su espalda. En la nevera de Rebecca había veinte lápices de labios y de ojos, una docena de cremas faciales, dos sombras de ojos y siete botes de perfume. También había tres botellas de vodka, dos de vino blanco, una jarra de salsa de mango pasada, algo de curry, un trozo de parmesano azulado y —en el cajón de las verduras— una bolsa de espinacas podridas.

—«Fecha de envasado: 19 de marzo.» ¡Eso fue hace casi un mes!

Katie se encogió de hombros.

—¿Y qué, sigues envidiando mi trabajo?

Pero Jess ya había salido de la cocina; estaba inspeccionando la hilera de invitaciones que había en la repisa de la chimenea de la sala de estar. La mayoría eran invitaciones de bodas y bautizos, aunque también había varias a fiestas emocionantes.

—Christian Dior —leyó—. ¡Uau! Una fiesta en París. ¿Crees que irá? —Cogió algo que parecía un tíquet de aparcamiento—. ¡El lanzamiento del álbum de Twigz! ¿No es increíble? Y lo deja por ahí tirado como si tal cosa. Como si ella fuera tan popular que no le importara.

—No tiene nada que ver con la popularidad, es su trabajo. Y no creo ni por un momento que le interesen Twigz.

—Entonces, ¿crees que no irá?

—Bueno, si te fijas, verás que la invitación es para la noche del viernes, la misma noche que se celebra la fiesta de cumpleaños de Celine Harper. A ver, ¿tú con cuál te quedarías?

—Oh, es genial. Eso significa que podemos quedarnos la invitación de Twigz.

Katie la miró con gesto receloso.

—¿Quedárnosla?

—Bueno, si Rebecca no va a ir, por qué no.

—Jess, no podemos. ¡No es nuestra!

—Pero y si Rebecca no la quiere...

—No puedes quedártela.

Jess le dedicó su mejor sonrisa.

—Oh, bueno. —Sus ojos se posaron en su prima, que estaba apilando vasos de cóctel en el lavavajillas—. Katie, ¿qué haces?

—Cargando el lavavajillas.

—No puedes poner los vasos de cóctel ahí, idiota. Son demasiado frágiles.

—Oh, vale. —Katie los sacó, los puso en el fregadero y abrió el grifo del agua caliente.

—¡No! ¡Esa agua está hirviendo! —Demasiado tarde. Con un chasquido enfermizo, los vasos se partieron en dos—. ¡Oh, Kate! Ahora tendrás que comprarle otros.

Katie estaba anonadada.

—¿Qué ha pasado?

—No puedes lavar unos vasos tan delicados con agua caliente. Es como la ropa que se lava en seco. Tienes que ir con mucho cuidado.

—¡Señor, estos ricos! —exclamó Katie—. Imagínate, comprar vasos que no pueden lavarse.

—Eres un desastre. ¿Por qué no es mío este trabajo?

—En cuanto consiga un trabajo como Dios manda, puedes quedártelo. De todas formas, tienes que demostrar que puedes hacerlo. Enséñame cómo se cambia la dichosa bolsa de la aspiradora.

—Enseguida. Pero primero terminaré mi visita. —Jess entró en el dormitorio—. ¡Oooh!

Katie entró detrás.

—¡Jess! —Su prima estaba inspeccionando el guardarropa con la mano experta de una habitual de la venta de particular a particular—. ¡No hagas eso!

—¿Por qué no? —preguntó ella, echándose un fular de cachemira bordado alrededor del cuello y utilizándolo para limpiar el espejo—. Aquí se está echando a perder. No se dará cuenta.

Katie le quitó el fular.

—Esto está muy anticuado, cariño. Te daré un consejo. Rebecca nunca guarda nada que vaya a ponerse. Su ropa favorita está en un montón en el suelo. El guardarropa es estrictamente para errores.

Diez minutos después, Jess era todo un espectáculo ataviada con un corsé negro con ligas de Vivienne Westwood y una falda de cuero de Gucci, aunque tenía la cara un poco sofocada por el esfuerzo que suponía meter la tripa.

—Zapatos, necesito zapatos —exclamó, buscando debajo de la cama, donde había una colección Imelda Marcos completa—. ¿Qué número calza Rebecca?

—Treinta y siete. Uno menos que tú.

—¡Joder! Bueno, seguro que puedo embutir el pie como sea. Yo... —De pronto dejó escapar un chillido espeluznante.

—¿Qué?

Jess salió de debajo de la cama con cara de asco.

—Oh, Dios mío, Katie. Mira qué he encontrado.

Y sostuvo en alto un condón naranja. Katie se echó a reír.

—No tiene gracia. ¿Dónde está la basura? Lo he tocado con la mano y estaba todo pegajoso. Puaj. A saber cuánto tiempo lleva ahí. Seguro que contiene una muestra de semen de Kurt Cobain de sus primeros tiempos. Si encontraras una manga de pastelería podrías tener un hijo suyo.

Las dos rieron tontamente. Y entonces oyeron la puerta de la calle.

Se quedaron petrificadas.

—¿Quién será? —susurró Jess.

—Imagino que será Rebecca. —Katie miró desesperada a su alrededor buscando un escondite.

—¿Qué vamos a hacer?

A través de la puerta entreabierta oyeron las llaves caer al suelo, luego el sonido de la chaqueta de cuero de Rebecca aterrizando junto a las llaves. Luego escucharon unos sollozos.

—Quédate aquí —le indicó Katie gesticulando con la boca. Jess asintió con la cabeza. Lentamente, haciendo todo el ruido posible para que Rebecca la oyera, Katie salió a la salita.

Rebecca estaba sentada en el sofá, llorando contra un cojín de terciopelo. Miró un momento a Katie, sorbió los mocos ruidosamente y siguió llorando.

—Rebeca, ¿estás bien?

De las profundidades del cojín le llegó una respiración afanosa.

—Rebecca, ¿qué pasa?

Unos cuantos sollozos más. Y luego:

—Es Ti-i-im.

—Oh, Rebecca, ¿qué ha pasado?

El rostro de la joven se crispó a causa de la angustia.

—Él... él...

—Él qué.

—Teníamos que vernos esta noche. Pero ahora no puede. —Y gritó de dolor.

Katie sintió pena por ella.

—Oh, pobrecilla.

Desde el interior del bolso Tanner Krolle de Rebecca oyeron la versión móvil de «Waltzing Matilda», la canción nacional australiana.

—Mierda. —Rebecca cogió el bolso. Unos leotardos aterrizaron en el suelo. Unas gafas de sol a las que les faltaba una barrilla. Bolígrafos, tampones, barras de labios, tíquets de compra. Una agenda electrónica iPod. Katie trató de contenerse. En ese bolso había accesorios por un valor de por lo menos veinte mil libras. El Motorola apareció por fin. Rebecca miró la pantalla y suspiró como un buceador que sale a la superficie a por aire.

—¿Hola? ¿Tim? Yo... sí. Vale... Vale.

Se oyó una voz atropellada por el teléfono.

—No, es genial. Es solo que... pensaba que habíamos quedado.

Más palabras atropelladas.

—No, está bien. Si dices que te olvidaste de la invitación, es que te olvidaste... lo entiendo, cariño... No, ve, ve, no te preocupes por mí. Sé que lo haces por el trabajo.

Desde el otro lado de la línea llegaron más graznidos.

—Bueno, pero a lo mejor puedes pasarte más tarde... No importa si me despiertas. Podemos volver a acostarnos juntos... Sí, tienes razón... Necesito dormir. Bueno, entonces, tal vez mañana.

Katie miró por encima del hombro por si había señales de Jess.

—Bueno, si dices que estarás cansado, ¿por qué no te pasas y descansas a mi lado? Podemos ver la tele y relajarnos. ¿Tim? ¿Hola? ¿Hola? —Rebecca apretó algunos botones—. No me lo puedo creer. El buzón de voz. Debe de haber perdido la cobertura.

Katie sintió que el estómago se le revolvía por lo familiar de la situación. Sabía exactamente por lo que estaba pasando Rebecca.

—O puede que se le haya acabado la batería. —Rebecca se quedó mirando el teléfono, deseando que sonara. El teléfono le devolvía la mirada, sin alterarse.

Katie se sintió furiosa contra ese tal Tim por hacerle aquello a Rebecca y con esta por comportarse de ese modo. Si la que lloraba hubiera sido Jess, Katie le habría dicho sin dudarlo lo que tenía que hacer. Pero Jess jamás habría malgastado su tiempo con un mierda seca que fumaba Peter Stuyvesants. Y no podía decirle a Rebecca cómo vivir su vida.

—Probaré con el fijo —dijo Rebecca.

Marcó el número. Katie oyó una voz débil y lejana. «Hola, soy Tim...»

Rebecca colgó.

—Mierda. Probaré otra vez con el móvil. —Apretó el botón y escuchó—. ¡Oh, mierda! —Arrojó el teléfono y se puso a llorar otra vez—. De acuerdo —dijo entre sollozos—. Le dejaré otro mensaje.

Aquello fue demasiado. Katie respiró hondo.

—No creo que debas hacerlo.

—¿Por qué? —chilló Rebecca, con el teléfono pegado a la oreja—. Necesito hablar con él. Tenemos que solucionar esto. Deseaba tanto que nos viéramos esta noche...

Katie contestó, algo nerviosa.

—No creo que sea buena idea. Ya has dejado muy claro lo que sientes. Él es quien controla la situación ahora. Si ahora lo llamas y le suplicas, o empiezas a dejarle mensajes, se sentirá acosado. Déjalo tranquilo. Sal por tu cuenta. Pásatelo bien. Si quiere verte, te llamará en uno o dos días. Y si no, tendrías que dejarlo correr.

Rebecca estaba tumbada en el sofá, y la miraba con expresión totalmente derrotada.

—Pero ¡tengo que solucionar esto! Siento que no tengo ningún control.

Katie se sentó a su lado y le dio unas palmaditas en la mano.

—No te preocupes tanto. Te lo estás tomando como algo demasiado personal. Que no pueda salir contigo esta noche no significa que no le gustes...

—Pero... es que nunca sé si le gusto o no. A veces es dulce, divertido y cariñoso, y en cambio otras veces no da señales de vida durante días. Cuando quedamos para salir, nunca sé si se presentará o no. Es como estar al borde de un precipicio. Me está volviendo loca, Katie.

Al levantar la vista un momento, Katie vio el animado rostro pecoso de Jess espiando desde detrás de la puerta del dormitorio.

—¡Lárgate! —gesticuló con la boca antes de volver a la tarea que tenía entre manos.

Por suerte, Rebecca estaba demasiado absorta en sus penas y no se dio cuenta.

—No lo entiendo. ¿Por qué no consigo retener a ningún hombre? Lo hago todo por ellos. Les envío a sus madres tarjetas por sus cumpleaños. Reservo entradas para el teatro. Les coso los botones. Y aun así siguen dejándome.

Y ahora Katie ya sabía por qué. Respiró hondo.

—Rebecca, espero que no pienses que me meto donde no me llaman. Pero antes me has dicho que solo llevas un par de meses con Tim.

Rebecca se irguió.

—Sí —dijo con expresión recelosa.

Katie continuó; debía sobreponerse al temor a despertar las iras de Rebecca porque era necesario hacerla ir por el buen camino.

—Para empezar, estáis empezando la relación. No tendrías que coserle los botones a nadie hasta que lleves al menos un año con él. Pero lo más importante es que no creo que Tim te trate con el suficiente respeto. No está bien que un hombre cancele una cita en el último minuto. Que te deje con el miedo a no saber si va a llamarte o no.

—Pero eso es el amor —explicó Rebecca—. Emoción. Expectación.

—El amor es cuando te llaman —dijo Katie—. Si no llaman, más vale que los olvides. Y, sabes una cosa... —Oh, Dios, empezaba a sonar como un cantante de música country—. Eres una mujer maravillosa. Tienes éxito, eres guapa y dinámica, y esa es la Rebecca que Tim quería. Seguramente no entiende quién es esta otra Rebecca, la que desea pasar hasta el último minuto del día con él y arreglarle la ropa.

—Pero ¿no es eso el amor? ¿Preocuparse por la otra persona? ¿Querer estar con ella?

—Por supuesto. Pero no debes enseñar demasiado esa faceta. Al menos no al principio. Es posible que los hombres quieran una mujer que les cosa los calcetines, pero lo que desean realmente es una mujer sexy que... que baile subida a una mesa y tenga montones de amigos y sea capaz de dejarlo todo en el calor del momento y volar a Río a pasar el fin de semana.

—Antes me gustaba bailar subida a una mesa —dijo Rebecca pensativa.

Había llegado el momento de cambiar de tema.

—¿Qué piensas hacer esta noche?

Rebecca se animó un poco.

—Bueno, podría ir a una fiesta en el Roundhouse.

—Estupendo. ¿Y qué te pondrás?

—Oh, señor. Tengo un vestido de Miu Miu que me encanta. O el traje chaqueta de Vivienne Tam. ¿Te lo enseño?

¡No! Pero antes de que Katie pudiera detenerla, Rebecca ya estaba en su habitación.

—Hola —dijo Jess tendiéndole la mano—. Jessica Harrison. Asesora de vestuario. Teníamos una cita, ¿lo recuerda? No había llegado usted todavía así que esa... señora —dijo señalando a Katie con el gesto— me dejó entrar.

Qué cara, pensó Katie. ¿Cómo podía pensar que saldría airosa con aquella mentira? Otro trabajo que se iba al garete. Al menos Jess se había vuelto a poner su ropa.

Porque no consiguió engañar a Rebecca ni por un momento.

—¿Cómo que asesora de vestuario? No tenía ninguna cita contigo. ¿Qué está pasando aquí?

Katie no supo de dónde le salió la inspiración.

—Fue idea mía, Rebecca. Ya sabes, como parte del servicio. Pensé que podía traer a mi amiga... la señorita Harrison, para que te ayude a descongestionar tu guarda. Ya sabes, feng shui, esa clase de cosas. Gratis, por supuesto —añadió enseguida al ver la expresión ofendida de Rebecca—. Eres una clienta con tanto prestigio que te asesoraría de forma gratuita.

Rebecca se comportaba de un modo patético con los hombres, pero en lo demás no se chupaba el dedo. Entrecerrando los ojos de una forma que asustaba, fue hasta la cama, donde Jess había tirado a toda prisa su ropa.

—Este corsé con ligas me gusta —dijo cogiéndolo—. Es de Vivienne Westwood. No pienso tirarlo. Pero tienes razón, con la falda supe que me había equivocado en cuanto llegué a casa.

Jess le dedicó su sonrisa más zalamera.

—Tienes razón, Rebecca. ¿Podemos ponernos ya con el resto de la ropa? Tienes tantas cosas bonitas que será muy difícil. Pero te sentirás mucho más relajada sin todo ese lío en la cabeza.

—Oh, no seas absurda —espetó Rebecca—. Detesto todas esas tonterías fantasiosas. Lo que pasa es que tengo demasiada ropa y necesito una buena patada en el culo para desprenderme de algunas cosas. Pero no ahora. Acababa de llegar de la oficina para...

Aullar como una banshee, pensó Katie.

—Recoger mi Psion. Así que, aunque aprecio mucho el interés, en el futuro es mejor que me llames para concertar una cita.

Y dicho esto se dio la vuelta y salió del dormitorio. Katie y Jess intercambiaron una mirada de alivio pero enseguida oyeron la voz de Rebecca que llamaba desde la sala de estar.

—¡Katie! ¡Ven por favor!

Iba a despedirla. En privado, lejos de la mirada sedienta de Jess, la asesora de vestuario.

Rebecca se estaba cepillando el pelo. No se volvió a mirarla, sino que le habló a su reflejo en el espejo.

—Mira, siento la escenita que he montado. Me siento como una idiota. —Bajó la cabeza para que Katie no pudiera verle la cara—. De verdad, necesito que esto funcione.

Katie sintió una punzada de empatía.

—Rebecca —dijo—. Se nota que ese chico te gusta de verdad. Pero ¿no se trata también de la necesidad de estar con alguien? Sé que crees que le quieres. Pero ¿cómo puedes amar de verdad a alguien después de tan poco tiempo? Y, lo más importante, ¿te quiere él a ti?

—¿Me quiere? —repitió Rebecca pensativa. Se agachó, cogió su chaqueta roja del suelo y se la puso—. Él dice que sí.

—Decirlo es fácil —soltó Katie, y deseó no haberlo dicho.

Por un momento pensó que Rebecca iba a contestar, pero

en vez de eso se dirigió hacia la puerta. Una vez allí se dio la vuelta.

—Gracias por el consejo —dijo—. Lo aprecio mucho. Pero Katie...

—¿Sí?

—¿Podrías dedicarte un poco más a limpiar, por favor?

9

Transcurrió una semana. Era viernes por la noche y Rebecca llegó del trabajo de muy mal humor.

Había tenido un día espantosamente malo. Toda la mañana escuchando quejas y más quejas de uno de sus mejores clientes, Jeremy Jackson, presentador de *Breakfast Today*, por su propuesta sobre su autobiografía. Rebecca trató de que entendiese que solo conseguirían hacer dinero si incluía los detalles sobre su primer matrimonio y la larga enemistad que le separaba de la antigua copresentadora del programa, Christina Minns. Jeremy se negaba en redondo a hacer nada parecido, y decía que al público le bastaría con su idílica infancia en Doncaster. No hizo caso de sus repetidas súplicas, «sin trapos sucios, no hay negocio».

Y luego, por la tarde, una crisis tras otra. Unas invitaciones para una fiesta fueron devueltas por el impresor con un tipo de letra dos puntos más pequeño de lo que pidieron. Angelique Brown, una de las actrices clientas de Ben, había vuelto a ingresar en una clínica de rehabilitación. Uno de sus presentadores había sido despedazado por la crítica televisiva del *Mirror* y la llamó llorando.

Jodidamente espantoso, repitió Rebecca para sus adentros mientras subía en el ascensor. Eran las siete, muy pronto para que ella estuviera en casa. Un día terrible.

Solo que en realidad no lo había sido. Lo cierto, y Rebecca

lo sabía perfectamente, es que había sido un día normal. Nada que no pudiera controlar.

Lo cierto es que era viernes noche y Tim seguía sin llamarla.

No es, pensó furiosa mientras revolvía el interior de su bolso buscando las llaves, que no tuviera un montón de cosas que hacer. Esa noche, como cada noche, estaba invitada a media docena de actos. Pero los había rechazado todos, con la esperanza, con la esperanza... de que pasaría la noche con Tim.

Que guardaba silencio.

Que había guardado silencio desde aquella embarazosa noche con la asistenta, a pesar de los dos e-mails y los tres mensajes de texto cada vez más disgustados que le había enviado preguntando qué pasaba.

Rebecca ni siquiera podía engañarse y pensar que se encontraba en coma en algún lugar, porque cuando lo llamó a casa contestó. Por suerte ya tenía el dedo puesto en el botón de colgar. Y, evidentemente, llamó con el número oculto. Así que el muy cabrón estaba vivito y coleando. Sencillamente, no parecía tener ganas de verla.

Rebecca encendió la luz, se quitó el abrigo y lo tiró al suelo. Miró a su alrededor. Al menos Katie había limpiado. Bien, había comprado flores (Rebecca había dejado sesenta libras de más para las flores, con la esperanza de que Tim las viera y pensara que era una diosa doméstica), aunque las había puesto en un espantoso jarrón que debía de haber encontrado en el fondo del armario que había debajo del fregadero.

El demonio que llevaba en su interior despertó en ese momento. Por primera vez desde hacía varios días no pensaba en Tim, sino en lo inútil que era Katie. Todas esas tonterías sobre la asesora de vestuario, cuando estaba claro que esperaba una comisión, y luego la confesión de que había roto cinco vasos de cóctel. La chica se había ofrecido a pagarlos, pero ella le dijo que para eso hubiera tenido que hacerle la limpieza gratis durante unos tres meses, que lo olvidara.

Sin embargo, en aquellos momentos Rebecca no estaba de humor para olvidar. Entró como una exhalación en su dormitorio. Bueno, la cama estaba hecha (y el nórdico bien puesto) y —olió las almohadas— Katie se había acordado de rociarlas con Chanel n.º 5. Pero ¡señor, había cambiado la disposición de los botes de Shisheido de encima del tocador!

Tranquilízate, tranquilízate, se dijo Rebecca. Te estás comportando como una maníaca. Katie había limpiado el polvo y hubiera sido imposible que los colocara exactamente en el mismo sitio salvo que hiciera antes una fotografía. No era tan mala idea.

Rebecca estaba tan alterada que había olvidado comprobar el teléfono. Si alguien había llamado, su identificador de llamadas habría registrado el número... No tenía mucho sentido que la llamaran a casa en lugar de al móvil. Aunque sería muy típico de Tim dejarle un mensaje en casa cuando sabía que estaría en la oficina. El teléfono estaba sobre la mesita de noche. La lucecita roja, que parpadeaba cuando alguien llamaba, no se movía.

—Bueno —dijo Rebecca suspirando.

¿Qué iba a hacer? Entró en la cocina, abrió un par de armarios y estudió con desinterés el contenido: una lata de polvo de mostaza, setas secas, y un tarro de Vegemite para untar. Tendría que encargar la compra otra vez.

¿Qué daban en la tele? La encendió y comprobó la programación. *Top of the Pops*, *Coronation Street*, la reposición de uno de los capítulos de la tercera temporada de la serie *Friends*, *Snooker*. Estupendo. ¿Y si veía un DVD? No estaba de humor. ¿Un buen baño caliente? Sí, buena idea. Mímate, como dicen en las revistas. Además, sería una buena terapia de choque. No estés disponible y verás como llama. Podía tener el móvil al lado de la bañera, pero el cable del fijo no era lo bastante largo para llevárselo al cuarto de baño.

El cuarto de baño estaba bastante limpio, tenía que admitirlo. Recordó que aquella mañana se había depilado las piernas en la ducha y que Katie habría tenido que enjuagar los pelos y se puso roja. Pero, bueno, para eso le pagaba, ¿no? Rebecca abrió los grifos, vertió aceite revitalizador de lavanda en el agua y se sentó en el borde de la bañera aspirando aquel aroma.

Ring, ring, ring.

La adrenalina se le disparó. Echó a correr, cruzó su habitación a toda prisa y descolgó el teléfono que tenía junto a la cama. Antes de hablar hizo una pausa.

—¿Diga?

—Rebecca, soy Tara.

Maldita sea.

—¿Has escuchado mi mensaje?

—No. ¿En el móvil?

—No, en el contestador del fijo. Sabía que volverías directamente a casa desde el trabajo.

—No había ningún mensaje.

Tara se puso nerviosa.

—Mierda. Estoy segura de que el número era el correcto. ¡Seguro! El mensaje del contestador decía «Hola, soy Rebecca...». Bueno, es igual. El caso es que ahora Jeremy quiere...

Tara siguió hablando. Rebecca no escuchaba. Estaba deseando ir a su mesa y comprobar el contestador.

—Así, ¿qué le digo?

—¿Eh? Mira, Tara. Voy a cambiar al otro teléfono. Tengo el archivo de Jeremy en mi despacho en la otra habitación.

Fue corriendo a la sala de estar. El contestador estaba sobre la mesa. La lucecita parpadeaba con timidez. Tienes mensajes. Tres, según el panel. Pero ¿por qué no parpadeaba la luz del teléfono de la habitación? No lo entendía. ¿Se habría estropeado? Señor, si Tara no hubiera llamado no se habría enterado de que tenía mensajes. Podía haber sido catastrófico, como cuando la carta que Tess d'Urberville envía a su amado queda perdida bajo el felpudo. Él nunca la recibe, y ella muere. Oh, qué película tan triste. ¿Por qué no parpadeaba la luz del teléfono?

—¿Qué piensas, Rebecca?

—Mmm... Oh, dile que se tranquilice. Envíale flores. Lo llamaré. ¿Cuál es su móvil?

Estaba anotando el número cuando en su cabeza una vocecita le dijo: «Katie».

Claro. Katie. La señorita Bragas Trabajadoras había tocado sin querer el botón al limpiar el polvo y por eso había dejado de parpadear. A saber cuántas llamadas no sabría que había recibido por su culpa. Hasta es posible que perdiera buenos negocios.

—Tara, cielo, no te preocupes. Vete a casa. Disfruta del fin de semana. Yo me encargo.

Colgó el auricular con un golpe y apretó el Play del contestador.

—«Rebecca, soy Tara. Siento...»

Borrar.

—«Rebecca, soy Tara.»

Oh, por favor.

—«Rebecca. Hola, soy Tim. Siento no haberte llamado antes. He tenido un montón de trabajo. Estaré fuera todo el fin de semana. Trataré de llamarte el domingo. Estaremos en contacto. Adiós.»

Rebecca se quedó mirando el contestador como si contuviera el secreto de la eterna juventud. Volvió a apretar Play. «Rebecca. Hola, soy Tim...» «Rebecca. Hola, soy Tim...» «Rebecca. Hola...»

El alivio que sintió al oír la voz de Tim se estaba convirtiendo en un sentimiento mucho más duro. ¿Qué demonios era aquello? ¿Dónde iba a estar todo el fin de semana? ¿Cómo que «estaremos en contacto»? ¿Se la estaba quitando de encima?

—«Trataré de llamarte el domingo» —repitió con retintín—. Vete a la mierda, Tim.

¡Mierda, la bañera! El agua estaba a punto de rebosar. Al menos pudo evitar un desastre. Pero ¿qué iba a hacer ahora? Su instinto era hacerse un ovillo en la cama y gritar. Pero se negaba a hacer eso. Tienes que volver a subir al caballo, se dijo. A su edad, no podía permitirse perder tiempo. Se daría un baño, se pondría matadora y saldría a encontrar a otro hombre. ¿A qué fiesta podía ir? Mientras se quitaba la ropa, estuvo pensando. Estaba la fiesta de Christian Dior en París. Hubiera ido, pero al día siguiente tenía que estar a primera hora en Londres para una sesión con su entrenador personal. Y la fiesta de cumpleaños de Celine Harper... no se hubiera dejado ver por allí ni muerta, porque la muy guarra había dejado Greenhall y Graham para irse con una agencia de la competencia.

Pero... recordó, mientras se desabrochaba el sujetador, que también estaba la fiesta de los Twigz en alguna zona del sur de Londres. Rebecca odiaba a los Twigz, pero habría mucha gente... hombres. Sabía que tenía una invitación. Fue desnuda hasta la sala de estar y miró sobre la repisa de la chimenea.

No estaba.

Katie.

Por favor. Aquello era excesivo. Evidentemente, Katie se la había llevado. O la había tirado. No tenía sentido que mirara en la basura, ya la había tirado. O en los contenedores que había abajo. Rebecca no pensaba bajar al sótano del edificio para revolver entre sabe Dios qué por un papel.

Solo podía hacer una cosa. Maldiciendo por lo bajo, descolgó el auricular y llamó a Suzy.

—Suzy, cielo, soy yo —soltó en cuanto su amiga contestó—. Escucha. ¿Sabes dónde es la fiesta de los Twigz?

—¿Para qué vas a ir? —le preguntó Suzy, como si Rebecca le hubiera preguntado por el círculo de costura.

Para que me follen.

—Hay un cliente que me interesa que posiblemente estará allí —dijo con arrogancia.

—Entiendo. —Rebecca sabía que su amiga se estaría riendo.

—Bueno, ¿dónde es?

—¿El qué? Ah, la fiesta. Espera un momento... ¿de qué cliente se trata, Rebecca?

—Ya lo verás.

—Claro... Es en Sud. En Kennington. ¿Conoces aquel matadero reconvertido?

—Sí. Gracias, Suze. —Y colgó—. Brrr —hizo. Kennington estaba en el culo del mundo. Y su cama tenía un aire tan acogedor... No hay tiempo que perder se dijo con firmeza. Se pondría irresistible.

Mientras estaba en la bañera, se sintió extrañamente tranquila. Así que Tim le ponía los cuernos. Bueno, solo fueron dos meses. Y según Katie se necesita más tiempo para enamorarse. Mejor dejarlo antes de que el daño fuera mayor.

Es curioso que Katie dijera aquello, pensó, pasándose la Gilette arriba y abajo por las piernas. Era una chica muy perspicaz. Lástima que se le diera tan mal la limpieza.

Rebecca salió del agua ya tibia de la bañera y se maquilló con el albornoz puesto. Y decidió que si acercaba su rostro al espejo vería lo mismo que los demás. Una mujer de metro ochenta, con pelo cobrizo, ojos azules y dientes blancos. Sexy y atractiva y, gracias al doctor Lumet, su mago de la botulina, y al doctor Knight, el magnate de los implantes, con un cuerpo sin defectos, aunque los años pasaban y cada vez resultaba más difícil dar esa impresión.

Pero lo que le sorprendía era que la gente no viera a esa otra Rebecca, la niña desgarbada de siete años con hierros en los dientes, y cuyo padre se fue seguramente porque ella no era lo bastante guapa. O porque no era lo bastante buena en el colegio. Evidentemente, su psicólogo ya le había explicado que la partida de su padre no tuvo nada que ver con ella y sí con Mónica, la vecina. Pero a su madre, una mujer guapa, divertida, amable, cariñosa, que en ningún momento mostró amargura, debía de faltarle algo. Si ella no pudo retener a un hombre, ¿quién podría? Rebecca había iniciado todas sus relaciones sabiendo que tarde o temprano el hombre vería cómo era realmente y la abandonaría.

Quizá eso no ocurriría esa noche, si escogía con cuidado la ropa: vaqueros Earl, una blusa rosa lo bastante abierta para insinuar el sujetador, y botines de tacón bajo. El conjunto la hacía más esbelta. No está mal, pensó Rebecca mirándose al espejo. No está nada mal.

Pero en realidad no lo creía.

Volvió a mirar. ¿Qué era eso? Oh, mierda, la camisa tenía una mancha grande y negra debajo del pecho. ¿Cómo pudo hacerse aquello? Parecía tinta. Maldiciendo por lo bajo, Rebecca se la quitó. Mejor ponerla en la lavadora. Comprobó la etiqueta. Lavar en frío. Tenía la impresión de que la mancha no se iría, pero valía la pena intentarlo. La verdad es que no tenía mucha experiencia con la lavadora, y nunca había utilizado aquella. Pero no resultaría tan difícil.

Vestida con los vaqueros y el sujetador, corrió a la cocina y abrió la lavadora. Y se encontró con un montón de sujetadores viejos, bragas descoloridas y camisetas ásperas.

—¿Qué...? —No reconocía aquella ropa. ¿De quién era?

Katie.

La condenada Katie debía de estar utilizando su lavadora.

Hecha una furia, arrojó la blusa rosa al suelo, volvió a su habitación y ya más serena se puso un traje azul oscuro. Lo de la asesora de vestuario, los vasos y ahora aquello... ¿Es que no podía confiar en nadie? Por la mañana le daría la patada.

Salió y cogió un taxi. Veinte minutos más tarde, el vehículo la dejó a la entrada de un hangar en medio de una zona industrial de la oscura zona sur de Londres. Rebecca sintió como si acabara de llegar para el cambio de turno de una fábrica de pasteles de cerdo. Lo único que hacía pensar que había una fiesta era un hombre calvo con traje que hablaba entre murmullos por una radio y una chica negra y alta con cola de caballo y gafas con montura metálica que tenía una lista.

—Mi nombre está en la lista —le dijo Rebecca.

Después de consultar la lista, la chica la encontró. Rebecca entró. Evidentemente, era un antro oscuro y ruidoso. Cientos de personas más jóvenes, atractivas y guapas que ella, gritaban y la rozaban con sus cigarrillos. Rebecca miró con desesperación a su alrededor buscando un camarero. Nada. Se abrió paso hasta la barra y, una vez allí, recorrió la sala con la mirada. Allí estaba Dempster Preston, uno de los artistas británicos más calientes, echado en un sofá y recibiendo las atenciones de dos adolescentes. No muy lejos estaba Janine Palmer, agente de un montón de estrellas, con la cabeza echada hacia atrás y riendo como una loca. Señor, tendría que tomarse algo antes de lanzarse a aquella turba.

—Perdone —le gritó al camarero. El de la barra miró más allá, al pequeño portugués que se había instalado justo bajo su axila derecha.

Aquello empezaba a resultar embarazoso. Para disimular, se volvió de espaldas a la barra y se puso a observar a la gente.

¿Qué? La fingida indiferencia de Rebecca la abandonó. No podía creer lo que estaba viendo.

Katie.

Katie bebiendo un cóctel y riendo con una chica que le resultaba vagamente familiar.

¿Qué demonios estaba haciendo allí? Una desagradable sospecha empezaba a insinuarse en su cabeza. No era momento para bebidas. Trató de abrirse paso entre la gente. Desde la otra punta de la sala vio que Katie y su amiga dejaban los vasos sobre una bandeja que pasaba y se dirigían hacia la pista de baile.

El contoneo del trasero de la amiga le hizo recordar. Era la dichosa asesora de vestuario, ¿cómo se llamaba? ¡Harrison! ¿Qué demonios hacía allí con Katie?

Aquello olía mal.

Como un gato acechando a un ratón, Rebecca las siguió entre la gente. Katie le había robado la invitación. Iba a despedirla. Ahora. Las dos chicas se habían situado en medio de la pista de baile y bailaban enérgicamente al ritmo de Kool and the Gang.

Rebecca casi las había alcanzado cuando vio algo mucho más terrible. Un hombre alto con un polo de Fred Perry y unos Levis enfundados en unas piernas flacuchas. Una mujer menuda con vestido rosa y pelo corto rubio. Hablaban con interés. Él rió, se inclinó hacia delante y le quitó con delicadeza un mechón de pelo que le había caído sobre los ojos.

Tim.

Algo le golpeó el corazón, como una goma. Se abrió paso hacia él entre la gente. Él flirteaba, y hubiera seguido haciéndolo durante horas de no haber sido interrumpido por un vaso de vino blanco frío que le arrojaron a la cara.

—¡Cabrón! —le gritó Rebecca.

10

Incluso en el calor del momento, Rebecca supo que estaba cometiendo un grave error. Se dio la vuelta y empezó a alejarse abriéndose paso entre la gente.

—Disculpa. Disculpa. —Las lágrimas la cegaban. No sabía qué era peor, si lo que había visto o la reacción que había tenido. Ni siquiera tenía la excusa de que iba a venirle la regla. No era más que una loca a la que tendrían que haber encerrado.

Una mano le dio un toquecito en el hombro.

—Rebecca...

Se dio la vuelta. Oh, por Dios. Era la asistenta. No podía confiar en nadie.

—Lárgate —le soltó—. Estás despedida.

Siguió caminando, y pasó por las cuerdas que separaban la zona para personajes importantes al patio. Los vigilantes la miraron con curiosidad.

—Quiero un taxi —ordenó.

Ellos hicieron una mueca.

—Lo siento, señora —dijo uno—. Nada de taxis. Se ha encargado una flota de limusinas para la medianoche. Tendrá que esperar a que lleguen. O llamar a un taxi usted misma.

—¿Tiene un teléfono? —dijo Rebecca tan dignamente como pudo.

—No, señora.

Mentirosos, pensó, pero no le quedaban fuerzas para discutir. Se sentía tan desinflada como un globo pinchado. Sacó su móvil del bolso.

—Oh, no.

Se había quedado sin batería.

—¿Hay alguna cabina dentro?

Ellos se encogieron de hombros. ¿Qué demonios se supone que debía hacer? No podía ir por aquellas calles con esos tacones hasta que encontrara un taxi. Tendría que volver a entrar en ese edificio, donde acababa de ponerse en evidencia y pedirle el móvil a alguien.

—¿Rebecca?

Miró alrededor. ¡Jesús! Otra vez la asistenta. ¿La estaría siguiendo? ¿Es que no lo había dejado bastante claro?

—¿Quieres utilizar mi móvil?

Rebecca estaba anonadada.

—¡No, gracias!

—¿Estás segura?

Rebecca sintió que un sollozo le invadía el pecho.

—Sí.

—Bueno —dijo Katie, que hacía todo lo posible para convencerla—. Yo tengo que llamar a un taxi. Puedo pedir uno para ti si quieres.

No había forma de escapar de aquello.

—¡De acuerdo! —dijo resoplando. Se abrazó a sí misma mientras oía a Katie hablar por teléfono.

—No. Dos, por favor. Dos. Uno para Elephant and Castle y el otro para Bayswater. Bayswater. Ya sabe, entre Notting Hill y Hyde Park. Una zona elegante. Con una buena propina. —Colgó—. Rebecca, lo siento mucho.

—¿Por qué? No tiene nada que ver contigo.

Por un momento, Katie se sintió confusa.

—¡Claro que tiene que ver conmigo! —Y entonces comprendió a qué se refería—. Oh, eso... lo que ha pasado dentro. No, eso no tiene que ver conmigo. Aunque lo siento mucho. No, yo me refería a mi comportamiento. Cogí la invitación. Pensé que no la querrías. Lo siento de verdad.

—Ha sido un robo —espetó Rebecca.
—Lo sé. Y lo siento. De verdad.
—Becs —dijo una voz jadeante más atrás—. Lo siento mucho. —Era el hombre de la fiesta con la camisa Fred Perry. Trató de aferrar a Rebecca del brazo—. Cielo.
Rebecca lo evitó.
—No me llames cielo.
—Rebecca —dijo—. ¿Cuál es el problema? Solo estábamos hablando. Chrissie es una vieja amiga.
—No se trata de eso. Tú me dijiste que a esta fiesta solo se podía venir con invitación.
—¡Y es verdad!
—¿Y no se te ocurrió pensar que a lo mejor yo tenía una de esas invitaciones? ¿Que a lo mejor me apetecía venir contigo? ¿Como tu novia?
—Pensaba que habíamos acabado. Que no querías volver a verme.
La expresión de Rebecca era de confusión.
—¿Y por qué ibas a pensar algo así?
—Por la última vez que nos vimos. Estuviste muy distante. Pensaba que ya no querías estar conmigo.
—Pero...
—Estaba furioso. He salido esta noche para intentar olvidar. Me sentía muy dolido por la forma en que me trataste.
¿Cómo? Rebecca estaba confusa. ¿Tan mal lo había tratado? Puede. ¿Por qué nunca hacía nada a derechas?
Un Volvo abollado se detuvo ante ellos. El conductor, un ganiano, se asomó por la ventanilla.
—¿Elephant?
—Sí, yo —exclamó Rebecca. Y entonces reparó en Katie, que esperaba con expresión dócil—. Oh. No. Yo voy a Bayswater. ¿Dónde está su compañero?
—¿Mi compañero? —dijo el taxista.
—Sí. Hemos pedido dos coches.
—No —se apresuró a decir Katie—. Coge tú este. No me importa esperar.

—Vale. —Rebecca abrió la puerta.

—No, señora —repuso el taxista—. Yo no voy a la zona oeste. Solo voy a Londres Sur.

—Oh, vamos —dijo Katie—. Te dará una buena propina.

El taxista estaba ofendido.

—No, cielo. Esta es mi última carrera. Me voy a mi casa en Catford. Elephant me coge de camino, Bayswater no.

Tim se adelantó.

—Cariño, te estás comportando de una forma estúpida. Deja que esta —miró a Katie—... persona coja el taxi. Tenemos que hablar.

—¿Cuándo vendrá mi taxi?

El taxista levantó la vista de su radio.

—Lo siento amiga, no hay más taxis. Están todos ocupados. Y estamos hablando de una hora u hora y media.

—Mira —dijo Katie—. Por favor, llévala a su casa.

—No. A lo mejor solo soy un taxista, pero tengo una vida, ¿sabéis? Esta noche quiero ver a mi mujer, no quedarme atascado entre el tráfico del West End.

A Rebecca le temblaba el labio. Katie tragó saliva.

—Rebecca, escucha —dijo—. ¿Por qué no subes conmigo al taxi? Estoy segura de que cuando lleguemos a la calle principal veremos algún taxi libre.

—No —dijo Tim—. Quédate.

Rebecca los miró a los dos. Tenía unas ganas locas de echarse en brazos de Tim, de creer lo que le había dicho. Pero sabía que no podía hacerlo.

—Adiós, Tim —dijo con altivez, y subió al taxi. Katie subió detrás.

—Como queráis —comentó el taxista—. Pero no pienso llevarla al West End.

—¿Podemos irnos, por favor?

Tim llamó con los nudillos en la ventanilla.

—Cariño, espera.

—¡Vamos! —El coche arrancó. Rebecca se recostó contra el cuero roto de los asientos y trató de contener los sollozos.

—¿Estás bien? —le preguntó Katie con suavidad.

¿Qué clase de pregunta estúpida era aquella? Rebecca se mordió el labio.

—Muy bien —dijo con voz ahogada—. Gracias. —¿Por qué siempre tenía que llorar delante de la jodida asistenta? Qué humillante.

—Mamón —musitó Katie por lo bajo.

—¿Cómo dices?

—Nada.

—¿Acabas de decir mamón?

—Sí, pero no me refería a ti, me refería a tu novio.

—¡Cómo te atreves a llamar mamón a mi novio!

—Menudo novio —dijo ella. El miedo que en otro tiempo le inspiraba Rebecca se había evaporado. Mierda. La había despedido. Podía decir lo que quisiera.

—¿Y tú qué sabes?

—Bueno, solo te he visto tres veces, y dos de ellas estabas preocupada por ese tipo. Muy bien no parece que vaya.

Rebecca aspiró con altanería.

—¿Y? Estamos pasando por un mal momento. Lo superaremos.

—¿Qué clase de mal momento? El otro día llorabas porque él no quería verte. Y ahora lo pillas en una fiesta a la que no te ha invitado, flirteando con otra. No parece que vaya muy bien.

—Me lo ha explicado todo. Ha sido un error. Pensaba que ya no le quería.

—¿Y de dónde ha sacado esa idea? Es evidente que estás loca por él.

—No sé. Debo de haber dado una impresión equivocada. Seguro que soy demasiado absorbente. ¿Podemos dejar el tema de una vez? —Rebecca cruzó los brazos y se volvió hacia el otro lado.

Katie empezaba a sentirse realmente agresiva.

—Bueno, entonces ¿qué era? ¿Pensaba que ya no lo querías? ¿O que eres demasiado absorbente? Porque las dos cosas no puede ser. ¿Y por qué tienes que echarte las culpas? Aquí el único cabrón que hay es Tim.

—Por favor, no quiero ese tipo de lenguaje en mi taxi.

—¡Lo siento! Mira Rebecca, sé que piensas que no entiendo nada. Pero eres tan guapa, y ese tipo no hace más que echarte mierda encima. ¡Perdón! —dijo al ver que el taxista miraba hacia atrás con cara de enfado—. Pero es lo que hace. Está jugando contigo. De verdad, no lo aguanto.

El coche había ido muy rápido y ya casi habían llegado al enorme centro comercial rosa que señalaba el territorio de Katie. Había empezado a llover y no se veía ningún taxi. Bienvenidos a Londres un viernes noche.

Katie se inclinó hacia delante.

—Mmm. Ahora tiene que girar a la derecha, y luego a la izquierda en el semáforo. Y luego, por favor, ¿podría llevar a esta señorita a su casa? Tiene problemas amorosos.

—Eso parece —dijo el hombre encendiendo su radio—. Lo siento, cielo, pero no.

Estaban delante de King Kebab.

—Tendrás que entrar —le dijo Katie—. Llamaremos a otro taxi. Siento mucho todo esto.

—No es culpa tuya —musitó Rebecca apretando los dientes. Acababa de despedirla y en cambio era tan jodidamente amable con ella... Le hacía sentirse más que nunca como una perdedora.

Katie pagó al taxista... aunque no podía permitírselo, y entraron. A pesar de que su relación con Rebecca se había acabado, le abochornaba un poco que viera su pequeño y destartalado piso. Katie consultó su reloj. Las doce y cinco. Al menos Ronan no estaba y, dado que la última vez que había visto a Jess estaba haciendo manitas con el bajo de los Twigz, lo lógico era pensar que esa noche no volvería a casa.

Rebecca miró a su alrededor. Reparó en los pósters de la pared; los platos diferentes que se secaban junto al fregadero; la factura detallada de teléfono, con un montón de sumas garabateadas por encima. Desordenado, pero acogedor. E inmaculadamente limpio, tenía que reconocerlo. Oh, y ahora tendría que buscarse una nueva asistenta. Como si no tuviera bastantes problemas.

—¡Parece un piso de estudiantes! —dijo enseguida—. Y ahora ¿podemos llamar un taxi?

—El teléfono está allí. Hay algunos teléfonos en la tarjeta.

Rebecca llamó a seis empresas. El tiempo de espera más corto era una hora.

—Siempre puedes coger un autobús nocturno —dijo Katie. En realidad no llegó a decirlo, pero ganas no le faltaron. En vez de eso, dijo con alegría—: ¿Quieres tomarte un té mientras esperas?

Por Dios, estos británicos y sus insufribles tés. Pero ¡qué demonios!

—Sí, una manzanilla.

Y así fue como Katie se encontró bebiendo té a la mesa de su cocina sobre la tienda de kebab con una de las mujeres más glamurosas de Londres.

Y charlando agradablemente.

—Me siento tan confundida —dijo Rebecca—. ¿Lo dejo? ¿Tendría que darle una segunda oportunidad? Quizá ha intentado llamarme. No tienes cargador para el móvil, ¿verdad?

Por supuesto que tenía —no era tan primitiva—, pero ni el suyo, ni el de Jess ni el de Ronan eran compatibles con el móvil de tecnología avanzada de Rebecca.

—Lo siento —dijo Katie después de pasarse quince minutos comprobando los cargadores—. Pero, de verdad, Rebecca, incluso si te ha llamado, no tendrías que hacerle caso. Hace que te sientas fatal. Y por lo que veo es lo que ha hecho siempre. ¿Así es como quieres vivir?

Era el discurso favorito de Katie, y lo había pronunciado muchas veces con amigas llorosas. Ellas escuchaban y al final dejaban de llorar y decían «Sí, es verdad, menudo mamón». Se bebían una botella de vodka y entonces venía lo de «Sobreviviré» y se ponían a bailar hasta que se quedaban fritas en un sillón.

Dos días más tarde, el novio las llamaba y ellas volvían corriendo a su lado.

Patético.

—Sí, es verdad —dijo Rebecca en aquel momento—. No es la mejor forma de vivir, ¿verdad? Tim siempre me ha hecho sentir desgraciada. Puedo aspirar a algo mejor. Puedo encontrar a alguien que me trate con respeto. —Miró a Katie con curiosidad—. ¿Cómo te trata a ti tu novio?

—Muy bien.

—Entonces has tenido suerte, ¿no?

—Supongo. —Pero entonces se sentó muy derecha—. En realidad no, Rebecca, no he tenido suerte. Mi novio me trata bien porque es lo que le he enseñado a hacer.

—¿Enseñarle? —Por primera vez en toda la noche Rebecca se rió—. No es un perro.

—No, claro que no. Pero es un hombre. Que viene a ser más o menos lo mismo. Aunque los perros son mucho más agradables. Evidentemente.

Rebecca se rió.

—Evidentemente.

—No, en serio. —Un recuerdo apareció en su mente: su taxi parando ante la casa de sus padres y Elton que salía corriendo a recibirla—. Lo que Elton y yo tenemos es un amor perfecto. Devoción. Si Elton fuera tu novio siempre te llamaría cuando dijera que se iba y nunca se olvidaría de ir a recogerte al aeropuerto.

—¿Quién es Elton?

—Mi perro. Bueno, de mis padres. Pero ni siquiera Elton se ha convertido en lo que es sin ayuda. Tuvimos que enseñarle a ser un buen chico.

Rebecca hizo rodar los ojos con incredulidad.

—¡Lo digo en serio, Rebecca! —La lectura que Katie hizo en su adolescencia del libro *Guía del adiestrador de perros*, de John Fretton, volvía lentamente a su cabeza—. Los hombres y los perros se parecen mucho. Son cazadores-recolectores. Lo llevan en la sangre. Durante miles de años han tenido que utilizar sus cuerpos y sus cerebros para sobrevivir. Pero ahora viven en casas confortables y la cena se la traen de Tesco. Están seguros, pero se aburren. Necesitan tener algo que cazar. Por eso Elton tiene un muñequito que puede mordisquear.

—¿Y crees que tendría que comprarle a Tim un muñeco para que lo muerda?

—¡Claro que no! —Katie estaba inspirada. ¿Fue así como se sintió Einstein cuando descubrió la gravedad? ¿O fue Newton? Da igual—. El caso es que tienes que hacer que la cacería le resulte lo bastante interesante. Si él te atrapa y ya está, no se divierte. Creo que es estupendo que se te haya acabado la batería. Es probable que Tim piense que estás unida a tu móvil por un cordón umbilical. Y seguramente es mejor que estés aquí y no en tu casa. Así no podrá localizarte, y no dejará de pensar en lo que estás haciendo. Eso lo pondrá histérico. Le está bien empleado por hacértelo pasar tan mal.

—Pero eso es como jugar —exclamó Rebecca—. Dejé de hacerlo después de los dieciséis. Puedes hacerte la difícil, pero al final te atrapará, y entonces se dará cuenta de que eres una mujer normal y corriente y perderá el interés. Pum.

—Puede —dijo Katie—. Pero ahí es cuando tú pasas a la siguiente etapa, que es la de inspirarle devoción. Debes demostrarle que tú llevas las riendas.

—¿Las riendas?

—Bueno, si no recuerdo mal, los perros viven en manadas. No les interesa la democracia. Les gusta tener un amo al que mirar y que les imponga unas normas.

—¿Y qué tengo que hacer para poner yo las normas?

—Bueno, no puedes dictar unas normas estrictamente hablando. Pero sí puedes dejar bien claro que tú mandas llevando tu propia vida en lugar de dejar que tu mundo gire alrededor de él. Los hombres no pierden el tiempo pensando en cómo tener satisfechas a las mujeres. Van al trabajo, ven el fútbol y se lo pasan bien con sus amigos.

—Pero yo no puedo hacer eso —exclamó Rebecca—.

Cuando me enamoro pienso en mi novio todo el tiempo. Leo su horóscopo. Consulté con Linda Goodman cómo nos iría como pareja. Hombre Géminis, mujer Libra. Una combinación bastante buena.

—¿Eres Libra? —preguntó Katie, distraída por un momento—. ¡Yo también! —Rebecca no pareció muy impresionada. Prosiguió—. Mira, consultar a Linda Goodman cómo te irá con tu novio es algo normal. Pero no tienes que decírselo. Para él debes ser una mujer interesante que ya tenía su propia vida antes de que él llegara y que seguirá teniéndola cuando él ya sea historia. No lees Linda Goodman, lees... el *New Yorker* y a James Joyce.

—Nunca le he dicho a Tim que había consultado el libro de Linda Goodman para ver cómo nos iría como pareja. No soy tan idiota.

—Sí, pero has dejado muy claro que tu vida no tenía sentido sin él.

Rebecca pensó por un momento.

—¿Y ahora qué hago?

—¡No volver a verle!

—¿Incluso si es verdad que lo siente?

¡Por Dios! Katie estaba lanzada. Había llegado el momento de utilizar una de las frases favoritas de Jess.

—Rebecca, Tim es una mierda pinchada en un palo.

—Pero, a lo mejor si hago lo que tú dices las cosas mejorarán.

Katie suspiró.

—No, es demasiado tarde. El daño ya está hecho. Pero incluso si tu comportamiento no ha sido lo que se dice brillante, quien se ha portado mal es él, no tú.

—Pero yo le quiero. Él dijo que era un error.

—Rebecca. Los actos dicen mucho más que las palabras. No escuches lo que dice, fíjate en cómo te trata.

—¿Y si cambia su comportamiento?

—No cambiará.

—Pero ¿y si lo hace?

Katie se salvó de ese ridículo intercambio porque sonó el timbre de la puerta. Se asomó por la ventana.

—¡Minitaxi!

—¿Ya está ahí? —dijo Rebecca. Pestañéo y se restregó los ojos. Bien por el rímel a prueba de agua y restregones. De pronto, no tenía ningunas ganas de marcharse. Katie sería una ladrona de invitaciones, pero, por alguna razón, le gustaba. Al menos ella estaba allí, no como sus amigas. Nunca se hubiera atrevido a llamar a ninguna a aquellas horas.

Se puso en pie y se quedó allí plantada, sintiéndose como una idiota. ¿Cómo demonios iba a decir aquello?

—Mira —empezó a decir—. Me siento mal. He sido muy brusca contigo. Y en cambio tú has sido amable y me has dicho una cuantas verdades.

Katie sonrió, algo abochornada.

—Así que... me gustaría que volvieras a aceptar el trabajo. Aunque tal vez sea mejor que vayas cuando esté yo. Así podríamos hablar y yo te ayudaría a limpiar.

Rebecca quería pagarle por sus consejos. Era la idea más divertida que Katie había oído en su vida.

—¿No pagas a un psicólogo para eso? —preguntó.

Rebecca se rió, por segunda vez. Vaya, pensó sorprendida, se supone que está destrozada.

—No exactamente. Tú lo has dicho. Le pago al psicólogo para soltarlo todo, a ti te pago para ayudarme a retener a alguien. Además, a él solo le interesa mi infancia, si mi padre me tocó de forma inapropiada o me pegaban en la escuela. No he tenido tiempo para más. Y necesito algo más rápido.

—Bueno, ¿y qué me dices de tus amigas?

Rebecca pensó.

—Bueno, ahí está el problema. Me refiero que... antes se lo contaba todo a mis amigas. Eran como mi familia, y más ahora que mi madre está tan lejos. Pero desde hace un par de años todo ha cambiado. Están todas muy ocupadas, y es difícil estar con ellas a solas, y cuando lo consigo quieren hablar de sus problemas. Y además,...

—¿Además?

—Hablar con mis amigas hace que me sienta como una fracasada. Ellas tienen una relación, aunque alguna tenga un novio que es un churro. No entiendo por qué ellas lo consiguen y yo no. Así que normalmente me lo callo todo y hago ver que todo va bien.

Katie se dio por vencida. Rebecca era un desastre. Pero quería ayudarla, al igual que pretendía ayudar a cualquiera que tuviera problemas.

—¿Cuándo tengo que volver?

Rebecca sacó su Palm Pilot del bolso y repasó su agenda.

El timbre volvió a sonar.

—Ya baja —gritó Katie por la ventana.

—El lunes por la noche estoy fuera. Martes también. El miércoles, nada. Jueves... sí, podríamos quedar el jueves si vienes por la tarde.

Katie parecía desolada.

—Oh, no puedo. Es el cumpleaños de Ronan.

Rebecca pareció molesta, pero entonces recordó lo absurdo de su petición.

—Bueno, mira. ¿Puedes venir mañana? Estaré libre, y ya habré hablado con Tim. Y tienes que recoger algunas cosillas —añadió, recordando de pronto.

Katie se puso colorada.

—Oh, señor, lo siento, lo había olvidado. —En realidad, se había acordado de camino a casa, pero se consoló pensando que había tan pocas posibilidades de que Rebecca comprobara la lavadora como de que Ronan interpretara a Hamlet en el Teatro Nacional.

Rebecca le restó importancia con un gesto de la mano. Había otras cosas en que pensar.

—Mi entrenador personal viene a las diez —dijo—. ¿Qué te parece por la tarde, digamos a las dos?

Se oyó el sonido de llaves en la puerta.

—¿Hola? —dijo una voz masculina—. Habéis vuelto pronto.

—Ah, hola —contestó Katie un poco acalorada.

Rebecca miró a aquel espécimen con gesto admirado. Vaya, así que ese era el novio de Katie.

—Hola —dijo ofreciéndole la mano—. Rebecca Greenhall.

Ronan trató de parecer normal.

—Ronan Waters.

—Encantada de conocerte, Ronan. —El respeto que sentía por Katie aumentaba por momentos. ¿Cómo había hecho para atrapar a un hombre tan atractivo? No era tan guapa y estaba claro que nunca había oído hablar del revolucionario champú Frizz-Eeze de John Frieda. Sería por la forma en que lo había... adiestrado.

El timbre sonó por tercera vez.

—Será mejor que me vaya —dijo Rebecca—. Te veo mañana, Katie. Gracias por lo de esta noche. —Al abrir la puerta, lanzó una repentina risotada—. Por la mañana veré a mi entrenador personal y por la tarde a mi adiestradora de amor. —La idea hizo que bajara riendo las escaleras.

11

Así que Katie tuvo que aguantar otra vez las risas de sus compañeros de piso.

—¿Adiestradora de amor? —espetó Ronan—. Es el disparate más grande que he oído en mi vida. Desde luego los ricos creen que pueden comprarlo todo. ¿Que tienen el culo gordo? Venga una liposucción. ¿Un desastre de vida amorosa? ¡Pues contratas a alguien que te la solucione! —Dejó su taza de té—. Y, de todos modos, ¿por qué tú, Katie? Y no te ofendas, pero si yo tuviera dinero creo que contrataría a alguien con más caché. Como ese doctor Raj de la tele.

Muy a su pesar, Katie se sintió un poco ofendida.

—¡Perdona! Pero, si no recuerdo mal, fuiste tú quien dijo que sería una trabajadora social estupenda. Tú. Y esto es prácticamente lo mismo. Al menos yo tengo vida amorosa, no como otros que yo conozco.

Ronan parecía un cachorrito que se había metido en un zarzal.

—¡Lo siento! —gritó Katie anonadada—. ¿Cómo te ha ido esta noche? ¿Cómo es que has vuelto tan pronto?

—No es tan pronto. Y en realidad ha ido bien. He conocido a una chica maravillosa. Se llama Claire. Amiga de Charlie. Hemos hablado un montón. Trataré de conseguir su número.

—¿No te lo dio? —De pronto Katie estaba alerta. Trató de evitar el tono áspero.

—No. Iba a pedírselo, pero no me di cuenta de que se iba. Pero Charlie lo tendrá. Había pensado llamarla por la mañana. Para preguntarle si le apetecería ir al cine o a pasear por el parque.

—¡Oh, Ronan! Por la mañana no. Ya te lo he dicho muchas veces. Al menos espera hasta el martes. Si no pensará que eres un pesado.

—Siempre dices lo mismo —protestó Ronan—. Pero ¿qué hay de malo en ser sincero? ¿En dejar que la otra persona sepa que te gusta?

—A las mujeres nos gustan los cabrones —le advirtió ella.

—Tu novio no es ningún cabrón.

De pronto, la imagen de Paul riendo se le cruzó por la mente. ¿De dónde había salido aquello? Hacía semanas que no pensaba en él.

—Tienes razón —concedió Katie—. Mi novio es un encanto. Pero aun así sigues siendo demasiado entusiasta, Ronan. Frena un poco. Si le has gustado esta noche, le gustarás mucho más cuando lleve cuatro o cinco días esperando que suene el teléfono.

Jess volvió a casa a las diez de la mañana siguiente, con unas tenues manchas de rímel bajo los ojos y una taza de la marca de café Starbucks en la mano.

—¡Oh, Dios! ¡Qué he hecho! —gimió, acurrucándose en el sofá.

—¿El tipo de los Twigz?

—Rowlie. Oh, Katie. Ni siquiera estoy segura de que me gustara. Él me iba detrás y pensé que estaría bien tontear un poco con una estrella del rock, y al final acabé yendo a su casa. No quería acostarme con él, pero al final lo hicimos.

—¿Y cómo fue?

Jess arrugó la nariz.

—La verdad, no duró gran cosa. Ninguna de las veces. Y luego resultó un poco embarazoso. Tenía la sensación de que quería que me largara, pero eran las cuatro de la mañana y no tenía para pagar un taxi. Pensé que lo mejor era esperar a la mañana. Así que me dormí, aunque no estoy segura de que él lo hiciera. Cuando me desperté, estaba en la otra habitación, leyendo, completamente vestido. No me pidió mi número.

—Pero, Jess, ni siquiera te gustaba.

Jess parecía de mal humor.

—Bueno, al principio no. Pero después sí. Y parecía que yo le gustaba a él.

—Jess, que a una persona le gustes no significa que a ti te tenga que gustar. Si Jeremy Beadle te dijera que le gustas, ¿de pronto te entrarían las ganas de meterte en su cama?

—Claro que no. —Aunque, a juzgar por su cara, no lo decía del todo convencida.

Después de haberse enfrentado a aquel par de inútiles, a Katie casi le alivió volver a casa de Rebecca. Pero, por la cara que le puso cuando entró, el sentimiento no era mutuo.

—Ah, hola —musitó. Llevaba puesto unos pantalones de Maharishi y un jersey de felpa rosa. Tenía un aire deportivo y juvenil. Esa misma ropa hubiera hecho que Katie pareciera una limpiacristales lesbiana—. Supongo que será mejor que entres.

Katie la siguió a la cocina. Rebecca parecía estar debatiéndose sobre lo que debía decir.

—¿Quieres un café? Yo no puedo tomar —farfulló—. Mi dietista me tiene estrictamente a base de tés. Aunque hoy es una excepción. Mis nervios están destrozados. Te ofrecería leche, pero es que no tengo.

El café de Rebecca era como agua sucia. Katie esperaba que no le produjera disentería.

—Mira —dijo finalmente Rebecca—. Anoche me comporté de una forma muy estúpida. Estaba muy estresada. Había tenido un día terrible en el trabajo y reaccioné de forma exagerada. Tú me ayudaste a superarlo. Pero cuando llegué a casa me encontré con esto.

Se acercó a la mesa y apretó el Play del contestador. «¿Rebecca? Soy Tim. ¿Dónde estás? Lo siento mucho. Por favor. Tenemos que hablar. Llámame en cuanto llegues.» Una triste sonrisa se dibujó en su rostro. «Rebecca —volvió a decir el contestador—. ¡Contesta! Ya debes de estar en casa. Estoy preocupado. Oh, Dios. Por favor, llámame.»

Para el tercer mensaje, se le oía furioso. «Rebecca, ¿dónde estás? Por favor, necesito hablar contigo. Te lo explicaré todo. —Hubo una pausa—. Te quiero.»

—Y también dejó un mensaje en el móvil —dijo Rebecca, agitándolo por encima de la cabeza como si fuera una copa del mundo—. Estaba frenético. Así que gracias, Katie, por decirme que no lo llamara. Evidentemente ha funcionado.

—¿Y le has llamado? —inquirió Katie.

Rebecca se encogió de hombros.

—Pues sí. Claro. Le llamé esta mañana. Estaba preocupadísimo. Solo era para decirle que estaba bien

—¿Y?

—Pues que hemos quedado esta noche. —Rebecca hablaba deprisa, con la esperanza de que, con un poco de suerte, Katie no entendiese lo que estaba diciendo.

No lo hagas, pensó Katie para sus adentros, si quiere arruinar su vida es asunto suyo.

—Bueno —dijo sonriendo—. Es genial.

—¿De verdad lo crees?

Katie dio un trago al café y trató de contener las arcadas.

—¡Mmm, sí! Es una noticia fabulosa.

—Eso no es lo que decías anoche. —Rebecca la observaba con recelo.

Señor, ¿por qué tenía que llevar siempre la contraria?

—Rebecca, anoche seguramente me pasé un poco. Es tu vida, tú eres mayor que yo, tienes más éxito y estoy segura de que sabes lo que haces. De verdad, no creo que sea la persona más indicada para darte consejos.

Una leve sonrisa se extendió por el rostro de Rebecca al tiempo que se sentaba.

—Bueno, eso dices. Pero tú tienes un novio guapísimo. Así que está claro que hay algo que haces bien. ¿Por qué yo no puedo encontrar a alguien como él?

—¿Crispin? ¿Cómo sabes que es guapísimo?

—Bueno, lo vi ayer, ¿no? Tienes mucha suerte.

—Nunca has visto... —De pronto comprendió—. ¡Ah! Te refieres a Ronan. Él no es mi novio, es mi compañero de piso.

—¡Oh! —Rebecca se sintió extrañamente aliviada—. Pero tienes novio, ¿no?

—Sí, Crispin.

—¿Tienes alguna foto? —Aquello sonaba de lo más superficial, lo sabía, pero la imagen que tenía de Katie acababa de sufrir un revés. No quería lecciones de amor de una persona con una pareja que se pareciera a Barry de *EastEnders,*[1] calvo, regordete y bajo.

—Lo siento. No. —En su opinión, cuando una lleva la fotografía del novio está a un paso de dormir con ositos de peluche y comprar figuritas de porcelana de las que se anuncian en los suplementos en color. Después de todo, en su día ella llevó la de Paul y mira qué sensiblera se había vuelto.

—Oh, bueno. El caso es que nos vemos esta noche. Ha cancelado una cena por mí. Qué detalle. Porque, digas lo que digas, seguro que he cometido errores. No soy una chica sencilla. Trabajo mucho, no soy buena cocinera, y... desde luego necesito que limpies por mí. Quizá si fuera un poco más suave, más femenina, le gustaría más a Tim.

Era imposible. Por más paciente que tratara de ser con Rebecca, siempre llegaba un momento en que no podía más. Y ese era uno de esos momentos.

—¡Rebecca! No necesitas ser más suave ni más femenina. Estás bien como estás. Deja de pensar en lo que debes hacer para complacerle. Piensa qué tendría que hacer él para complacerte a ti.

Rebecca parecía impresionada.

1. Famosa serie británica ambientada en el barrio londinense del East End y que TV3 pasó a principio de los noventa con el nombre de «Gent del barri». *(N. de la T.)*

—Esa ha sido muy buena. —De un cajón, sacó un cuaderno Smythson y un bolígrafo Montblanc—. Voy a apuntarlo. Y anoche dijiste otra cosa que también me gustó. ¿Cómo era? ¡Ya está! Los hechos dicen mucho más que las palabras.

—Tampoco es como... , bueno, ya sabes, como esa gente que se pone cuadritos en el retrete con frases sobre la paz mental.

—¡No importa! A mí me funciona. Tim dice que me quiere y que desea tener hijos conmigo, pero ¿qué está haciendo para conseguirlo?

—¡Bien! —Por un momento, Katie experimentó el mismo entusiasmo que cuando oía en la radio los primeros acordes de «Come up and see me». Estaban progresando. Aprovechó el momento—. Rebecca, y si te digo que te sobran unos seis kilos, que tienes las raíces fatal y que con unas piernas como las tuyas nunca se me ocurriría ponerme pantalones de estilo militar.

Rebecca pestañeó.

—Bueno, podría perder unos kilos, y la semana que viene voy a la peluquería. ¿Me hacen gorda estos pantalones? ¡Mierda! —Se miró sus largas piernas con desagrado.

—Era broma —se apresuró a decir Katie—. No pienso nada de lo que he dicho. Creo que eres guapísima. Tienes un cuerpo bonito, y tu pelo es perfecto. Pero eso es lo que quería decir. Todas las mujeres se odian. Estamos convencidas de que somos espantosas y... bueno... tú no lo eres. Así que deja de pensar en lo que a Tim no le gusta de ti. Piensa en lo que a ti no te gusta de él.

Rebecca arrugó la nariz en un gesto de concentración.

—¿Qué me molesta de Tim? ¿Qué me molesta? —musitó—. Vale, ¡lo tengo! ¡Tiene una risa ridícula! —Y profirió un sonido sibilante, como una cama de aire espirando—. Me pone mala.

—¡Bien! ¿Qué más?

—Es muy vulgar hablando. —Rebecca se inclinó hacia delante con expresión confidencial—. Pero no creo que provenga de una familia obrera. Él no deja de hablar de mi bonito acento de Bristol, pero sus padres viven en Gloucestershire, y tengo la impresión de que están forrados.

Vaya, qué importante, pensó Katie.

—Eso está muy bien, Rebecca. ¿Algo más?

—Se viste fatal. Va a comprar a Carnaby Street y no entiendo la fijación que tiene con las fibras sintéticas. Y —recordó con voz triunfal— lleva unas gafas preciosas, pero no están graduadas. Lo sé porque me las probé.

Katie se inclinó hacia delante.

—Muy bien. Eso suma un montón de cosas negativas. Y creo que te has olvidado de algo.

Rebecca pareció desconcertada.

—Rebecca. Anoche lo pillaste con otra. Se estaba comportando como un burro.

—Pero ya dijo que lo sentía.

—¿Estás segura? Ya sabes que a veces tus actos no dicen lo mismo que tus palabras. Él dice que lo siente, pero a lo mejor lo que ocurre es que se siente como un idiota porque lo pillaste. Creo que podrías encontrar algo mejor. Deja de perder el tiempo.

—Pero, Katie. Nos lo pasábamos muy bien. A mí me gustaba de verdad. Y pensaba que yo le gustaba a él. Tenemos que hablar... eso está claro. Por eso quiero verlo esta noche.

—No creo que debas verle hoy.

Rebecca se puso en pie.

—Pues voy a hacerlo. —Llevó su taza de café a la cocina—. No puedo dejar las cosas así.

—Muy bien —dijo Katie, siguiéndola—. Pero no te quedes demasiado rato. No pases la noche con él. No le dejes entrar en tu casa. Tomad algo, hablad, y luego dile que tienes que ir a algún sitio. Incluso si piensas volver con él, no se lo pongas demasiado fácil. Que luche por ti.

Rebecca se recostó contra el sofá para mirarla a la cara.

—¿Dónde os vais a ver? —insistió Katie.

Rebecca parecía evasiva.

—No sé. Creo que lo llamaré dentro de un rato y le preguntaré.

—¡No! —tranquilízate, se dijo Katie. ¿Por qué te preocupas tanto?—. No lo hagas, deja que sea él quien se mueva. —Un plan empezó a fraguarse en su mente—. Rebecca, ya sé lo que debes hacer. Tendrías que ir al cine. O el teatro. Un sitio donde te obliguen a apagar el móvil. Así, si te llama, no podrá localizarte. Eso le pondrá nervioso. Si no llama, no lo hagas tú tampoco. Sal. Deja el móvil en casa. Queremos que crea que lo estás pasando en grande, que no le necesitas.

—No puedo ir al cine yo sola —exclamó Rebecca—. ¡Eso es lo que hacen los viejos! Y alguien podría verme.

—Bueno, pues ve con una amiga.

¡Como si fuera tan fácil quedar con alguien con tan poca antelación! Katie no tenía ni idea de la vida tan ajetreada que llevaban sus amigas. Pero el cine estaría bien. Rebecca le sonrió, con tanta sinceridad como pudo.

—¿Te gustaría venir?

—Me encantaría —dijo Katie. Y miró alrededor algo inquieta—. Pero ¿y la limpieza?

—Oh, claro.

Katie tuvo otra revelación.

—¡Rebecca! De verdad, no me importa limpiar, pero creo que deberías dejar que tu casa se vea un poco más... desordenada. Así no tendrás la tentación de traer a Tim. Vendré y limpiaré mañana si es lo que quieres, pero quizá por hoy deberíamos dejarlo.

Para su sorpresa, Rebecca pareció entenderlo.

—Muy bien —dijo—. Tampoco sería mala idea que me pusiera una ropa interior espantosa. Me pondré ese sujetador que mi madre me regaló. ¡Tendrías que verlo! ¡Es horrendo! Sí, me lo pondré. Y las bragas que reservo para cuando tengo la regla. Por desgracia, me afeité las piernas anoche, así que con eso no hay nada que hacer.

Corrió a su cuarto y un par de minutos después salió algo despeinada y con el rostro arrebolado.

—Sujetador horrible, pantalones de pena. Bueno, ¿y qué vamos a ver? No he ido a ver una película que me apeteciera hace siglos.

Cinco minutos más tarde, entre risitas, Rebecca y Katie iban a toda prisa calle abajo para llegar a la sesión de las 14.30 de *The Wedding Day*... la historia de tres mujeres que se casan el mismo día, que quedan en la misma oficina del registro civil y acaban yéndose con el novio de la otra. Hacía mucho que a Rebecca le apetecía verla, pero, como no tenía subtítulos y la protagonista era Jennifer López, nunca se había atrevido a proponérsela a Tim. Esa tarde se lo iba a pasar muy bien.

12

Durante un par de horas, en el cine, Rebecca se sintió perfectamente feliz preguntándose si la segunda novia acabaría con el tercer novio. Pues claro que sí, de eso iba la película. Salir del acogedor foro al mundo real, en la bulliciosa Edgware Road, iluminada por luces de neón, fue un shock. Rebecca encendió el móvil enseguida (con una decisión sorprendente, Katie la obligó a desconectarlo en la sala, y ni siquiera dejó que lo tuviera en modo vibrador).

Sonó enseguida.

—Hola —contestó Rebecca jadeando, y entonces trató de poner una voz tranquila cuando se dio cuenta de que hablaba con el buzón de voz.

—«Tiene tres mensajes.»

Así que Rebecca escuchó con un entusiasmo cada vez menor al de la tintorería diciendo que ya podía pasar a recoger su abrigo de cuero, a Suzy preguntando si se lo había pasado bien en la fiesta de los Twigz —evidentemente, el rumor ya se había difundido— y a Jeremy Jackson diciendo que le había encantado el comentario que había hecho en el *Telegraph* de ese día y que era un encanto y que la compensaría por ser tan maravillosa.

—¡Mierda! —exclamó Rebecca, y al hacerlo sobresaltó a dos mujeres árabes con velo que pasaban caminando cogidas del brazo—. El muy cerdo no ha llamado. Con las molestias que me he tomado para evitarlo...

Eran más de las cinco y media. Aún era pronto. Había tiempo de sobra para que la llamara, pero las dos sabían que no lo haría.

Volvieron al apartamento calladas y pensativas. Rebecca se quedó de pie y miró cómo Katie llenaba tres bolsas de plástico con su ropa sucia, algo nerviosa.

—De todos modos, gracias por haber pasado la tarde conmigo. Estoy segura de que tienes muchas cosas que hacer.

Katie pensó en Crispin.

—Bueno, sí, pero... ¿Estás bien?

—Estoy bien, tranquila —Rebecca sonrió. Llamaré a Ally, pensó. Oh, no, estará con Jon. Y Suzy estaría ocupada. Jenny. Jenny siempre se apuntaba a unas risas. Sí, probaría con Jenny.

—Te llamaré mañana —le dijo a Katie—. Piensa qué día te va bien venir a... limpiar.

En cuanto Katie salió por la puerta, Rebecca cogió el teléfono.

Jenny Mullins estaba en la cocina de su casa con una terraza que daba a Balham, removiendo su sopa de pescado de Jamie Oliver, bebiendo de su vaso de Pinot Noir y cantando al ritmo del CD de música mística (Jenny pensaba que era importante estar al día en las últimas tendencias de música) cuando sonó el teléfono.

—¿Hola?

—Jen. Soy Rebecca.

—Hola. —Jenny mantuvo un tono frío. Rebecca no la llamaba desde hacía tres semanas. Seguramente había estado ocupada con amigas más glamurosas que ella, que no vivían casi en el límite de la zona norte de la ciudad.

—¿Cómo va todo?

—¡Estupendo! En realidad estoy muy ocupada.

—Vaya, estaba pensando si te iba bien que quedáramos esta noche —soltó Rebecca. Sabía que en Londres quedar con tan poco tiempo era más raro que un tigre blanco, que con los amigos había que quedar al menos con tres semanas de antelación y que antes de verse normalmente las citas se cancelaban una media de cuatro veces. Pero, caray, acababa de romper con su novio. Las reglas ya no eran válidas.

Jenny hizo una pausa, pero su buen corazón hizo que fuera tolerante.

—Bueno, Gordy y yo tenemos invitados a cenar. Si te apetece, estás invitada. Y Tim, claro.

—Bueno, Tim y yo... en realidad hemos cortado.

Al oír esto, la reserva de Jenny se disolvió como un Alka Seltzer.

—¡Oh! ¿Estás bien? Escucha, ¿por qué no te vienes ahora y me lo cuentas todo?

—¿Te va bien? —preguntó Rebecca en un tono patético.

—Pues claro. Te pondré un vaso enorme de vino y puedes hablar mientras yo cocino.

Jenny colgó muy feliz. Le encantaba sentirse necesaria.

—¿Era Carl? —preguntó Gordon, asomando la cabeza por la puerta. Carl era uno de los constructores a quienes Gordon contrataba continuamente con la intención de dar cierta clase a su casa.

Jenny suspiró.

—Sí, era él. Estábamos concertando una cita amorosa a tus espaldas. —Gordon pareció desconcertado—. Pues claro que no era Carl. Te hubiera avisado, ¿no?

—Sí, supongo. —Gordon estaba cubierto de polvo—. Señor, qué calor hace en el desván. Pero hoy estoy haciendo progresos.

—¿Te ducharás antes de que lleguen los invitados? —Jenny vivía con el temor permanente a que Gordon la dejara. Agitó un tenedor con un bocado de pescado bajo sus narices—. Prueba esto y dime qué te parece —le apremió.

Él probó y arrugó la nariz.

—¡Mmm! —Gordon había estudiado en un internado y se comía sin chistar todo lo que le ponían.

—¿Está malo?

—No, está riquísimo —le aseguró, con el pensamiento puesto en el revestimiento aislante del depósito de agua. Reparó en la expresión tensa de Jenny—. Aunque podrías... añadir un poco de sal o algo.

Jenny rebuscó entre el sinfín de botes polvorientos de especias. Comino. Eso serviría. Junio de 1999, ponía como fecha de caducidad. Oh, bien.

—¿Y quién era?

—Rebecca. Va a venir. Acaba de romper con su novio.

—Otra vez —se lamentó Gordon. Apreciaba mucho a Rebecca.

—Lo sé —dijo Jenny—. Es sorprendente que una chica tan guapa y con tanto éxito no pueda retener a ningún novio. Si ella no puede, ¿qué podemos esperar las demás?

Aquí es cuando Gordon intervenía y decía: «Tú eres mucho más guapa que Rebecca». Pero no era muy aficionado a hacer cumplidos. Su apodo para Jenny era «cochinilla». Una vez, Jenny calculó que, en sus cuatro años de relación, Gordon solo le había dicho que era guapa siete veces, cinco de ellas antes de tener una erección incontrolable. Pero al menos no le decía que estaba espantosa, que es el tipo de cosas que le decían a Rebecca sus novios.

Esta llegó en menos de una hora.

—Qué rápida. —Jenny abrió la puerta sonriendo—. ¿Qué ha sido? ¿Chárter o helicóptero?

—Qué bien te quedan esas mechas —comentó Rebecca admirada.

Jenny pareció molesta.

—¿Qué mechas? —Demasiado tarde, Rebecca recordó que para Jenny cualquier tratamiento embellecedor constituía un vergonzoso secreto.

—Será el sol —dijo tratando de disimular—. ¿Y esa falda?

—¡Nuevo look! —Jenny sonrió radiante.

—Bien hecho. —Rebecca siguió a su amiga a la cocina y la observó en silencio mientras le servía un enorme vaso de vino tinto—. ¿Son nuevos? —preguntó, señalando cuatro cuadros de estilo primitivo que había detrás de la mesa. La casa de Jenny siempre tenía un aspecto encantador. Quizá si viviera con alguien también ella se esforzaría más. La idea hizo que se mordiera el labio con amargura.

—Sí. Gordon y yo los compramos en Colorado el año pasado. Lo que demuestra la de tiempo que hace que no vienes a mi casa. —Lo dijo en un tono algo cortante, pero entonces reparó en la expresión desdichada de su amiga—. ¡Oh, Becs! Cuéntamelo todo.

—Oh, Jen, he pasado una noche terrible. Fui a una fiesta y Tim estaba allí con otra.

Muy a su pesar, Jenny se sentía feliz. Le encantaba que sus amigas tuvieran problemas. Eso le recordaba que, por mucho que Gordon la irritara con su trabajo y su indiferencia y con su manía de dejar la tapa del váter levantada, al menos ella tenía algo hermoso con lo que la pobre Rebecca no parecía tener suerte.

—Cuenta, cuenta.

Así que Rebecca le explicó toda la historia, aunque se saltó la parte en que le tiraba el vino a la cara y lo de la adiestradora de amor. Hasta Jenny lo hubiera considerado excesivo.

—¿Estás segura de que no se trata de un desliz? —le preguntó Jenny cuando terminó su historia—. A lo mejor solo estaba confundido. Por lo que dices parece que le gustaría que le dieras una segunda oportunidad.

—¿Y entonces por qué no me ha llamado esta noche?

Jenny frunció el ceño, como si estuviera haciendo cuentas.

—Hola hola —dijo una voz gruñona desde atrás.

—¡Gordon!

Gordon era un poco más bajo que Jen, fornido, rubio y muy amigable. De los novios de todas sus amigas, él era su favorito con diferencia: alegre, brillante e increíblemente útil en la casa... y si él no podía arreglar algo, conocía a un ejército de gente que sí podía, y a un precio razonable.

—Si eso no es la perfección, no sé qué puede ser —le decía

siempre a Jenny después de unos cuantos «Mientras Gordon exista, podré creer que existe el amor».

Le dio un beso con entusiasmo.

—¡Me alegro de verte! Puaj, tienes el pelo lleno de polvo.

—Oh, ve a darte un baño, Gordy —espetó Jenny—. Los otros llegarán en menos de una hora.

Y así fue: una hora más tarde, Rebecca estaba sentada en un escabel en la sala, acariciando a un gato, fumando un cigarrillo y bebiendo champán, y flirteando descaradamente con Freddie, que era alto, moreno y guapo, con treinta y nueve años y soltero.

Y gay.

—Ja ja ja ja —rió Freddie, haciendo chocar las palmas como una foca en una actuación—. ¡Rebecca, mira que eres divertida! Un encanto. De verdad, si no fuera de la otra cera, me casaría contigo sin pensármelo dos veces.

La sala de estar olía a velas Jo Malone. Los otros invitados bebían de los enormes vasos y cogían olivas de hierbas.

Jenny entró en la habitación, seguida por un hombre alto de nariz ganchuda y expresión grave.

—Rebecca, Freddie, este es Andrew —exclamó—. ¿Os conocíais?

—Sí, sí, creo que sí —dijo Rebecca.

—¿Y a Laura?

Laura, que evidentemente era la esposa, llevaba una túnica verde y se notaba que estaba embarazada. Los saludó a todos con aire regio y se instaló en el sofá con los ojos entornados. Solo con verla a Rebecca le pareció odiosa.

—Encantada de conocerte —mintió.

—Y este es Ludo, que antes trabajaba con Gordy —exclamó Jenny, arrastrando a otro hombre al interior.

—¿Cómo está usted? —dijo Rebecca, y enseguida se arrepintió de hablar de un modo tan formal. Ludo era alto y bronceado, con unos pómulos que parecían retrovisores laterales con barba de tres días. Seguro que también era gay. Si no, Jenny se lo habría contado todo de él. Rebecca se sentó más derecha y metió el estómago.

—¡A vosotros no hace falta que os presente!

—¡Ally! —Rebecca se levantó de un salto al ver a su amiga—. ¡Y sola! ¿Jon no viene contigo? —preguntó con tiento.

—¡Sí! Está colgando su chaqueta —Ally miró atrás por encima del hombro—. ¡Jonny! ¡Ven a saludar!

Jon tenía el pelo grasiento y rasgos blandos. Llevaba puesta una sudadera gris, pantalones militares y un aura de superioridad ofendida.

—Cielo —dijo Ally—, ¿te acuerdas de Rebecca?

—Ah —hizo él.

—Hola, Jon. —Rebecca sonrió—. ¿Cómo estás?

—Mmm. Bien. —«¿Y tú cómo estás, Rebecca?», pero no, claro, eso hubiera sido pedir demasiado.

—Creo que ya estamos todos —dijo Jenny volviéndose hacia Gordon—. ¿Ya está frío el vino, cariño?

—Sí. Está prácticamente horizontal. Debe de ser jamaicano. —Gordy bromeaba con un acento caribeño espantoso. Jenny miró al techo. Gordon se volvió hacia Rebecca—. ¿Viste anoche el Bingo de Brewster? Para morirse de risa.

—¡Gordy! Becca tiene cosas mejores que hacer que quedarse en casa viendo telebasura.

—No, no es verdad —insistió ella—. Cuéntame.

Y Gordy se lo explicó, mientras ella asentía y sonreía, tratando de seguir la conversación de Ludo y Laura.

—Y entonces mi ex mujer dijo...

¡Ex mujer! ¡Perfecto! Ni gay ni casado. Últimamente, Rebecca empezaba a aceptar que, a su edad, seguramente tendría que conformarse con un marido de segunda mano o «añejo», como se decía ahora. Visto de ese modo, sonaba hasta chic.

—Ja ja ja ja —rió aliviada.

Gordy pareció desconcertado.

—No he dicho nada gracioso.

—Ahora que ya estamos todos, a comer —exclamó Jenny. Cogió a Ludo de la mano—. Tú te sientas a mi lado, cielo. —Típico. Jenny no solo había cazado al único hombre decente de Londres, encima tenía que monopolizar la única posibilidad de que Rebecca tuviera un futuro feliz.

Ally vio que Rebecca torcía el gesto.

—Tiene treinta y ocho años y está divorciado —le susurró, señalando con el gesto a la espalda de Ludo—. La sentencia provisional de divorcio llegó hará una semana. Lo que lo ha convertido en una posesión tan deseable como una botella de Perrier en el desierto del Sahara. Y él lo sabe.

Rebecca puso su mejor cara de aburrimiento.

—Sí, se nota que se lo tiene un poco creído.

Ally sonrió con gesto compasivo. Rebecca sabía lo que estaba pensando: menos mal que ella estaba con Jon y ya no tenía que rebajarse de esa forma. Seguro que era mejor estar sola que con Jon. Claro que ¿Katie le había dicho lo mismo sobre Tim?

—¿Con quién sales ahora? —le preguntó Freddie de camino a la cocina.

—Oh. —Rebecca se encogió de hombros—. Con nadie. —Y lo dijo lo más fuerte que pudo, con la esperanza de que Ludo lo oyera. Si no, es posible que pensara que ya tenía pareja. Como todos los demás.

En aquel momento, en la otra habitación, empezó a sonar el tono Waltzing Matilda.

—¿De quién es? —preguntó Jenny riendo.

—¡Mío no! —exclamó Freddie dándose unas palmaditas en el bolsillo de la chaqueta. Los otros estuvieron de acuerdo.

—Yo tengo el tono de Bob the Builder[1] en el mío —anunció Laura—. A Jago le encanta.

—Yo no tengo móvil —dijo Jon—. Nos hemos arreglado perfectamente sin ellos durante años, ¿no?

—Pero bien que le das mi número a todo el mundo —rió Ally—. Siempre estoy... —De pronto se interrumpió.

—Es mío —confesó Rebecca. Con aire subrepticio, se

1. Famosa gama de juguetes infantiles que fomentan el trabajo en equipo y otros valores. *(N. de la T.)*

acercó a su bolso como si fuera una mina y lo sacó justo cuando el móvil dejaba de sonar.

Una llamada perdida. Tim.

Consultó su reloj. Las nueve menos cuarto. ¿Qué demonios?

—¿Quién era? —preguntó Freddie, curioseando por encima de su hombro.

—Sea quien sea, no está invitado —gritó Jenny desde la cocina.

Una vez más la musiquita empezó a sonar. No era el buzón de voz. Era Tim otra vez.

No lo hagas, se dijo Rebecca. Apágalo. ¿Por qué te llama tan tarde? Puede irse a paseo. De todos modos, ¿quién necesita a un hombre? Recuerda que llevas tu sujetador para hacer deporte. Piensa en qué estado está tu piso. Miró a Freddie por encima del hombro. De pronto, sus risitas y sus bromas la molestaban de una forma ilógica. La alternativa era espantosa: contestar al teléfono o quedar condenada a una vida en compañía de gays.

—¿Hola?

—¡Rebecca! —Se oía música muy alta y voces de fondo.

—Tim.

—Becca, ¿dónde estás? Pensaba que habíamos quedado. ¿Qué ha pasado? ¿Por qué no me has llamado?

—Mmm, ¿y por qué no me has llamado tú? —Freddie hizo otro de sus gestos complacidos de foca—. Largo —gesticuló Rebecca con los labios.

—Tengo que hablar contigo, Rebecca, te quiero.

—Tim. Estoy ocupada. Dijiste que llamarías y no lo has hecho. Estoy en una fiesta con unos amigos, y por lo que oigo tú también. Ya hablaremos por la mañana. Adiós.

Y colgó.

—¡Qué fría! —exclamó Freddie—. ¡Y vosotras sois el sexo débil!

El teléfono volvió a sonar. Freddie se lo quitó.

—Escucha —dijo poniendo voz de John Wayne—. Rebecca está conmigo. No quiere hablar contigo. Oh, Rebecca, quita esas manos de mis pantalones. ¿Lo pillas, amigo? Adiós. No me gustaría estar en tu sitio. —Riendo por lo bajo, apagó el móvil y se lo metió en el bolsillo de los tejanos.

Laura lanzó una risotada. Rebecca no.

—¿Por qué has hecho eso?

—¡Para ponerlo en su sitio! ¡El muy cerdo! No te trata con el respeto que mereces. Y eso no me gusta.

¿Por qué todo el mundo le decía lo mismo?

—La sopa se está enfriando —gritó Jenny.

Así que Rebecca cenó su sopa aguada de bróquil y coco, sopa de verduras y arroz quemado con azafrán, seguido de helado de pistacho. Estaba sentada junto a Gordon, pero el hombre no dejaba de ir y venir de la cocina para ayudar a Jenny, así que tuvo que entablar conversación con Laura quien, según descubrió, había sido ginecóloga.

—Lo sé —Laura sonrió al ver la expresión de Rebecca—. En otro tiempo yo también tenía una vida.

—¡Oh, no es eso lo que estaba pensando! —se apresuró a mentir ella. Aunque se moría por tener un hijo, aún veía a las madres como máquinas robotizadas de dar leche.

—Pero no me arrepiento de haber renunciado a todo. Mi familia es lo más importante para mí. ¿Tienes hijos?

—No. —Sabes perfectamente que no.

Laura entrecerró los ojos.

—¿Cuántos años tienes?

Lo hacía a propósito.

—Treinta y seis —musitó Rebecca apretando los dientes. Ojalá Ludo no lo hubiera oído. Menos mal que Jenny y él estaban charlando animadamente.

—¡Treinta y seis! —exclamó Laura—. No creí que fueras tan mayor. Rebecca, no te lo tomes a mal, pero creo que deberías plantearte congelar tus óvulos. Si quieres, yo puedo ponerte en contacto con las personas adecuadas.

En la mesa se hizo el silencio. El sueño de Rebecca de irse directa al East End, al pub más horrible que pudiera encontrar en busca de un asesino a sueldo quedó interrumpido cuando Jenny habló.

—Señor, por lo visto todo el mundo está teniendo hijos. Estás tú, Laura, y Marie, que trabaja conmigo, y Joanna Tarbutt. Debe de haber algo en el agua.

—¿Joanna Tarbutt? —dijo Ally en un tono algo tenso—. ¿Quién es el padre?

—Su novio —dijo Jenny sorprendida—. No sabía que la conocieras.

—Estudiamos juntas en la universidad. No sabía que tuviera novio. —A Rebecca le pareció que Ally estaba nerviosa. Oh, señor, congela tus óvulos, Al. Cualquier cosa sería mejor que tenerlo a él como padre. Se cercioró de que el vaso de su amiga estuviera lleno. Sí. Bueno, así al menos podrían evitar el peligro.

—Sí, es como si hubiera un baby boom. —Laura sonrió—. Creo que las mujeres empiezan a darse cuenta de que ninguna profesión, por muy satisfactoria que sea, puede compararse con el cariño de un hijo.

Ally se levantó y se puso a recoger platos haciendo bastante ruido.

—¿Y a qué te dedicas, Jon? —preguntaba Gordon en ese momento.

—Hago películas —dijo Jon.

—Oh. Me encanta el cine. ¿Algo que haya visto?

—Lo dudo —repuso el otro en un tono apagado—. No me interesa el cine comercial. Trato de hacer algo más complejo. Pero no es fácil, las subvenciones que da el gobierno al mundo del cine son una vergüenza. Me refiero que... si piensas en lo que le pagan a Ally solo por vender y comprar euros...

—Pero una buena parte del salario de Ally se destina a financiar vuestras películas —dijo Rebecca—. Así que al final todo va como tiene que ir.

—¿Ally te ha dicho eso? —El tono de Jon parecía desafiante.

Jenny se apresuró a intervenir.

—Bueno, ¿quién quiere café? ¿O té?

—¿Tienes pipermín? —preguntaron todos.

Jenny dijo que sí.

—Y ahora ¿por qué no cambiamos los asientos? Que todo el mundo se cambie de sitio.

Y de pronto Rebecca se encontró con un nuevo vecino, Ludo. Automáticamente, se pasó la mano por el pelo y puso su sonrisa más agradable.

Él no tardó en hablarle de su divorcio.

—Oh, qué pena —dijo Rebecca, rozando su mano al estirar el brazo para coger la tetera—. ¿Tenéis hijos?

—No, gracias a Dios —contestó Ludo con pesar.

¡Bingo!

—¿Y dónde vives ahora?

—De momento duermo en casa de un amigo en Dalston. Mi mujer se ha quedado con la casa.

—¡Oh, pobrecito! —Rebecca trató de parecer apenada de verdad.

—Bueno, podría ser peor. Mi novio se queda conmigo casi todas las noches. Me iría a vivir con él, pero aún está en casa de su madre.

Como decía Freddie siempre, todos los hombres son gays. Rebecca pasó el resto de la velada fingiendo que comprendía por qué se había roto el matrimonio de Ludo. En cuanto tuvo ocasión puso la excusa de que tenía que ponerse al día con el trabajo por la mañana y llamó a un minitaxi.

—¿No vienes a Heaven con nosotros? —preguntó Freddie, devolviéndole su móvil. Sus ojos se cruzaron con los de Ludo y pestañeó.

—Podría ser divertido —bromeó Ally, pero oprimió el brazo de su amiga. Ella la miró agradecida. Adoraba a Ally. Por favor, no dejes que ese bruto la deje preñada.

De camino a casa, Rebecca pensó en su vida. Se sentía extrañamente fatalista. Todo había terminado. Sus días de tener citas se habían acabado. A partir de ahora llevaría una vida de celibato. Canalizaría sus energías en exposiciones y en ayudar a los pobres y los enfermos. Y adoptaría un niño. Una niña china, tal vez. La vestiría con bonitos vestidos de Jigsaw y hablaría tres idiomas, y sería patinadora y bailarina. Con todas las ventajas de las que ella nunca pudo disfrutar.

Porque lo cierto es que su padre siempre había brillado por su ausencia.

Rebecca se dio cuenta de que había olvidado de encender el móvil. Dios. Lo mismo podía haberse desembarazado de todos sus muebles. Era fantástico. Katie estaría orgullosa. Estaba siguiendo su consejo sin tan solo proponérselo.

Lo sacó de su bolso. Lo encendería. Quizá habría llamado su madre. Sonó enseguida. ¡Qué bien! Un mensaje. Era verdad. En cuanto dejabas de preocuparte, se morían por saber de ti.

—«Rebecca, soy Jenny. Escucha, creo que te has llevado el fular de Laura. Es de Graham y Greene. Es evidente que se trata de una confusión, pero está un poco molesta. Por favor, llámame.»

Oh, por favor. Ella no se había llevado el fular de nadie. Por Dios. Lo que pasaba es que Jenny se moría por que le dijeran lo buena anfitriona que era. Bueno, eso podía esperar.

Y el hecho de que no hubiera más mensajes, bueno, le daba igual. Hasta puede que se deshiciera del móvil. No era más que una carga, un peso sobre su chi. ¿O era su chacra? Rebecca rezó dando gracias por no tener móviles ni e-mail cuando iba al colegio. Si hubiera tenido uno, aún estaría sentada detrás de los cobertizos para las bicicletas, esperando a que Billy Worcester volviera con ella.

Sus pensamientos regresaron al presente. Mañana era domingo. Y no tendría con quien arrebujarse, otra vez. ¿Qué demonios iba a hacer durante todo el día? Podía ir a la iglesia. Y luego reservar unas vacaciones en algún lugar remoto en El Himalaya. Donde todo fuera yoga y comida vegetariana. Y si bebía agua del grifo seguro que cogía algún virus y perdía al menos seis kilos. ¿Habría hombres solteros por allí?

El coche se detuvo en Dartmouth Mansions. Tim esperaba en los escalones.

El corazón de Rebecca dio un vuelco. Enseguida recuperó la compostura. La había desengañado demasiadas veces. Seguro que habría venido para que le devolviera sus DVD o algo así. Daba igual. Aunque le regalara un anillo, ya no le interesaba.

Con las manos temblorosas, pagó al taxista y bajó lentamente del vehículo.

—¡Rebecca! —Tim la aferró del brazo. Estaba despeinado, apestaba a alcohol y se mostró delicioso.

—Es un poco tarde, ¿no te parece, Tim? —Lo dejó atrás y metió la llave en la cerradura.

—¿Por qué me haces esto? Tenemos que hablar.

—Yo no lo veo así. ¿Has venido a recoger tus cosas? Porque prefiero que vengas cuando yo no esté. Cuando se encuentre aquí la asistenta. —Pensar en la asistenta hizo que su voz sonara más furiosa de lo que en realidad se sentía.

—Pero, Rebecca, esto es diferente. Lo siento. ¿Por qué no quieres verme?

Rebecca se notaba la boca muy seca. Se volvió haciaTim: tenía el rostro pálido, y su pelo mate estaba de punta.

—Tim, necesito dormir. Vete a casa.

—No podré conseguir un taxi a estas horas. No querrás que me vaya andando, ¿verdad? Hasta Dulwich. No soy precisamente un deportista, ¿verdad, Rebecca? —Y flexionó un músculo inexistente, sonriendo con expresión triunfal.

Ella no dijo nada.

—Oh, ya veo. Estás enfadada. Oh, eres una mujer muy dura, Rebecca. Y yo me muero por ti. Por favor. —Le rozó la mano—. Solo quiero hablar.

—Podemos hablar mañana.

—¿Mañana? ¿Dónde está tu espontaneidad? Mañana será otro día. Y yo estoy aquí ahora.

Rebecca no sabía si lo decía en serio o no, pero la amenaza estaba ahí. No dejes qe me escurra entre tus dedos, porque a lo mejor mañana no estaré.

—Señor, estás guapísima —dijo Tim apartándole el pelo de la cara.

—De acuerdo —dijo ella—. Sube. Pero no pienso dejar que pases la noche en mi casa.

Los dos sabían que no lo decía en serio. Así que Tim Beaumann se ahorró dos libras del taxi, y tuvo cama y polvo gratis con Rebecca Greenhall.

13

Aquella noche, Katie y Crispin fueron a un restaurante etíope en Cricklewood.

—¿Qué has hecho estos dos últimos días? —preguntó él una vez habían pedido.

—Oh, no gran cosa —contestó Katie, que sabía muy bien lo que Crispin opinaría del asunto de adiestrar a otros en el amor—. ¿Y tú?

Como siempre, Crispin había estado ocupado.

—Anoche Hugh, Anthony y yo estuvimos en ese nuevo club de Brick Lane —le contó—. Está muy bien, y tienen una sala con unas instalaciones increíbles. Tuvimos una conversación muy interesante sobre el negocio de la droga con un grupo de colombianos que conocimos.

—¿Teórica o práctica?

Crispin la miró agitando el tenedor.

—¡Katie! ¡Qué mala eres! —Crispin estaba demasiado metido en su papel de abogado para plantearse introducirse en el mundo de la droga. Ni siquiera le gustaba estar en una habitación cuando alguien fumaba algo.

—¿Y hoy?

—Hoy me he levantado temprano, he ido a la clase de tai chi y cuando volvía a casa he pasado por ese nuevo delicatessen portugués que han abierto. Probé un delicioso plato de bacalao con cubierta de sal y varios quesos. Quizá estaría bien que fuéramos a Portugal este verano. Y por la tarde he leído el *Guardian* y he trabajado un poco.

Eso era lo mejor de Crispin, que parecía una guía del ocio andante, siempre dispuesto a aprovechar cada minuto del día y disfrutar al máximo de todo lo que Londres pudiera ofrecerle. Katie simulaba compartir su entusiasmo, pero en el fondo se sentía culpable porque no siempre le apetecía asistir a una velada de lectura de poesía urdú-inglesa en Southall, y a veces hubiera preferido pasar las noches de los sábados en casa, con una botella de vino y una mala película.

Por segunda vez aquel fin de semana, la imagen de Paul le vino a la mente. Paul desnudo, con las piernas cruzadas para ocultar sus partes, sentado en la cama de su habitación del hotel de Marruecos, con gafas de sol, sosteniendo en alto un huevo duro y riendo. Era su fotografía favorita de Paul, y la guardaba escondida en un ejemplar de tapa blanda de una novela de PD James, en su cuarto.

Katie se sorprendió al notar un escozor en la garganta. Recordaba perfectamente aquellas vacaciones. Cómo se reían de aquel grupo de italianos que bailaban en la discoteca del hotel. Su indignación —y las risas de Paul— cuando un día volvieron a la piscina después de comer y vieron que unos alemanes les habían quitado sus tumbonas. Paul, cuando llegó tarde para la excursión en jeep por el desierto porque de pronto decidió que tenía que ir al retrete. El guía dijo que se irían sin él. Katie se puso a llorar y suplicó que esperaran otros cinco minutos, y la pareja de noruegos que iba con ellos la miraban con cara de desaprobación, y entonces Paul llegó la mar de tranquilo.

Paul siempre llegaba tarde a todo. Y siempre la hacía llorar, sobre todo aquellas vacaciones, las últimas que pasaron juntos antes de que él aceptara el trabajo en Los Ángeles.

Evidentemente Paul esperó al último momento para decirle que se iba.

—Esta mañana he tenido una reunión con Giles —le dijo—. Dice que el trabajo de Los Ángeles será para el otoño y que quiere que lo coja yo.

—Bien hecho —le dijo ella, casi sinceramente—. Es estupendo. Habrá que celebrarlo. —Si estaba tan tranquila era porque en los últimos meses había husmeado en los e-mails de Paul y estaba al tanto de todos los detalles sobre la negociación para hacerse con aquel importante puesto.

Así que esa noche se sentaron en una espantosa brasería de Regent Street, comieron filetes de goma con patatas fofas y brindaron por la marcha de Paul con un tinto que escocía en la boca.

—¿Cuándo supiste que te ibas? —preguntó Katie. Hace cuatro días, pensó ella.

—Oh, esta mañana.

—¿Cómo, Giles te lo ha soltado así, sin más?

—Sí. —Paul se echó más ketchup en el plato.

—¿Y lo has decidido tan rápido? —Era como si tuviera una roca helada en el pecho que contenía las lágrimas.

—Katie, es lo que siempre he soñado. —Se inclinó hacia delante y le acarició la mejilla—. Puedes venir a verme.

Quizá Katie hubiera debido armar más escándalo, haber exigido que le explicara cómo imaginaba que podía tener las dos cosas, el trabajo de sus sueños en la otra punta del mundo y a su novia amantísima en casa. Pero las normas que Katie se había impuesto le impidieron preguntar. Se lo había arrebatado a Aline —bueno, más o menos— precisamente porque no sacaba las cosas de quicio y le daba libertad. Ahora tendría que sofocar su dolor y dejar que se fuera.

Katie siempre había sido una diva sin remedio, no como Jess, que daba portazos, puñetazos en las paredes y gritaba como una loca cuando alguien la dejaba o perdía las llaves. Pero no había duda de que sufría.

—Katie, has perdido mucho peso —exclamó Orla la noche siguiente mientras esperaban en la cola del cine.

—Bueno, alguna ventaja debe tener salir con un cabrón —dijo ella riendo.

—¿Y no te ha pedido que vayas con él?—dijo Orla cuando se sentaron.

Katie miraba fijamente a la pantalla.

—Bueno, la verdad es que tampoco sé si hubiera ido. ¡Los Ángeles! Tendría que buscar otro trabajo. Y hacer nuevos amigos.

—Pero no te lo ha pedido, ¿verdad?

Katie evitaba mirarla.

—Orls, si me lo hubiera pedido hace un año, habría ido. Sin dudarlo. Pero ahora no estoy tan segura. Lo quiero más que a nada, pero no confío en él. Ahora tendré la ocasión de acabar con esta relación. De alejarme. —Oprimió el brazo de su amiga—. ¿Podemos ir después a ese nuevo club que han abierto en Wardour Street? Debe de estar muy bien.

Pero, aunque consiguió mantener una apariencia de serenidad ante sus amigas, con Paul se mostraba cada día más nerviosa y obsesiva.

Durante las vacaciones, cada mañana Katie se hacía el propósito de estar tranquila, pero al poco lloraba desconsolada y le suplicaba a Paul que no se fuera. A veces él se enfadaba.

—Estás haciendo que me sienta culpable —decía, y entraba como una exhalación en el cuarto de baño y se ponía a abrir grifos.

Otras veces él también lloraba.

—Te voy a echar tanto de menos... —susurraba, pasándole los dedos por el brazo—. ¿Sabes qué es lo primero que haré cuando llegue a Los Ángeles?

—¿Qué?

—Te mandaré un billete de avión. Solo estaremos separados un par de semanas.

Pero ¿por qué, qué sentido tenía?, pensaba Katie. ¿Cómo vamos a seguir juntos si nos separan casi diez mil kilómetros de distancia? ¿Cómo podré vivir sin ti?

Pero Paul siempre fue un genio en evadirse de la realidad. Desde aquella vez que le dijo que iba a ver a su madre y se fue con Aline, Katie supo que era un mentiroso. Lo perdonó, porque veía su comportamiento como un defecto y no como algo premeditado. Sencillamente, no tenía valor para afrontar las consecuencias de sus actos.

Resultaba extraño, pero en cierto modo le ayudó saber que Paul no era perfecto. Y Katie pensaba que la quería. ¡Cómo nos engañamos a veces! Ahora sabía que lo que compartieron era una especie de locura, una obsesión física, pero no amor. Después de todo, pensaba indignada, ¿cómo puedes querer a una persona y planificar tu marcha del país a sus espaldas?

Aun así, era evidente que la prefería a otras mujeres. Y hubo muchas, aunque en aquel entonces ella no quiso ver las señales. Para empezar, Katie se quedaba cada vez menos a dormir en su casa, y una vez llamó por la mañana temprano y contestó una chica.

—¿Quién eres? —preguntó Katie.

—Marion —dijo la chica muy redicha. Era una freelance de París—. Paul se ha ido al trabajo.

—¿Qué hace esa Marion en tu casa? —le preguntó educadamente a Paul cuando consiguió localizarlo en el móvil.

—Tomamos una copa. Necesitaba un sitio donde dormir —replicó él igual de tranquilo.

—Pues me parece muy raro que contestara al teléfono —dijo entonces Katie, negándose a montar una escena.

—Sí. A mí también me resultaría raro si llamara a tu casa y contestara otro hombre. —Y lo dejaron así.

Unas semanas después, Katie estaba tomando unas copas con Jeevan.

—¿Cómo te va con Paul? —le preguntó él con amabilidad. Katie sabía que en la oficina no se hablaba de otra cosa, como en el caso de Carlos y Diana.

—Bien —dijo ella con cierta rigidez.

—¿Sabías que corre el rumor de que ha estado saliendo con Marion? —El tono de Jeevan no podía ser más amable.

Katie no lo sabía.

—Sí, algo he oído. Pero no es verdad.

—Claro que no. —Jeevan sonrió.

Katie no podía evitar preguntarse cómo habría ido todo si hubiera actuado de modo distinto. ¿Por qué fue ella la primera en dar el paso y en decir te quiero? ¿Por qué demostró tan claramente su dolor? ¿Y por qué le dejó la cadena tan ridículamente larga y toleró sus retrasos continuos, su falta de fiabilidad, sus evidentes infidelidades? Tendría que haberle dejado. Pero no podía. Le quería demasiado.

Oh, bueno, en aquella época era muy joven. Y había aprendido mucho.

Era una situación de la que Rebecca, que era mucho mayor, también podía aprender. ¿Cómo le habría ido la noche? Pensó en enviarle un mensaje de texto, pero hubiera sido ridículo.

—Bueno, ¿qué hacemos mañana? —preguntó Crispin—. Hay un festival sudamericano en el South Bank.

—En realidad, mañana trabajo.

—¿Trabajas?

—Para Rebecca. Le dije que podía pasarme y recoger un poco.

—¿Un domingo? ¡Eso es explotación!

—¿Por qué? Es un día como cualquier otro.

—Pero es nuestro día, el día que pasamos juntos —señaló él, levantando la voz por la indignación—. Katie, puedes limpiar de lunes a viernes, cuando yo trabajo. Pero no me hagas esto el fin de semana.

—Tú siempre te llevas trabajo a casa.

—Sí, pero el mío es un trabajo de verdad. —Se arrepintió en cuanto lo dijo—. Oh, Katie, no tendría que haberlo dicho. Ha sido un comentario estúpido. Lo siento. Claro que puedes trabajar mañana. O cualquier día. No pretendía desvalorizar tu trabajo. Aunque podrías hacer cosas mejores.

Pero el domingo, el móvil de Katie no sonó ni una vez, aunque lo tuvo encendido todo el día. En una ocasión lo comprobó llamando desde el fijo. Nada. Rebecca se había olvidado de ella.

14

El domingo, Rebecca se despertó con Tim a su lado. Se movió un poco esperando que él se moviera, pero cuando vio que dormía como un tronco, salió de la cama y se metió en la ducha. Se pasó allí mucho rato, se enjabonó el cuerpo con exhuberancia, se amontonó el pelo encima de la cabeza, se puso una bonita mancha de jabón sobre la nariz para cuando Tim entrara y la sorprendiera.

Veinte minutos más tarde, tenía la piel arrugada y no le quedó más remedio que salir de la ducha. Se secó y estrujó el bote de leche corporal. Estaba casi vacío e hizo un sonido espantoso que parecía una ventosidad. ¡Dios! ¿Y si Tim pensaba que había sido ella? Ruborizada, asomó la cabeza por la puerta. Parecía dormido.

Rebecca volvió a deslizarse bajo el nórdico, desnuda. Se inclinó y besó a Tim con suavidad en la mejilla. Él siguió durmiendo.

Oh, bueno. Rebecca volvió a salir de la cama y rebuscó en sus cajones: encontró un cubrecorsé negro y sexy de Janet Reger y se lo puso. Mierda, se estaba helando, pero quería estar deseable. En la cocina preparó una cafetera y puso beicon en la sartén. Menos mal que ayer había ido a comprar. Los olores penetrarían la conciencia de Tim y lo despertarían lentamente, con el mejor de los humores.

Rebecca se relamió y sonrió; se puso ante el espejo para

comprobar el estado de sus tirabuzones mojados. ¿Y si se ponía algo de maquillaje?

¡¡¡Maaau maaau!!! Era el detector de humos.

Mierda, el beicon se estaba quemando. Rebecca corrió hacia la sartén. Tim apareció en la puerta, bostezando y sin afeitar, con sus bóxers anchos.

—¡Rebecca!

—¡Lo siento, lo siento cariño! —Rebecca iba de un lado a otro abriendo ventanas—. ¡Lo siento! ¿Te he despertado?

Tim le dedicó una mirada fulminante.

—¿Qué hora es?

—Mmm. Alrededor de las diez.

—Joder, pues si aún estamos en plena noche. —Y volvió al dormitorio.

Rebecca pasó la siguiente media hora sin hacer nada en la cocina, hojeando revistas, antes del siguiente movimiento. Entró subrepticiamente en el dormitorio pestilente, recogió del suelo el top que llevaba puesto la noche antes (de acuerdo, olía fatal, pero le realzaba mucho las tetas) y buscó unos tejanos en el armario.

—Uaaa —oyó desde la cama.

Animada, Rebecca se sentó en el borde de la cama y acarició con ternura la frente de Tim.

—Cielo, creo que voy a comprar el periódico y unos cruasanes.

—Genial —gruñó él—. Tráete el *Sunday Telegraph*. La página de deportes es la mejor.

Muy animada tras ese corto intercambio, Rebecca bajó al quiosco de la esquina y compró los periódicos. Se habían acabado los cruasanes (claro, ya había pasado la hora del desayuno), así que compró pan cortado en rebanadas y un tarro de mermelada. Comerían tostadas y dejarían las sábanas llenas de migas.

Cuando volvió, Tim estaba en la ducha. Luego salió y pareció muy feliz de sentarse a leer los artículos sobre fútbol mientras masticaba una tostada.

—Vaya —dijo consultando su reloj—, deben de estar dando el partido. Tienes el canal Sky. No te importa si miro un rato, ¿verdad?

—¡No, claro que no! —dijo Rebecca, encantada de poder retenerlo en su casa. Durante el resto de la tarde, estuvo encogida en el sofá, junto a Tim, tratando de poner cara de interés, aunque estaba deseando sentarse en la cama para repasar la sección de estilo. Trató de entablar conversación:

—¿Qué significa fuera de juego? —Y Tim se lo explicó pacientemente. Por Dios, pensó Rebecca al llegar a cierto punto, no puede decirse que Tim se fije mucho en los anuncios de Lancôme para tenerme feliz. Pero se contuvo. Una relación siempre implica un sacrificio. Y ahí es donde siempre se había equivocado en el pasado.

En la pausa para publicidad, trató una o dos veces de juguetear con la hebilla del cinturón de Tim, pero él miraba absorto a un niño que jugaba con un perro en la televisión y no pareció darse cuenta.

Hacia las cinco, el fútbol terminó y empezó una película, donde salía alguien de la serie *Dallas*. Vieron la película. De vez en cuando Rebecca miraba por la ventana. Había hecho un precioso día de primavera. Ya empezaba a oscurecer. Adiós al glorioso paseo por el parque que tenía tantas ganas de dar.

—¿Podrías preparar un té? —dijo Tim en un determinado momento. Poco después, se volvió hacia Rebecca—. ¿Tienes algo de comer? —preguntó esperanzado.

En el fondo de la nevera, Rebecca encontró un curry para el horno. Recordaba haberlo comprado para su ex Jamie. Bueno, solo pasaba tres años de la fecha de caducidad. Miró a Tim, que seguía ante el televisor como un crío en un circo. Ni siquiera lo notará, pensó con amargura, atravesando la cubierta de plástico con un tenedor.

Y no lo notó. Comió con entusiasmo y al terminar dejó el plato vacío en el sofá. Rebecca lo cogió y lo metió en el lavavajillas. Pero ¿qué le pasa, pensó. ¿Es que no le funcionan las piernas?

Bip bip. Oh, señor. Un mensaje de texto. Al menos alguien la quería. Cogió su móvil.

«¡Llame al 08987444444 antes de las seis y podrá ganar un gran premio!»

Lo borró muy enfadada. Señor, es el cuarto mensaje basura que recibo esta semana. Me pone enferma. ¿Es que esa gente cree que puede invadir tu vida privada?

Tim casi ni la miró.

—No te enrolles mucho, ¿eh? Estoy tratando de ver esto.

Rebecca se sintió como si la hubiera mordido un chihuahua. De pronto, le vino a la cabeza algo que Katie había dicho: «No les interesa la democracia. A ellos les gusta tener un jefe que los cuide y les dicte las normas». A lo mejor tendría que decirle a Tim que apagara el jodido televisor.

Se contuvo. Seguramente estaba siendo irritante. De todos modos, se sintió atraída por Tim porque él era salvaje y diferente. ¿Por qué iba a importarle su vida vacía?

Él la quería. Y la prueba llegó después de las noticias, cuando se oyeron las primeras notas de la música del show de Antiques Road. Tim cogió el mando y apagó el televisor.

—Rebecca Greenhall —dijo—, quiero acostarme contigo.

Así que hicieron el amor sobre las sábanas arrugadas de la noche anterior. Y fue... bastante bien, aunque Tim se corrió bastante antes de lo que a Rebecca le hubiera gustado.

Aun así...

—Eres una mujer increíble —le dijo él después, besándole la coronilla. Y dicho esto, se levantó de la cama y se puso sus bóxers—. Ahora tengo que irme, cariño. Mañana hay que madrugar.

En otro tiempo Rebecca hubiera protestado. Pero eso era antes de que hiciera suyas algunas de las palabras de Katie.

—Muy bien. —Se encogió de hombros.

Tim pareció algo sorprendido.

—Bueno... gracias por este día estupendo.

Rebecca sonrió.

—Igualmente.

—Y... nos vemos.

Ahora venía cuando ella preguntaba «¿Cuándo?» y sacaba su agenda electrónica para anotar su próxima cita. Pero no lo hizo.

—Nos vemos.

—¿Estás bien? —preguntó Tim.

—Sí, genial. Pero... —Se levantó de un salto de la cama y se puso su bata—. Es que estoy ocupada. Ya sabes, ha sido estupendo pasar el día contigo, pero ahora tengo cosas que hacer.

Con expresión confusa, Tim la besó en la puerta.

—Bueno, adiós.

—Adiós —dijo ella con más firmeza de la que pretendía, y cerró la puerta.

Cuando Tim se fue, Rebecca se dio cuenta de que realmente tenía cosas que hacer: aplicarse su bronceado dominical de bote, leer los periódicos como Dios manda, por si mencionaban a algún cliente, llamar a sus amigas para cotillear un poco y encargar sushi. Era el momento de desintoxicarse de todos aquellos carbohidratos.

El consejo de Katie había resultado ser bueno, pensó mientras llenaba la bañera. Era evidente: repliégate y ellos vendrán corriendo, aunque había sido increíble verlo en acción. Por un momento se detuvo, con la mano sobre el grifo del agua caliente: una idea diminuta empezaba a formarse en el fondo de su mente.

Mmm. Interesante. Últimamente, trabajaba casi siempre en piloto automático. A veces se producían crisis, claro, pero era perfectamente capaz de capearlas. Y por lo que se refiere a las innovaciones, eso lo dejaba para Ben. Él era el creativo, ella era más práctica. Pero aquello podía funcionar.

Corrió a su mesa de despacho, garabateó una nota y volvió corriendo al baño, se quitó la bata y se metió en la bañera.

En el agua caliente y perfumada, disfrutó de la idea de haberse reconciliado con Tim. Lo que ocurría con Tim es que se trataba de un espíritu libre. Que siempre llegara tarde o la dejara sola durante horas en las fiestas que celebraban en casa de los amigos de él, en las que no conocía a nadie, para tener una intensa conversación con una modelo, no significaba que no le importara. Sencillamente lo que tenía que hacer era intentar ser un poco más como él. Seguir su propio camino. Porque era estupendo que volvieran a estar juntos. Tener pareja. Saber que no estaba condenada a una vida de hombres gays y casados.

15

Transcurrió un mes y Rebecca y Tim estaban realmente felices. El verano llegaba a Londres y pasaban las noches sentados en la minúscula terraza de Rebecca, fumando porros y bebiendo vino, observando a la gente que paseaba por Hyde Park.

Rebecca tuvo una conversación algo presuntuosa con Katie y le dijo que podía seguir limpiando en su casa sin problemas, pero que lo de la adiestradora de amor era una tontería, ¿no? En el fondo, sabía que había utilizado los consejos de Katie y que habían funcionado, pero la idea de tenerla vigilando y buscando defectos en su relación, como una abeja que ronda una comida en una excursión al campo, era demasiado.

Katie pareció tomárselo bien. En realidad, fue un alivio saber que no tenía que inmiscuirse más en la vida amorosa de Rebecca. Seguía pensando que Tim era un cabrón y que Rebecca finalmente saldría escaldada de la relación, pero ¿por qué participar en un accidente de coche?

Así que siguió limpiando el piso. Y entretanto echó solicitudes para cuarenta y seis empleos, las cuales derivaron en ocho entrevistas y en una oferta como supervisora de recursos humanos en una cadena de pizzerías. Katie sabía que estaba siendo caprichosa, pero no le atraía nada la idea, así que siguió buscando. Trabajos como ese había de sobras.

Y entretanto, su atención se centró en las vidas de Jess y Ronan. Jess, como siempre, se había acostado con otro actor y durante tres semanas todo fue divinamente, hasta que él encontró un nuevo trabajo y la dejó sin previo aviso. «Cuando quiero algo o a alguien me entrego totalmente —le había dicho él—. Y te quiero, pero también quiero mi trabajo, y no hay lugar para los dos en mi vida.»

—Menuda excusa —dijo Katie, y Ronan estuvo de acuerdo. Jess no estaba tan segura. «Sé que le gustaba, lo sé», pero como solo fueron tres semanas, se sintió mal durante medio día. Y entonces salió y se acostó con un hombre del departamento de atrezzo de Holby City, al que había conocido hacía seis meses cuando hizo un pequeño papel como traficante de drogas.

Ronan, por su parte, había llamado a Claire, la chica de la fiesta, y ella accedió a quedar con él. Salieron dos veces, pero no hicieron manitas. Cuando Ronan llamó para concertar una tercera cita, la compañera de piso le dijo que Claire se había mudado a Manchester. Ronan la llamó al móvil varias veces, pero ella no contestó. Al final captó la indirecta.

Un fin de semana de junio, cuando la previsión del tiempo era especialmente buena, Katie, Jess y Ronan decidieron visitar a los padres de Katie, en Solihull.

—No son precisamente las Barbados —dijo Katie—. Pero tienen un enorme jardín y una enorme nevera llena de helado.

A los otros les pareció una idea genial. Se subieron al achacoso Toyota Corolla de Jess y salieron por la M40.

—En realidad a ti te da igual ver a tus padres —comentó Ronan cuando cambiaban a la M4—. Vas solo por ver a Elton.

—Exacto —gritó Katie por encima de la música de un grupo que Jess insistió en poner—. Han pasado muchos meses. Y le echo mucho de menos.

—Si estuvieras en una isla desierta y pudieras elegir entre la compañía de Elton o la de Crispin, ¿con cuál te quedarías? —le preguntó Jess, haciendo un gesto obsceno en dirección a un Porsche amarillo que acababa de adelantarla por la derecha.

—Es difícil —se lamentó Katie—. Me refiero que en principio me quedaría con Elton, pero no creo que le queden muchos años de vida, así que supongo que tendría que ser Crispin.

Jess le sonrió por el espejo pero, por la expresión estreñida de su prima, se dio cuenta de que lo decía en serio.

—¿Cuántos años tiene Elton? —preguntó Ronan.

—Quince —dijo Katie con orgullo—. Y eso son... —No le salieron las cuentas—. Ya es muy viejo para ser un perro.

—Es como si tuviese más de cien años —concedió Ronan con voz solemne.

Cuando entraron marcha atrás en la subida a la casa, el perro los esperaba, meneando su cola corta y astrosa y ladrando como un descosido.

—Mi pequeño —dijo Katie lanzándose sobre él. Las orejas largas y sedosas del perro se sacudían sin cesar arriba y abajo mientras le cubría la cara de lametones con su lengua rasposa.

—Eso sí que es verdadero amor —comentó entre risas Minette Wallace, y propinó un beso a su hija y otro a su sobrina.

Se volvió hacia Ronan.

—¡Qué chico tan guapo! ¿Cómo estás? —Nick, el hermano de Katie, vivía en Hong Kong, así que Minette había adoptado a Ronan como sustituto.

—Estás guapísima, Minette. Ese vestido te sienta estupendo.

Katie y Jess cruzaron una mirada e imitaron el gesto de vomitar disimuladamente.

—Hola, corazón. —Era Geoff Wallace, el padre de Katie, quien dio a su hija un afectuoso abrazo. Obsequió a Jess con unas palmaditas en la cabeza y saludó tímidamente con la mano a Ronan. Geoff apreciaba mucho a los compañeros de piso de su hija, aunque le desconcertaba un poco aquel *ménage à trois.* Nunca se hubiera presentado en el piso sin avisar por temor a interrumpir algo que prefería ignorar.

—Hola, Geoff. ¿Cómo estás? ¿Qué tal por Vietnam? —preguntó Ronan. Katie casi se arrepentía de haberlo llevado. Era un lameculos.

Pero su padre se limitó a mirar a Ronan con una ligera hostilidad.

—Bien —dijo, y se inclinó sobre el maletero para coger la bolsa de viaje de su hija.

—Qué pena que Crispin no haya podido venir. —Minette suspiró, y todos la siguieron hasta la cocina para tomar un té—. Otra vez el trabajo, ¿verdad? Ese chico trabaja demasiado.

—Así es como se hace dinero, mamá.

—Bueno, el dinero no lo es todo. Dile que le añoramos.

Señor, a veces parecía que su madre quería a Crispin más que a ella. A Katie no le importaba que este trabajara demasiado. Al contrario, era una ventaja porque cuando se veían tenían cosas que contarse y evitaba que surgiera de nuevo esa fijación que sintió por Paul. Lo que le recordó algo que tenía pensado hacer esa mañana. Esperaría hasta después de comer.

A pesar de algunos detalles irritantes, normales en una familia, era muy agradable estar en casa. Minette no se molestó en cocinar. Prefirió saquear la sección de precocinados y ensaladas de M&S y tomaron una comida fría en el jardín, a la sombra del viejo sauce. Durante el camino habían tenido niebla, pero las nubes se habían disipado y ahora el sol brillaba con fuerza.

Elton contemplaba la mesa con ojos llorosos. Ronan quiso darle un trozo de ternera.

—¡No! —dijo Geoff con voz atronadora.

—¡Es que es tan adorable! —suplicó Ronan con la cara roja.

—Está muy gordo —replicó el hombre—. ¿Es que quieres que tenga un ataque al corazón?

La conversación derivó a las vacaciones que Geoff y Minette pensaban pasar en Argentina. Era un poco humillante que sus padres siempre estuvieran viajando, mientras ella, que nunca había tenido un año sabático, ni siquiera había estado en la India o Tailandia. De hecho, el lugar más exótico que había visitado era Los Ángeles. El recuerdo le dio un escalofrío. Aunque quizá era el sol, que se había ocultado tras una nube.

Después de comer, se instalaron en las tumbonas para echar una cabezadita: Jess a pleno sol, sin siquiera una gorra, los demás a la sombra. Katie hizo todo lo posible para levantarse sin hacer ruido, entrar en la casa y subir a su antigua habitación, un altar encantado para la Katie Wallace de dieciocho años, con su nórdico descolorido de amapolas y los pósters de Lou Reed de las paredes. En el tocador había una colección de esmaltes de uñas que llevaban una década sin moverse de allí. Los tiraría, pensó, pero por alguna razón le gustaba saber que aquella parte de su pasado seguía allí.

Se volvió hacia la estantería y paseó la mirada por los gastados libros. *Ballet Shoes, Claudine at Saint Claire's, National velvet*. Ocasionalmente cogía alguno y por unos momentos se evadía en el que fue su mundo a los once años, cuando su ambición era bailar en Sadler's Wells, ir a un internado (preferiblemente la Royal Ballet School, aunque todo el mundo sabía que era muy difícil entrar) y ganar el Grand National. En aquel entonces los chicos aún no le interesaban, y todo su mundo giraba en torno a sus pies. ¿Dónde había quedado todo aquello?

—Katie —llamó Ronan desde las escaleras, y Katie se sobresaltó—. ¿Qué estás haciendo? Nos estamos comiendo un Magnum.

Katie volvió al presente. Siguió pasando los dedos por el lomo de los libros. ¡Ajá! Ahí estaba. *La guía del adiestrador de perros*, del doctor John Fretton. En la portada, un cachorro de Labrador miraba con expresión implorante, sujetando la correa entre los dientes. Era exactamente la misma mirada que Paul le ponía cuando pasaba la noche fuera o no la había llamado en tres días.

Oyó otra vez la voz de Ronan. Preocupada, como siempre.

—¿Kate?

—¡Ya voy! —Bajó las escaleras corriendo. Ronan estaba abajo, con la tetera en la mano.

—Tus padres han ido a dar un paseo, pero nosotros dijimos que hacía demasiado calor —le explicó—. Minette te ha dejado tu Magnum en el congelador.

—Qué bien —dijo Katie ausente; se sentó en una tumbona y abrió el libro.

—¿Qué es? —le preguntó Jess.

—Mi viejo manual de adiestramiento para perros.

—¿Vamos a tener perro?

—Por desgracia no. A menos que te ofrezcas voluntaria para recoger las cacas.

—Puaj. —Jess se recostó en la tumbona. Solo de pensarlo se cansaba.

Katie pasó las páginas. Fotografías y más fotografías de adorables perros y sus menos adorables dueños —con pantalones pitillo y camisetas de los ochenta—, ordenándoles que se sentaran, se levantaran, se tumbaran, fueran a recoger algo. Para al final del libro, los perros ya saltaban a través de aros y corrían sobre estrechas vigas.

—Me parece un poco ambicioso para Elton —dijo Ronan, echando una ojeada por encima de su hombro—. Creo que tiene más belleza que cerebro.

—Vaya, quién fue a hablar.

—¡Ja ja ja! —Ronan le dio con la revista del *Daily Mail* en la cabeza, pero Katie estaba absorta en el libro y no le hizo caso.

—Chicos —dijo con voz pausada—. ¿Recordáis lo que dije de que los hombres necesitan que se los adiestre como a los perros?

—Ajá. —Jess bostezó. No tenía ni idea de lo que hablaba su prima.

—¡Bueno, pues funciona! No me lo puedo creer. En

principio, todas las reglas de este libro podrían aplicarse fácilmente a las personas.

—¿Como por ejemplo?

Katie se acercó a donde estaba.

—«El humor de las hembras cambia según la época del año.»

—La época del mes —la corrigió Jess.

—O el día, en tu caso —comentó Ronan riendo con disimulo.

Katie se aclaró la garganta.

—«Las hembras son más obedientes y resulta más fácil enseñarles las normas de la casa y necesitan más afecto.»

—Yo no estoy tan seguro —dijo Ronan—. Tú en la casa no rindes mucho, ¿verdad, Jess?

—¡No! Y yo de obediente, nada.

Katie no les hizo caso. Necesitan más afecto. Nunca olvidaría la forma en que ella se pegaba a Paul en la cama y él la apartaba diciendo que hacía demasiado calor.

—«Los machos tienden a ser más dominantes, agresivos y destructivos.»

—Menos Ronan.

—A lo mejor es que está castrado —dijo Katie, y a modo de respuesta recibió un cojinazo. Ojeó la página por encima—. Muy bien. Esto vale para hombres y mujeres. «Los perros responden a las recompensas y desarrollan malos hábitos cuando se aburren.»

—Eso es verdad —concedió Jess—. Cuando me aburro, salgo y consumo drogas y entonces elijo a hombres desagradables y me los tiro.

—Sigue —la animó Ronan, embadurnándose de crema solar.

—Mmm... —Katie pasó más páginas—. Bueno, no todo es relevante. Como esta parte sobre las correas.

—Pues a mí me parece muy relevante —bromeó Jess.

—Si te gustan ese tipo de cosas puedes ir al Soho. —Katie siguió pasando páginas—. Vale, aquí hay una lista de lo que se debe y no se debe hacer. —Leyó durante unos momentos y chilló—. ¡Escuchad! ¡Escuchad esto! Tiene todo el sentido.

—Venga —dijo Jess dándose la vuelta para tumbarse boca abajo.

—Muy bien. Número uno. Debes ser realista en tus expectivas con tu perro. Dos. Debes tratar a tu perro como alguien que implícitamente debe obedecer. Tres. Debes ser el que manda: tú inicias cualquier actividad. Cuatro. No debes ceder ante las peticiones de tu perro para que lo acaricies y lo mimes. Cinco. No dejes que tu perro cruce una puerta o baje delante de ti.

—Yo siempre dejo que la mujer pase primero. Es lo normal en un caballero —dijo Ronan.

—Se trata de reforzar la idea de que tú mandas. Seis. Debes enseñar a tu perro a defecar cuando se lo ordenas.

—Eso estaría bien —terció Jess—. Así a lo mejor lográbamos que Ronan dejara de acaparar el cuarto de baño durante horas. —Los hábitos de Ronan tenían maravilladas a sus compañeras de piso. En palabras de Jess: «Cuando yo quiero hacer pis, me voy al lavabo, me bajo las bragas y hago pis. En cambio Ronan tiene que anunciarlo a todo el mundo, se busca una revista y se encierra en el lavabo, pongamos que una hora, mientras los demás tenemos que cruzar las piernas y aguantarnos».

—Siete. Debes enseñar al perro a caminar a tu paso —prosiguió Katie. Aquello le estaba gustando. Se imaginaba a Rebecca muriéndose de risa al oírlo.

Por desgracia, parecía que Rebecca ya no quería más consejos. A Katie le hubiera gustado tener un libro de normas como aquel en su relación con Paul. En su caso, el problema fue que, aunque desde el punto de vista racional sabía cómo actuar, sus emociones marcaban su comportamiento. Lo quería tanto que no dejaba de decir estupideces y de traicionar sus sentimientos. Él siempre llevó las riendas.

Notó una cabeza peluda y cálida que le empujaba la pierna. Era Elton, mirándola con sus ojos grandes y suplicantes.

—Sol mío —murmuró tendiendo los brazos y subiéndoselo a la falda... y no fue fácil. Aún se acordaba de la vez que Elton pasó unos días con ellos, cuando sus padres se fueron a Borneo y los Clavering, los vecinos, no podían ocuparse de él. Cada noche esperaba a que abriera la puerta y, cuando entraba en la casa, se ponía a brincar a su alrededor entusiasmado, llenándola de babas y pidiéndole su cena.

Su madre tenía razón. Eso era el amor perfecto. Ojalá todo el mundo pudiera experimentar un amor así. Sobre todo Rebecca. No sabía lo que se estaba perdiendo.

16

Suzanne Bell había conocido a Hunter Knipper hacía año y medio en el vestíbulo del hotel Soho Grand, en Manhattan. Los dos esperaban para pagar y marcharse, cada vez más impacientes ante la ineptitud del joven latino con ropa de diseño de recepción, que por lo visto no tenía ni idea de cómo utilizar una tarjeta de crédito.

—Voy a perder el avión —musitó Suzy, y se dio cuenta de que se había llevado un dedo a la boca para morderse una uña.

—Yo también —dijo el hombre alto y con el pelo blanco que tenía al lado. Se parecía un poco a Paul Newman, y llevaba un bonito abrigo de cachemira azul marino—. ¿Adónde va usted?

—A Heathrow.

—Yo también. ¿Quiere venir conmigo en mi limusina?

Suzy estaba impresionada. En *Seduce!* eran demasiado tacaños para proporcionarle limusinas e insistían en que tomara achacosos taxis amarillos conducidos por psicópatas. Pero no quería que aquel hombre lo supiera, así que vaciló.

Él se dio cuenta.

—Soy inofensivo, de verdad.

—¿Y cómo sabe usted si yo lo soy? —replicó ella, y cuando el hombre se echó a reír, Suzy sintió que los pezones se le endurecían.

Así que fueron juntos al aeropuerto JFK y una vez allí, Hunter, que resultó ser un importante banquero, la ascendió a primera clase (en *Seduce!* eran tan miserables que insistían en que se sentara en la parte de atrás con la chusma). Normalmente, cuando viajaba en avión, Suzy se ponía el antifaz para dormir, se tomaba un par de Valiums y no se enteraba de nada hasta que aterrizaban en Heathrow. Pero esta vez estuvo charlando animadamente con Hunter toda la noche. En Heathrow, quedaron en verse la noche siguiente, que fue la noche en la cual Suzy se convirtió oficialmente en la amante.

No era la primera vez que Suzy era la otra y, la verdad, no podía imaginarse la vida de otra forma. El matrimonio nunca le había atraído... solo había que mirar a sus padres para saber por qué. Después de treinta y siete años, seguían juntos, pero su relación siempre había sido tensa y fría. Su padre trabajaba largas horas en su empresa de calendarios y agendas. La madre se quedaba en casa y, cuando Suzy se fue a un internado para estudiar, empezó a darle a la botella. Después de dos décadas de clínicas de desintoxicación, salpicadas de juergas que escandalizaban al vecindario, ahora estaba sobria, pero era una mujer sometida y triste.

—Mi problema es que nunca he tenido una vida propia —le dijo en una ocasión a Suzy—. Cuando tú te fuiste y apenas tenía trabajo que hacer en casa, me moría de aburrimiento. No cometas el mismo error, hija.

Suzy no tenía intención de hacer tal cosa. Había llenado su vida con su trabajo, sus amigas, el yoga, y decidió no comprometerse en relaciones a largo plazo. No quería hijos; eso fue lo que arruinó la vida de su madre, así que no veía ningún sentido en convertirse en la mujer de nadie.

Solo una vez, en los primeros tiempos de su relación, se sintió decepcionada por Hunter. Habían cenado en un restaurante del Soho. Cuando trajeron la cuenta, él no hizo ademán de cogerla.

—Pagas tú, ¿verdad? —dijo Suzy al final.

Hunter susurró.

—¿Sabes, Suzy? Empiezo a cansarme de pagarlo todo. Tengo la sensación de que me utilizas como abono para las comidas. A veces me gustaría que tú me mimaras a mí, para variar.

Suzy gritó.

—¡A ti te gustaría que te mimara! Perdona. Yo soy tu mantenida, tu capricho. Las normas son que tú lo pagues todo. ¿Dónde están los bombones? ¿O las flores? —En el restaurante se hizo un repentino silencio, y la camarera letona rió por lo bajo. Y entonces Hunter se echó a reír también y puso su American Express platinum sobre la mesa con gesto brusco.

Hunter tenía la obligación de mimarla a ella, y de no atosigarla. Cuando se quejaba de su trabajo o de su espantoso matrimonio —lo cual no era tan raro si salía con otra—, ella profería sonidos comprensivos, pero su mente estaba muy lejos, en los entresijos de su propio trabajo. Cuando veía a amigas como Jenny, siempre tan preocupada por lo que debía ponerse para una cena con los clientes de Gordy, le daba risa.

—Las amantes tienen todo el glamour —decía a sus amigas—. Christine Keeler, madame de Pompadour, Nell Gwynn... Todo el mundo las recuerda. En cambio, nadie recuerda a las esposas de sus amantes, ¿no es cierto?

No, nadie las recordaba.

Suzy procuró dejar bien claro que no quería que Hunter dejara a su mujer, Justine. Prefería hacer chistes sobre Glenn Close y preguntar si sus hijas tenían alguna mascota que quisieran especialmente.

Una vez, al principio de su relación, estaban en la cama de un hotel; Hunter estaba en la ciudad porque tenía que asistir a una conferencia.

—¡Pase lo que pase, no cojas el teléfono! —le repetía Hunter una y otra vez—. ¡Podría ser Justine!

No te preocupes, Hunter.

Y estaban allí tumbados, después de hacer el amor, medio dormidos, cuando el móvil de él empezó a sonar en la mesita de noche.

Suzy lo cogió de un salto.

—Hola —susurró—. Soy Suzy, la amante de Hunter. ¿Quiere hablar con él?

Antes de que a Hunter le diera un ataque, Suzy confesó que era ella quien llamaba, que había escondido su móvil entre las sábanas y había marcado su número. A Hunter la broma no le hizo mucha gracia.

Justine no tenía nada que temer. Suzy no entendía por qué iba a querer una mujer tener a un hombre con ella de forma permanente. Un hombre que llenara su congelador con cosas tan espantosas como pizzas. Que destrozara las bonitas alfombras de sus suelos de parquet. Que dejara las tazas en la mesa. Solo de pensarlo Suzy sentía como si tuviera un reguero de hormigas subiendo y bajando por su espalda.

Evidentemente, había momentos en que añoraba a Hunter: cuando tenía un mal día en el trabajo, o cuando encontraba una araña en el cuarto de baño. Y, a veces, cuando tenía ganas de sexo... pero en esos casos siempre había algún fotógrafo o algún modelo voluntarioso deseando entrar en *Seduce!* y más que dispuesto a acostarse con la jefa para conseguirlo.

Suzy pensaba en todo esto el lunes por la mañana, mientras mordisqueaba su desayuno, una pieza de fruta de la pasión.

Eran las siete y cuarto, y ya había hecho una hora de yoga ashtanga, una sesión doble, porque la del día antes se la saltó y se pasó casi todo el día en la cama con un aspirante a estilista de veintidós años llamado Seamus van Huskins, al que recogió en una fiesta en Brick Lane. Qué relajante, pensaba, estar allí tendida mientras el pequeño Seamus probaba pequeños trucos para impresionarla. Ni siquiera le tocó su titola, se limitó a darle instrucciones sobre dónde ponerla. Lo echó a las seis, después de tres maravillosos orgasmos.

—Entonces, ¿puedo...? —preguntó el chico tímidamente ya en la puerta.

—Mándale tu currículo por e-mail a mi ayudante, Gemma Martin, y ella lo pasará al departamento correspondiente —le contestó ella con un bostezo.

Se estaba poniendo su combinación negra y riendo al recordar la cara de perplejidad del chico cuando el teléfono sonó.

—¿Cielo?

—Hunter. ¿Qué haces levantado tan tarde? —Echó una mirada al reloj de plata que llevaba en su delgada muñeca... uno de los muchos regalos que Hunter le había hecho—. En Filadelfia es medianoche.

—Es que no estoy en Filadelfia —repuso él—. Estoy aquí.

—¿En Londres? —Suzy trató de parecer complacida.

—Pues claro que en Londres. ¿Dónde si no? Me alojo en el Vanderton, cariño. Tu favorito.

—¿A qué hora te va bien que vaya? —Ya se estaba quitando las comodísimas bragas blancas de algodón de M&S. Era el momento de reemplazarlas por las de La Perla, las que Hunter le regalaba siempre.

—Habré terminado con las reuniones hacia las siete y media. Cuanto antes mejor.

—Estoy impaciente —susurró Suzy. Colgó. Oh, maldita sea. Eso significaba que tendría que pasar la noche despierta, bebiendo champán y haciendo el amor. Y ella que quería ver la reposición de *EastEnders*, que grabó el día antes, y acostarse pronto. Podía decirle que no a Hunter, claro, pero se sentiría dolido.

El teléfono volvió a sonar. ¿Y ahora qué?

Rebecca.

—¿Cómo llamas tan pronto?

—Yo también me alegro de oírte.

—Vale, pero ¿qué quieres?

Rebecca parecía entusiasmada.

—He tenido una idea genial. Voy a dar una cena. El viernes. ¿Te va bien?

—Becs, lamento aguarte la fiesta, pero la idea de ofrecer una cena no es ninguna novedad.

—¡Oh, piérdete! La novedad es que yo ofrezca la cena. Ya sabes que nunca cocino. Pero las cosas van tan bien entre nosotros en estos momentos que quiero echarle una mano a Tim con su trabajo, así que he pensado invitar a Roddy Bannister, a ti y a otra gente divertida.

—Yo no soy divertida.

—¡Vamos, Suze! Claro que lo eres. Y había pensado invitar a Ally y Jon.

—¡Ally y Jon! Esos son tan divertidos como unas vacaciones en Iraq.

Rebecca suspiró.

—Ya lo sé. Pero no podemos dejarla de lado.

—A mí lo que me gustaría es que ella dejara de lado a ese novio suyo. —Y no es que el tuyo sea mucho mejor, pensó Suzy, mientras se ponía su sexy chubasquero a lo Grace Kelly, que a Hunter le encantaba. Roddy Bannister, sí señor. Era el presidente del prestigioso premio Collins de narrativa, y estaba tan acostumbrado a los sobornos como un policía en Colombia. ¿De verdad creía Rebecca que con unas copas de champán y una buena receta podía acercar a Tim ni a kilómetros de distancia del premio a la peor novela? ¿De verdad creía que ofreciendo una cena a aquel patético personaje haría que Tim se presentara con un anillo de compromiso?

—Bueno, ¿estás libre o no? —repitió Rebecca. Y, tras una pausa, añadió—: Y si Hunter está también puede venir.

—Sí, estoy libre —dijo Suzy a regañadientes—. Pero Hunter está en Filadelfia. —En realidad, no tenía idea de dónde estaría el viernes, pero tenía tantas ganas de llevarlo a la fiesta de Rebecca como de presentarse del brazo de Skippy el canguro.

—¡Estupendo! —se entusiasmó Rebecca—. Estoy tan emocionada con todo esto. Entre ocho y ocho y media, ¿de acuerdo?

—De acuerdo. Nos vemos.

Suzy metió su móvil en su bolso Furla y miró por la ventana para ver si su minitaxi ya había llegado. Después de discutir aquello con la dirección durante meses, finalmente habían accedido. Porque ¿cómo esperaban que calzara a la última si tenía que desplazarse en metro?

Tony, su taxista habitual, la vio y la saludó con la mano. Ella sonrió. No estaba mal para una chica de Godalming. Miró a su alrededor, puso derecho un marco y se dirigió hacia la puerta dispuesta a conquistar el mundo.

Cuando subió al Volvo (ella hubiera preferido un Jag, por supuesto, pero daba igual), pensó en Hunter, que estaba deseando verla, y luego pensó en Rebecca, siempre desviviéndose por tener contento a ese imbécil desagradecido. Era injusto. Suzy no lo entendía. ¿Por qué ella podía llevar su vida de una forma perfecta y los demás no?

17

El lunes por la tarde, Katie abrió la puerta de la casa de Rebecca y se encontró con lo de siempre. Solo que peor. Tim prácticamente se había instalado allí. Katie recogió unos bóxers del suelo, vació dos ceniceros que rebosaban y estrujó una caja vacía de pizza.

Rebecca le había dejado una nota, junto con su dinero.

> Querida Katie:
>
> Me preguntaba si por casualidad no conocerás alguna empresa de catering. He pensado ofrecer una cena para seis... el viernes. Le preguntaría a Tara, pero está de luna de miel.
>
> Saludos,
>
> REBECCA

Pues claro, Rebecca. ¿Qué tal el querido Pierre? Es estupendo para pequeñas cenas íntimas. Prepara una deliciosa vichyssoise . Pero ¿en qué planeta vivía esa mujer?

Sus meditaciones se vieron interrumpidas cuando su móvil sonó. Ronan.

—Solo llamaba para ver si querías ver la película de Arnold con Jess y conmigo esta noche. Voy a reservar las entradas.

—¡Oh, Ronan, no hace falta reservar las entradas! —Cogió un jarrón con un ramo moribundo—. ¿A que no te imaginas lo que quiere que haga la señorita jefa? Quiere que le busque un chef para una cena.

—Genial —dijo Ronan—. Lo haré yo.

—Sí, muy divertido. Le diré que se vaya a la mierda. Aunque puede que con menos palabras.

—¡No! —exclamó Ronan—. ¡De verdad, Katie! Deja que lo haga yo. Sabes que me encanta cocinar. Y así podría ver su piso.

Katie no lo veía muy claro. Juntar a Rebecca con sus compañeros de piso siempre traía problemas.

Ronan comprendió su silencio.

—Jess no tendría nada que ver. Seríamos solo tú y yo. Yo cocino, tú sirves. Necesito el dinero. Y te prometo que no utilizaré la lavadora ni me probaré la ropa de Rebecca.

Katie rió con un resoplido.

—No creo que te sentara muy bien.

Era una buena idea. Ronan era un cocinero fabuloso y estaría encantado de servir a los amigos ricos y famosos de Rebecca. El único problema era que Rebecca lo había visto en su piso. Katie no quería más engaños. Propondría a Ronan y, si Rebecca decía que no, no se hablaría más.

Pero Rebecca dijo que sí. Estaba desesperada; evidentemente, antes de preguntar a Katie consultó las Páginas Amarillas y preguntó a sus amigas, pero todas las empresas a las que llamó estaban ocupadas y eran carísimas. En cambio, la idea de que el guapísimo compañero de piso de Katie cocinara le gustó. Sería menos frío, más casero.

> Querida Katie:
>
> Para que lo tengas en cuenta, uno de los invitados es vegetariano y otro cree que tiene intolerancia al trigo, así que, por favor, no lo olvides.
>
> ¿Crees que Ronan podría preparar un menú para que yo lo vea con una semana de antelación?
>
> Hablaremos de la tarifa más adelante.
>
> Un beso
>
> REBECCA

A pesar de las restricciones, Ronan estaba entusiasmado con la cena. Su primera propuesta fue lasaña de espinacas, hasta que Jess —que estaba molesta por haberse quedado al margen— señaló que la lasaña contenía trigo. Su segunda propuesta fueron lentejas cocidas, pero tanto Rebecca como Katie lo rechazaron por considerarlo demasiado casero. Finalmente todos estuvieron de acuerdo con un curry vegetal tailandés.

—Suena estupendo —dijo Rebecca cuando Katie se lo comentó por teléfono la noche antes—. Pero, las verduras solas, ¿no resulta un poco pobre?

—¿Y qué pasa con el vegetariano?

—Oh, ese es Jon. ¿No te había dicho que él y Ally al final no vienen? —Por su voz Rebecca parecía tranquila, pero en realidad estaba furiosa. La excusa de Ally había sido: «Perdona, pero es que Jon volverá de visitar a sus hijas en Cardiff y estará demasiado agotado emocionalmente». Sonaba como si lo sintiera muchísimo, pero eso solo empeoraba las cosas. ¿Por qué no podía dejarlo en casa y venir ella? Y además, había avisado con tan poco tiempo que era imposible invitar a otra pareja sin que se notara que era para sustituir a otros. Oh, bueno, Roddy era el único invitado que de verdad contaba. Y Suzy siempre era un valor añadido. Una velada *à quatre* no dañaría las posibilidades de Tim de obtener el premio literario y le permitiría demostrar lo buena anfitriona que era.

El primer disgusto llegó a las seis y media del viernes en cuestión. Rebecca había salido temprano del trabajo para supervisar los preparativos. Todo iba viento en popa: el atractivo Ronan estaba en la cocina troceando jengibre rojo y machacando hojas de lima y Katie planchaba un mantel de lino. Rebecca trató sin éxito de ponerse rulos en el pelo —¿Por qué no había dejado tiempo para ir al peluquero?— y finalmente se decidió por un baño. Relájate, relájate, todo está en orden. Se aplicó arcilla Marcella Borghese en la cara.

Alguien dio unos toquecitos en la puerta.

—Rebecca, el teléfono está sonando. ¿Contesto?

—¿Qué? Oh, sí, por favor.

Cuando salió del baño veinte minutos después, Katie estaba en el vestíbulo con expresión incómoda.

—Mmm. Era Roddy. Te pide disculpas pero dice que no va a poder venir.

—¡Cómo!

—Por lo visto tenía otro compromiso. Se le había olvidado por completo hasta hace media hora, y debe ir sin falta porque todos los otros miembros del jurado del premio Collins asistirán. —Katie no parecía creérselo.

Rebecca estaba indignada. Así era la condenada vida de Londres. Todo el mundo tenía que esperar siempre al último minuto para ver qué oferta le interesaba más. Y ahora que sus amigas habían empezado a tener hijos cada vez era peor: la canguro siempre tenía una crisis nerviosa o el pequeño Archie había hecho pis de un color muy raro y la madre no creía que debiera dejarlo solo. De todos modos, ya era tarde para invitar a gente nueva.

—O sea, que solo seremos yo, Tim y Suzy.

Katie sintió pena por Rebecca, pero trató de no demostrarlo.

—¿Podemos recoger los trastos y marcharnos?

Por la casa flotaban aromas deliciosos.

—¿Qué? —Rebecca pensó—. No. Que Ronan siga con lo suyo. Huele de maravilla. —Trató de animarse—. Tocaremos a más.

Katie se sintió aliviada. Por lo menos Ronan cobraría.

—¿Te importa si espero a que termine? Así podremos volver juntos a casa.

Rebecca estaba pensando en lo que iba a ponerse.

—No hay problema —contestó con aire ausente.

Así que Katie fue a la cocina para ayudar a Ronan, que, en lugar de sentirse decepcionado, pareció encantado con la noticia de que su público se había reducido.

—Así, si meto la pata no será tan grave.

—No vas a meter la pata —dijo Katie con afecto, examinando la tabla de quesos.

A las ocho, todo era perfecto. Katie preparó un cuenco con olivas y otro con patatas fritas con sal marina orgánica. En el rincón, la mesa estaba preparada para tres. Había velas encendidas en soportes de plata. El champán estaba en el congelador. Ronan había preparado ensalada vegetal. El curry se cocía suavemente en el horno, y el arroz basmati estaba en la olla. La música era de David Gray y Rebecca estaba sentada decorativamente en el sofá, fingiendo que leía el *Evening Standard* y echando de vez en cuando un vistazo al reloj del DVD.

A las ocho treinta y tres, sonó el timbre de la calle. Rebecca corrió al interfono.

—Soy yo —anunció Suzy. Dos minutos después, entró en el piso con un vestido negro ajustado y botas negras de tacón. En cualquier otra mujer hubiera parecido que iba ataviada para una noche de trabajo en King's Cross, un barrio de Sidney donde se ejerce la prostitución, pero a Suzy la hacía elegante.

Ella y Rebecca se besaron.

—Señor, he tenido una semana espantosa —dijo Suzy—. Tuve que pasar tres días en un hotel cerca de Lutton con un grupo de consumidores. Doce lectoras de *Seduce!* preguntando si conozco a Madonna. O a Beckham. Lamentándose porque los inútiles de sus novios no se casan con ellas. Me refiero que... ¿se han mirado al espejo últimamente?

Rebecca le dijo que Roddy no venía.

—Oh, bueno. No hay problema. La última vez que lo vi estuvo haciendo chistes sobre mis lectoras, que si pudieran decidir, Geri Halliwell habría ganado el premio Collins de narrativa. Imbécil condescendiente. —Pero Suzy estaba molesta. Pasar la noche del viernes con una pareja —sobre todo una tan dispar como Rebecca y Tim— no era su idea de pasárselo bien. Suzy prefería no molestarse en ser amable con los novios de sus amigas. Hacías el esfuerzo de conocerlos, y a veces hasta empezaban a gustarte, y entonces desaparecían y vuelta a empezar.

Katie apareció con dos barritas de pan crujientes y calentitas y un plato de mantequilla fría y salada.

—Suzy, esta es Katie. Ha venido a echarme una mano esta noche. Katie, Suzanne.

—Hola —dijo Suzy.

Katie la reconocía por las fotografías que había visto por el apartamento. Había una de ella y Rebecca en un balcón de un lugar exótico, tomando un cóctel. Ella llevaba puesto un bonito bañador que se ataba al cuello. ¿Elegiría Rebecca a sus amigas en los catálogos? Suzy, por su parte, reconoció en ella a la típica lectora de *Seduce!*: joven y lo bastante insegura para tragarse todos los mitos que quisieran venderle. Mejor sería que enseñara su faceta de mujer encantadora... era la embajadora de la revista.

—Huele bien —dijo en un tono más amigable. Estaba hambrienta, pero no pensaba decirlo. Al igual que hacía la reina, ella prefería negar todas las funciones corporales. En la oficina todos estaban asombrados, porque jamás se la había visto en los servicios. Solo Gemma, su secretaria personal, conocía la existencia de una pequeña habitación junto a la salida de incendios que el jefe le había cedido para tales propósitos.

La única debilidad que Suzy admitía abiertamente era su afición por la cocaína, aunque procuraba mantenerla bajo control. Después de todo, convertía a la gente en seres estúpidos y balbuceantes... sobre todo a Jenny. Cada vez que Suzy tomaba, hacía lo imposible por mantenerse más entera que nunca. Por lo que a ella se refería, la coca no era más que un supresor del apetito que también la ayudaba a mantenerse despierta durante las interminables reuniones con los representantes de las compañías publicitarias.

Ahora no me vendría mal un poco, pensó metiendo la mano en su bolso Furla.

—¿Quieres un poco? —le preguntó a Rebecca agitando una papelina bajo su nariz, pero ella negó con la cabeza.

A Rebecca le encantaba la coca y la sensación de energía que le producía, pero normalmente la reservaba para situaciones deprimentes como bodas y cumpleaños. Quizá esa noche haría una excepción, porque era probable que Tim sí quisiera. Esperaría a que llegara.

Hacia las nueve veintitrés habían agotado los cotilleos sobre todos sus conocidos, Suzy había esnifado tres rayas sobre el tocador de Rebecca, esta se había bebido tres vasos de champán y Tim llegaba oficialmente tarde.

—¿Hace esto a menudo? —preguntó Suzy.

—Estará de camino —replicó Rebecca, aunque por dentro no estaba tan segura.

—Bueno, pues llámalo y averigua qué pasa.

Rebecca no necesitaba que la animaran. Apretó la marcación rápida. El buzón de voz.

—Tim, cielo. Soy yo. Solo quería saber si ya vienes para acá. Supongo que estarás en el metro. Nos vemos.

Suzy estaba hojeando un viejo número del *Vogue*.

—¡Señor, estos artículos son un aburrimiento! Y casualmente sé que la idea la sacaron del *Harpers Bazaar*. Bueno, ¿qué le pasa?

Seguramente no entendió que querías decir las ocho y media, se dijo Rebecca. Una hora no es nada. Debe de haber algún problema en el metro. O su taxi se habrá quedado atrapado entre el tráfico y no tiene batería en el móvil. Tim puede ser bastante atolondrado. Por eso le quieres.

A las nueve cuarenta y cinco, Suzy empezaba a impacientarse, así que Rebecca probó otra vez. Seguía saliendo el buzón de voz. No dejó mensaje. Ahora ya sabía que no vendría.

Fue a la cocina. Ronan y Katie estaban sentados a la mesa, con expresión aprensiva.

—Casi mejor que comamos —dijo. Trató de controlar el temblor de la voz—. Tim se ha retrasado.

—Muy bien —dijo Katie. Ella sabía la verdad.

En ese momento sonó el teléfono. Todos se sobresaltaron.

—¿Quieres que conteste? —preguntó Katie.

—¡No, no! Contestaré yo. —Se acercó lentamente al teléfono, respiró hondo y cogió el auricular—. ¿Diga? Ah, hola, Roddy. Sí, yo también lo siento... Sí, ha sido una pena que no pudieras venir. Pero no importa. Ha sido una comida informal... solo unos cuantos amigos. Espero que hayas disfrutado de tu reunión... Sí, claro, ya quedaremos otra vez. Sí, bueno, ya le diré a mi secretaria que llame a la tuya el lunes para que quedemos en... No, no, lo entiendo perfectamente. Esas cosas pasan. Adiós.

Con cautela, volvió a dejar el auricular en su sitio.

—Bueno, menos mal que no está aquí para presenciar esta humillación —dijo. Y se puso a llorar en silencio.

Ronan estaba rojo de vergüenza. Para Katie era como experimentar un *déjà vu.*

—¿Quieres que nos vayamos? —preguntó.

Rebecca hizo que no con la cabeza, con la cara abotargada.

—Perdonad un momento —musitó, y se fue a su habitación.

—¿Qué hacemos? —preguntó Ronan.

—No lo sé. —Por dentro Katie se sentía rabiosa—. Creo que debemos servir la comida a Rebecca y su moderna amiga.

—Quizá el chico se ha olvidado —dijo Ronan esperanzado—. ¡Quizá piensa que es mañana!

Katie sacó los platos calientes del horno y no dijo nada.

—¡No puedo hacer esto! —exclamó de pronto incorporándose—. No puedo quedarme viendo cómo humillan de esta manera a una mujer como ella. —Katie se acordaba de lo que tuvo que aguantar a los veinticinco años, cuando se quedaba esperando con un camisón de encaje negro y ligas hasta la medianoche a que Paul llegara. Y este no llegaba. A medida que su relación se deterioraba, aquello sucedía con más frecuencia, pero cada vez que ella se hacía el propósito de dejarlo, él le decía que la quería, le prometía que iba a cambiar.

—¿Crees que está bien? —preguntó Ronan algo inquieto. Detestaba las escenitas.

—Seguramente no —dijo Katie con aire sombrío—. Y es la razón por la que voy a ayudarla.

Abrió la puerta de la cocina y asomó la cabeza.

—Te ha dejado plantada —oyó que decía Suzy en ese momento con frialdad—. Rebecca, tienes que llamarlo ahora mismo y decirle que le dejas. Ten un poco de orgullo.

Katie no hubiera podido estar más de acuerdo. Pero Rebecca estaba allí sentada, desolada.

—No es digno... ni de besar la tierra que pisas —prosiguió Suzy. La escritura creativa nunca había sido su fuerte, por eso se hizo periodista.

Rebecca estaba demasiado deprimida incluso para sonreír.

—Lo siento, te he estropeado la noche. ¿Quieres que avise un taxi?

Suzy se sentó en el sofá junto a su amiga y le pasó un brazo delgado por el hombro.

—Eh, no pienso irme de aquí hasta que encontremos la mejor forma de matar a Tim.

Rebecca dio un fuerte suspiro.

—Suzy, vete. Vete a Priory Street y diviértete, antes de que te arruine del todo la noche. Yo me quedaré aquí. —Se volvió hacia Katie y sonrió—. Tú y Ronan podéis iros también. Dejad la comida en la nevera. Ya me la comeré mañana.

Pero Katie estaba de un humor guerrero y no pensaba hacer nada de eso.

—Rebecca, no creo que debas quedarte sola. Te quedarás aquí sentada, torturándote, pensando si va a venir, comprobando el teléfono una y otra vez para ver si funciona bien. Necesitas salir y mantenerte ocupada.

—Tiene razón —concedió Suzy. Miró a Katie con expresión de aprobación. A lo mejor no era tan tonta como parecía—. Toma las riendas de la situación. La noche aún no ha acabado. Aún puedes divertirte.

Sí, eso, pensó Rebecca.

—Pero ¿y si viene Tim?

—Tim llega... —Katie consultó su reloj— con más de dos horas de retraso. Sinceramente, dudo que se presente, pero, si lo hace, ¿por qué tendrías que esperarle?

—¡Exacto! —Suzy asintió—. Venga. Vamos a Priory Street.

Rebecca negó con la cabeza.

—Habrá demasiados conocidos. No estoy de humor para hacer vida social.

—Bueno, pues entonces vamos al club —dijo Suzy. Odiaba bailar; todo lo que implicaba ejercicio físico no se le daba muy bien. Pero, por otro lado, le gustaba reírse cuando veía a los demás hacer el ridículo. Y parte de su trabajo consistía en comprobar de vez en cuando el panorama social, ver qué tonterías hacían sus lectoras y qué crímenes cometían con la ropa.

Rebecca se animó. A ella le encantaba bailar, pero Tim —por razones muy parecidas a las de Suzy— lo odiaba. Así que últimamente no bailaba mucho.

—Muy bien —sonrió—. Iremos a bailar. ¿Qué os parece el Met Bar? Está aquí mismo. Podemos ir andando.

Suzy dio una palmada satisfecha.

—¡Estupendo! Estará lleno de vomitivos miembros de la euro jet y de arribistas. —Cogió su papelina del monedero—. Espera que me haga una raya.

—¡Suzy! —Rebecca hizo un gesto señalando a Katie, que seguía allí de pie sin saber muy bien qué hacer.

—¡Oh, como si a Katie le importara! ¿Quieres un poco? —Suzy se dio cuenta de su comportamiento. Estaba muy exaltada. Quizá debería frenar un poco.

—No, gracias —le dijo Katie, ahora algo apocada—. Entonces, ¿Ronan y yo nos vamos?

—Os pagaré —dijo Rebecca—. Espera que busque el monedero.

—¡Oh, no, no os vayáis! —protestó Suzy, frotándose las encías con las yemas de los dedos. No quería quedarse sola en el Met Bar con una Rebecca llorosa—. Venid con nosotros.

—¡Suze!

—¡Venga, Becs! —Suzy se dirigió hacia la cocina—. ¿Chef? ¿Cómo te llamas? ¿Te apetece una noche de marcha?

Ronan, que hacía ver que estaba fregando los platos mientras no se perdía una palabra de lo que hablaban, sonrió dócilmente.

—Mmm, gracias pero no...

Pero Suzy ya se había decidido. ¿Por qué no le había dicho Rebecca que tenía a aquel Adonis escondido en la cocina? Después de todo, era posible que la noche no fuera tan mal.

—Encantada de conocerte. Soy Suzanne Bell. Tú debes de ser Ronan. Siento que al final no hayamos probado tu comida. Otro día, quizá. Para compensaros, dejad que os lleve a ti y a tu amiga al Met Bar. Invito yo. —Por supuesto, sería *Seduce!* quien se haría cargo de la cuenta.

Ronan miró a Katie con expresión esperanzada. Siempre había querido ir al Met Bar. Ella le sonrió imperceptiblemente y asintió.

—Suena bien —dijo.

A Rebecca no le entusiasmaba la idea de salir con sus empleados, pero estaba demasiado deprimida para discutir. En vez de eso, abrió su monedero y sacó un billete de veinte libras.

—Suzy. Trae acá esa coca.

18

Y así, quince minutos más tarde, Rebecca hizo pasar a sus tres cómplices por la cuerda de terciopelo rojo del Met Bar y los introdujo en un lugar en el que hasta ese momento Ronan creía que tenía tantas posibilidades de entrar como en la celda de un monje. Aunque, por un momento pareció que no lo lograrían, porque Rebecca le enseñó al portero su tarjeta del mecánico con gesto altanero y tuvo que rebuscar duante cinco minutos en su bolso hasta que encontró el pedazo de plástico correcto.

—Oh —dijo Ronan una vez dentro, al mirar aquella sala oscura y medio vacía con paredes rojas y una barra a uno de los lados, y con un DJ algo desordenado que pinchaba la música en un rincón—. No es muy grande.

—Es lo que suele decir todo el mundo —comentó Suzy riendo, una mujer de mundo.

Se instalaron en un sofá de cuero rojo.

—Cristal —pidió Suzy a un modelo masculino que se hacía pasar por camarero.

Katie, que se había vestido para servir una mesa, con pantalón negro y camisa blanca, desentonaba porque iba demasiado tapada. A su alrededor, jovencitas de unos dieciséis años con tops escotados bebían y gesticulaban animadamente entre ellas. En cambio, los hombres eran más corpulentos, vestían con traje y la media de edad andaría por los cuarenta y cinco. Se sentaban en taburetes bajos, con los ojos a una altura ideal para observar los tiernos traseros de las chicas, y tenían un aire satisfecho.

—Eso es lo bueno de venir aquí —explicó Suzy—. Si no eres una puta nadie te hace ni caso. Te dejan en paz.

—¡Esas chicas no serán prostituas! —terció Ronan.

Señor, ¿por qué tenían que ser tan tontos los hombres?

—¡Vaya! ¿Y qué te crees que hacen aquí, trabajar para Save the Children?

—Ella no es ninguna puta —apuntó Rebecca—. Es Emma Cornish. —Y sí, allí estaba la supermodelo *du jour*, aposentándose en el banco de al lado, rodeada de un séquito risueño.

—Que no es una puta, dices —espetó Suzy—. Yo no estoy tan segura. La primera vez que apareció en portada en nuestra revista se las arregló para montárselo con todo el personal, incluso con las mujeres.

Katie se abrazó. Estaba impaciente por contarle todo aquello a Jess. Ojalá estuviera con ellos.

—¡«Groove is in the heart»! —exclamó Ronan, que hasta ese momento parecía algo perplejo ante tanto desenfreno—. Venga, ¡vamos a bailar!

—Todavía no —dijo Katie, que se sentía algo cohibida.

—Yo voy a los servicios —anunció Suzy. Tomar drogas en el Met era una pesadilla. En los lavabos no había superficies planas, como no fuera la tapa de la papelera, que siempre estaba cubierta de algo pegajoso. Si no venías preparado con un espejito, acababas esnifando la coca en el suelo. A Suzy le ocurrió una vez, pero era un incidente que se llevaría con ella a la tumba.

—Primero necesito ponerme un poco más a tono —dijo Rebecca, agitando su vaso en el aire, con su acento australiano cada vez más marcado. Aparte de algunas patatas orgánicas, se dio cuenta de que no había comido. ¿Y qué? Se haría otra raya.

Dos chicos se instalaron en el reservado que tenían a un lado. Altos, morenos, con trajes de Armani y los dos de unos diecisiete años.

—Hola, señoras. Soy Abdul, este es Chitue. ¿Podemos invitarlas a una copa?

—No, gracias —dijo Katie con arrogancia.

Y se escabulleron como un par de cachorritos escarmentados. Trátalos como a perros, pensó Katie.

Rebecca los siguió con la mirada.

—Has sido un poco dura.

—No, no lo he sido. ¿De verdad te interesa tomar algo con ese par de hermanos pequeños de Beavis y Butthead?

—A lo mejor no estaban mal.

Katie la miró confundida.

—Hola, señoras —dijo una voz detrás de ellas.

Se dieron la vuelta. Dos hombres de mediana edad, con entradas en el pelo canoso y mofletes sonrosados estaban allí, sonriéndoles, vestidos con trajes de franela.

Katie suspiró y se volvió de nuevo a mirar la pista de baile.

—¡Hola! —dijo Rebecca.

—Yo soy Ingmar, este es Johan. Somos suecos y estamos en Londres por negocios. ¿Podemos invitaros a tomar algo?

—No, gracias —dijo Katie con su voz más redicha.

—Me encantaría —repuso Rebecca, corriéndose en el asiento y dando unas palmaditas en el espacio que quedaba a su lado.

Los hombres se sentaron sin pensárselo, sin acabar de creerse tanta suerte.

—Y, bien, Johan —dijo Rebecca. Se había inclinado hacia delante, enseñando todo lo posible el canalillo—. ¿Qué estáis haciendo en el viejo y travieso Londres?

—Yo estoy cerrando un trato con Telebrite —replicó el hombre con entusiasmo—. Es fascinante discutir las posibilidades de la banda ancha con su subdirector de marketing.

Ingmar miró taciturno a Katie, el premio de consolación.

—Bueno —dijo vacilante—, ¿vienes mucho por aquí?

—No, es la primera vez —replicó ella, buscando conocidos en la pista—. ¿Y tú?

—Siempre me quedo en el hotel —le dijo—. Está bastante bien para la gente que viaja con frecuencia. Y tengo acceso al bar. El mejor de Londres.

Katie no le escuchaba, estaba pendiente de Rebecca, que se reía ostentosamente de los chistes de Johan. ¿Qué demonios estaba pasando? ¿Por qué aquella bomba sexual trataba de seducir a un representante de telecomunicaciones de Malmö?

También Johan estaba maravillado por su éxito sin precedentes. Decidió atacar mientras la mujer estaba aún caliente.

—A lo mejor podríamos cenar un día mientras estoy aquí.

—¿Qué tal mañana? —gritó Rebecca, por encima del estruendo de la música.

Incluso a Johan le pareció demasiado predispuesta. Se replegó un poco

—Bueno, mañana ya he quedado, pero el lunes estaría bien.

—¡Estupendo! —Y se sacó una tarjeta del bolsillo de los tejanos—. Aquí tienes mi número.

Katie no podía más.

—Vamos —le dijo a Rebecca cuando la música cambió a Public Enemy—. Vamos a bailar. —Y dicho esto cogió a Rebecca del codo y la arrastró a la pista de baile.

—¿Qué haces? Vamos a perder la mesa.

—Creo que le estás dando una idea equivocada. ¿No decías en serio lo de cenar con él?

—No está mal. Podríamos cenar como amigos. Me encanta Suiza. Hace un par de años estuve allí en un concierto de Eel.

—No puedo creer que estemos hablando de esto. No existen las cenas entre amigos. Quiere meterte la mano en las bragas. ¿Eso es lo que quieres?

—Bueno, no... Todavía no. Pero es posible que surja una atracción física. Parece una persona agradable, de fiar, sincera. Y Suiza sería un lugar estupendo para educar a unos hijos. No hay contaminación ni crimen. Aunque supongo que en invierno hace mucho frío.

Katie se la quedó mirando, mientras poco a poco empezaba a comprender. No era de extrañar que Rebecca acabara siempre con perdedores si se lo ponía tan fácil. Para que luego hablen de la baja autoestima. Su jefa no era más que una versión más delgada y mejor vestida de las mujeres que aparecen en el programa de Jerry Springer, con cinco hijos de tres maltratadores diferentes.

Empezó a sonar Michael Jackson y Johan e Ingmar las interrumpieron, meneando violentamente las caderas.

—¡Me gusssta esta canción! —gritó Johan, agitando los brazos por encima de la cabeza—. *«Billy Jean is not my loffer.»*

—¡A mí también! —gritó Rebecca, meneando las caderas contra las de él.

Katie no soportaba formar parte de aquello. Se abrió paso entre la gente que bailaba hasta la barra, donde Ronan y Suzy bebían unas caipirinhas y se reían de lo mal que bailaban todos.

—¡No me lo puedo creer! —gritó Katie—. Rebecca se lo está montando con un sueco.

Suzy se rió y aspiró ruidosamente por la nariz.

—Es la coca, que está haciendo efecto. Siempre convierte a Rebecca en una zorra devoradora de hombres. —Se encogió de hombros—. Seguramente no tendría que haberle dado. Cuando está colocada se acostaría con cualquiera.

Ronan pareció horrorizado.

—¿Incluso con él? —Rebecca y Johan siguieron bailando cuando la música cambió a Disco Inferno. Con un gritito, Johan se despojó de su chaqueta de tweed y la arrojó al suelo antes de entragarse a una inspirada versión del baile de la *mashed potato.*[1] Rebecca se inclinó hacia delante y le susurró algo a su oreja peluda.

—¡Haz algo, Ronan! Rescátala.

1. Famoso baile de los sesenta que consistía en moverse como si estuvieras pisando patatas, de ahí el nombre. *(N. de la T.)*

Y, como un superhéroe, Ronan se abrió paso por la pista de baile hasta donde estaba Johan. La música volvió a cambiar, esta vez a S Club Seven, «Don't Stop Moving», y, con una ligera sonrisa, Ronan cogió la mano de Rebecca y empezó a hacerla girar, hacia fuera, luego de vuelta a sus brazos. Johan trató de interponer su voluminosa figura entre ellos, pero se vio despedido cuando Ronan atrajo a Rebecca hacia sí.

—Es como John Travolta, ¿no? —musitó Ingmar, que estaba junto a Katie en la barra—. ¿Te parece que los acompañemos? —añadió sin ningún entusiasmo, y pareció aliviado cuando Katie negó con la cabeza. En realidad Ingmar quería mucho a su compañera, Siggi, y cada vez le apetecía menos fingir que era un calavera.

La noche pasó volando. Ronan y Rebecca bailaron la macarena, el twist y el electric boogaloo. Hicieron todos los pasos habidos y por haber. Entretanto, Katie y Suzy fueron abordadas por dos tipos que decían ser de la serie *Coronation Street*, un hombre de negocios japonés, un gurú irlandés punto.com y, al final de la velada, por Johan e Ingmar, que por lo visto no recordaban que las habían abordado antes.

—Es un hotel estupendo para recuperarse del viaje —dijo Ingmar.

Suzy los espantaba a todos como a moscas, con un comentario cortante o un gesto altivo del hombro. Pero ellos no se daban por enterados y se empeñaban en llamar su atención, invitándola a tomar algo o contando chistes malos. Así que los miraba como una madrastra aburrida en la representación de Navidad en la escuela. A Katie le hacía mucha gracia.

—¿Tienes novio, Suzy? —le preguntó.

Suzy hizo rodar los ojos.

—Más o menos.

—¿Cómo...?

—Tengo un amante. Está casado, tiene dos hijas y vive en Estados Unidos. —Vio un destello de compasión en los ojos de Katie y siguió con firmeza—. Que es precisamente lo que yo quiero. Yo pongo las condiciones de cómo y cuándo nos vamos, me divierto y nunca debo preocuparme de si le tengo la cena hecha ni las camisas planchadas.

—Las mujeres ya no planchan las camisas —protestó Katie.

—La mujer de Hunter sí. Y eso es lo que ella desea. Pero yo no.

Katie no veía bien lo de salir con hombres casados, pero le gustaba la actitud de Suzy. Disfrutar de la parte buena de una relación sin implicarse demasiado. Eso le hubiera ido bien.

—Nada de discutir en el aparcamiento de Ikea un domingo por la mañana.

—¡Exacto! —Los ojos de Suzy destellaron al descubrir que había encontrado un alma gemela—. Nada de cenas con otras parejas. Ni discusiones por la tele. —De pronto recordó con quién estaba hablando—. Bueno. Ya es suficiente. ¿Más champán?

A las tres de la madrugada, las luces se encendieron, iluminando montones de rostros pálidos, ojos enrojecidos y cuerpos pegajosos.

—Bueno, será mejor que busque un taxi —dijo Katie. Los oídos le pitaban por la música.

Fuera había un vendedor, un paparrazzo con aire apagado y tres conductores de minitaxis apoyados contra Cortinas achacosos.

—No subas a esos coches, son trampas mortales. —Rebecca se estremeció—. Venid a mi casa y llamaremos a un taxi desde allí.

Caminaron por las calles vacías de Mayfair.

—«Don't stop moving» —cantó Suzy, pero enseguida se calló. ¿De dónde había salido aquello?

Rebecca sonrió con indulgencia. Con un sobresalto, se dio cuenta de que había sido una buena noche. En realidad, hacía siglos que no se lo pasaba tan bien. Su móvil sonó.

—¡Oh, un mensaje de texto! —gorjeó. Comprobó la pantalla—. Es de Tim. —Apretó los labios—. Oh, y hay un montón.

—¿Y qué dice? —preguntó Katie hastiada.

—A ver... veamos el último. «¿Dónde coño estás? Llámame.»

—Encantador —dijo Suzy—. ¿A qué hora lo ha mandado?

—Hará unos diez minutos. Luego pone: «Me voy a casa. Nos vemos». Y este lo mandó... Oh, a la 1.47. Bonito. Y el de antes dice —pasó al siguiente—: «Becs, estoy en la puerta de tu casa. ¿Pq no estás?». Katie, lo has conseguido. Esta noche lo he vuelto loco.

Llegaron a Dartmouth Mansions. Una expresión abochornada cruzó el bonito rostro de Rebecca.

—Emmm... ¿os molestaréis si no os ofrezco una taza de té? Estoy cansada. En Marble Arch encontraréis un taxi sin problemas.

—No pasa nada —dijo Ronan.

Pero Katie, animada por docenas de copas de champán gratuito, no pensaba tragar.

—De ningún modo, Rebecca.

—¿Cómo?

—He dicho que no. Vamos a entrar en tu casa. En realidad, hasta creo que podríamos dormir en el suelo.

—¿Qué?

—Vas a llamar a Tim, ¿a que sí?

—¿Qué?

—Que vas a llamar a Tim en cuanto te quedes sola.

—¡No, no es verdad! —Rebecca mentía fatal.

—Sí, sí lo es. Si te dejo sola pensarás de nuevo que vas a convertirte en una solterona y que tendrías que darle otra oportunidad y eso es lo que harás.

—¡Lo tienes difícil , chica! —Suzy se volvió sobre los talones y eructó en voz alta—. ¡Upps!

—¿Y si le mando un mensaje de texto? —le dijo Rebecca a Katie—. Solo para que sepa que estoy bien. Seguramente estará preocupado. Le dije que esta noche estaría en casa.

—No. —Katie cogió a Rebecca por la muñeca—. Rebecca, esta noche te he visto en acción. Y al fin me he dado cuenta. No importa lo guapa que seas. Estás demasiado necesitada. Si alguien se digna mirarte, te tiras rendida a sus pies porque estás inmensamente agradecida de que te miren. Bueno, pues tienes que dejar esa actitud, incluso si eso significa que yo te controle las veinticuatro horas del día.

Rebecca suspiró. Estaba demasiado borracha para discutir, pero al menos lo intentaría.

—No puedes quedarte a pasar la noche. Es muy incómodo dormir en el suelo.

—Hay una cama hinchable.

—Pues yo sí que me voy a mi cama —dijo Suzy. A pesar de aquella salida a destiempo, sabía que era el momento para lanzarse—. A lo mejor podrías ayudarme a buscar un taxi, Ronan. Y podríamos compartirlo si quieres. Seguro que mi casa te coge de camino.

—¿Dónde vives?—inquirió él educadamente.

—Primrose Hill —le informó Rebecca—. En la zona norte del río. Ronan vive en la sur, Suzy.

—¿Y? Cargaremos la cuenta del taxi a *Seduce!* Necesito un hombre que garantice que voy a llegar sana y salva a mi casa.

Ronan se encogió de hombros.

—Muy bien. —Y le sonrió a Katie a modo de disculpa—. Supongo que nos veremos mañana.

Katie le guiñó el ojo con aire lascivo.

—Aunque no demasiado temprano.

—¿No podemos dejar de perder el tiempo? —espetó Rebecca—. Me está entrando frío.

Es curioso, pero siempre ligas cuando menos lo esperas, pensó Katie mientras ella y Rebecca esperaban el ascensor. Ronan creía que esa noche la pasaría cocinando y sirviendo la cena y que llegaría a casa a tiempo para ver el show de Jonathan Ross. Se alegraba por él. De acuerdo, Suzy ya tenía un amante y desde luego no le interesaba el matrimonio y los hijos, pero tenía un buen trabajo y buena ropa, que es más de lo que podía decirse de los espantajos con los que Ronan había salido.

Volvió a pensar en el problema más inmediato de Rebecca, que en ese momento estaba junto al contestador automático, escuchando los mensajes de un Tim borracho.

—Mira, Rebecca, esto es lo que vamos a hacer. Voy a desconectar los teléfonos. Voy a confiscarte el móvil. Pasarán la noche conmigo, y por la mañana me los llevaré a mi casa.

—Eso es ridículo. No puedo estar sin teléfonos.

—Puedes y lo harás. Solo serán cuarenta y ocho horas. Un bonito y tranquilo fin de semana. Luego volverás al trabajo. Y entonces Tara o quien sea que la sustituye puede contestar por ti.

—No, no. En serio, no puedo vivir sin teléfono. Imagina que tengo una llamada urgente de trabajo. O que mi madre trata de localizarme. Es una mujer mayor y está sola.

Era un golpe bajo y Rebecca se avergonzó de utilizarlo, pero funcionó. Casi.

—Oh, Rebecca, lo siento —exclamó Katie.

—Sí, bueno —hizo ella encogiéndose de hombros

—Pero, escucha, yo contestaré al móvil por ti. Si hay alguna llamada urgente, me aseguraré de que lo sepas. Vendré y te informaré enseguida.

—No, no es necesario. Puedes llamar a Johnny, el portero.

—Ya hablaremos por la mañana —dijo Katie. Conectó el enchufe de la cama y vio cómo se hinchaba.

19

Katie se despertó justo después de las diez. Desconcertada, miró el móvil, el fax y los dos fijos que tenía sobre la almohada. Y entonces recordó todo lo sucedido la noche anterior.

Su ropa estaba en un montón sobre la cama. Cogió el top y casi le dieron arcadas: olía a tabaco, sudor, gomina y alcohol. La puerta de la habitación de Rebecca aún estaba cerrada. Katie pensó si debía ducharse, y entonces decidió que, si quería ir en el metro sin arriesgarse a que la detuvieran por vagabunda, no tenía alternativa.

Diez minutos después, salió del cuarto de baño para invitados y se encontró a Rebecca acurrucada en el sofá, con un pijama a rayas azules y blancas. Al ver a Katie, una mirada furtiva le cruzó el rostro, al igual que un adolescente cuando lo pillan mirando a las mujeres en topless en la playa.

—¡Hola! —dijo muy alto—. ¿Has dormido bien?

—Mmm, sí. ¿Y tú?

—Sí. Muy bien. Maravillosamente, en realidad. Hacía tiempo que no dormía tan bien. —¿Por qué tenía Rebecca un brazo escondido detrás de la espalda? Quizá estaría haciendo sus ejercicios de yoga de la mañana.

—Bueno, entonces ¿te vas ya? —preguntó Rebecca.

—En realidad no me importaría tomarme un café antes de irme.

—¿Un café? Oh, claro. Estaría bien. Lo prepararé muy cargado. Lo malo es que no tengo leche de soja.

¿Cuál es exactamente mi trabajo aquí?, se preguntó Katie. ¿Era la psicóloga de Rebecca o su asistenta, o una combinación de ambas cosas?

Fuera como fuese, era el momento de pronunciar su discurso. Carraspeó algo nerviosa.

—Pues bien, Rebecca, ¿recuerdas cuando hablamos de que los hombres son como los perros?

—Ajá —contestó ella, todavía en esa extraña posición.

De pronto Katie lo comprendió.

—¡Rebecca! ¿Qué tienes a la espalda?

—Nada.

Señor.

—¡Enséñamelo!

A desgana, Rebecca le enseñó la mano. Había cogido su Motorola.

—¡Rebecca, voy a llevarme todos tus teléfonos a mi casa! ¿De verdad pensabas que me olvidaría?

—No pensaba llamarlo. Es que estoy esperando otras llamadas.

—Ya lo hemos hablado. Me ocuparé de que las recibas.

Rebecca torció el gesto pero le entregó el teléfono. Y, al hacerlo, la manga de su bata dejó parte del brazo al descubierto, revelando un número escrito en bolígrafo azul.

—¿Qué es eso?

—Emm. Bueno. Es... el número de Tara. Por si la necesito.

—Es el número de Tim, ¿verdad?

—¡No!

—¡Sí lo es! ¡Rebecca, lávate el brazo! —Rebecca parecía perpleja, y con razón—. Rebecca, ve ahora mismo al cuarto de baño y lávate ese brazo. —Rebecca la siguió obedientemente. Katie le tendió el jabón Kiehl y, tras unos momentos de vacilación, Rebecca lo cogió.

—¿No te sabes el número de Tim de memoria? —le preguntó tranquilamente mientras veía cómo su paciente se lavaba el brazo.

—Claro que no. Para eso memorizas los números en el móvil, ¿no? —Rebecca se miró el brazo, en un último intento desesperado por memorizarlo, pero su único vínculo con Tim se escurría por el desagüe entre agua jabonosa.

—Bueno, pues me llevo el teléfono. Todos los teléfonos. Para que no puedas llamarlo. Es por tu bien, Rebecca. Tienes que cortar de raíz. Te mereces a alguien mucho mejor que Tim.

Rebecca dejó el jabón.

—¡No, no puedo! Por Dios, Katie. Tú no tienes problemas. ¿Qué tienes, treinta años? ¡Pero yo tengo treinta y seis! ¿Te das cuenta de lo que eso significa? Significa que casi estoy en los cuarenta. Y que dentro de nada tendré cincuenta y entonces estaré... jodida.

—No, no es verdad, significa que estás en tu mejor momento. Mira Goldie Hawn, Meryl Streep, Susan Sarandon. La princesa Ana.

—¿La princesa...? —Rebecca se dio cuenta de que bromeaba y lanzó una risotada—. Lo que tú digas. Pero preferiría ser Cameron Díaz.

—No lo creo. En *Heat* salía una fotografía sin maquillaje. Tiene acné. Y está soltera. —Katie apoyó la mano sobre el hombro de Rebecca—. Rebecca, siempre estás hablando de lo absorbente que eres. Pero yo creo que no exiges lo bastante. Eres una mujer increíble, brillante, y malgastas tu tiempo con Tim y esos suecos. Podrías hacerlo mucho mejor, de verdad. Solo tienes que aprender a ser un poco más selectiva.

Rebecca no dijo nada.

Katie la llevó otra vez a la sala de estar y se sentó junto a ella.

—Bien. Como iba diciendo. Los perros. He investigado y muchas de las normas que aplican a los perros pueden también aplicarse a las personas. —Metió la mano en su bolso y sacó un pedazo de papel—. ¿Te gustaría oír algunas?

—Oh, ¿por qué no? —Después de todo, no tenía nada mejor que hacer en todo el día.

—Muy bien. Para empezar, tenemos esta lista con lo que debe y no debe hacer un adiestrador de perros. Creo que algunas realmente os van que ni pintadas a ti y a Tim.

Rebecca escuchaba.

Katie se aclaró la garganta.

—Bueno. Número uno. No te dejes seducir por sus monerías.

Rebecca pensó en la noche de la cena en casa de Jenny. La forma en que Tim flirteó con ella en la puerta, flexionando sus pequeños músculos. La cara de tonto que ponía cada vez que llegaba tarde, o se iba pronto, o le decía que estaría fuera el fin de semana. Una cara que le decía claramente que ella era una aguafiestas por querer estropearle la juerga.

—Siempre lo hago —admitió.

—Todas lo hacemos —dijo Katie, que por un momento pensó en Paul, con su pijama, bailando por el piso para animarla, después de presentarse borracho a las cinco de la mañana. Pero se repuso—. Pero nunca más. Aprende a interpretar las señales.

—¿Hay más normas?

Katie consultó su lista.

—Muy bien. No acudas a tu perro buscando su afecto.

—Oh. Culpable. —Rebecca se vio a sí misma, pegándose contra Tim mientras él seguía totalmente absorbido por el partido del día—. Cada vez que Tim me ponía un brazo encima, me sentía tan agradecida que lo abrazaba muy fuerte y él me decía: «Eh, que eso duele».

—Pues en el futuro, que sea él quien te busque.

—Muy bien. ¿Qué más?

—Montones de cosas. Pero creo que deberías mirarlo tú sola. —Katie le entregó el pedazo de papel—. Hay otra cosa de la que deberíamos hablar, y es «Si este hombre fuera un perro, ¿le querría?». En otras palabras, ¿quiénes eran sus anteriores dueños? ¿Por qué se deshicieron de él?

Rebecca se rió.

—Tim siempre ha sido muy reservado sobre sus anteriores dueños. Seguramente los mató a todos.

—O nunca ha tenido ninguno —bromeó Katie.

—Lo más probable es que aún se acueste con ellas —dijo Rebecca, poniéndose triste—. ¿Qué más tengo que pensar?

—Bueno... mmm... ¿muerde?

Estaba bromeando otra vez, pero Rebecca contestó enseguida.

—¡Sí, sí! Me ha mordido un par de veces. En el culo. Me dolió muchísimo.

—¿Le dijiste que parara?

—Sí, pero él se rió y volvió a hacerlo.

Qué bonito.

—Y, a juzgar por el estado en que dejó la casa, sabemos que no le han enseñado a comportarse. —Aunque, la verdad, también Rebecca necesitaba ayuda en ese sentido—. ¿Cómo es su casa?

Hubo un silencio, y entonces Rebecca dijo:

—En realidad no lo sé.

Seguro que no la había entendido bien.

—¿Cómo?

—Nunca he estado en su casa.

Katie trató de ocultar su sorpresa.

—¿Cuánto hace que sales con él?

—Tres meses.

—¿Alguna vez le has pedido que te lleve?

—Pues claro. Pero vive en Dulwich y mi casa está en el centro y... siempre parece más lógico que nos quedemos aquí.

—Aun así... —En realidad, Katie sabía exactamente lo que le pasaba a Rebecca. En todo el tiempo que pasó con Paul, nunca conoció a sus padres, aunque él durmió en casa de los de ella montones de veces.

—Lo sé, lo sé. —Rebecca se miró las manos—. No dejo de pensar que tendría que insistir. Pero pensaba que eso sería ser demasiado exigente.

—Eso sería ser normal.

Rebecca suspiró.

—Tienes razón. Lo sé. Pero Tim siempre es tan escurridizo... siempre con sus arrebatos diciéndome que no es para tanto y que quiero tenerlo atado. Me aterraba la idea de que se sintiese presionado, por miedo a ahuyentarlo. No podría soportarlo.

Katie sonrió.

—Crees que no podrías soportarlo. Pero sabes que si fuera un perro no lo comprarías.

—Pobre perro —dijo Rebecca—. En el escaparate de la tienda. Sin nadie que lo quiera.

—Oh, por favor. Nadie lo quiere porque es un mestizo malo y sarnoso. Y muerde. —Katie cogió su bolso y metió dentro los teléfonos—. Bueno, el caso es que me voy. Te devolveré los teléfonos el lunes, después del trabajo. Y de paso a ver si puedo limpiar un poco.

—No estaría de más. —Rebecca cogió su bolso, sacó el monedero y cogió un fajo de billetes—. Toma, Katie. Sé que soy un coñazo. Pero gracias, aprecio mucho lo que haces.

Cuando cerró la puerta, Katie bajó por el rellano y llamó al ascensor. ¿Era posible que existiera una situación más disparatada? Y entonces, cuando las puertas se abrieron, recordó algo.

—¡Rebecca, Rebecca! —gritó aporreando la puerta roja. Esta abrió con cara de sorpresa.

—Una cosa más. —Cruzó la habitación como un rayo, hasta la mesa del rincón. Se inclinó sobre el ordenador portátil y quitó el cable para la conexión telefónica, y luego soltó la parte que iba metida en la clavija de la pared.

—Y también me llevo esto —dijo, cogiendo el Palm Pilot.

Volvió a salir corriendo y entró en el ascensor.

20

Ally Kilgour había tenido una vida perfecta, todas sus amigas lo decían. Era la única chica de cuatro hermanos, la pequeña, y aunque fue una de las niñas más traviesas del colegio, tenía unos excelentes resultados en los exámenes y consiguió una plaza en la Universidad de Manchester. Estudió matemáticas, quedó la primera y, tras una breve temporada en la televenta, entró como aprendiz en HFBM y, en diez años, se fue abriendo camino hasta su puesto actual como vicepresidenta. Durante todo ese tiempo hizo docenas de amigos, fue a un montón de lugares de vacaciones y se compró una pequeña y bonita casa en Camden (que desde entonces había multiplicado su valor por cuatro).

Aquel viernes supuso otro triunfo para Ally, gracias a la culminación de una importante fusión en la que llevaba meses trabajando. Estaba deseando pasar una velada en casa de Rebecca para celebrarlo, pero Jon acababa de regresar de pasar unos días con sus hijas en Cardiff y no tenía ganas.

—He tenido una semana espantosa —le dijo por teléfono—. Me gustaría que pudiéramos estar juntos tú y yo.

Así que se fueron al chino y Jon estuvo quejándose de su espantoso viaje a Cardiff, porque sabía que su ex, Bea, salía con otro.

—Las chicas me han jurado que no, pero sé que ocurre algo. Siempre ha habido otro hombre. ¿Por qué si no iba a dejarme?

Oh, no puedo imaginarlo, pensó Ally sarcástica, y entonces se contuvo, horrorizada ante la idea de haber dejado que una cosa así se le pasara por la cabeza.

Ally llevaba seis meses con Jon. Solo había tenido otro novio importante, Gareth, un arquitecto al que conoció en la universidad y que todos creyeron que sería su marido. Pero un día descubrió en su móvil un mensaje de texto de Joanne, una compañera del trabajo, dándole las gracias por la noche que habían pasado y, cuando habló con él, Gareth le dijo que la dejaba.

Tras un período indecentemente corto, él y Joanne se prometieron y Ally se quedó tan desorientada como un excursionista sin mapa. Pasó seis meses llorando por su novio y cuando dejó de hacerlo lloró entonces porque el objetivo que se había puesto para sus treinta y dos años era tener un bebé.

Y no le ayudaba tener a su madre siempre encima; esta le recordaba que se estaba perdiendo el mejor regalo que Dios hizo a la mujer y que ella a su edad ya había tenido cuatro hijos, y le decía que leyera el artículo que publicaba hoy el periódico donde advertían que, después de los treinta y cinco, las mujeres «con carrera» tenían tantas posibilidades de engendrar un hijo como los pandas gigantes del zoo de Londres. Ally empezaba a desesperarse y, aunque no se ponía a llorar cada vez que topaba con un anuncio de pañales, cambiaba enseguida de canal.

Y entonces conoció a Jon y recuperó el equilibrio.

Coincidieron en la inauguración de una exposición espantosa en Hoxton seis meses atrás. Ella estaba ante un lienzo formado por tiras de patchwork, tratando de adivinar qué quería decir aquello, cuando un hombre más bien bajo y con expresión peleona se puso delante.

—¿Me recuerda? —le espetó él.

Ally no lo recordaba.

—¿Los Queen's Park Ravers? El rey Jorge en White City. Sería... hará unos diez años.

—¡Jon Lyons! —recordó entonces. Él era el cantante de la banda del pub local. Para Ally, que entonces tenía veinticuatro años y acababa de llegar a Londres, no era más que sexo con patas. Se acostaron cuatro veces, y luego él la dejó por su guitarra solista, una rubia con aire descuidado que se llamaba Shelly. A Ally le molestó bastante.

—Vaya, ¿cómo estás, viejo dios del sexo?

—No tan viejo —se pavoneó él—. Estoy bien. Vaya, soy pobre. Estoy divorciado. Y tengo dos hijas a las que veo muy poco. Aparte de eso, estoy bien. ¿Y tú?

—Yo soy rica. Estoy soltera. No tengo hijos. —Normalmente odiaba tener que confesar esto último, pero esa noche no le pareció tan malo.

Dos noches más tarde, tomaron algo juntos y aquel fin de semana practicaron un sexo digno de una portada de *Cosmopolitan*. Ally casi había olvidado lo importante que era: ella y Gareth descuidaron aquel aspecto de su relación durante varios años. De pronto, Ally volvía a contonearse al caminar, y dejó de comprar Tempazempam por internet para dormir.

Dos meses después Jon se instaló en su casa.

—Después de todo, no tiene sentido que pague un alquiler cuando puedo ayudarte con la hipoteca —le dijo él, aunque nunca habían discutido seriamente el asunto de los pagos.

Poco tiempo después, Ally empezó a tener serias dudas. Ella quiso que pasaran un fin de semana romántico en un hotel rural, pero a Jon no le gustó desde el momento en que el *maître* insistió en que se pusiera corbata para entrar en el restaurante. Un domingo por la mañana, Ally salió del cuarto de baño y se lo encontró guardando en la maleta colgadores, servilletas de papel, bolsitas de té y de café, cartones individuales de leche, galletitas de té de obsequio y una toalla de tocador.

—¿Qué estás haciendo?

—Cobran un ojo de la cara. Al menos me llevaré lo que he pagado.

—Soy yo quien paga —señaló Ally, y en este punto él explotó.

—¿Crees que no lo sé?

Por primera vez Ally oyó sonar una alarma en su cabeza.

No hizo caso, al igual que hacía con la alarma contra incendios que saltaba con frecuencia en el trabajo. Porque Ally era la chica de oro, y su vida seguía un plan, y Jon formaba parte de él. Sería un padre maravilloso. Y aunque resultaba un poco gruñón con ella, era maravilloso con sus hijas Siouxsie y Cheyenne y —seamos sinceros— prácticamente no trabajaba, así que no tendrían que contratar a una niñera.

No, las cosas no podían ir mejor, se dijo Ally cuando llegaron al restaurante y, lo que resultaba aún más esperanzador, estaba convencida de que estaba ovulando.

De todos modos, era difícil concentrarse, porque Jon no dejaba de hablar de las dificultades que tenía para financiar su cortometraje.

—Es porque no tienen originalidad, carecen de chispa —se lamentaba—. No respetan lo que es diferente, a los artistas. Malditos borregos.

—Perdona —le dijo Ally a la espalda del camarero con cara agria—. ¡Perdona! —Pero el hombre desapareció en la cocina—. ¿Dónde está nuestra comida?

—En este sitio son unos mierdas —dijo Jon automáticamente—. El caso es que me he enterado de que le han dado el proyecto a ese cabrón de escuela pública de Cameron, seguramente porque su papá tiene algo que ver con la empresa. ¡Qué injusto!

Ally profería mmms y ahhs para indicar que comprendía, pero su mirada se centraba en dos jóvenes que fumaban como carreteros cigarrillos Silk Cut en la mesa de al lado y parecían dibujos de Sloane.

—No, en serio —decía el chico—. Vende el mejor género de la ciudad. —Tenía el pelo negro, muy rizado, y unos ojos tan grandes como los de Bambi. Era imposible imaginar a alguien así poniéndose furioso como Jon.

—¿Quieres hacer el favor de mirarme? —le gritó Jon de pronto.

Ally estaba perpleja.

—¡Perdona! —Trató de concentrarse en las quejas de su

amante. Pero estaba demasiado cansada y necesitaba comer y, sinceramente, había oído todo aquello otras veces. Sin darse cuenta, sus ojos volvieron de nuevo a la pareja de Sloanes que fumaban Silk Cut. La chica se sujetó su pelo rubio detrás de las orejas.

—¡No! ¿De verdad? ¡Jo! ¿Qué dijo Rory? Debía de estar lívido.

—¡Por Dios! —Jon se había puesto en pie, y salió hecho una furia del restaurante.

—¡Jon! —Ally se levantó y salió corriendo tras él. El par de Sloanes dejaron de hablar y miraban boquiabiertos.

—Eh, ¿adónde va? —le gritó el agrio camarero. Bueno, al menos ahora los había visto.

—Sigo a mi novio.

—No, no, señora. Primero tiene que pagar.

—Muy bien. —Ally rebuscó en su bolso y encontró un billete de diez libras—. Tome.

—Eh, que no es bastante.

—¿Cómo? Solo hemos tomado dos cervezas.

—¿Y la comida?

—Aún no había llegado. Llevamos hora y media esperando. Por eso se ha ido mi novio.

—Estaba a punto de traérsela. ¡Tiene que pagarla!

Furiosa, Ally cogió dos billetes de veinte libras del monedero y se los estampó en la mano.

—No pienso volver nunca a este sitio. Y diré por todo Camden que servís ratas fritas.

—Uhh, qué miedo —hizo el otro con retintín.

Con lágrimas en los ojos, Ally echó a correr por la calle. Jon había desaparecido. Volvió a casa, maldiciendo los tacones que se había puesto para estar más sexy. Jon la esperaba sentado a la mesa de la cocina, fingiendo que leía el *Guardian*. Parecía que echaba humo, como una tetera.

—¿Qué te ha pasado? —preguntó Ally en tono amable.

—No me estabas escuchando. Estabas más interesada en esos ricachos imbéciles.

—Oh, Jonny. No estaba interesada en ellos. Eran horribles y ruidosos. No he podido evitarlo.

Él levantó la vista, con expresión patética.

—Soy un burro, ¿verdad? ¿Por qué si no iba a dejarme Bea?

—Oh, Jonny, no eres ningún burro. —Atravesó la cocina, le quitó el periódico y se sentó sobre sus rodillas huesudas—. Eres un tipo maravilloso e interesante. Ya te lo he dicho, estaba cansada, nada más. Lo siento.

Él la miró a los ojos.

—No vuelvas a hacerlo.

—No volveré a hacerlo, Jonny. Te quiero. Eres maravilloso.

Él no parecía del todo convencido. Ally le preparó una taza de té y escuchó cómo se quejaba sobre algo que había leído en el *Guardian,* pero al final se rindió y tuvo que acostarse. A pesar de que aquella era una noche propicia.

Mientras esperaba desnuda en la cama, oía el murmullo de las noticias de la última edición. Podíamos haber ido a la cena de Rebecca, pensó, imaginando a sus fabulosas amigas charlando como Nancy Mitford y Noel Coward. Ally las echaba de menos. Porque, entre el trabajo y Jon, nunca tenía tiempo para ellas. Aun así, cuando tuviera un bebé, se acabarían las salidas —dejando aparte las doce horas de su jornada en la oficina—, así que más valía que empezara a practicar.

—¡Oh, que te jodan! —oyó que Jon exclamaba en el piso de abajo—. ¡Si no sabes distinguir tu culo de una obra de arte!

Por un momento, Ally sintió que la irritación le escocía en las venas como lejía. Respira hondo, pensó, respira. Sí, Jon podía ser un poco irritante... pero ninguna relación es perfecta.

Y, sinceramente, a su edad, no era probable que encontrara nada mejor.

—¡Oh, menudo cabrón! —rugió.

Ally se dio la vuelta y buscó en el cajón de su mesita el último tubo de Temazempam. Tendría que conseguir un nuevo bote cuanto antes.

21

Katie salió de la casa de Rebecca, con sus teléfonos y su agenda electrónica a salvo en su bolso, y se dirigió hacia la estación de metro de Marble Arch. Mientras viajaba en la línea central, pensó en la época en que ella y Paul cogían el metro para ir al trabajo. Al igual que hoy, Katie llevaba la ropa de la noche anterior y tenía el pelo mojado de la ducha.

—No pasa nada, no pasa nada —le decía Paul con voz tranquilizadora al oído conforme subían más y más pasajeros—. En Oxford Circus bajará mucha gente. No pasa nada. —Una vez musitó para sí mismo—: Gracias a Dios que dentro de poco me libraré de todo esto. —Katie fingió no haberle oído. Porque en ese momento los planes de Paul de irse a Los Ángeles aún eran secretos.

Las semanas que rodearon la partida de Paul, Katie se sintió como si le hubieran arrancado el corazón con un cuchillo. Paul tenía casi todas las noches ocupadas con cenas de despedida con sus amigos, a las que no la invitaba a asistir «porque no conoces a nadie, cariño, y te aburrirías».

¿Por qué demonios no se había rebelado contra aquello? Pero no, ella se limitaba a volver a casa desde el trabajo y se pasaba horas tumbada en la cama completamente vestida. No podía comer, porque siempre tenía un nudo en la garganta. No podía dormir. Ni siquiera podía llorar. Se limitaba a quedarse tumbada como un zombi, escuchando el rugido en sus oídos. Cuando se levantaba para ir al lavabo, tenía la sensación de estar caminando bajo el agua.

Jess llamaba a la puerta de su habitación para preguntarle si quería ver *EastEnders*, pero Katie se negaba.

—Hay montones de peces en el mar —decía su prima para animarla—. Encontrarás a otro.

No quiero a otro, pensaba ella. Solo quiero a Paul. Pero asentía y trataba de sonreír.

Cada noche, entre las doce y la una, el timbre de la puerta sonaba y Katie abría a un Paul borracho, pero muy afectuoso, que juraba que la adoraba, que tendrían hijos, que no importaba que se fuera a Los Ángeles porque nada podría interponerse en su amor.

Katie sabía que eso era imposible, pero no decía nada porque se sentía demasiado feliz por poder compartir aquellos momentos con él.

El día antes de irse, Paul la llevó a cenar a Odette, en Regent's Park, y ella estuvo mareando un filete de lubina en el plato y fumando sin parar.

—Todo irá bien —le aseguró Paul.

A la mañana siguiente, lo acompañó a Heathrow en el taxi. Terminal 4. Él lloró y, finalmente, ella también.

—Te quiero —gesticuló él con la boca desde la puerta de embarque. Luego Katie volvió a casa y se pasó todo el día en la cama. Aquella noche Paul llamó.

—Acabo de llegar y me siento tan solo... hace un calor espantoso y el motel es horrible. Señor, cómo te añoro, Katie.

En el trabajo todos eran muy atentos con ella, la invitaban a comer, y ella se esforzaba por reírse de sus chistes y comportarse como si no le importara la marcha de Paul. La diferencia horaria lo empeoraba todo; por la noche, cuando ella estaba en la cama y se sentía sola, él se encontraba en el trabajo, atiborrado de faena y viceversa, pero Paul procuraba llamarla al menos dos veces al día.

—Me resulta tan difícil estar aquí sin ti, Katie. Los americanos son muy raros. Si pides una bebida con la comida te miran como si fueras un alcohólico, y todos se acuestan a las nueve.

—Seguramente te irá bien —decía ella con tanta amabilidad como podía.

—Lo dudo. ¿Cuándo piensas venir a verme?

Katie solo podía permitirse una semana de vacaciones, y eso era muy poco. Y Paul, a pesar de sus promesas, no hizo ningún esfuerzo por ayudarla a pagar el pasaje, aunque ganaba cuatro veces más que ella.

Finalmente Katie cogió el avión. Llevaban dos meses sin verse. Aún se acordaba del vestido rojo y vaporoso que llevó, de la casa Ghost, y que pidió a una de las azafatas que se lo colgara durante el vuelo para tener algo elegante que ponerse cuando terminara aquel infernal viaje de doce horas. Se acordaba del sucio retrete donde se maquilló. Y el nudo que sentía en el estómago al imaginar a Paul esperándola en el vestíbulo de Llegadas, nervioso, con traje nuevo, examinando a los pasajeros fatigados que pasaban empujando sus carros y, quién sabe, hasta puede que con un ramo de flores.

En inmigración tuvo que hacer cola durante una hora, luego recogió su equipaje y pasó por la aduana. Las puertas correderas se abrieron y Paul no estaba.

Katie recorrió con la mirada a las familias emocionadas que sostenían en alto a bebés que chillaban, a los chóferes de las limusinas que mostraban carteles con nombres de viajeros con expresión aburrida. Paul no estaba. La esperanza que sintió burbujear en su interior se evaporó y fue reemplazada por una fría sensación de miedo.

Paul se presentó media hora más tarde. Para entonces, Katie ya se había comprado una tarjeta de teléfono y le había llamado a su casa cuatro veces. Estaba sentada encima de la maleta, mientras hojeaba la Guía de California y se hacía a la idea de que tendría que irse a un hotel.

—Nena, lo siento. ¡Me he dormido! —¿Dormirse? Y ella que se había pasado prácticamente todo el vuelo en ascuas esperando aquel momento.

Katie llegó a la conclusión de que el viaje no estuvo mal. California era bonita, aunque más fría de lo que imaginaba. Paul la llevó por la costa hasta un pequeño Bed and Breakfast, y allí montaron en kayak y hasta vieron un grupo de delfines.

Una vez, cuando iban en el coche, ella lloró porque en la radio pusieron «Will You Still Love Me Tomorrow» de Carole King, pero Paul lo achacó al *jet lag*. Cuatro días después, regresaron a Los Ángeles, Paul tenía que volver al trabajo, pero le aseguró que había muchas formas de ocupar su tiempo.

—¿No podías haberte tomado el resto de la semana libre? —le preguntaría ella más adelante.

—¿Y por qué te quedaste solo una semana? —replicó él.

Por supuesto, en aquel momento no hablaron del tema. Toda la agonía y la confusión que Katie sentía no dejaba de burbujear en su interior. Visitó el Guggenheim, pero —y de esto se arrepentiría toda la vida—, no fue de compras, lo que demuestra lo deprimida que estaba. Cuando pasaron los doce días, Paul la llevó al aeropuerto y la metió en el avión.

Durante nueve de las doce horas que duraba el viaje, Katie lloró lágrimas ardientes y silenciosas contra la manta de British Airways. El chino que iba sentado a su lado la miró con expresión compasiva un par de veces, pero no dijo nada. Katie se puso los auriculares y trató de disimular, como si la película fuera la causa de su llanto.

Y cuando llegó a casa fue peor. Quería a Paul más que nunca, pero ahora sabía que no podía funcionar. Mientras estuvo en el apartamento de Paul en West Hollywood, en ningún momento tuvo la sensación de que con el tiempo podrían vivir juntos allí. Y cuando pasaba en coche por Sunset, no se imaginaba trabajando en aquel lugar, haciendo nuevas amistades. *Paul no mencionó en ningún momento la posibilidad de que se fuera a Los Ángeles con él.*

—Nunca creí que te doliera tanto —le dijo Paul cuando ella le habló de esto unos meses después.

—Podías haberme preguntado.

La relación siguió coleteando. Hubo muchas más llamadas telefónicas tarde en la noche o muy temprano por la mañana. Katie empezó a salir más. Veía con frecuencia a su amigo Barnaby, a quien Sean, su novia, acababa de dejar tirado. Se pasaban horas tumbados el uno junto al otro en el sofá, bebiendo vino, escuchando las canciones de amor de Elvis y regodeándose en su dolor.

Barnaby conocía a mucha gente y mantuvo a Katie ocupada con fiestas. Oficialmente no había terminado con Paul, pero Katie se obligó a hacer manitas con un par de tipos y salió a cenar con unos cuantos hombres guapos que se mostraron visiblemente interesados en ella, pero a cuyas llamadas no contestó.

En el trabajo se movía como un fantasma que volvía ocasionalmente a la vida cuando oía a algún productor diciendo cosas como: «Paul hará un seguimiento de esta historia. Será mejor que organicemos un equipo para él en Seattle». O cuando cogía un programa y descubría que Paul estaba de camino a la jungla mexicana y estaría incomunicado los próximos diez días, como no fuera mediante un teléfono vía satélite a quince libras el minuto.

Llegó el verano. Paul anunció que volvía a casa para la boda de Giles Plimmer. Katie había acabado por odiar las bodas.

—Nunca duran —decía entre dientes cada vez que se anunciaba una.

Unos cuatro días antes de que Paul llegara, salió a comer con Jeevan.

—¿Qué, deseando ver a tu chico? —le preguntó.

—Pues claro —replicó ella, metiéndose un montón de patatas en la boca.

—La boda será divertida —prosiguió el otro—. Paul estará en su elemento, codeándose con los amigos de los medios de Giles, dejando su tarjeta de visita en el bolsillo de la gente. Nunca se sabe, Katie, hasta es posible que acabe consiguiendo otro trabajo en Inglaterra. No me quejo, pero es un comunicador increíble. Ojalá me pareciera un poco a él. Me pone malo que siempre se salga con la suya con el cuento de la escuela pública y lo de Oxford.

—¿Cómo que se sale con la suya? —preguntó Katie confusa.

—Bueno, ya sabes que no ha estudiado en Oxford. Es increíble cómo sabe mantener la mentira, que si el baile de conmemoración de esto y la pergeñación de lo otro. Me refiero que... ya sé que a Plimmer le encantan esas cosas, pero ¿es que no le da apuro?

Algo en la expresión de Katie le hizo callar. Dejó su vaso de vino en la mesa.

—Señor, Katie, ¿no lo sabías?

—No. No tenía ni idea.

—Bueno, en cierto modo sí que estudió en Oxford —barboteó Jeevan—. Solo que fue en la Politécnica de Oxford. ¿No te lo había dicho? Estoy seguro de que pensaba hacerlo.

La expresión de incredulidad de sus ojos era insoportable. Menos mal que sabía que podía confiar en que no lo iría contando por la oficina.

—No, me dijo que había estudiado en la Universidad de Oxford —dijo Katie lentamente—. Jess salía con un tipo que había estudiado allí y yo le dije: «Oh, Paul también ha ido a Oxford». «¿A qué facultad?», preguntó él. Y Paul dijo: «Magdalen». Y el tipo le preguntó si conocía a algunas personas y él dijo que le sonaban los nombres.

—Katie —dijo Jeevan, mirando por encima del hombro con la esperanza de que estuviera por allí la camarera—. Lo siento de verdad. Pensaba que lo sabías. Todo el mundo bromea siempre porque Paul se hizo ese currículo falso y Plimmer se lo traga todo, y a la gente como yo que de verdad ha estudiado en Oxford siempre la dejan de lado.

—¿Cómo ha podido hacerlo? —preguntó Katie tras un momentáneo silencio—. ¿Cómo ha podido mentirme? ¿De verdad pensaba que iba a importarme en qué universidad ha estudiado?

—Claro que no —le aseguró Jeevan. Aquella conversación provocaba en él sentimientos enfrentados. Siempre le había gustado Katie y Paul le parecía un imbécil, pero nunca pensó que no sabía lo de Oxford. Y no le gustaba verla tan visiblemente alterada.

Aquella noche Paul llamó.

—Paul, ¿a qué universidad fuiste?

Hubo una pausa.

—A Oxford.

—Sí, eso pensaba. ¿A qué facultad?

Esta vez la pausa fue más larga.

—Magdalen.

—No es cierto, ¿verdad, Paul? —Y Paul se echó a llorar.

—Quería decírtelo. Pero nunca parecía el momento adecuado.

—Pero ¿cómo pudiste pensar que me importaría dónde hubieras estudiado?

—A ti no te importa. Pero a otra gente sí. Y pensé que podrías descubrirme.

Encantador, pensó Katie.

—Katie, siempre he sido sincero contigo, solo estaba este pequeño secreto. Lo juro.

Pero no era cierto. Paul le había mentido, y mentido y mentido, hasta tal punto que Katie ya no sabía si nada de lo que él decía era cierto.

Era como si se hubiera encendido una bombilla en su cabeza. Ya no podía tolerarlo. Cuando Paul llegó a Londres, Katie le dijo que habían acabado. Él lloró y le dijo que pensaba pedirle que se casaran.

Katie no le creyó.

Así que por fin terminaron oficialmente. Aunque en la práctica Katie había estado sola seis meses, el último resquicio de esperanza desapareció. Paul siguió llamándola de vez en cuando, cuando estaba borracho, y le pedía que lo perdonara.

—Muy bien —le espetó ella una vez—. Entregaré mi dimisión mañana y cogeré un vuelo a Los Ángeles. Pero tendremos que casarnos para que me concedan la residencia. ¿Hola? ¿Hola? ¿Paul? No te oigo bien.

Después de aquello Paul dejó de llamar.

Diecisiete meses después Katie conoció a Crispin. A veces pensaba que se había salvado por muy poco. Si se hubiera casado con Paul habría estado a miles de kilómetros de toda la gente que realmente le importaba. Y, gracias a Dios, no había hecho ninguna tontería como renunciar a los hombres. Porque ahora tenía una relación madura.

Si había algo en lo que ya no creía era en un amor que lo acapara todo. Cualquiera que se entregara por completo a otra persona era un loco. La vida era demasiado injusta; hicieras lo que hicieras por el otro, nunca sabes lo que puedes esperar de él. El amor era un engaño que ofrecían vendedores de joyas y productores de cine, y había que protegerse de él.

Era lo que Katie siempre había sospechado. Lo que de verdad importaba era la amistad. Sus amigas la habían ayudado a superarlo. La habían ayudado, y Katie haría lo posible por ayudarlas a ellas. Cometió algunos errores estúpidos, pero se aseguraría de que nadie que fuera importante para ella hiciera lo mismo.

22

La noche anterior fue una de las más humillantes de la vida de Ronan. Suzy perdió la cabeza, o eso decía ella.

—Oh, Ronan, estoy perdiendo la cabeza —le decía—. Oooh. —El taxi dobló una esquina a demasiada velocidad—. Oh, Ronan, estoy mareada, tendré que apoyarme en ti.

Pero al llegar a su casa, de pronto se recuperó milagrosamente y despidió al taxi, dando por sentado que Ronan deseaba quedarse con ella. Eso lo irritó bastante, pero tampoco podía decirse que no la deseara. Concentró todas sus energías en su brillante pelo negro, recogido en un moño detrás de la cabeza. Ronan sentía debilidad por el pelo. Se preguntó qué sensación le produciría aquella melena contra su pecho.

El vestíbulo de la casa era pequeño, frío y de un blanco gélido.

—Quítate los zapatos —le ordenó Suzy, agachándose para bajarse la cremallera de sus botas de cuero. Ronan obedeció y se desató rápidamente los cordones de las zapatillas de deporte. Cuando se incorporó, ella lo cogió de la mano y lo guió a través de la sala, que parecía un iglú, hasta la habitación, que estaba igual de desnuda.

Suzy empezó a quitarle la ropa con rapidez. Era muy erótico.

—Mmm —dijo Suzy, dándole una palmada en las nalgas—. La perfección.

Ronan no estaba seguro de que le gustara que lo trataran como una pieza de fruta en un puesto de mercado, pero en ese momento Suzy se quitó su vestido y se quedó ante él con un corsé negro.

—¿Qué te parece? —preguntó.

—Adorable —contestó él sinceramente.

Un momento después se debatían en la cama, disfrutando del contacto de sus cuerpos desnudos y calientes, profiriendo rudos sonidos. Suzy parecía decidida a demostrar algo y se arrastraba arriba y abajo restregando sus pechos contra el pecho de Ronan, lamiéndolo por todas partes, con especial énfasis en el pene.

Ronan no podía quejarse. La penetró y ella gimió. Empezó a moverse tan despacio como pudo, aterrado ante la idea de que cualquier movimiento brusco le hiciera correrse.

Pero Suzy tenía otros planes.

—Fóllame —le susurró con voz ronca al oído—. Fóllame. ¡Fóllame!

¿Y qué te crees que estoy haciendo?, pensó Ronan disgustado. Se movió más deprisa, pero no era bastante para Suzy. Lo aferró por las nalgas y empezó a impulsarlo contra ella como un fontanero tratando de desatascar la taza del váter.

—Fó. Lla. Me. Fó. Lla. Me.

Ronan lo intentó, concentrándose en Ann Widdecombe, Les Dawson, Kathy Bates. Oh, Dios. Aquello no iba bien. ¡Lo de Kathy le hizo pensar en Catherine Zeta Jones!

—¡Uuu! ¡Aaah! Me voy a...

Y se acabó. Suzy no estaba nada satisfecha.

—Estupendo. Mi primer polvo del mes y ha durado tres segundos. —Se tumbó sobre la espalda y le dedicó a Ronan una mirada glacial—. No has terminado todavía, lo sabes, ¿verdad?

A Ronan nunca se le había dado bien el cunilingus. Detestaba el sabor rancio que producía, los pelos sueltos por la boca, y nunca estaba muy seguro de dónde había que lamer y dónde mordisquear. Y, por si fuera poco, estaba hecho polvo.

Pero ante todo él era un caballero, así que se puso a ello con tanto entusiasmo como pudo.

Durante unos cinco minutos, Suzy permaneció tendida en silencio. Luego...

—¡Jesús! ¡Qué inútil! —De pronto se incorpó y lo apartó de un empujón—. No te preocupes. Ya lo hago yo.

Se asomó al borde de la cama, abrió el cajón de la mesilla y sacó un enorme vibrador rosa.

Ronan vivía con dos adictas a *Sexo en Nueva York* y había aprendido unas cuantas cosas.

—Eso es Rampant Rabbit.

—Oh, felicidades. —Se tumbó de nuevo en la cama y conectó aquel aparato. Empezó a vibrar como un cortacésped. Ronan miraba fascinado.

—¿Te importa? ¡Estoy tratando de tener un orgasmo! ¿Crees que podrías salir hasta que acabe?

En realidad, Ronan empezaba a excitarse otra vez, pero obedeció. Se metió en el cuarto de baño y encontró un montón de toallas blancas. Se envolvió con una y se fue a la sala, donde esperó sentado en el borde del sofá como un paciente que espera malas noticias. No se atrevía a encender la tele o coger alguna de las revistas de la mesita auxiliar, así que se miró las uñas y escuchó el débil sonido que provenía de la habitación.

Solo fueron cinco minutos. Suzy apareció por la puerta.

—Ya estoy —dijo—. Ya puedes venir a la cama.

Se tumbaron el uno junto al otro, procurando no tocarse. A Suzy le rechinaban los dientes. Ronan recordó que había esnifado mucha coca. Con razón estuvo tan odiosa. Oh, bueno. Aquel sonido rítmico le hizo pensar en el mar, las olas rompiendo en la playa cerca de la casa de sus padres, en Sussex. Su mente empezó a evadirse: caminaba por la playa, hacía volar una cometa, estaba...

—¡Eh! —Suzy lo sacudía con violencia—. ¡Estás roncando! —espetó—. Ponte de lado.

Ronan obedeció.

Empezaba a dormirse otra vez cuando Suzy encendió la luz.

—Es increíble —gruñó—. Te estás quedando todo el nórdico. ¡No, no! No te preocupes por mí. Voy a tomarme un Valium. Si no me parece que no podré pegar ojo.

Ronan pensó que podía irse a casa, pero estaba demasiado cansado. Oyó a Suzy que sacaba una pastilla de un bote y beber un trago de agua.

—¿Crees que te conviene con toda la cocaína que has tomado?

—¡Oh, vete a la mierda!

Cuando despertó, hacia las once de la mañana, ella dormía profundamente, con el rostro oscurecido por el rímel de Gucci.

Se levantó de la cama sigilosamente, se puso su ropa y pensó en dejar una nota, pero decidió que no tenía sentido y se fue.

La vuelta a casa fue un largo y sudoroso trayecto en metro en la línea norte. Cuando llegó, se duchó, se tomó un zumo de naranja y se hizo un ovillo liado en una toalla delante del televisor.

Cuando empezaba a sentirse mejor, la puerta se cerró de un portazo.

—¡Hola! —Era Katie, cargada con una gran bolsa—. ¿Has pasado buena noche? —le preguntó con una sonrisa afectada.

—No ha estado mal —contestó él con desgana, evitando mirarla a los ojos.

—Vamos —rió ella, tirándose en el sofá junto a él—. ¡Cuenta! ¿Te acostaste con ella?

—Sí. —Los ojos de Ronan siguieron clavados en el televisor.

—¿Y? —Ante aquella nueva emoción, Katie se olvidó de Paul. Siempre ocurría igual: aquella parte de sus recuerdos era algo desagradable donde no le gustaba pasar demasiado tiempo. Era como rascarse una costra. Cuando la quitabas, la herida parecía tan reciente como siempre. Era mejor no empeorar las cosas e implicarse en las vidas de los demás.

—¡Venga! —dijo ella tratando de animar a su cohibido compañero de piso.

—Bueno, pues estuvo bien. Pero no creo que vuelva a verla.

—¡Ronan! —Katie estaba sorprendida, pero complacida. Aquel era Ronan, que se enamoraba locamente de cualquier chica con solo bailar con ella un momento en la discoteca. Ronan diciéndole que acababa de tener una aventura de una noche.

—Eres un rompecorazones —dijo riendo tontamente. Y entonces recordó—. Aunque tampoco debe de ser tan difícil dejarla. Tiene novio.

—¿Ah, sí? —Lo que le faltaba, un imbécil aporreando su puerta.

En ese momento empezó a sonar «Waltzing Matilda».

—Mierda. Es el de Rebecca.

Katie puso su mochila boca abajo: un teléfono fijo, varios cables, un Psion y un móvil cayeron al suelo. Katie cogió este último.

Una llamada perdida.

Suzy.

Katie trató de no sonreír. Seguramente llamaba a Rebecca para pedirle el teléfono de Ronan.

Cuando acababa de entrar en la cocina, el teléfono volvió a sonar.

121.

Estaba muy feo, pero tenía que escucharlo. «Becs, soy Suze. Solo quería darte las gracias por lo bien que lo pasé anoche. Espero que no hayas hablado con Tim. Perdona por haberte cogido prestado al chef. Nos echamos un buen polvo. ¡No! Llámame. Adiós.»

Maldita sea. Menos mal que no había contestado. ¡Pobre Ronan! Así que ahí era donde se había estado equivocando todos esos años. Katie trataba de decidir si borraba el mensaje o no cuando el móvil volvió a sonar.

Tim.

Oh, señor, ¿qué iba a decirle? Dejó que siguiera sonando y, un minuto más tarde, volvió a sonar con el aviso de buzón de voz.

«Becs, por favor, contesta al teléfono. Siento mucho lo de anoche. Me entretuvieron. Fui a tu casa en cuanto pude. De todas formas tengo que verte porque tienes mis Levis y mi sudadera Fred Perry y mi camiseta del West Ham y... no tengo otra cosa que ponerme. Así que... ¿podrías llamarme?»

Menuda cara. Katie se quedó mirando el móvil con desagrado. Y entonces tuvo una idea. Apretó el botón de llamada.

—Becs.

—Em, no, soy la secretaria personal de Rebecca.

—¿Quién? ¿Tara?

—No, Tara está en su luna de miel. Yo la sustituyo. Rebecca quería que te dijera que si deseas recoger tus cosas, mañana por la mañana le va bien.

—¿Mañana por la mañana? ¿Qué coño pasa? ¿Por qué no me lo dice Rebecca? ¿Es que me tiene miedo o qué?

—No. Es que este fin de semana está ocupada. Pero quería que supieras que mañana por la mañana le va bien. ¿Hacia las once te parece correcto? Bueno, adiós. Ronan —dijo volviendo a la sala de estar—. ¿Estás ocupado mañana por la mañana? Porque creo que tengo otro trabajo para ti. Suponiendo que Rebecca esté de acuerdo.

Y luego cogió de nuevo el teléfono y llamó a Johnny, el portero, y preguntó si podía darle un mensaje a Rebecca.

23

Así pues, a la mañana siguiente, Rebecca, Katie y Ronan estaban en el salón de la casa de Rebecca, riendo como niños. La mesita auxiliar estaba cubierta de migas de cruasán y en el suelo había una cafetera vacía. Rebecca llevaba puesto su negligé de agente *provocateur*, sin apenas maquillaje y con el pelo revuelto. Ronan llevaba una toalla alrededor de la cintura. Y tenía una bolsa de Tesco a los pies. Solo Katie iba vestida decentemente, con unos pantalones de pana y jersey.

—Pon música —ordenó Rebecca señalando el equipo.

Ronan cogió el mando. La música de Morcheeba empezó a sonar por la habitación. Rebecca consultó su reloj.

—Llega tarde, para variar.

—No tardará —la tranquilizó Katie. Cogió el *Daily Mail*—. ¿Quieres que te lea tu horóscopo?

—No, gracias. No hay tiempo.

Ronan andaba rebuscando en la bolsa de plástico.

—¡Jesús, mirad esto! —exclamó. Y levantó una camiseta de fútbol de color borgoña y azul—. No me habías dicho que fuera seguidor de los West Ham.

—¿Y eso es malo? —preguntó Rebecca.

Ronan estaba a punto de explicarle lo malísimo que era, pero Rebecca le interrumpió.

—Katie, cuando terminemos, ¿tienes mucha prisa?

—No. ¿Quieres que me quede a recoger un rato?

Rebecca parecía incómoda.

—Bueno, en realidad hay otra cosa de la que quiero hablar.

Antes de que pudiera decir más, sonó el timbre de la calle. Todos se levantaron de un salto.

—Muy bien —dijo Katie—. Contemos hasta diez, y acción.

—Diez, nueve, ocho —contaron juntos. El timbre volvió a sonar—. Ve —le dijo Rebecca a Ronan.

Ronan fue hasta la puerta. Los músculos de sus hombros se movían. Qué sexy, por Dios, pensó Rebecca feliz. ¿Cómo es posible que a la foca de Suzy no le hubiera gustado?

—¿Sí? —dijo al interfono.

—¿Rebecca? —cacareó una voz de hombre.

—Sí —dijo Ronan con voz de dormido—. Mmm. Rebecca está durmiendo.

—Oh. Bueno, ¿no puedes despertarla?

—Es que está muy dormida.

—Pero habíamos quedado.

—¿Ah, sí? Bueno, seguro que podemos arreglarlo. Sube. —Ronan le abrió, mientras Rebecca y Katie se doblaban de la risa.

—Muy bien —dijo Katie—. Rebecca, al dormitorio. Yo me esconderé en la otra habitación.

El ascensor tardó alrededor de un minuto. Luego sonó el timbre.

Ronan fue lentamente hasta la puerta y abrió, rascándose la cabeza y bostezando.

Tim parecía desconcertado.

—Mmm... hola. ¿Está Rebecca?

Ronan dio un tirón a la toalla que le cubría la cintura.

—Lo siento amigo, ya te he dicho que estaba durmiendo.

—Ella sabía que venía.

—Sí —y le sonrió—. Es que está un poco cansada. Pero no importa. Tengo lo que venías a buscar.

Fue tranquilamente hasta el centro de la habitación, ofreciendo a Tim una panorámica perfecta de su espalda ancha y morena, resultado de cientos de horas de desempleo que había pasado tumbado en el parque.

—Es esto, ¿no? —dijo, sosteniendo en alto la bolsa de Tim.

Tim se la arrebató.

—Gracias.

Desde la habitación les llegó la voz somnolienta y satisfecha de Rebecca.

—Cariño, ¿qué pasa? Ven conmigo.

—Un momento —gritó Ronan. Le dedicó una sonrisa a Tim, agitando sus largas pestañas—. Bueno, amigo. Nos vemos.

Tim se dirigió hacia la puerta como si el suelo estuviera ardiendo.

—Gracias—farfulló de nuevo. Su cara de comadreja estaba roja—. Sí, nos vemos. —Y se fue.

Cuando la puerta se cerró, las dos mujeres salieron de sus escondites, silbando y aplaudiendo.

—¡Eres un genio! —dijo Katie—. Ronan, ¿qué haces que no estás en Hollywood?

—Pero ¡no ha visto mi cara después de una agotadora noche de sexo! —se lamentó Rebecca.

—No importa —le aseguró Katie—. Aun así se ha quedado de piedra.

Rebecca le dio un beso, y luego besó en la mejilla a Ronan, que estaba encantado.

—Gracias —dijo, tirándose sobre el sofá—. Ha sido una venganza muy dulce.

—Aún nos queda una cosa por hacer —dijo Katie—. Dame tu móvil.

Rebecca cogió su móvil de la mesa. Con destreza, Katie desplazó el cursor por la agenda del móvil, hasta que llegó a Tim.

—Me gustaría que lo borraras —le dijo.

Riendo tontamente, Rebecca le cogió el teléfono.

—¿Borrar? —leyó con voz a lo Stephen Hawking. Y acto seguido puso su tono más tonto—. ¡Sí, por favor! —y apretó Aceptar.

—Y ahora quiero que entres en tu lista y borres todos sus mensajes de texto —dijo Katie—. Bórralo de tu vida.

Y Rebecca lo hizo, aún riendo.

—Y su e-mail. Y todos sus datos de tu agenda. Todo tiene que desaparecer.

Rebecca obedecía a todo dando palmas.

—Esto es fabuloso.

—Bueno —dijo Katie cuando el Armagedón se hubo completado—. ¿Qué querías decirme?

Sabía lo que se avecinaba. La adiestradora de amor había cumplido su propósito y Rebecca necesitaba una asistenta de verdad, preferiblemente filipina. Y ella se quedaría en la calle.

—Ah, sí. Siéntate y te lo cuento.

Katie se sentó.

—Escucha —empezó—. Ayer estaba sola, sin teléfono, así que estuve pensando... para variar. Y me di cuenta de que me has ayudado mucho con Tim, mucho antes de lo de hoy. Pero...

Aquí llega...

—Pero tu trabajo aún dista mucho de haber terminado. Necesito que sigas vigilándome para evitar que me comporte como una idiota que se humilla delante de cualquier hombre y se muestra patéticamente agradecida por sus atenciones. Necesito que me enseñes a ser la que lleva las riendas.

Ronan, vestido ahora con su atuendo informal de siempre, de Gap, miraba fijamente por la ventana. Cuando las mujeres se ponían a hablar de sus cosas le resultaba de lo más embarazoso. Menos cuando se trataba de Katie y Jess, aunque claro, a ellas no las veía como mujeres.

—Y... —decía Rebecca—. No solo tendrías que vigilarme a mí. Verás, he estado pensando en la vida amorosa de mis amigas, y todas son un desastre. Mi amiga Ally vive con un imbécil, pero está convencida de que no puede aspirar a algo mejor. Jenny, que tendría que estar contentísima con el hombre que tiene, lo pone verde a la mínima ocasión. Y Suzy solo quiere citas secretas con viejas glorias de la industria que nunca nos presenta, y algún que otro polvo ocasional cuando conoce a un bombón. —Profirió una risita—. Oh, perdona, Ronan.

Ronan se encogió de hombros y sonrió, mortificado. Estaba seguro de que Rebecca conocía la vergonzosa verdad sobre su ineptitud como amante. La tarde antes, había salido a comprar un ejemplar de *Nuestros cuerpos, nuestro yo.* Lo había guardado bajo una de las tablas del suelo para estudiarlo durante el día, cuando estuviera seguro de que las dos chicas habían salido. Pasara lo que pasase, aprendería a practicar sexo oral.

Sin reparar en el rubor de Ronan, Rebecca siguió hablando:

—Lo que digo es que... mis amigas no son las únicas. Hay millones de mujeres ahí fuera que necesitan poner su vida amorosa en orden. Y esa idea de tratar a tu hombre como a un perro es genial. Así que he pensado que Greenhall y Graham podría lanzarte como adiestradora de amor profesional. Puedo ofrecerte toda la cobertura mediática que necesites.

Katie y Ronan se miraron y trataron de no reírse.

—No estoy muy seguro de que pueda funcionar —dijo Ronan con cautela.

—¿Y por qué no? La gente tiene entrenadores en otras cosas, ¿no? Tienen gente que les ayuda a estar en forma. Gente que les lleva las cuentas, que les arregla las flores y les dice con qué colores vestirse. ¿Por qué no pueden tener a alguien que les oriente en cuestiones de amor?

Katie se encogió de hombros.

—No acabo de entender cuál sería mi papel. ¿Algo así como una tía agonías que te da consejos?

—¡Y con un libro de registro de sus casos y fotografías! —terció Ronan. Y sabía muy bien de lo que hablaba.

Rebecca negó con énfasis.

—¡No! Deirdre trata todo tipo de problemas, desde dónde conseguir tu vestido de bodas hasta... ¡el incesto! Tú solo tocas la vida amorosa... y no se trata solo de escribir una columna, tú te implicas. En lugar de dejar que la gente se quede deprimida junto al teléfono, tú te los llevas al Met Bar y les ayudas a pasárselo bien. Borras números de sus móviles. Les enseñas a llevar las riendas. Les dices lo que sus amigos piensan y no se atreven a confesarles... Señor, me encantaría que alguien le dijera a Ally que deje a ese imbécil de Jon.

—A Katie eso se le da muy bien —concedió Ronan muy serio—. Puede ser muy decidida.

La imaginación de Rebecca empezaba a desbocarse.

—Podrías tener una consulta privada, un programa de televisión, una columna, una sección en el magazine matinal Breakfast Today, un libro...

—Una gama de accesorios inspirados en ella —dijo Ronan.

—¡No es broma! Podrías ser como... como el cocinero de la vida amorosa de la gente.

—Pero ¿a ti qué te va en todo esto, Rebecca? —No acababa de entenderlo.

—Yo tendría mi parte, por supuesto. El quince por ciento es lo habitual en estos casos.

—Y ¿quién iba a querer verme a mí por televisión? Tendrías que hacerlo tú, Rebecca.

—No, ahí es donde te equivocas. Para empezar, yo daría unos consejos malísimos y me demandarían. Pero, lo más importante: soy demasiado glamurosa. La gente no se creería mis consejos. Pensarían: «¡Como si esa tuviera problemas para encontrar novio!» —Rebecca levantó las manos para acallarlos—. Aunque ya sabemos que no es verdad, pero eso es lo que pensaría el público. En cambio, Katie tiene un aspecto más normal. No es que sea fea, pero desde luego no resulta una amenaza para nadie. Y sin embargo tiene un novio guapísimo, y eso significa que sus teorías funcionan.

—¿Cómo sabes que es guapísimo?

—Ronan me lo dijo. Cuando estuvimos bailando la otra noche. —Ronan asintió con suficiencia.

—Mira, sé que se trata de un proyecto complejo, pero creo que deberíamos intentarlo. Eres asistenta... que por cierto, a la prensa le encantará. ¿Qué puedes perder?

—¿Mi dignidad?

—Oh, ¿qué dignidad? Esto va a suponer un paso adelante en tu vida. Podrías hacerte muy famosa.

—Jess se pondrá celosísima —musitó Ronan.

—De todas formas —dijo Rebecca, que se había puesto la parte de arriba del chándal y andaba de un lado a otro de la habitación, entusiasmada—. Esto es lo que vamos a hacer. Yo hablaré con Suzy a ver si le gusta la idea. Que le gustará. Organizamos algunos casos para que los resuelvas, Suzy hace una presentación y, ¡tachán! Todo Londres estará hablando de la adiestradora de amor.

Para no aguarle el buen humor a Rebecca, Katie aceptó que hablara con Suzy. No le haría ningún daño. Era evidente que no saldría nada serio de aquello. Era una idea de lo más disparatada.

«Waltzing Matilda» empezó a sonar. Rebecca comprobó la pantalla.

—¡Número desconocido! Seguramente es Tim, que trata de hablar conmigo. —Le pasó el teléfono a Katie—. Contesta tú.

—¿Diga? —dijo Katie. Le pareció que sonaba de lo más profesional.

—¿Hola? ¿Es Rebecca? —Un hombre; su voz recordaba a Benny de Abba.

—No, soy su ayudante personal. ¿Puedo ayudarle?

—*Ja!* ¡Seguramente! Soy Johan Gustafson. Nos conocimos anoche en el Met Bar. Llamo porque hemos quedado para cenar mañana. He reservado mesa en Claridge, a las ocho.

—Oh —dijo Katie sin mirar a Rebecca—. Lo siento mucho, pero no podrá ir.

—¿Por qué no?

—Ha habido un cambio de planes. —Katie buscó desesperadamente en su cabeza. Años de contestar al teléfono por Jess le enseñaron unas pocas pero efectivas frases—. Rebecca acaba de volver con su marido. Y mañana van a cenar juntos.

—¿Quién es? —gesticuló Rebecca con los labios. Katie no le hizo caso.

—¿Rebecca está casada? ¡No lo sabía! Me ha engañado.

«Bueno, tú también estás casado, Johan», estuvo a punto de decir.

—Ella y su marido están pasando por un mal momento —le dijo en un tono muy dulce—. Pero acaban de reconciliarse. Así que no tiene sentido que la vuelva a llamar. Adiós.

Rebecca se llevó una mano a la boca.

—¡Me había olvidado por completo de él!

Katie y Ronan se pusieron en pie para irse.

—Una cosa más —dijo Rebecca

Ellos esperaron.

—Creo que lo de la adiestradora de amor te tendrá muy ocupada, Katie y... la verdad, tampoco es que seas la mejor asistenta del mundo.

Katie lo sabía.

—Así que me preguntaba si te interesaría a ti el trabajo, Ronan. Me refiero que si consideras que es rebajarse mucho, pues lo dices. Pero vi lo bien que dejaste la cocina el viernes. Y me parece que no te iría mal un trabajo de verdad.

24

Suzy recibió la llamada de Rebecca en la oficina y enseguida le gustó la idea. Una adiestradora de amor. Era el tipo de propuesta que gustaba a las cretinas de sus lectoras... sobre todo con aquel añadido de los perros. Por el momento, tenían Lavinia, la astróloga de *Seduce!*, nombre auténtico Elspeth Silver, que compaginaba ese trabajo con el de editora de temas culinarios en la revista *Handbook.* Pero no pensaba decírselo tan pronto a Rebecca. Las cosas hay que ganárselas, y estaba segura de que la adiestradora de amor estaría de acuerdo.

Puso su mejor tono de aburrimiento.

—La verdad es que me gusta la idea de que los hombres son cazadores recolectores, pero ¿no es un poco excesivo? Lo que quiero decir es que, por el momento, lo único que Katie ha hecho es convencerte para que dejes a un perfecto imbécil, que es lo mismo que llevamos pidiéndote todas desde hace meses.

Rebecca estaba ofendida.

—Nunca me lo habéis dicho con esas palabras.

—¿De qué hubiera servido? No nos hubieras hecho caso y nos hubieras odiado.

—Bueno, pues de eso se trata. Katie dice lo que tus amigas no se atreven a decirte.

—Bueno, ¿y a mí qué me diría? —preguntó de broma.

Rebecca se mostró fría.

—¿Cómo quieres que lo sepa? Se lo tendrías que preguntar a ella. —Te preguntaría si tu novio existe de verdad o te lo has inventado.

—Dame un ejemplo de una de sus normas —la desafió Suzy.

—De hecho —dijo Rebecca con suficiencia—, tengo una lista. Puedo mandártela por e-mail.

Unos momentos más tarde, Suzy oyó un ping en la pantalla de su ordenador. Abrió el archivo, lo ojeó y rió entre dientes con gesto aprobador.

—Esta me gusta: «Muéstrate firme. No le hagas caso cuando juegue y recompénsalo más tarde, cuando veas que se porta bien». Yo siempre lo hago. Hunter tiene la irritante costumbre de enseñarme fotografías de Justine y sus hijas. Cree que puede convencerme de que yo le suplique que las deje, pero yo miro las fotos y bostezo.

—¿Y cómo le recompensas? —Rebecca estaba fascinada. Era la primera vez que Suzy le contaba algo de Hunter.

—¿Y tú qué crees? —Hora de cambiar de tema—. Rebecca, voy a pensar en esto con calma. Necesito ver a Katie en acción antes de ofrecerle nada. Quizá si te encuentra un novio me lo pensaré.

—Me parece justo —Rebecca habló en tono risueño, pero había fruncido el ceño lo máximo que le hubiera permitido el doctor Lumet, el hombre de la botulina. Por el amor de Dios, ya era bastante desagradable ser una solterona, y ahora encima su carrera dependía de que encontrara un hombre.

El día antes se sentía llena de optimismo, pero hoy era distinto. Había descubierto que tenía otra cana y venillas en las mejillas. Decidió llamar a su madre.

—Me convertiré en una de esas mujeres que mascullan por lo bajo en el supermercado —se lamentó por teléfono—. Mi casa despedirá un extraño olor y tendré montones de ahijados y para mí el mejor momento de la semana será la subasta dominical de la iglesia.

—No veo por qué —dijo Laurel Greenhall desde Sydney—. Yo soy una solterona y no soy así.

—Tú no eres una solterona, mamá. Tú te casaste y tuviste una hija.

—Sí, estuve casada por lo menos cinco minutos antes de que tu padre me dejara, y en cuanto cumpliste los dieciocho, tú hiciste lo mismo. —Se la oía perfectamente feliz, pero Rebecca sintió la misma punzada de siempre en el estómago, el sentimiento de culpa.

—Te visito siempre que puedo —dijo poniéndose a la defensiva—. No soy yo la que tiene miedo a los aviones.

—No es culpa mía si me dan pánico.

No, no quería pasar por ahí otra vez.

—Lo que tú digas, pero ¿qué voy a hacer, mamá? Me he resignado a ser una solterona, pero Suzy dice que tengo que encontrar a un hombre o no aceptará la propuesta de la adiestradora.

—¿Qué me dices de ese Ben que era tan agradable? —preguntó Laurel.

—¡Oh, mamá! No empieces otra vez. Solo somos amigos. —Afortunadamente, su otra línea empezó a parpadear—. Tengo que irme, mamá. Te llamo luego.

—Te estaré esperando, cielo —dijo la madre, pero Rebecca ya estaba hablando con Katie.

—Así que tienes que encontrarme un novio o no hay trato —le dijo.

—Eso es ridículo.

—¿Por qué? —Rebecca no dejaba de sorprenderse por lo firme que se mostraba.

—Porque lo de Tim aún está muy reciente. Es demasiado pronto para que busques a nadie. Primero tienes que conocerte mejor a ti misma. Tener aventuras. —Trató de buscar ejemplos—. Busca a Usama bin Laden. Aprende a encantar serpientes. No puedo creerme que a partir de ahora el momento más esperado de tu vida sea que vuelva Den de *East Enders*.

Rebecca trataba de pensar.

—Me gustaría recorrer Madagascar en bicicleta —dijo para sorpresa de Katie—. Uno de mis clientes lo hizo hace unos años para una organización caritativa. Dijo que era increíble.

—Pues recorre Madagascar en bicicleta.

—Ese tipo de viajes ocupan meses. ¿Qué pasaría con mi trabajo? No puedo marcharme y dejárselo todo a Ben.

—¿No?

—Bueno, a lo mejor sí. Pero... ¿y mi vida? Tengo treinta y seis años, Katie, no puedo perder más tiempo. Tendría que quedarme en Londres, ir a fiestas e inauguraciones de galerías y conocer a hombres.

—Rebecca, por lo que he visto, toda tu vida ha girado en torno a la idea de conocer hombres. Pospones otros proyectos porque crees que solo valen la pena si los compartes con un hombre.

Rebecca se encogió. A veces parecía que Katie leía en ella como en un libro abierto. Suspiró y se recostó contra el asiento.

—Tienes razón, como siempre. Entraré en internet y miraré si se patrocina algún viaje en bicicleta por un país caluroso y montañoso del tercer mundo. —Sus ojos se posaron sobre su agenda—. Pero, entretanto, quiero explorar una última posibilidad de conocer hombres. La semana que viene hay una fiesta importante. Es en honor a un historiador llamado John Hilton, que acaba de publicar una nueva biografía sobre Napoleón. Parece fascinante.

—Vaya, Crispin lo está leyendo. —A Crispin le gustaba ir siempre por delante y era miembro de un club que les facilitaba los libros importantes antes de que llegaran a las librerías.

—¿Ah, sí? —dijo Rebecca con curiosidad. Uno de esos días tendría que conocer al guapo y erudito Crispin—. Pues Crispin se pondrá muy celoso cuando sepa que te he pedido que vengas conmigo a la fiesta. Habrá mucha gente del mundillo de la publicidad y la prensa, y creo que es hora de que empecemos a presentarte como la adiestradora de amor.

Katie sintió un hormigueo de emoción. Quizá Rebecca le presentaría a Salman Rushdie y... a PD James. Pensó en la ropa que se pondría.

—Y de paso puedes ayudarme —siguió diciendo Rebecca—. Es la típica fiesta donde me emborracho y acabo volviendo a casa con el camarero.

—Igual que Suzy y Ronan —rieron las dos.

—Bueno. Creo que tendrías que empezar a verte como la adiestradora de amor. Te pagaré cada sesión que tengas conmigo, así que no te preocupes. Te imprimiré unas tarjetas de visita y hablaré con la gente de la televisión y las editoriales. Y tú tendrías que empezar a hacerte publicidad. Decir a tus amigas que corran la voz.

—Muy bien —dijo Katie, mirando al techo al imaginar a sus amigas corriendo la voz. Colgó algo confusa. Personalmente le hubiera encantado recorrer Madagascar en bicicleta, y cuidar de los orangutanes en Borneo y saltar desde un puente en Nueva Zelanda. Quizá tendría que conseguir uno de esos billetes para viajar por todo el mundo. Pero, claro, ¿cómo se iba a ir? ¿Qué diría Crispin? Una vez le pidió que se tomaran un año para viajar, pero él se rió como si hubiera dicho algo muy gracioso y no se molestó ni en contestar. No, de todos modos, ahora no tenía que preocuparse solo por Crispin. Estaba Rebecca, y una carrera potencial como adiestradora de amor. ¿Era eso lo que quería en realidad? No estaba segura. ¿De verdad la tomaría alguien en serio, a ella, Katie Wallace? Parecía tan improbable... pero la alternativa era volver a limpiar y buscar trabajos relacionados con refrigeradoras de agua, planes de pensiones y fiestas de Navidad. No, no podía ser. Tenía que probar lo de la adiestradora. Katie empezó a notar un cosquilleo agradable en el estómago. Tenía muy buenos consejos que dar, consejos que malgastaba en su círculo más inmediato de amistades. Quizá podía ayudar de verdad a otra gente. Después de todo no tenía nada que perder.

25

El domingo por la noche Hunter se encontraba en la ciudad, así que Suzy canceló una cita con Freddie y cogió un taxi del trabajo hasta el hotel Clarkson para echar un polvo rápido y sin demasiadas complicaciones con su amante de cuarenta y ocho años.

—Uau, ha sido genial —susurró Hunter cuando terminaron. Se sentó en la cama y se restregó sus ojos azul claro. Sí, Hunter podía estar haciéndose viejo, pero su cuerpo seguía siendo esbelto y su pelo canoso le daba un aire distinguido, no triste. Suzy lo contempló con admiración mientras él se inclinaba sobre la mesita de noche para consultar su Rolex—. Solo son las ocho. ¿Qué te apetece que hagamos?

Mirar la tele, pensó Suzy, pero no podía ser, claro. Una de las pocas obligaciones de una amante era estar siempre animada y lista para lo que fuera. De pronto una de las normas de Katie le vino a la cabeza.

Tu relación con él no tiene nada de democrática. *Tú* eres la que lleva las riendas.

Mierda. A lo mejor me estoy ablandando. Pero había que hacer algún esfuerzo. La mayor parte del tiempo, tenía que reconocerlo, Hunter comía de sus manos menudas y bien arregladas.

—Podíamos ir de marcha —bromeó—. Ministry of Sound organizan una noche de house los miércoles. Pero la cosa no empieza a animarse hasta las dos o así.

Hunter sacó la lengua. A Suzy le encantaba pincharle con lo de la diferencia de edad.

—Yo había pensado más bien en pedir algo de cena —dijo con voz cansina—. Te diré lo que haremos, ¿por qué no llamas al restaurante de abajo y reservas mesa para dentro de quince minutos? —Rodó fuera de la cama y fue al cuarto de baño.

En realidad, a Suzy no le apetecía cenar en el restaurante; demasiadas salsas y todo bien empapado en mantequilla. Aunque siempre podía pedir ensalada. A Suzy le gustaba comer con Hunter. No tenían amigos en común, así que, en vez de contarse chismes, hablaban de verdad: los problemas del mundo, arte, el mercado de valores. Hunter estaba increíblemente bien informado y el hecho de que viajara tanto significaba que siempre veía las películas recién estrenadas en el avión. A Suzy le resultaba revitalizante. Quería mucho a sus amigas, pero a veces, tanto hablar de quién era más sexy, si Justin Timberlake o Robbie Williams, le cansaba. Eran los temas que trataba su revista. El problema era que el público al que iba dirigida tenía una edad de entre catorce y veintiséis años, y sus amigas ya pasaban de los treinta, por Dios, aunque por lo visto nadie se lo había dicho.

Cogió el teléfono y marcó el número del restaurante.

—Oh, seño...ra Knipper —susurró el *maître*, que sabía muy bien que Suzy no era tal cosa—. Para usted siempre tenemos mesa, ya lo sabe. Pero... esta noche hay un pequeño problema. Tenemos un grupo bastante numeroso del Japón. Le diré lo que haremos, dentro de cinco minutos yo la llamaré a ver si he podido arreglarlo.

Suzy se levantó de la cama y se puso el jersey y la faldita negra. Hoy vamos de estudiante parisina, pensó girando con admiración ante el espejo. A Hunter le había encantado. Se agachó para recoger las medias y el liguero. Qué ridículo, pero si eso le hacía feliz...

El teléfono sonó. Debe de ser el restaurante. Suzy corrió a la mesa y descolgó.

Justo en el momento en que Hunter contestaba desde el cuarto de baño.

—¿Hola? —dijeron a la vez.

—¿Hunty? —dijo una voz de mujer. Era suave, baja, bonita.

¡Mierda! ¡Justine! Suzy colgó enseguida.

—No, no has podido oír ninguna otra voz —oyó Suzy que Hunter decía en el cuarto de baño—. No, cielo. Te lo habrás imaginado... ¡Cariño, cariño! Son imaginaciones tuyas. ¿Es que te has vuelto loca?... Cariño, ahora tengo que comer con un cliente. Te llamaré más tarde. No tengo tiempo para esto... ¿Cariño?

Suzy se sentó en el sillón con tapicería floral. Se notaba las piernas débiles. ¿Cómo podía haber sido tan estúpida? Al final, oyó que Hunter colgaba con violencia. Abrió la puerta del cuarto de baño.

—Lo siento —dijo Suzy mirándolo a los ojos—. Soy una idiota. ¿Has logrado convencerla?

Hunter negó con la cabeza. Parecía extrañamente tranquilo.

—Está hecha una furia. Hace tiempo que sospecha, y ahora cree que ya tiene la prueba. Dice que cogerá un avión esta noche. Y mañana habrá sesión de charlas sobre nuestra crisis.

—Oh, mierda. No sé qué decir.

Pero Hunter permanecía tranquilo.

—Bueno, algún día tenía que pasar —dijo sentándose en la mesa junto a ella y acariciándole su pelo negro—. Aunque es una pena que haya tenido que enterarse de esa forma.

Suzy lo miró confundida.

—¿Por qué tenía que pasar? ¿Tiene un equipo de detectives privados siguiéndome la pista? —De vez en cuando a Suzy se le cruzaba aquella idea por la cabeza y procuraba que a ella y Hunter no se les viera mucho en público.

Hunter se inclinó hacia ella y le levantó el mentón con la mano, para que lo mirara a los ojos.

—No, cariño. Pero tarde o temprano yo se lo hubiera dicho. Quiero que estemos juntos de verdad, no tener que andar siempre de esta forma.

Suzy notó un zumbido en los oídos.

—¿Quieres que nosotros... estemos juntos?

—Bueno, ¿por qué te sorprendes? Ya sabes lo que siento por ti. Era inevitable. Es el destino.

Pero qué tontería, pensó Suzy. El destino no existe.

—Pero... ¿y tus hijas? —dijo con voz lastimera.

—Bueno, ya tienen diecisiete y dieciocho años. Ya son mayores para cuidarse solitas. Lo bastante mayores para saber que hace años que sus padres no son felices. Y ahora podrás conocerlas. ¿No es maravilloso?

Suzy no se había sentido tan alterada en su vida. Conocer a las hijas de Hunter. Un par de criajas adictas a los centros comerciales. Antes prefería llevar escarpines y comprar en Costco.

—Pero Hunter —se quejó—. No estoy segura de poder hacerlo. Ya sabes que soy católica. Creo que las familias deben permanecer unidas.

—No sabía que fueras católica.

Y no lo soy.

—Oh, sí —le aseguró ella.

—Bueno, no te preocupes. Siempre hay una forma de solucionar estas cosas. Y actualmente los divorciados pueden volver a casarse por la iglesia. Podrás tener tu vestido blanco y tus damas de honor.

—Pero...

—Cielo, Justine y yo ya no nos queríamos. Tú no has tenido nada que ver en eso. Y en cambio sí me harás muy muy feliz. Señor, estoy impaciente por que conozcas a Philly.

Suzy se sentía como si acabara de sobrepasar el borde del Gran Cañón.

—¡No pensarás que voy a irme a vivir a Filadelfia!

Él sonrió.

—Por supuesto. Pero viajaremos continuamente.

¿Y qué pasa con mi trabajo? ¿Y mis amistades? ¿Qué pasa con mi vida en Londres? Todo el mundo sabe que en Estados Unidos la televisión es una mierda. ¿Y dónde compraría la coca?

Suzy tenía que detener aquello. Pero en ese momento sonó el teléfono.

—¿Hola? —dijo Hunter nervioso, y enseguida se relajó—. Ah, gracias, John-Paul. Bajaremos en cinco minutos. ¿Puedes poner una de vuestras mejores botellas de champán a enfriar? Mi... esposa y yo tenemos algo que celebrar.

Hacia la misma hora, unos trece kilómetros al sur del hotel donde se alojaba Hunter, Jenny estaba preparando una cena con pasta y escuchando el programa de Frank Floyd en Radio 2, su favorito. Jenny no acababa de decidir si Radio 2 era aceptable por lo irónico o si seguía siendo irremisiblemente irreverente. Seguramente se trataba de esto último. Pero aun así, Frank estuvo muy divertido bromeando con su invitada, Dolly Parton, sobre los explosivos implantes mamarios que llevaba.

Gordon estaba sentado a la mesa de la cocina leyendo el *Sunday Times*, con la mano colocada de forma ausente en la parte delantera de los calzoncillos. Jenny odiaba esa costumbre suya tanto como cuando se tiraba un pedo y lanzaba una risotada. Pero esta vez decidió no decir nada. Al menos se le veía contento. No mucho antes se había puesto terriblemente tenso y alterado. Seguramente por algo relacionado con el Arsenal, aunque no era propio de él. Normalmente era ella la gruñona: la que suspiraba aparatosamente hasta que —unas tres horas más tarde— Gordon captaba la indirecta.

Jenny había montado muchas escenitas con la mayoría de sus novios. Daba portazos y salía llorando a la calle. Ellos salían corriendo tras ella, la cogían y la obligaban a detenerse besándola con pasión. Pero con Gordy, la única vez que salió corriendo, se pasó media hora sentada en el banco del final de la calle, preparando una expresión llorosa de desolación y despreciando con gesto altanero a los chicos que no dejaban de pasar ante ella haciendo skateboard. Pero Gordy no salió y al final tuvo que olvidarse de su cara preparada. Cuando volvió a casa, lo encontró viendo el partido.

—¿Estás bien? —le preguntó—. Te he llamado, pero te has dejado el móvil aquí. —Y señaló el aparato, que estaba recargándose encima de la estantería. Le tendió los brazos—. Ven y dame un beso —dijo—. Siento haberte molestado.

Jenny no volvió a intentarlo.

Sin embargo, esa noche no tenía ni idea de lo que le pasaba a Gordy y, cuando le preguntó, él se limitó a suspirar y dijo:

—Nada. —Perfecto, seguiría disfrutando del programa de la radio.

—«¡Oh! —exclamó Dolly en la radio—. ¡Frank, eres demasiado!»

—«Bueno, aquí tenemos una de tus melodías clásicas, Dolly —dijo Frank—. Pero, antes de ponerla, tengo aquí un mensaje de Gordon Finch, de Balham, para Jenny. Dice: "Jen. Este miércoles hace cuatro años. Sé que quieres que nos casemos así que, ¿qué me dices?".»

—«¡Oooh! —exclamó Dolly Parton—. ¡Qué romántico!»

Los acordes de «I Will Always Love You» llenaron la cocina. Jenny se echó a llorar.

Gordon se levantó y le tendió tímidamente la mano.

—¿Qué me dices, cochinilla mía?

Un millar de respuestas se le pasaron por la cabeza. Le estaba pidiendo que se casara con él. ¡Así es como se siente una cuando la piden en matrimonio! Estaba conmovida, pero por otro lado también se sentía extrañamente distante. Qué pena que estuvieran en Balham y no en lo alto de la torre Eiffel o viendo la puesta de sol sobre el Orinoco. Sí, un hombre quería pasar el resto de su vida con ella. Pero solo se trataba de Gordy. ¿No podía haber encontrado algo un poco mejor? ¿No le quedaba más tiempo?

Miró a Gordy, tan inusualmente tímido, tan esperanzado.

Pero antes de que pudiera decir nada, el teléfono empezó a sonar. Por lo visto, todo el mundo estaba escuchando Radio 2.

26

El martes siguiente, Katie revolvía con entusiasmo el armario de Jess, buscando un vestido apropiado para la fiesta de John Hilton.

—Qué suerte —se lamentaba Jess continuamente. Lo estaba pasando mal. Le molestó que los otros se fueran al Met Bar sin ella y que ahora Ronan se quedara con el trabajo que ella deseaba desde hacía meses—. ¿Por qué no puedo ir yo?

Katie no le prestaba mucha atención, estaba demasiado ocupada tratando de decidir qué se iba a poner. Al final se decidió por una blusa blanca y entallada de Jane Norman y una falda de tubo negra. Sin leotardos, con unos zapatos negros de tacón de Jess. Era —casi— el tipo de ropa que se hubiera puesto Suzy. Según Rebecca, Suzy estaba bastante reservada últimamente; no había dicho nada de lo de la adiestradora de amor, ni de ninguna otra cosa.

—Pareces Audrey Hepburn —dijo Jess complacida.

La fiesta sería de las seis a las nueve.

—Es en la Asociación de Prensa Extranjera, en Pall Mall —le dijo Rebecca—. Una sala horrible y cargada, asquerosas salchichas pinchadas en palillos y vino blanco caliente. He puesto tu nombre en la lista de invitados. Nos encontraremos allí a las siete.

Katie salió de su casa puntualmente a las seis y media, pero, debido a un error en la señalización en Enbankment y después de perderse por Trafalgar Square, no encontró el edificio de aspecto severo hasta las siete cuarenta y cinco. Estaba cubierta de una fina capa de sudor. Odiaba llegar tarde.

La sala estaba llena de gente con aspecto bastante dejado, que reía aparatosamente y hablaba de las críticas del *Spectator*. Katie no veía a Rebecca por ningún lado. Se abrió paso entre el gentío, con una sonrisa postiza en la cara, tratando de localizar a alguien conocido. Señor, qué embarazoso. Se sentía como si tuviera siete años. Tú sigue andando, se dijo. Tiene que estar en algún sitio. Haz como si hubieras visto a alguien que conoces. Alzó ligeramente la cabeza mirando hacia la puerta y, con un leve saludo, formó la palabra hola con los labios. Nadie se fijó.

Para su alivio, divisó una mesa cubierta de vasos de vino. Recordaba lo que Rebecca le había dicho del blanco, así que cogió tinto. Sabía a insecticida, pero un trago la hizo sentirse mejor. Estudió el bufete. Unos rollitos con salchichas de aspecto sucio, sándwiches de huevo y patatas fritas. Muy poco prometedor, pero estaba hambrienta. Cogió un plato de papel y lo llenó de comida. Parecía un cerdo, pero ¿qué más daba? Nadie la conocía.

—Oh, gracias —dijo un hombre, cogiendo un puñado de snacks de su plato. Katie se dio la vuelta.

—¿Disculpe?

Era alto, con el pelo castaño y de punta y la cara pecosa. Vestía con camisa azul y pantalones anchos también azules. Le sonrió.

—¿Podrías traerme un vaso de tinto, por favor?

¿Qué era aquello, una forma estrafalaria de insinuarse?

—Perdona —dijo Katie muy cortante—. Estoy buscando a mi amiga.

Y lo dejó con la palabra en la boca. Ah, allí estaba Rebecca, de pie junto a una ventana abierta, hablando con un hombre alto, con el pelo rubio y muy corto. Tenía un vaso de vino en una mano y con la otra gesticulaba enérgicamente. Al acercarse, Katie la vio echar la cabeza hacia atrás y reírse de forma escandalosa. Entretanto, el hombre tenía la espalda apoyada contra la pared y la miraba con expresión de pánico. Cuanto más hablaba Rebecca, más nervioso parecía él. Oh, señor, pensó Katie. Rebecca estaba lanzada. Tenía un aire de desesperación que la envolvía como Poison, de Dior.

Había llegado el momento de intervenir.

—¡Rebecca, hola! —exclamó, interponiéndose entre los dos cuerpos—. Siento llegar tarde. Te he llamado. ¿Has recibido mis mensajes?

Rebecca no parecía nada contenta.

—Ah, hola —dijo—. Sí, recibí el mensaje. No tiene importancia.

—Encantada de conocerte —dijo Katie, tendiendo la mano y sonriéndole al hombre—. Me llamo Katie Wallace. ¿Y tú eres?

—Duff Henderson —dijo él, estrujando la mano de Katie. Tenía un acento nasal, sudafricano—. Encantado de conocerte, Katie. ¿Así que eres escritora?

—Sí —dijo Rebecca. Tenía la voz algo pastosa, y sus ojos despedían el mismo destello predatorio que le había visto con Johan. Era obvio que quería que Katie se esfumara. Pero eso no pasaría.

—Oh, mi vaso está vacío —gorjeó—. ¿Te importaría traerme otro, Duff?

—No hay problema —dijo este, salpicando a Katie con un poco de saliva de color vino de la alegría por tener una excusa para marcharse—. ¿Rebecca? —añadió educadamente—. ¿Otro vaso de blanco?

—Sí, por favor.

Duff se fue hacia la barra.

Katie se volvió hacia Rebecca.

—¿Qué estás haciendo? —le susurró.

—Solo hablaba —contestó ella a la defensiva—. Duff es muy agradable. Trabaja para Flyby Publishers. Podría publicar tu libro.

—Estabas flirteando con él —siseó Katie.

—¡No es verdad! —Pero Katie la miró fijamente—. De acuerdo, pero solo un poco. Es que es tan agradable... no hace mucho que vive en Londres. Y creo que le iría bien tener amigos.

—¿Cuándo llegó? ¿La semana pasada? —Rebecca no contestó. Katie miró a su alrededor—. Vamos, buscaremos otra persona con quien hablar.

—¡No podemos hacer eso! Duff ha ido a buscarnos las bebidas. Sería una descortesía.

—¿De verdad crees que va a volver? —Y señaló con el gesto a Duff, que estaba en la otra punta de la sala, charlando alegremente con un joven vestido con pantalón militar.

Rebecca frunció el ceño.

—¡Rebecca, soy tu adiestradora de amor! Tienes que dejar de abalanzarte sobre cada hombre que te sonríe. Creía que te habías resignado a la soltería.

—¡Y es verdad! Pero no soy una jodida monja. No voy a la caza de hombres, pero si conozco alguno que está bien, no pretenderás que lo ningunee. Tengo casi cincuenta años, Katie.

Katie suspiró. Sabía que estaba siendo un poco dura.

—Bueno, puedes hablar con él. Pero tienes que mostrarte más serena. Haz lo que te digo. Y para empezar, eso significa que tenemos que buscar otra persona con la que hablar un rato para no acosarlo.

—Vale, vale —refunfuñó Rebecca. Miró a su alrededor—. Vamos a hablar con Jeremy. Quizá podamos meterte en su show.

Jeremy Jackson. Katie sabía que era el presentador del magacín matinal Breakfast Today, no porque lo hubiera visto nunca (lo pasaban demasiado pronto para ella), sino porque no había un día en que los periódicos no publicaran alguna historia sobre su ácida ex mujer, sus pobres hijos, abandonados en Doncaster, su odio por su compañera de programa, Imogen Watts, y su nueva y adorable novia, que estaba embarazada de su primer hijo.

—¿No tendría que estar en la cama? —le preguntó a Rebecca—. ¿No se levanta hacia las tres de la noche?

—Oh, no. Tiene tres meses de vacaciones para escribir su dichoso libro —contestó ella—. ¡El muy vago! Lo único que tiene que hacer es parlotear y parlotear ante un casete tres horas al día y luego su negro tiene que sudar tinta para convertirlo en algo legible. Pero de la forma que él lo cuenta casi parece que está rediseñando la Capilla Sixtina.

La cara le cambió cuando se acercaron a Jeremy, que charlaba animadamente con una guapa rubia que aparentaba unos diecinueve y que, evidentemente, no era la adorable novia que había salido hacía quince días en *Hello!*

—¡Jez! —chilló Rebecca, poniendo la cara para que le diera un beso—. ¿Qué tal?

La rubia aprovechó la oportunidad para escaparse.

—Bueno, encantada de conocerte —gorjeó la chica reculando.

—¡Oye! —le gritó Jeremy—. No te olvides de llamarme.

—Jeremy, me gustaría presentarte a mi nueva clienta, Katie —dijo Rebecca con sonrisa triunfal—. Es adiestradora de amor. Creo que sería genial para tu programa.

—Hola —dijo Jeremy, ofreciéndole su mano flácida y mirando más allá de su hombro para comprobar si había alguna mujer más guapa a tiro.

—¿Cómo estás? —preguntó Rebecca animada.

—Fatal —se lamentó el otro—. En estos momentos estoy atascado en el capítulo ocho, Rebecca. No sé cuánto debo desvelar sobre el acuerdo de divorcio... tengo miedo de que si digo demasiado los abogados de Debbie se me echen encima otra vez.

El hombre siguió hablando, mientras Rebecca asentía y ponía expresión preocupada; la actitud provocadora de hacía unos momentos había desaparecido por completo. Alguien tocó el codo de Katie. Ella miró. Era Duff, con tres copas de vino sujetas precariamente entre los dedos.

—¿Dónde os habíais metido? —preguntó. Hablaba con voz alegre, pero parecía algo dolido. Oh, bueno, pues sí había vuelto.

—Lo siento —se disculpó Katie sin sentirlo—. Un viejo amigo necesitaba hablar con Rebecca. —Y los señaló a ella y a Jeremy, que hablaban con expresión grave.

—Gracias —dijo Rebecca de pronto, cogiendo un vaso de la mano de Duff sin mirarlo siquiera.

Aquello fue estupendo; cuando Rebecca iba de caza, era agobiante y avasalladora. En cambio en el trabajo, su indiferencia rozaba la mala educación. Duff pareció confundido. Perfecto. Tú pones las normas, pensó Katie. El perro hace lo que tú le dices que haga.

Miró a Duff con gesto reflexivo. Lástima que tuviera un nombre tan ridículo. Pero por lo demás parecía un buen partido.

—Así ¿de qué trata ese libro que estás escribiendo para Rebecca? —le preguntó Duff.

Katie se dio cuenta de que no le apetecía hablar de ello.

—Oh, bueno... es una especie de libro de autoayuda. Nada del otro mundo.

—No, no sé —dijo Duff—. En estos tiempos los libros de autoayuda son lo que vende. Los facturamos por millones. Hay mucha gente desorientada ahí fuera, y necesita que alguien la guíe.

—¿En serio? —Katie se animó.

—Claro. ¿Qué estudios tienes? ¿Eres asesora o algo parecido? ¿Psicóloga?

—Eso es lo de menos —dijo Rebecca, metiéndose de pronto en la conversación—. Katie tiene una historia fascinante, que conocerás en su debido momento, cuando la propuesta esté lista. —Se volvió de nuevo hacia Jeremy.

—Vaya, eso sí que ha sido una buena respuesta. —Duff se rió—. No conocía a Rebecca. Pero parece genial. Muy enérgica.

—Sí, es increíble —comentó Katie con efusión. Miró a Rebecca. Aquello prometía. No debía permitir que Rebecca lo estropeara. Había llegado el momento de decirle cuatro cosas.

Una mujer pechugona de mediana edad y con un vaporoso caftán blanco se interpuso entre ella y Duff.

—Aaah. ¡Duff! ¡Mi chico favorito! —exclamó, y lo besó efusivamente. Mientras cacareaba cuánto tiempo hacía que no se veían, Katie se dio la vuelta y tocó a Rebecca en el hombro.

—¿Crees que debería revelar los detalles? —preguntaba Jeremy en ese momento.

—¿Qué? —soltó Rebecca.

—Tengo que hablar contigo un momento —dijo Katie indicando con la mirada a Duff.

Rebecca ni siquiera pestañeó.

—Jezzi, cariño, todo irá bien —dijo con decisión—. Consúltalo con la almohada y llámame por la mañana. Pero estoy convencida de que tenemos un *bestseller* entre manos. —Le dio un beso en cada mejilla—. Hablamos por la mañana.

Jez volvió a zambullirse en la fiesta en busca de la rubia de diecinueve años.

—Muy bien —susurró Katie como una agente del KGB dando una información vital—. Duff parece interesado. Así que ahora tienes que hacer que funcione. Habla con él. Sobre libros, viajes o política. Los temas personales están prohibidos.

—Pero ¡eso es una descortesía! —protestó Rebecca.

—Rebecca, ¿a qué viene tanta fijación por la cortesía? Si un editor estuviera explotando a alguno de tus clientes serías descortés, ¿verdad? Pues lo mismo. Se trata de negocios. El negocio de encontrarte pareja.

—Sí, pero si estuviera hablando con algún editor cabrón y quisiera suavizarlo le preguntaría por su equipo favorito de fútbol y sus feos hijos y dónde pasó las vacaciones.

—Bien. Pero esto es diferente. De verdad. No hagas preguntas personales, así él tendrá que luchar por conseguir tu atención.

Rebecca asintió con gesto obediente.

—Muy bien. Lo intentaré.

—Y si es él quien hace las preguntas personales, cuéntale lo menos posible. Mantén el misterio. Pero, lo más importante, sé breve. Por muy bien que vaya, a los diez minutos debes marcharte. Lo dejarás con ganas de más.

—Bien. —Rebecca parecía tan seria... Katie sintió una repentina oleada de afecto.

—Adelante, y recuerda: si no funciona es porque no podía funcionar.

Duff se estaba riendo con la dama del caftán, pero cuando se volvieron a mirarlo, él también miró y les sonrió.

—¿La conoces? —preguntó Katie.

—Por desgracia —dijo ella—. Dorothy Holmes. La mandamás en las relaciones públicas del mundo editorial. Una bruja despreciable. Era la persona en quien había pensado como relaciones públicas una vez te hayamos lanzado. Distráela, Katie. Así podré hablar con Duff.

Se acercaron a ellos.

—¡Dorothy! —exclamó Rebecca, y hubo otra ruidosa ronda de besos en el aire antes de que Katie fuera presentada—. Es mi propiedad más valiosa —anunció Rebecca.

—¿En serio? —Dorothy puso una sonrisa forzada.

—Me encanta tu caftán —se apresuró a comentar Katie—. ¿Es de la India?

Dorothy bostezó ligeramente.

—De Sri Lanka.

Katie rió algo nerviosa, aunque no tenía gracia. Trataba de oír lo que hablaban Rebecca y Duff.

—Y el año que viene me voy a Costa Rica —decía Rebecca—. Es el país con la mayor biodiversidad del mundo.

Sonaba prometedor. Katie volvió a mirar a Dorothy, que saludaba enérgicamente con la mano a alguien que había en la otra punta de la sala.

—Disculpa —dijo, y se fue a toda prisa.

Bueno, Katie volvía a estar sola, y se sentía como un mueble. Consultó su reloj: siete minutos más y se llevaría a Rebecca. ¿Qué podía hacer mientras? El aseo. Perfecto. Tardó un minuto en conseguir abrirse paso entre la gente hasta los servicios, otros dos minutos de cola, dos más en el cubículo y uno para lavarse las manos.

Tres minutos más e intervendría, calculó cuando volvió a

salir. La sala empezaba a vaciarse, y su aislamiento se hizo más evidente. No importaba, caminaría con decisión hasta la barra, pediría una bebida y luego ella y Rebecca se irían.

—Hola —dijo una voz detrás de ella. Katie se volvió. Era el hombre de las pecas. Probando suerte otra vez.

—Hola —dijo Katie con su tono más desagradable.

—¿Qué te parece si me lo llenas? —preguntó, tendiéndole su vaso.

—¿Qué es esto? —dijo Katie—. Si quieres vino te lo sirves tú.

El hombre la miró como si le hubiera pegado.

—Eres una camarera espantosa —le espetó.

—¿Cómo? Yo soy... —Katie miró su blusa blanca y la falda negra y entonces comprendió. El hombre pensó que era la camarera. Bien por Audrey Hepburn.

—Espera —exclamó ella cuando el hombre se alejaba. Por alguna razón, para ella era importante aclarar la confusión. Él no la oyó. En vez de eso, fue hasta donde estaba Rebecca y le dio un beso afectuoso en la mejilla. Katie observó cómo le presentaba a Duff. Entre ellos el lenguaje corporal era fluido. Se notaba que se conocían desde hacía años.

Katie procuró mantenerse al margen; estaba demasiado abochornada para acercarse. Ahora ya no hacía falta que interrumpiera a Rebecca y a Duff, aquel tipo lo había hecho por ella.

—¡Katie! —la llamó Rebecca en un tono imperioso.

Katie se acercó. No quería mirar a aquel hombre a los ojos.

—Katie —le explicó en un tono efusivo—. Quiero que conozcas a Ben. Ben Graham. Mi socio. En el negocio, claro. Ben, esta es Katie. ¿Recuerdas?, te hablé de ella. —Le dio un suave codazo y miró a Duff, que saludaba con la mano a alguien que estaba en el otro lado de la sala—. La adiestradora de amor —susurró.

Ben pareció perplejo, y entonces se echó a reír.

—¡Ja ja ja ja! ¡La adiestradora de amor! ¡Y yo pensando que eras la camarera!

—Lo sé —dijo Katie. Se sentía la piel tan roja como el vaso de tinto que llevaba en la mano.

—No he dejado de pedirle vasos de vino —le explicó a Rebecca.

—Un error comprensible —dijo ella mirando su ropa de arriba abajo—. Katie, que estés de servicio no quiere decir que tengas que llevar uniforme.

—¿Qué está pasando aquí? —preguntó Duff reincorporándose a la conversación.

Ben aún se estaba riendo, y hasta le caían lágrimas por las mejillas. No tiene tanta gracia, pensó Katie abochornada.

—¡Perdona! —jadeó—. Pero es que has sido tan antipática... —Estiró el brazo y le rozó la mano—. Deja que te traiga un vaso de vino para compensarte.

Para su sorpresa, cuando Ben la rozó, Katie sintió una fuerte sacudida, como si se hubiera saltado un escalón en la oscuridad. Solo que no era desagradable... le gustaba.

Oh, Dios mío, pensó. Me gusta.

Sus ojos se encontraron. Y yo le gusto a él.

—¿Vino? —le preguntó él educadamente—. Lo siento de verdad.

De pronto Katie sintió unas ganas locas de salir de allí. Trató de recordar lo que Crispin le había dicho que haría esa noche. Estaría bien verle.

—No, gracias —balbuceó—. Tenemos que irnos. —Tocó con suavidad el hombro de Rebecca, quien, gracias a Dios, captó la indirecta.

—Me ha encantado conocerte, Duff. Pero tengo que irme. —Y le dio un apretón de manos breve y profesional. Luego se volvió sobre sus talones. Katie la siguió.

—¿Adónde vais? —gritó Ben a sus espaldas. Rebecca miró hacia atrás y se despidió airosa con la mano.

—A casa —contestó ella—. Ben no se lo creerá —le dijo a Katie con una risita mientras bajaban las escaleras—. Normalmente siempre soy la última en marcharse de las fiestas y siempre quiero ir a algún otro sitio. Estoy aprendiendo, ¿a que sí?

—Sí —contestó Katie con afecto. Estaba orgullosa de su pupila, pero furiosa consigo misma. Eso te pasa por beber vino malo, se dijo, pero sabía que se trataba de algo más.

27

—¿Y ahora qué? —preguntó Suzy. Era miércoles por la noche, y Jenny y ella estaban tumbadas en la sauna del centro de belleza. Suzy había tenido su clase particular de yoga; ella nunca se juntaba con la chusma.

Jenny estaba demasiado jadeante para contestarle. Acababa de salir de una clase de *steps*. Ahora que habían anunciado el compromiso, tenía seis meses para perder diecinueve kilos —aunque, bueno, con seis se conformaba— y se había embarcado en un programa de ejercicio y régimen. Se apretó un montón de grasa del muslo entre los dedos. Aquello no era un centímetro, ahí había por lo menos un kilómetro de grasa. Señor, era repugnante.

—¿Jenny?

—Oh, perdona. —Jenny se sentó y se limpió algo de sudor de la cara—. Bueno, mamá ha insistido en que pongamos el anuncio en el *Times* y el *Telegraph*. Y celebraremos una fiesta de compromiso. El 21 de julio. Vendrás, ¿verdad? Y Hunter, claro.

—No me lo perdería por nada del mundo —le prometió Suzy. No tenía intención de llevar a Hunter, pero Jenny ya debía de saberlo.

—Y tenemos que fijar una fecha y reservar el sitio. —Jenny pareció animarse ligeramente—. Y tengo que escoger mi vestido.

—Mientras no me pidas que yo haga de dama de honor.

—Pues ya que lo dices, tengo un traje color merengue con sombrero a juego esperándote en mi armario.

Las dos rieron.

—¿Le dijiste que sí enseguida? —preguntó Suzy. Esa noche también ella estaba escuchando el programa de Frank Floyd, aunque antes se hubiera muerto que confesarlo. Hunter había vuelto a Filadelfia para hablar de su crisis con Justine, y la cosa había acabado con Hunter en la calle y Justine diciendo que iba a sacarle hasta la cerilla de los oídos.

—¿Qué podía hacer? Los productores del programa llamaron para preguntar cuál había sido mi respuesta. Dolly Parton se moría por saberlo. No podía decir que me lo estaba pensando.

—Muy listo, Gordon. Sabía que de esa forma no podía perder.

—Bueno, seguramente hubiera dicho que sí de todos modos.

—¿Seguramente? —Suzy se incorporó para sentarse, sorprendida.

—Vaya, que sí —dijo ella sentándose también y salpicando más agua sobre las ascuas—. Bueno, no, quería decir que probablemente. Ay, no sé, Suze. Quiero mucho a Gordy, pero no estoy segura de si quiero casarme con él.

—Es un compromiso importante —dijo Suzy. Trató de mantener un tono neutral. Personalmente, Suzy nunca había entendido por qué la gente veía el matrimonio como algo tan maravilloso. Tanto derroche cuando era evidente que siempre acababa mal. La culpa la tenían la música y revistas como la suya.

—No sé, Suze —prosiguió Jenny—. Gordy es muy majo. Es solo que... es solo que nunca me hubiera imaginado que mi destino era un asesor informático de Shropshire. —Cambió de posición sobre la toalla, algo incómoda—. Eso significa que a menos que nos toque la lotería, nunca viviré en un sitio mejor que Balham, no podré mandar a mis hijos a una escuela privada, nunca viajaré en clase *business* o me cortaré el pelo en Nicky Clarke. Me pasaré la vida comiendo comida para llevar de Bengal Lancer o en el Peking Duck.

Decir aquello le hizo sentirse como una mala bruja, pero necesitaba contárselo a alguien. Y seguro que Suzy lo entendería. Después de todo, ella solo salía con hombres ricos.

Sin embargo Suzy pareció ofendida.

—Jenny, pero ¿qué estás diciendo? ¿Que tendrías que dejar a Gordy y buscar tu Alberto de Mónaco?

—En realidad, yo había pensando en el príncipe Andrés, ahora que vuelve a estar libre. —Jenny rió tontamente. Hizo una pausa—. Mira. Lo único que digo es que me resulta difícil aceptar que mi vida se reducirá a eso. Y además...

—¿Además?

—Creo que...

—¿Crees que qué?

—Creo que... que he conocido a otra persona.

Suzy abrió la boca sorprendida.

—¡Jenny! ¿Y quién es?

Jenny bebió un trago de agua.

—Se llama Fabrice. Trabaja en nuestra oficina de París. Estuvo aquí hace un par de semanas y comimos juntos. Y yo sentí algo...

Suzy suspiró. Jenny era la reina de los enamoramientos. Si le hubieran dado una libra por cada conversación que habían tenido sobre el mismo tema, ya se habría retirado a la mansión de sus sueños en el sur de Francia haría años.

—Jen, que te haga gracia otro no significa que no tengas que casarte con Gordon.

—No es solo que me haga gracia. Había chispa entre nosotros. La forma en que nos mirábamos... Y teníamos un montón de cosas de que hablar. Sé que parece una tontería, pero de verdad creo que podría ser el hombre de mi vida.

Suzy dio un bufido. Ella siempre estaba encargando artículos que se titulaban «Cómo saber si es el hombre de tu vida». En su opinión, se trataba de idioteces. El amor era una etapa pasajera de locura y si estabas lo bastante necesitada para querer un compañero de por vida, lo mejor era olvidarse de la pasión y buscar a alguien con quien la convivencia resultara pasable.

Pensó en Katie, la adiestradora de amor. ¿No era esa su filosofía? Suzy sonrió. Esa chica era una versión suya en miniatura, aunque tuviera un novio formal. Aunque, desde luego, Katie era más blanda que ella. La había visto pendiente de Rebecca la otra noche y sus ojos reflejaban verdadera angustia. En cambio, a ella la credulidad de su amiga solo le produjo irritación. Pero, claro, Katie aún era joven. Ya aprendería.

Jenny seguía hablando.

—Ya han pasado dos semanas y desde entonces no hemos dejado de mandarnos e-mails. El último decía: «Estoy impaciente por volver a Londres». ¿Qué crees que significa? ¿Crees que le gusto?

La única forma de actuar ante esa clase de tonterías era no hacer caso. Suzy se puso en pie y se lió en una toalla blanca.

—Me voy a duchar.

Jenny salió de la sauna detrás de ella. Colgaron sus respectivas toallas y se metieron en duchas contiguas.

—Sea como sea —gritó Jenny por encima del sonido del agua—, tengo una reunión en Bruselas dentro de dos semanas y he pensado que podría coger el tren allí e ir a París. Creo que solo son dos horas.

—¿Sabe él que estás prometida? —le gritó Suzy a su vez.

—Bueno, cuando lo conocí no lo estaba.

—Bueno, pero llevas cuatro años con Gordy. ¿Sabe que vives con tu pareja?

Jenny no dijo nada.

—¿Jenny?

—Oh, lo siento. Me ha entrado jabón en los ojos. No. No lo sabe. No me pareció relevante. No hablamos de temas privados. Hablamos de... libros, de películas y sitios donde hemos estado. Él ha viajado mucho. Me dijo que le gustaría enseñarme Río.

—¡Oh, por favor! —Suzy cerró el grifo y sacó el brazo por encima de la puerta buscando la toalla.

—¿Crees que tendría que ir a París? —preguntó Jenny siguiéndola.

Suzy se había metido en uno de los cambiadores. Contestó gritando por encima de la puerta.

—Jenny, creo que antes de hacer nada tendrías que plantearte tu relación con Gordy. Si de verdad crees que Fabrice es tu hombre, ¿por qué te vas a casar con otro?

Jenny miró la moqueta, como una adolescente resentida.

Suzy se suavizó. Después de todo, Gordy era razonable y fiel, pero un poco aburrido. Y ese Fabrice sonaba muy sexy. Quizá Jenny tenía razón al no querer conformarse. De todos modos, Suzy acababa de descubrir cómo volver aquello en su favor.

—Escucha —dijo, saliendo totalmente vestida—. En estos momentos estoy trabajando en secreto en un proyecto para la revista con una cliente de Rebecca que se llama la adiestradora de amor. Su trabajo es analizar las relaciones. ¿Por qué no la llamas para que te diga lo que opina sobre tu relación con Gordy? ¡No vas a perder nada!

—Costará un ojo de la cara, ¿no? —preguntó con recelo. Pero le tentaba la idea. A Jenny le encantaban esas cosas. En sus tiempos, hizo que le leyeran su aura, que le dijeran sus colores y que le hicieran un estudio grafológico. El informe que le mandó el grafólogo decía que el sujeto de estudio sin duda era un carcelero. Nunca se lo dijo a nadie.

—No te preocupes —dijo Suzy—. Te conseguiré una cita gratis. —Aparte de la hipoteca, Suzy prácticamente no pagaba nada. La ropa, la peluquería, las vacaciones, y hasta los coches se los regalaban empresas desesperadas por que les hiciera publicidad. De hecho, no recordaba la última vez que tuvo que pagar ella un bote de champú o una entrada para el cine. Jenny estaba muy celosa, aunque le daba muchas de las cosas que ella no quería.

—Pero ¡no podemos acudir a una adiestradora de amor!

Sería como... una asesora matrimonial. Solo la gente aburrida hace eso.

—No creo que lo de la adiestradora de amor funcione así. Es más informal. Más directo. Ella te observa en tu ambiente y luego te dice lo que piensa. Gordon no tiene por qué enterarse.

Jenny se rió.

—Sé que Gordon es un poco corto, pero hasta él repararía en una mujer con bata blanca y una libreta tomando notas en la casa.

—Es más sutil que eso. Katie normalmente se hace pasar por alguien del personal.

Jenny silbó.

—¿Del personal? ¿Es que trabaja en palacio o qué? Diciéndole a Camilla que aguante y algún día será la reina.

—No. No... se hace pasar por la asistenta.

—Pero yo ya tengo asistenta. No pienso desprenderme de Vincentia. Y de todas formas, viene cuando estamos trabajando.

Suzy pensó.

—Muy bien. ¿Y si fuera una camarera?

—¿En el Bengal Lancer? ¿Y cómo lo haría? ¿Analizaría la relación por el número de panes de lenteja que pidiéramos?

—¡No! —Suzy se puso a peinarse el pelo mojado—. En tu fiesta de compromiso. —Se subió la cremallera de la falda—. Podría servir bebidas. Los canapés.

Jenny, que estaba sentada en un banco esperando que su amiga terminara, se levantó.

—Muy bien —dijo—. Vale la pena probar.

—Pero, hasta entonces, nada de flirtear con Fabrice.

—¿Ni siquiera por e-mail?

—Ni siquiera por e-mail. Que Katie os eche un vistazo a ti y a Gordy y que luego te aconseje.

Jenny puso cara larga, luego sonrió.

—Trato hecho.

Suzy decidió que lo mejor era no decirle a Jenny que Katie creía que había que tratar a los hombres como a perros. Dicho así, sonaba un poco bestia. Cuando volvía a casa en el taxi, se dio cuenta de que Jenny no le había hecho ni una sola pregunta sobre Hunter. Qué pena. Le hubiera gustado hablar con alguien de su dilema. Pero no tenía ni idea de cómo iniciar una conversación así. Después de haber sido tan reservada durante tanto tiempo, seguramente sus amigas le dirían que se comprometiera.

28

El día después de la fiesta de James Hilton, Rebecca se pasó el día tratando de quitarse a Duff de la cabeza. Por la tarde estuvo muy ocupada negociando un complicado contrato. Cada vez que oía el bip que anunciaba un nuevo e-mail, saltaba, pero siempre era el condenado trabajo. «¿Alguna llamada?», preguntaba a Tara en un tono informal cada vez que volvía del aseo (beber cuatro litros diarios implicaba muchas visitas al lavabo).

Hacia las tres no pudo aguantar más, hojeó su Rolodex y buscó el número de Flyby, la editorial donde trabajaba.

—Duff Mitchell —musitó contra el auricular. Le aterraba que Ben pudiera entrar y la oyera.

—¿Quién? —chilló la operadora.

—Duff... Mitchell.

Un teléfono sonó.

—Oficina de Duff Mitchell —dijo una voz cantarina.

Rebecca colgó. Oh, muy bien, muy adulto. ¿Qué había ganado con aquello? Nada, solo que ahora ya sabía que Duff era lo bastante importante para tener secretaria. Seguramente se acostaba con ella. Aquello le hizo recordar cuando tenía trece años y después de la escuela ella y su amiga Liza Moore se pasaban horas llamando a chicos que les gustaban y colgando cuando ellos cogían el teléfono. Según había oído, Liza estaba casada y tenía tres hijos, y en cambio ella seguía igual.

En ese momento su móvil emitió un bip. Rebecca lo cogió.

No será él, se dijo con decisión. Pero no reconoció el número. Abrió el mensaje y chilló.

«Espero q llegaras bien anoche —leyó—. ¿Cenamos algún día? Duff.»

En otro tiempo hubiera llamado corriendo a alguna de sus amigas. Ahora llamó a Katie.

—¿Qué piensas?

Katie no estaba segura. No veía con buenos ojos los mensajes de texto. Demasiado distante, pero a la vez apremiante, un pequeño dibujito que llamaba tu atención. Y lo del «Duff» sin el apellido sonaba demasiado familiar, aunque para ser justos no era muy probable que Rebecca conociera a dos Duffs. Y eso no lo convertía en un maltratador.

—¿Qué debo contestar? —preguntó Rebecca.

—De momento nada —le aconsejó Katie—. Deja pasar veinticuatro horas.

—Eso es...

—¿Descortés? No, Rebecca, no lo es. No se trata de una de tus amigas íntimas, ni es familia, ni un contacto del trabajo.

—Bueno, en parte sí —replicó Rebecca. Su expresión se apagó—. Seguramente solo quiere hablar de trabajo.

—Entonces te hubiera pedido que salierais a comer.

—¡Es verdad! Entonces, ¿puedo contestar mañana? ¿Y qué le digo?

—Oh,... di: «Estaría bien cenar, sí. Estoy libre el miércoles de la semana que viene. ¿Te va bien? Saludos, Rebecca Greenhall».

—¿El miércoles de la semana que viene? Eso es ridículo. Ya se habrá olvidado de mí. —Bajó la vista a su agenda—. De todos modos, esa noche estoy ocupada.

—Rebecca, no tiene por qué ser precisamente esa noche. Solo digo que dejes pasar una semana. Tienes que demostrarle quién manda.

—Pero... —Ella sabía que había perdido—. Vale. El martes está bien. ¿Es demasiado pronto?

—No, está bien. Pero no digas nada hasta mañana.

—Bien. Bien. —Rebecca tenía intención de mandarle un mensaje de texto en cuanto llegara a casa. Después de todo ¿qué iban a cambiar unas cuantas horas?—. Hablamos mañana. Adiós.

Diez minutos después, levantó la vista y se encontró a Katie en el exterior de su cubículo.

—¿Qué haces aquí? —preguntó cuando la adiestradora de amor abrió la puerta.

—Estaba comprando un regalo de cumpleaños en Selfridge y pensé que podía pasarme.

—¿Para qué? —Rebecca intuyó el peligro.

—Para llevarme tu móvil.

—¿Cómo? Oh, no, Katie. Otra vez no. Lo necesito para el trabajo.

—Me aseguraré de que recibas los mensajes importantes.

Rebecca puso cara larga.

—Puedo llamar a Duff desde la oficina.

—Desde luego. Puedes ir a su trabajo y decirle que le quieres y que deseas que sea el padre de tus hijos. Confiscarte el móvil es solo una forma de recordarte que lo mejor es que guardes silencio.

Por un momento, Rebecca pensó que Katie tenía la intención de quitárselo. Se lo dio a desgana.

Si Katie no hubiera sido un cliente que le haría ganar mucho dinero, seguramente la odiaría, pensó. Era muy dura. Pero le había encantado el mensaje de Duff. Es curioso que Katie tuviera una visión tan clínica del amor, porque era evidente que disfrutaba enormemente de los romances de los demás. ¿Enamorarse no consistía precisamente en dejarse llevar?

Desde luego que no, pensó, si no ella ya tendría pareja hacía mucho. Katie sabía lo que hacía.

—Volveré mañana —dijo Katie—. No te preocupes. Todo irá bien.

Exactamente veinticuatro horas después, Katie se presentó en la oficina con el móvil. Rebecca escribió una respuesta al mensaje de Duff y se la enseñó a Katie. Apretó Enviar. Cinco minutos después, el móvil sonó.

—Hola —dijo Rebecca en un tono agresivo; supuso que se trataba de una llamada de trabajo—. ¡Oh, hola! Sí. ¿Cómo estás? Espera un momento.

Katie se había levantado. Rebecca le indicó mediante gestos que volviera a sentarse.

—Es Duff —dijo gesticulando con la boca—. ¿Qué le digo?

Sin querer, Katie dio una palmada de la alegría.

—Dile que te alegras de oírle. Pregunta si le va bien el martes que viene y adónde quiere ir. Y luego cuelga. Nada de cháchara. Déjalo con las ganas.

—Vale. —Rebecca volvió con el móvil—. Perdona... estaba hablando por la otra línea. —Escuchó—. Bien. Bien... De acuerdo... Hacia las siete y media me va bien... No, no, te avisaré si hay algún cambio de planes... Muy bien, nos vemos. Adiós. —Colgó—. ¿Lo he hecho bien?

—Perfecto —dijo Katie orgullosa—. Ahora lo tendrás en ascuas. No sabrá si es una cena de negocios o de placer.

Rebecca rió.

—Estoy tan contenta... normalmente, me hubiera pasado horas al teléfono, tratando de gustarle. Me siento tan... poderosa. —Frunció el ceño—. ¿Qué crees que debo ponerme?

29

Suzy esperó un día antes de llamar a Rebecca para decirle que, en su opinión, Katie podía hacer la sesión de prueba con Jenny y Gordon.

Rebecca no lo veía tan claro.

—Jenny es la mujer más afortunada del mundo —objetó—. ¿Cómo podría ayudarla Katie?

Suzy bostezó.

—Ya conoces a Jenny. Solo necesita que alguien la tranquilice. Que le digan que ha hecho la elección correcta. Y tendrá una vida perfecta.

Rebecca se relajó. No sería tan difícil. Ella veía a Katie como a una especie de Terminator que aconsejaba a las mujeres que amaban con demasiada entrega que dejaran al cabrón de su pareja. Pero eso no significaba que no pudiera cumplir otra misión: abrir los ojos de mujeres demasiado soñadoras que no se daban cuenta de que ya habían encontrado el amor.

—Muy bien, le mandaré a Katie. No puede hacer ningún daño.

En cuanto colgó, se olvidó por completo de la conversación. Había otras cosas de las que preocuparse: como la cena de esa noche con Duff. Aunque mejor sería no hacerse demasiadas ilusiones.

Para sorpresa suya, Duff le dijo que pasaría a recogerla por su casa a las siete y media. Nadie lo había hecho nunca. Se sintió como Sandy, en *Grease*, esperando que Danny fuera a recogerla para llevarla al cine para coches. Solo que en vez de un padre inquieto que le advertía que cuidara bien a su hija o pagaría las consecuencias, ella tenía a Katie diciéndole exactamente lo que tenía que hacer.

—Lleva pantalones, no falda, no tienes que dar la impresión de que te importa tanto —la aleccionó, acomodándose en la cama de Rebecca. De mala gana, Rebecca se quitó su falda de tubo nueva y la sustituyó por unas mallas negras.

—En realidad son más sexys —dijo Katie—. Porque no destacas tanto. —Miró a su alrededor. La habitación se veía diferente: las cortinas se habían lavado, el montón de cosas que había siempre sobre la mesita de noche había desaparecido mágicamente y el espantoso espejo que había encima había sido reemplazado por uno con el marco de madera de haya.

—La habitación parece mucho más grande —dijo admirada—. ¿Cuándo has decidido reorganizar el mobiliario?

—Oh, ha sido Ronan. Cuando más o menos tuvo controlado lo de la limpieza, dijo que le quedaba tiempo para hacer un poco de magia. Es genial, ¿verdad? Tendría que estar en uno de esos programas de decoración.

—Sí, ¿verdad? A lo mejor puedes encontrarle algo. —Lo dijo en un tono impertinente, pero esa era la idea.

—Seguramente. Pero entonces lo perdería como asistente. Y eso sería una catástrofe. Me refiero que... perderte a ti ha sido distinto. No creo que la limpieza fuera lo tuyo, Katie.

Seguramente tenía razón, pero Katie se sintió un poco dolida.

Katie se fue del piso y esperó en la pequeña cafetería que había en la acera de enfrente. Eran las siete y cuarto. A las siete y veinte un taxi se detuvo ante el edificio y permaneció allí con el motor encendido. El corazón de Katie latía con entusiasmo. Duff llegaba antes de la hora. Era una buena señal. El taxi siguió esperando. Con su Coca-Cola Diet, Katie observó a través de la ventana empañada, sintiéndose como una de esas mujeres detectives sobre las que tanto le gustaba leer.

A las siete y veintinueve, Duff bajó del taxi y se dirigió hacia la portería. Llamó al timbre y esperó en los escalones de la entrada, retorciéndose las manos con nerviosismo.

Cinco minutos después, Rebecca apareció, con un aspecto deslumbrante. Miró al otro lado de la calle, vio a Katie y esbozó una leve sonrisa. Y entonces se subió al taxi y se fueron.

En la parte de atrás del taxi, Rebecca sonreía con recato.

—¿Adónde vamos? —preguntó. El taxímetro ya indicaba treinta y cinco libras, aunque seguramente Duff insistiría en pagar.

—Bueno, he pensado que podríamos probar en un local que he descubierto en el West End.

¿El West End? Perfecto. ¿No pensaría llevarla a L'Escargot? El restaurante de Joe Allen estaría bien. O Sheekeys. El taxi siguió por Park Lane, luego rodearon parte de Hyde Park Corner y siguieron por Picadilly. ¿Iban a L'Oranger? ¿O a aquel sitio tan especial de Chinatown? Rebecca sonrió. Era maravilloso que alguien te hiciera sentirte tan especial.

Rodearon la mitad de Picadilly Circus y se detuvieron justo antes de Leicester Square.

—¡Bueno, ya estamos! —dijo Duff, señalando un luminoso letrero de neón al otro lado de la calle.

No, seguro que no lo había entendido bien.

—Es... TGI Friday's.

—Eso es —asintió Duff con alegría—. ¿Lo conoces?

—Bueno —dijo Rebecca débilmente—, he oído hablar de él.

—Bien, ¿quieres tomar algo? —dijo él abriéndole la puerta—. Preparan unos cócteles estupendos. —Con una sonrisa se volvió hacia la chica de recepción—. ¡He reservado mesa!

Rebecca echó un vistazo al montón de menús de plástico y las mesas atestadas de grupos de mujeres que reían tontamente en su noche libre del mes y de turistas alemanes con aire deprimido. No seas tan exigente, se dijo con severidad.

—Parece estupendo —barboteó.

—Vine por primera vez hará cosa de un mes —la informó él con entusiasmo—. En Sudáfrica no tenemos TGI, ¿sabes?

—¿Ah, no? En Australia sí. —Rebecca se sentía débil.

—¿De verdad? —Duff estaba maravillado—. Es una pena que solo sea miércoles —y resopló ante tanto ingenio—. Porque... ¡estamos en TGI Friday's![1]

Una camarera con el pelo lacio y acné les acompañó hasta una mesa oscura del rincón, justo debajo de un altavoz en el que sonaba una canción de Bryan Adams y del aparato del aire acondicionado.

—Yo tomaré un Slow Comfortable Screw Against the Wall[2] —dijo Duff riendo con disimulo.

—Yo un Long Island Iced Tea —dijo Rebecca. Alguien le había dicho alguna vez que era el cóctel más fuerte que tenían. Necesitaba ingerir todo el alcohol que fuera posible si quería sobrevivir a la velada.

Duff hizo que no a los menús.

—Tomaremos hamburguesas, ¿verdad? Que estén bien hechas, por favor.

—En realidad... —repuso Rebecca. Hacía diez años que no comía una hamburguesa. Pero la camarera ya se había ido.

Mientras esperaban la comida, Duff habló sin parar de su pasión por el surf.

—Cresta de la ola... tablas... trajes de neopreno. —Era como si acabara de salir de una celda de aislamiento. Rebecca veía la nuez subir y bajar por su garganta flacucha, como un cubo en un pozo. ¿Cómo hemos llegado a esto?, pensó. En la fiesta parecía tan agradable.

—Supongo que a ti también te gusta el surf —dijo Duff después de media hora—. Siendo australiana...

—Bueno, pero es que yo no vivía cerca del mar... —empezó a decir.

1. Literalmente, el viernes de TGI. *(N. de la T.)*

2. Literalmente significa «un polvo lento y agradable contra la pared». *(N. de la T.)*

Él pareció sorprendido.

—¿Ah, no? No veo qué sentido tiene vivir en una ciudad como Sydney si no aprovechas ese tipo de actividades.

—Bueno, no dependía de mí. Fue decisión de mi madre. Y no teníamos dinero. Comprar una casa en la playa es muy caro.

Duff no parecía convencido.

—Entonces —apuntó Rebecca rápidamente. No entendía por qué estaba siendo tan educada—, viviendo en Inglaterra, debes de echar de menos el surf.

—Sí. Odio vivir aquí. La suciedad, el gasto, la adicción al trabajo. Aquí todo el mundo está obsesionado con el estatus. ¿A qué te dedicas? ¿Cuánto ganas? ¿No se dan cuenta de que la vida es mucho más que eso?

—¿Y entonces por qué te fuiste de Sudáfrica?

—Bueno, aquí hay muchas más oportunidades. Y tú ¿por qué te fuiste de Australia?

—Yo...

—Pero se nota que te va bien. Debes de estar haciendo una fortuna, si no te importa que lo diga.

Pues sí, me importa, hubiera querido gritarle, pero en aquel momento llegó la comida. Y entonces Duff se lanzó otra vez, salpicando pedacitos de hamburguesa por toda la mesa en su afán por hablarle de raquetas de paddle, yardas y similares. Desde luego, yo de eso entiendo mucho, pensó Rebecca aburrida.

A las diez y media, después de que Rebecca rechazara el postre y el café, Duff pidió la cuenta.

—Espera —dijo Rebecca echando mano de su bolso—. Deja que pague yo.

Duff pareció confuso, luego complacido.

—Bueno, eres muy amable —dijo—. Bueno... —añadió mientras esperaban a que pasaran la tarjeta por la máquina—. ¿Te apetece que vayamos a tomar algo a algún sitio?

Rebecca no hubiera podido encontrar algo que le apeteciera menos.

—¿Por qué no?

Porque, después de todo, tal vez estaba siendo demasiado dura con Duff. Él no tenía la culpa de ser un palurdo sudafricano. Rebecca tenía casi cincuenta años y no podía permitirse elegir. En realidad el chico no era feo. Y era evidente que ella le gustaba. No, le daría otra oportunidad.

Pero cuando salieron a la calle, a rebosar de vagabundos, traficantes y escandalosos adolescentes franceses, el móvil de Rebecca sonó.

Ya sabía quién era.

—¿Todavía estás con él? —le preguntó Katie.

—¡Oh, señor! ¡Llegaré enseguida!

—¿Cómo dices? —Evidentemente Katie no esperaba que Rebecca se mostrara tan entusiasta.

—¿En qué hospital has dicho? Saint Marvin. Cogeré un taxi. Estoy ahí en diez minutos. ¡Ánimo! —Colgó—. Lo siento mucho, pero mi amiga acaba de ponerse de parto. Tengo que ir al hospital.

—¿De verdad? —Duff frunció el ceño—. ¿Dónde está su marido?

—No tiene marido. Es lesbiana. Utilizó una manga pastelera. Bueno, me he alegrado de volver a verte. —Rebecca no tenía ningunas ganas de besarle. Le tendió la mano. Él la aceptó y la atrajo hacia sí.

—Buenas noches —dijo, dándole un beso baboso en la mejilla.

—¡Taxi! —gritó Rebecca, saltando a la calle y agitando los brazos como un náufrago que trata que lo vea el avión de rescate—. Te acercaría —dijo, subiendo al taxi—, pero es que voy en la otra dirección.

—Oh, me siento fatal —dijo Rebecca. Eso ocurría la noche siguiente en su piso; Katie y ella comentaban la jugada—. Quizá he sido demasiado dura con él. No estaba tan mal. Podíamos haber sido amigos.

—Ya tienes suficientes amigos —le dijo Katie—. No necesitas más.

—Salir con hombres es una pesadilla —dijo Rebecca desconsolada—. ¿Quién lo inventó? En los viejos tiempos, hacías manitas con alguien en una fiesta y al día siguiente ya erais pareja. No había nada de todo este rollo de salir a cenar y hacer preguntas educadas.

—Lo hemos importado de los norteamericanos. Como el café Starbucks y los vampiros de *Buffy*.

—A mí me encanta Buffy. —De pronto Rebecca pareció más abatida—. ¿Por qué tengo que hacer todo esto? ¿Tendría que haberme casado con mi primer novio del cole?

—Bueno, al menos anoche aprendiste una cosa. Se te notó un poco aburrida, te fuiste pronto y hoy Duff no ha dejado de enviarte mensajes de texto. Te ha mandado flores. Nunca falla.

—Sí, pero eso es porque de verdad no me interesaba. Esas cosas no pueden fingirse. Nunca funciona.

En eso tenía razón.

—De todos modos —dijo Katie—, quizá no sea tan mala idea. Salir con zoquetes. Puedes practicar tu aire indiferente con unos cuantos y cuando estés lista te mandaremos con alguien que sí te guste.

—Eso si es que alguien vuelve a pedirme que salgamos. Lo cual no es muy probable, porque...

—Tienes casi cincuenta años. Lo sé. Pero incluso las mujeres de cincuenta salen con hombres. Cher sale con hombres, lo leí el otro día en *OK!* Y si hay hombres con el valor suficiente para pedirle a Cher que salga, los hay para pedírtelo a ti.

—Quizá habrá alguien agradable en la fiesta de Gordon y Jenny.

—Quizá. O quizá no. Sea como sea, estaré allí para ayudarte. —Katie se inclinó hacia delante y le dio unas palmaditas en el brazo—. Solo tienes que tener fe.

30

Desde su encuentro con Justine para resolver su crisis matrimonial, las vidas de Suzy y Hunter cambiaron de una forma inimaginable. Él lo confesó todo, ella consultó con sus abogados y se lo dijeron a las niñas, que estaban desconsoladas.

Hunter decidió que después de un divorcio le hubiera sido imposible hacer vida social en Filadelfia, así que solicitó a su empresa, Peterson-O'Brien, el traslado a la oficina de Londres. Mientras tanto, alternaba una semana en Filadelfia y otra en Londres, donde anunció que en lo sucesivo se quedaría en la casa de Suzy.

—Los hoteles son tan deprimentes... —le dijo—. En Filadelfia tengo que vivir en uno, así que mientras estoy en Londres puedo dormir en tu acogedor apartamento.

Si te parece bien, pensó Suzy bufando. Pero, después de tantos años en el banco, Hunter solo sabía dar órdenes, desconocía cómo se pedían las cosas. Sencillamente, no se le ocurrió que a lo mejor a Suzy no le hacía tanta gracia pasar todas las noches con él.

De hecho, en los dieciocho meses que llevaban juntos, Hunter nunca había estado en la casa de Suzy. Cuando cruzó el umbral se quedó de piedra.

—Pero es tan... pequeño —consiguió decir finalmente.

—En Londres todo es muy caro —le explicó ella, enfadada. Ella quería que la felicitara por su sofá blanco de cuero de

Ligne Roset, por el Basquiat auténtico de la pared—. Está en Primrose Hill. Eso es lo que cuenta.

La expresión de Hunter era de perplejidad.

—Pensaba que te iba mucho mejor —musitó.

Y se quedó igualmente sorprendido cuando supo que solo había un baño, sin jardín, que la cocina era del tamaño de un asiento de primera y que el colchón de Suzy era viejo y estaba lleno de bultos. En su armario no había sitio para sus cuatro trajes idénticos de Savile Row, y Anna, la asistenta polaca, se negó en redondo a plancharle las camisas.

«¡Yo dice no plancha! —decía su nota—. Si trata de engaña a mí otra vez, yo me marcha.»

Tras un tenso tira y afloja, Suzy accedió a plancharlas ella. De momento solo había quemado una. Su plancha no era muy buena. Le parecía recordar que se la había birlado a su abuela cuando estudiaba en la universidad. A ver si Gemma le conseguía una nueva. Dirían que estaban preparando un artículo: «Artículos de la casa: lo más in».

Al menos tenía televisión por cable, pensó al entrar en su casa después del trabajo. Su dinámico amante banquero estaba tirado en el sofá con una botella de cerveza y viendo una carrera de motos en Sky Sports, como un inquilino en una residencia de viejos.

—Hola nena —dijo sin mirarla.

Suzy siempre había sabido que a Hunter le gustaban las motos, y hasta le resultaba atractivo. Pero ahora que tenía un surtido de números atrasados de la revista Suzuki tirados en la mesita auxiliar y que el sonido de los motores salía continuamente del televisor le impresionaba bastante menos.

—Me muero de hambre —dijo—. ¿Pido que nos traigan algo?

Ahora sí que había conseguido atraer a Hunter.

—¿No podrías preparar algo?

Suzy trató de disimular la irritación.

—Bueno, podría —puso tanto énfasis como pudo en la última palabra—, pero dudo que haya nada de comer en casa, a menos que tú hayas pasado por el supermercado cuando venías para acá.

—Aún estará abierto, ¿no?

¿Cómo demonios sabía tanto sobre los horarios comerciales en Londres?

—Sí, pero está a media hora de aquí. Podía haberme pasado cuando salí del metro, pero pensé que estaría bien pedir algo.

—Puedes ir en coche.

¡Señor, qué americano!

—No pienso gastar toda esa gasolina para comprar un plato precocinado de Sainsbury si puedo pagar para que me traigan algo mucho más apetitoso a mi casa.

Hunter cogió el mando a distancia y bajó el volumen.

—Suzy —dijo en una voz que reservaba para las secretarias incompetentes—, estoy harto de pizzas y comida india para llevar.

—Anoche cenamos japonés.

—No se trata de la comida. Mira, la comida rápida... está bien de vez en cuando, pero siempre es mejor una buena comida casera. Bistec y patatas. Maíz tierno. Y un postre.

—Bueno, si eso es lo que quieres, siempre podemos ir al McDonald's —espetó Suzy. En el pasado, siempre había sido un modelo de calma y control. Pero en el pasado él nunca había criticado sus capacidades domésticas.

—¡Acabo de decírtelo! No quiero comer en un restaurante. Me paso la vida comiendo en restaurantes. Cuando estoy en casa me gusta quedarme en casa y no comer porquerías procesadas. —Se suavizó un poco—. Lo siento, pero es a lo que estoy acostumbrado.

En cuanto las palabras le salieron de la boca se arrepintió de haberlo dicho. Suzy se puso blanca.

—Lo que quieres decir es que eso es lo que Justine hacía cada noche. ¡Pues me alegro por ella, Hunter! Ella tiene un trabajo a media jornada en la universidad, yo en cambio estoy en la oficina de ocho a ocho casi cada día. ¡Igual que tú! Si te apetece preparar una deliciosa comida casera cuando llegas a casa, tú mismo. Pero deja de presionarme de una vez. —Y, dicho esto, se dio media vuelta y entró de estampida en su habitación.

Hunter se sintió trastornado. ¿Por qué había dicho aquello? Si le gustaba tanto Suzy era precisamente porque no se parecía a Justine, porque hablaba de otras cosas que no fueran alzapaños para las cortinas nuevas y los bollitos que alguien había llevado para el café de la mañana.

La siguió a la habitación. Suzy estaba encima de la cama, hojeando la revista *Tatler*.

—Perdedores —musitó sin mirarlo a los ojos—. Todas estas ideas las expusimos nosotros hará por lo menos un año.

Hunter se sentó a su lado.

—¿Cómo te ha ido el día, corazón?

Suzy se animó enseguida.

—Oh, bien. Hemos confirmado la portada con Banella Brookham para Navidad, y eso es estupendo. Rebecca me ha fastidiado un poco con lo de poner una adiestradora de amor para Jenny y Gordon, pero enseguida la he despachado.

—¿Una adiestradora de qué? —Aquello sonaba muy bien. Hunter pasó la mano por la espalda de Suzy—. ¿Tiene que ver con el sexo?

Suzy se dio la vuelta y bajó de la cama.

—¡Hombres! —suspiró—. No, no tiene que ver con el sexo. Se trata de relaciones. Jenny tiene esas estúpidas dudas sobre casarse con Gordon, así que esa mujer los observará y le dirá si está haciendo lo correcto.

—¿Jenny? ¿Gordon? ¿Son los personajes de un culebrón o algo así?

Suzy miró al techo.

—¿Cómo? No. Son amigos míos. —Se contuvo. No quería entrar en ese tema.

Demasiado tarde.

—Me encantaría conocer a esos amigos.

—Y lo harás. —Se inclinó hacia delante y lo besó en la

mejilla—. Y ahora, qué te parece si llamo para que nos traigan una riquísima comida china y mientras te hago un obsequio.

Hunter sonrió. Pero, mientras Suzy estaba ocupada quitándole el cinturón, su mente volvió a lo de la adiestradora de amor. ¿Quién sería? ¿Podría haberles ayudado a él y Justine?

Bajó la vista hacia la cabeza oscura y reluciente de Suzy, que subía y bajaba rítmicamente, y gimió. Cuando la conoció estuvo perdido. Ningún psiquiatra ni gurú ni terapeuta del mundo hubiera podido salvar su matrimonio. Y no tardaría en convertirse en marido de la señora Hunter Knipper segunda.

Cerró los ojos y colocó sus manos con suavidad sobre la cabeza de Suzy.

31

Noche del 21 de julio, la noche de la fiesta de compromiso de Jenny. El tiempo era perfecto: caluroso y despejado. Jenny se tomó la tarde libre en el trabajo, y ella y Gordon estuvieron corriendo arriba y abajo por el pequeño jardín, colocando mesas con caballetes, peleándose con las sillas plegables y sujetando las luces a los arbustos.

A las cinco, el timbre de la calle sonó. Era Rebecca, con aspecto matador con su vestido negro de blonda.

—Colette Dinnigan —exclamó Jenny con aprobación, y entonces reparó en las dos chicas que flanqueaban a su amiga como si fueran guardaespaldas.

Discutieron mucho sobre quién debía trabajar en la fiesta. Evidentemente, el otro camarero tenía que ser amigo de Katie, para que pudiera hacerse cargo de su trabajo mientras ella observaba a Jenny y a Gordon. Lo normal hubiera sido llevar a Ronan, pero este dijo que no. No dio ninguna excusa, pero todas sabían que era porque Suzy estaría en la fiesta.

Así que Katie sugirió a Jess, idea que a Rebecca le sentó tan bien como un virus del ébola.

—¿Y cómo sé que no intentará quitarle alguna joya a Jenny? No, Katie, lo siento. Tu amiga es una ladrona.

—Solo robó una invitación. Por favor, Rebecca. Necesita realmente el trabajo.

Rebecca suspiró.

—Oh, de acuerdo.

Últimamente, Jess no lo estaba pasando muy bien. Se había presentado para el rodaje de tres anuncios, pero no la cogieron en ninguno. En ese momento, llevaba tres semanas esperando que le dijeran si había pasado el segundo cásting para interpretar a una profesora con cara de pena en una serie infantil de la BBC. Katie deseaba con todas sus fuerzas que participara un poco de la diversión.

—Esta es Katie —dijo Rebecca, y la chica del pelo rizado se adelantó y le estrechó la mano.

—Encantada de conocerte —dijo Jenny, poniéndose colorada—. Eh... ¿tenemos que charlar o algo antes de empezar?

—Oh, no —dijo Katie—. La charla vendrá después. Tú solo dime quién es tu novio y yo haré el resto.

No podía decirle que Rebecca le había hablado de ella y su novio *ad nauseam* y que, aunque sospechaba que Rebecca había sido parcial, tenía la impresión de que Gordon era un buen tipo.

—¡Ve a bañarte, Jenny! —dijo Rebecca despidiéndola—. Mientras tanto nosotras nos instalaremos.

Oyeron un portazo. Un hombre con el pelo rubio y lacio entró tambaleándose en la habitación con tres cajones de cerveza. Tenía manchas de sudor bajo las axilas. Miró a su alrededor, perplejo.

—¡Gordy!

—¡Rebecca! —Le dio un fuerte beso—. Llegas un poco pronto, ¿no?

—He pensado que podía echaros una mano.

—Ah. Muy amable. —Se volvió hacia Katie—. Hola, soy el anfitrión. Y tú debes de ser una de las camareras.

Por alguna razón, Katie pensó en la noche de la presentación del libro, y en Ben. Se sonrojó levemente.

—Hola —dijo Jess apartando a Katie—. Yo soy Jessica y esta es Katie. —Hablaba con un ridículo acento americano—. Esta noche seremos vuestras camareras. —Rebecca la miró con desagrado.

Gordon se la quedó mirando.

—Oye, ¿no te conozco de algo?

—Mmm..., seguramente —dijo ella con cautela. Le preguntaban aquello continuamente. A veces la gente la reconocía por un anuncio de pañales en el que hacía el papel de una madre agobiada, pero jovial.

Gordon chasqueó los dedos.

—¡Ya sé! Tú eras la novia en *Marvin's Millions.*

Jess lo miró con recelo. *Marvin's Millions* era una película británica que había rodado hacía cinco años. Era la historia de un chico que trabajaba en un matadero en Toxteth y por la noche tocaba el banjo en el pub del pueblo. Los protagonistas eran Ricky Tomlinson y Kathy Burke. Jess tenía un papel pequeño, pero importante, como novia de Rhys Ifan, y todos pensaban que la lanzaría al estrellato. Pero la crítica la destrozó y después de aquello no volvió a trabajar en un año.

—¡Sabía que te conocía de algo! ¡Me encantó la película! La tengo en DVD. Ven y verás.

Jess tuvo que seguirlo a la sala de estar y admirar los comentarios que aparecían en la carátula. «Extraordinario», decía *The Independent*. «Destacable», decía *The Times*. En realidad, las frases completas eran: «Es extraordinario que el dinero pueda emplearse en algo tan malo» y «Lo que destaca es que el guión de esta película recibiera el visto bueno». Jess había cedido su ejemplar a Oxfam.

—Vaya, tiene gracia —dijo Gordon—. Me encanta haberte conocido. ¿Y cómo es que haces de camarera? Deberías estar abriéndote camino a la ceremonia de los Oscar.

Jess estaba radiante. Qué hombre tan maravilloso. Se lo diría a Katie a la primera ocasión.

Rebecca asomó la cabeza por la puerta.

—Venga, chicos. Hay mucho trabajo por hacer.

Para las siete, los canapés ya estaban dispuestos en las bandejas, las latas de cerveza flotaban en el fregadero y un ejército de copas de champán estaban alineadas sobre la mesa.

La fiesta había empezado oficialmente, lo que significaba

que disponían al menos de una hora de tranquilidad antes de que empezaran a llegar los invitados. Así que cuando el timbre sonó a las siete y tres minutos, todos parecieron algo confusos.

—¿Está muy fuerte la música? —preguntó Jenny—. Quizá son los vecinos que vienen a quejarse.

Rebecca estaba en el recibidor, espiando por la mirilla.

—Oh, son Ally y Jon —exclamó.

—¡Mierda! —chilló Jenny—. Ocúpate tú. Yo voy a cambiarme. —Subió corriendo las escaleras, quitándose el pañuelo de la cabeza.

Oyeron sonido de besos en el recibidor. Luego Rebecca entró con una mujer alta y morena, que llevaba una falda tejana minúscula.

—¡Ally! —exclamó Gordon, y la abrazó. Luego se volvió hacia el hombre que entró detrás con aire taciturno y vestido con unos tejanos gastados y una camiseta del Empire State Building—. Jon, ¿qué tal, compañero? ¿Viste el partido de anoche? Qué malo, ¿verdad?

—En realidad, no me gusta el fútbol.

—Oh. ¿Y qué deporte te gusta?

—No tengo tiempo para el deporte. Y no me gusta verlo por televisión, prefiero practicarlo yo.

Katie fingió que estaba ocupada preparando copas de champán, pero estaba anonadada. ¿Quién era aquel hombre tan horrible? Jenny se presentó en la cocina con un vestido naranja escotado. Estaba muy guapa, aunque tenía mal color.

—¡Ally! ¡Jon! —Si hubieran entrado Brad y Jennifer no habría parecido más feliz.

—Cariño, ¿por qué te has puesto de ese color? —preguntó Gordy.

—¿Qué color? —Jenny corrió al espejo y se estudió el rostro—. ¡Oh, Dios mío! Debo de tener alergia al champú o a alguna cosa. Perdonadme un momento.

Volvió a salir corriendo.

—Es el maquillaje —le explicó Rebecca entre risitas a Katie—. Hace que se ponga verde, pero antes se muere que reconocer que lo usa.

—¿Y a ese qué le pasa? —musitó Katie señalando con el gesto a Jon, que estaba de pie junto a Ally, con la mano colocada con gesto protector sobre su trasero.

—Oh, es Jon, el hombre más desagradable del mundo. Todos le odiamos. Pero ella es encantadora. Ally, la primera amiga que tuve en Londres.

—Podría aspirar a algo mejor —dijo Katie indignada.

—Pues claro que sí, pero ¿cómo se lo decimos? —Rebecca guardó silencio un momento—. A lo mejor podrías hacerlo tú.

—No puedo presentarme sin más y decirle que su novio es un imbécil.

—No, pero... —Rebecca sonrió—. Bueno, tú vigílalos. Podría sernos de utilidad algún día.

La fiesta fue un éxito. A las diez, el jardín estaba lleno de mujeres larguiruchas y hombres alegres que se reían de los chistes de los otros y bailaban cada vez con más entusiasmo lo más moderno de la música de Ibiza. La gruñona de la señora Ellison, la vecina, se asomó a la ventana de su casa y gritó diciendo que bajaran la música, así que convencieron a Gordon para que tratara de engatusarla y se la trajera a la fiesta. Después de cuatro copas de champán, la mujer bailaba enérgicamente con un supervisor llamado Karl.

Jess y Katie no daban a basto. Era prácticamente imposible que Katie pudiera controlar a su objetivo. No podía seguir llenándoles la copa, porque estaban más que achispados, y no dejaban de ir de un grupo a otro, recibiendo felicitaciones.

Decidió echar un vistazo a Ally. La vio en el extremo más alejado del jardín, hablando y riendo con un hombre alto y glamuroso, con el pelo largo y reluciente. Jon estaba junto a ella, malhumorado, pasando el dedo una y otra vez por el borde de su copa. Parecía un niño al que su madre arrastra de un lado a otro por los supermercados Tesco. En cualquier momento se pondría a lloriquear pidiendo su Big Mac y el lavabo.

—Es fascinante, Guy —decía Ally. Se volvió con gesto ausente hacia Katie—. Oh, sí, gracias, ponme un poco más. A toda la gente que conozco le encantó la exposición. ¿Qué es lo que no te gustó?

—Me pareció un pretencioso —dijo Guy alegremente y Ally se rió de buena gana. Se volvió hacia Jon—. Y tú qué dices, ¿te gusta Hervé Flaubertin?

—Es mi ídolo —gruñó él, de tan mal humor que Guy reculó un paso.

Mal perro, pensó Katie automáticamente.

—Bueno... ha sido un placer hablar con vosotros —dijo Guy volviendo la cabeza en un intento por localizar a alguien que le salvara—. Estoy... —Y desapareció.

—¿Nos iremos pronto? —gimoteó Jon tirándole a Ally de la manga.

Ally consultó su reloj.

—Todavía no, cariño. Solo son las nueve. Jenny se ofendería. Espera otra media hora. Vamos, te presentaré gente divertida.

Katie se dirigió hacia Jenny, que estaba con un pequeño grupo junto a un rosal.

—¿Y dónde está el anillo? —le preguntaba una mujer alta con oscuras ojeras.

Jenny hizo una mueca.

—Pues mira, Isobelle, en realidad no hay anillo. Todavía. Gordy dice que si lo elige él seguro que lo devuelvo, que es mejor que vayamos juntos a elegirlo.

—¡Oh, pero hay formas de evitar eso! Cuando Lawrence me pidió en matrimonio, compró el anillo con seis meses de antelación y se lo enseñó a todas mis amigas para asegurarse de que me gustaría. Y entonces me llevó fuera un fin de semana y lo escondió en un pequeño cuenco con fresas. —Lawrence, que era increíblemente alto y tenía la dentadura fatal, sonrió dócilmente.

—Menos mal que no te lo tragaste —dijo una vocecita sarcástica. Era Suzy, que acababa de unirse al grupo.

Por un momento Isobelle pareció anonadada, y entonces decidió que lo mejor era reírse.

—Ja, ja, ja. Suze. Pues claro que no me lo tragué.

—Nunca lo hace —bramó Lawrence—. Oh, perdona, cariño. Solo estaba bromeando.

—Me parece que se ha colado —dijo Suzy muy seca. Llevaba un vestido de noche hasta la rodilla, más apropiado para una noche en la ópera de París que para un jardín londinense. Se volvió hacia Jenny—. ¿Y qué te regaló Gordy por tu cumpleaños? —Mientras hablaba, miró a Katie, que seguía por allí con la botella de champán, y le dedicó un guiño casi imperceptible.

—Oh, ¿cuándo ha sido tu cumpleaños? —preguntó Isobelle encantada.

—El mes pasado. En realidad no me ha regalado nada.

—Pues a mí en mi cumpleaños Lawrence me llevó a Nueva York.

¡Inútil!, pensó Katie. Crispin siempre se acordaba de su cumpleaños. Para el último, le había regalado una bonita chaqueta china que encargó especialmente para ella. En cambio Paul siempre se olvidaba. Con Paul, en los cumpleaños, los aniversarios o el día de san Valentín siempre acababan bajando a escondidas al garaje a buscar una caja de bombones y un ramo de flores mustias.

—¿Adónde iréis de luna de miel? —siguió preguntando Isobelle.

—A mí me encantarían las Maldivas. Pero Gordy dice que por encima de su cadáver.

—Tiene razón —terció un hombre atractivo con una zamarra que acababa de incorporarse al grupo—. Es tan común... Y toda esa gente de Essex que tiene cáncer de piel. Creo que deberíais ir a Bournemouth.

—Oh, cierra el pico, Freddie —dijo Suzy, reprimiendo un bostezo. En ese momento su móvil sonó. Katie vio que comprobaba el número y ponía una cara como si acabara de encontrar un pelo en su risotto.

—Hola, Hunter —dijo con voz cansada—. Sí, estaré de vuelta en media hora... No, una hora.. Ya te lo dije, estoy en la fiesta de compromiso de mi amiga... No, estaré en casa a las diez y media... Bueno, alguna cosa habrá en la nevera... Muy bien... Lo siento... Sí, nos vemos. Adiós.

Apagó el teléfono con brusquedad. Todos escuchaban, fascinados.

—Oh, cielo —dijo Freddie rompiendo el silencio—. Déjalo ya. Nadie se cree lo de tu hombre misterioso. Te lo has inventado para no tener que admitir que eres una perdedora y no tienes novio.

—Ojalá —dijo ella con un suspiro—. Si fuera así, no tendría que volver a casa a toda prisa porque Hunter está solo. —Y bajó la voz con desprecio.

—¡Tendrías que haberlo traído! —exclamó Freddie—. Cuántos más mejor.

—Oh, no creo que le gusten este tipo de cosas. —No sabría expresar con palabras la inquietud que le provocaba imaginar a Hunter rondándola, esperando a que lo presentara a sus amigos. Hunter era atractivo, pero no era precisamente moderno. En su faceta de hombre de negocios, que es como ella estaba acostumbrada a verlo, llevaba calzado hecho a mano, Gieves y camisas Hawk... no precisamente de moda, pero sí muy elegantes. Pero cuando no estaba de servicio, que era lo que estaba descubriendo ahora, prefería una camiseta de Snoopy y pantalones de chándal viejos y nauseabundos que parecían del mercadillo de Dalston.

Y, lo más importante, la presencia de Hunter hubiera perjudicado seriamente su ingesta de coca. Y una fiesta sin coca era como una tostada sin mantequilla. Impensable. Hablando de lo cual...

—¿Puedes enseñarme donde está el lavabo? —le preguntó a Freddie con toda la intención.

—Pero si ya sabes dónde... —Suzy puso una expresión

rara—. Oh, claro —dijo entonces Freddie, que tardó en captar la indirecta—. Será un placer.

Katie los observó alejarse.

—Hola —dijo una voz detrás de su oído izquierdo.

Se dio la vuelta. Pelo desgreñado, un montón de pecas y sonrisa torcida. Ben.

Normalmente Katie hubiera fingido que no lo recordaba, pero Ben era el socio de Rebecca.

—Hola. —Se la oía bastante nerviosa.

—Veo que sigues con el uniforme de camarera —dijo él—. Pareces un dominó.

—En realidad, esta noche sí que hago de camarera. —Su voz sonaba formal y rara.

Ben rió.

—Muy bien. Tomaré el de mayonesa de huevo en pan de centeno, pero puedes quedarte la mayonesa y el huevo. Y prefiero el pan normal. Hovis, si es posible.

—De verdad, soy camarera. Estoy... ayudando a Jenny.

—¿Ayudando a Jenny? Pensaba que eras la clienta más actual de Rebecca. No parece que lleve tu carrera demasiado bien.

Katie no acababa de decidir si estaba bromeando. Decidió no hacerle caso. Le ofreció la botella.

—¿Champán?

—Pensaba que nunca preguntabas.

—¡Ben! —Era Gordon, que a esas alturas estaba como una cuba.

—¡Gord! ¡Enhorabuena! —Los dos hombres se abrazaron con torpeza.

Gordon sonrió.

—Gracias, amigo. Es genial, ¿verdad?

—¿Conoces a Katie? —preguntó Ben—. Es la protegida de Rebecca.

Gordon pareció confundido.

—Pensaba que eras camarera.

—Y lo soy —dijo Katie. Le lanzó a Ben una mirada de advertencia—. Debes de referirte a la otra camarera, Jessica Harrison. Es actriz.

—Ah, sí —dijo Gordon, y su expresión se iluminó—. Es genial. Salía en *Marvin's Millions*. Una película buenísima. ¿La has visto?

—Pues sí —dijo Ben. Parecía divertido.

—Así que es una de tus clientas... —preguntó Gordon—. Porque tendría que serlo.

—Lo estamos estudiando, sí —dijo Ben.

Ally le dio un toquecito en el hombro. Su boca parecía un fino guión. Jon estaba detrás.

—¡Al! —vociferó Gordon—. ¿Te apetece un porro?

—No. Tenemos que irnos. Jon tiene que levantarse temprano.

—Oh, venga. Solo son las once. ¿Y una cerveza?

—No, Jon está cansado. —Y le dio a Gordon un beso en la mejilla—. Gracias por esta magnífica fiesta.

—Hasta otra —musitó Jon, evitando mirarle a los ojos.

Ben se inclinó hacia Katie.

—Charles Darwin se equivocó sobre la evolución —le susurró—. Si no ¿cómo explicas que pueda existir un hombre así? —Katie rió por lo bajo, y enseguida se arrepintió de haberlo hecho.

—¡Ben! —Era Rebecca, algo borracha. Un rato antes, Katie la había visto bailando con un hombre pequeño de pelo rojo y rizado. Se la veía feliz y liberada.

—Becs. —Se dieron un beso afectuoso. ¿Qué habrá entre estos dos?, pensó Katie. ¿Habían sido siempre solo amigos?

—¿Así que has encontrado a Katie? Espero que no hayas descubierto su tapadera.

—¿Tapadera? —Ben sonrió—. Así que esta noche estás trabajando. Como Mata Hari. Y ¿a quién estás investigando? ¿A un rotweiller o a un caniche?

—No puede decírtelo —explicó Rebecca por lo bajo—. Es secreto profesional.

—Oh, vamos. Venga, Katie, ¿quién es?

—¿Quién es qué? —Era Jenny, que llegó dando brincos, algo sudada de bailar.

—Nada —dijo Rebecca con firmeza. Tiró de los tirantes del vestido de su amiga—. Tendrías que apretarlos un poco. Se te ve el pezón izquierdo.

—¡Oh, Dios! —exclamó Jenny mirándose horrorizada—. ¿Lo han visto todos?

—Eso es lo de menos —dijo Rebecca afectuosamente.

El pelirrojo apareció junto a ella, con dos bebidas.

—Aquí tienes tu vaso, Rebecca —dijo con entusiasmo.

—Oh, gracias, Simon —repuso ella ausente. Le cogió la mano a Jenny—. Vamos a bailar.

Simon se quedó allí plantado, desorientado. Ni Katie ni Ben sintieron el impulso de rescatarle. Tras unos instantes, el hombre musitó algo para sus adentros y se fue.

Volvían a estar solos.

—Son Gordon y Jenny, ¿verdad? Estás analizando su relación.

—No puedo decírtelo. —Hubiera preferido no sonar como una maestra de escuela.

—Oh, venga, es evidente. ¿Por qué ibas a estar aquí si no?

Katie no dijo nada. Ben la miró. Katie notaba sus ojos encima de ella, como agujas.

—Gordy es un tipo encantador. Y adora a Jenny. Por favor, no te entrometas en su relación.

—No me estoy entrometiendo en nada —protestó Katie—. Jenny solo quiere consejo y yo voy a dárselo. Ya es mayorcita para saber lo que hace. Y no me digas cómo tengo que hacer mi trabajo.

Ben rió.

—¿Trabajo? Tú no tienes un trabajo. Te has inventado la bonita teoría de que los hombres son como los perros y solo hay que adiestrarlos para que se enamoren. Eso son idioteces.

Katie se encogió. Detestaba la forma en que Ben la miraba. Como si supiera que era una estafadora. Que no lo era. ¿O sí?

Había llegado el momento de contraatacar.

—Yo no enseño a la gente a enamorarse —espetó—. Les enseño a desenamorarse. ¿Más champán?

Automáticamente Ben puso su copa. Katie la llenó hasta el borde, se dio la vuelta y se fue.

32

La fiesta fue un éxito, y la prueba es que la policía se presentó en dos ocasiones y acabó por clausurarla a las tres.

—Todavía sé cómo se hace —farfulló Jenny borracha. Pagó a Jess y a Katie, que estaban colocando los vasos alquilados en su embalaje de cartón, y les dijo que se fueran a casa—. Has hecho maravillas —le canturreó a Katie al oído en un espantoso aparte—. Mañana nos vemos.

Rebecca ya había anunciado que la reunión tendría lugar a las cinco del día siguiente, en Greenhall y Graham.

—Evidentemente, no puede ser en casa de Jenny —le dijo—. Y, no te ofendas, pero tu casa es bastante horrible.

Katie no se ofendió. Era cierto y, además, empezaba a comprender que cuanto menos se supiera de su entorno, mejor. La adiestradora de amor tenía que ser sabia, omnisciente y un poco misteriosa. Así, la gente como Ben dejaría de cuestionar lo que hacía.

A la mañana siguiente, Katie pensaba en todo eso tumbada en la cama, oyendo el estruendo del tráfico por Old Kent Road. Se había despertado irritantemente pronto. Las palabras que Ben le había dicho iban de un lado a otro por su cabeza como un rebaño de ovejas. ¿Por qué había sido tan hostil con ella? ¿Qué le había hecho para que la tratara así? Y ¿por qué le importaba tanto?

Te importa porque te atrae, le dijo una vocecita. En realidad, te gustaría acostarte con él.

Pero tiene pecas, pensó. ¿Y? Paul tenía el culo gordo y nunca te cansabas de él. Recordó la mano de Ben, cuando rozó la suya en la fiesta de lanzamiento del libro. Había sido como una descarga eléctrica. Malo. No, bueno. No, malo. No lo sabía.

Katie se echó la colcha por encima de la cabeza. No era tan raro que se sintiera tan torpe en presencia de Ben, porque había algo en él que le recordaba a Paul. No se trataba de un parecido físico... era más bien el impulso que Katie tenía de estirar el brazo y tocarles. Recordaba la sensación de su mano contra la de ella: cálida y seca.

Y seguramente Ben era un embustero, como Paul.

No tienes que avergonzarte de sentirte así, se dijo con firmeza. Es pura química. Tus cromosomas reaccionan al contacto con los de él provocando una cosa que se llama lujuria. Es como tener hambre o frío. No significa nada. No tienes que hacer nada.

Se sentía algo mejor y trató de volver a dormirse. Pero, como no lo consiguió, se levantó y tomó un largo baño. Pasó buena parte del día pensando en Jenny y Gordon, pero también dedicó una cantidad inusual de tiempo a mirarse al espejo con diferentes vestidos, maquillándose y alisándose el pelo.

—Tengo que parecer una profesional, ¿no? —le dijo a su reflejo.

En cuanto entró en Greenhall y Graham, sus ojos se volvieron automáticamente hacia la izquierda, donde se encontraba el despacho acristalado de Ben. Estaba a oscuras. No había nadie.

Qué ingenua eres, se dijo. Rió tontamente y de pronto se sintió mejor.

—Katie —llamó Rebecca desde la puerta de su despacho. Jenny estaba detrás de ella, algo pálida, y la saludó con la mano—. Pareces contenta.

—Hace un día estupendo —dijo Katie vagamente, señalando con el gesto la ventana, aquel perfecto cielo de verano.

—Bueno, tengo grandes noticias —dijo Rebecca—. Simon me ha mandado un mensaje al móvil. Me ha pedido que salgamos a cenar. Creo que he recuperado mi atractivo.

—¿Simon?

—¡Ya sabes, Simon! El pelirrojo bajito de ayer.

Katie sonrió.

—¡Bien hecho! ¿Y tú qué has contestado?

—No he contestado, por supuesto. Esperaré tres días y luego le daré una respuesta.

—Es una alumna modélica —dijo Jenny con una risita. De pronto se hizo un silencio, porque todas recordaron por qué estaban allí.

—Os dejaré solas —dijo Rebecca, cogiendo un fajo de papeles—. Si me necesitáis estaré en el despacho de Ben.

Katie y Jenny se quedaron solas. Se sonrieron.

—Qué sandalias tan bonitas —dijo Katie señalando los pies de Jenny.

—¡Oh, gracias! Veintisiete con noventa y nueve libras, en Dolcis.

Se hizo el silencio. Muy bien. Hora de ir al grano.

—Muy bien, Jenny. Voy a hacerte unas cuantas preguntas. A lo mejor te parecen un poco tontas, pero ten paciencia. ¿Por qué no te sientas ahí? —Y le indicó la silla de Rebecca.

—Muy bien. —Jenny se sentó con entusiasmo.

Katie tragó saliva y también se sentó.

—Bien —dijo, echando un vistazo a la hoja que tenía en la mano—. Si Gordon fuera un perro, ¿qué clase de perro sería?

—Oooh, no sé. No, sí que lo sé. Un cachorro de Labrador, como en los anuncios. Monísimo, pero un poco desastre.

Eso tenía sentido.

—Entonces, básicamente, Gordon necesita que le enseñen a comportarse en la casa.

—No, no lo creo. En realidad lleva muy bien lo de la casa. Seguramente mejor que yo. Supongo que lo que me gustaría es que fuera un poco más sensible. Que supiera cuándo me irrita.

Katie aguzó los oídos.

—Entonces, ¿no se lo dices cuando te hace enfadar?

—Pues claro. Grito. Chillo. Pero odio hacer eso.

—Pero tienes la sensación de que no hay otra forma de hacerlo.

—Exacto. Si me siento a su lado enfadada, él ni se entera. Sigue con lo suyo, o viendo la tele o leyendo el periódico.

—Muy bien —dijo Katie. Le encantaba cuando todas las piezas empezaban a encajar—. Voy a explicarte algunas cosas. —Y le soltó la perorata sobre su teoría de que los perros no creen en la democracia y que solo puede haber uno que lleve las riendas.

—Así que en realidad gritarle a Gordon no es buena idea —concluyó—. Solo un amo que es débil le grita a su perro. Tendrías que ser capaz de transmitirle lo que quieres hablándole con calma. Se trata sobre todo de respeto.

—Pero ya he intentado mantener la calma. Y no capta el mensaje.

—No capta el mensaje porque estás enfurruñada. Y las malas caras no significan nada para los perros. No piensan como nosotros.

—Gordy no es un perro. —Jenny se sintió obligada a aclarar aquello.

—Lo sé, lo sé. Pero ayudará si lo miras de esa forma. Como una criatura totalmente extraña que se mueve por normas diferentes. Los perros y los hombres no siguen la misma lógica que nosotras. Si les ponemos mala cara, no lo entienden. No asocian nuestro mal humor con algo que ellos puedan haber hecho mal. Si quieres enseñarle a Gordy cómo comportarse, tendrás que decírselo en cada momento. De lo contrario pensará que eres una vieja cascarrabias.

—Seguramente lo soy —comentó Jenny suspirando.

—No, lo que ocurre es que no lo tratas de la forma correcta. Pero eso se soluciona enseguida.

—¿Ah, sí? —preguntó Jenny—. No sé.

Katie la miró.

—Jenny, ¿quieres arreglar las cosas entre vosotros?

—Creo que sí. —Pero parecía dudar.

—Háblame un poco más de ti y de Gordy. ¿Cómo os conocisteis?

Y la historia salió. Jenny le contó que conoció a Gordon hacía cuatro años cuando —si tenía que decir la verdad— estaba aún un poco despechada porque Mark la había dejado por su entrenadora personal, Toby. Le contó que Gordon fue muy paciente con ella y la llevó a cenar docenas de veces antes de que ella se decidiera a besarlo. Que sorprendentemente descubrió que en la cama era muy bueno. Que le preparó un caldo de pollo cuando tuvo la gripe y fue a la farmacia de guardia a comprarle crema para las aftas. Pero que, cuando llevaban un año de relación, Jenny tomó un día una copa con un viejo amigo y esa noche soñó que hacían guarradas. Y entonces empezó a llamar a su casa y colgaba cuando él contestaba.

Finalmente, aquello se le pasó, pero, seis meses más tarde, cuando Gordon estaba en Shropshire, ella fue a una fiesta y se encontró con Martin, otro viejo compañero de la universidad, que había bajado a Londres aquel fin de semana, aunque ahora vivía en Edimburgo. Hablaron durante toda la noche. Hacia la una se besaron. Jenny se fue muy alterada, pero eso ocurrió después de que él le diera su e-mail.

Hubo un intercambio de e-mails algo guarros y cuando Martin volvió a Londres la llamó. Jenny se inventó una excusa para Gordon y se reunió con él en un bar. Martin dejó de gustarle casi enseguida, cuando insistió en que bebieran cócteles de colorines. Aun así, se emborracharon y se cogieron las manos por encima de la mesa y al final, a la hora de cerrar, se escabulleron por un callejón e hicieron manitas sin mucho éxito. Al final, él le acarició el rostro y le dijo con suavidad:

—Se nota que tienes la cabeza en otro sitio. Vete a casa con tu novio.

Mortificada, Jenny volvió a casa y se encontró a Gordon durmiendo. Vomitó en el lavabo, debido al alivio y al exceso de alcohol en un estómago vacío. Y luego estuvo tumbada sin poder dormirse durante horas, muerta de arrepentimiento. ¿Cómo podía haber sido tan estúpida y arriesgar lo que tenían ella y Gordon? Menos mal que no había pasado nada.

Y sin embargo, ocho meses más tarde, se encontró haciendo manitas con un tipo que conoció en un club nocturno. Suzy lo vio todo y no le hizo ninguna gracia. Y, claro, ahora estaba Fabrice, de París. Todavía no había pasado nada, pero pensaba en él continuamente. Combinaba las letras de sus nombres para saber si su relación acabaría en amor, matrimonio, odio o adoración.

Ella estaba entusiasmada, porque siempre salía la palabra adoración... aunque no conocía su primer apellido, y seguro que eso cambiaba las cosas.

—Solo nos acariciamos —le dijo entonces a Katie—. Nunca he llegado más allá.

Katie no dijo nada.

—¿Qué opinas?

Katie pensaba con rapidez. Jenny no se merecía un hombre como Gordon, eso estaba claro. Había salido con otros a su espalda, al igual que hizo Paul con ella. Lo justo era dejarlo libre... como hubiera querido que Paul hiciera con ella.

Respiró hondo.

—Jenny, creo que tienes que dejar a Gordon. Es evidente que no le quieres. No dejas de buscar otras relaciones. Si te casas con él, ¿de verdad crees que se terminarán tus aventuras? Creo que necesitas estar sola un tiempo para decidir qué quieres en tu vida.

Jenny parecía horrorizada.

—Pero ¡no puedo dejar a Gordy! ¿Dónde voy a vivir? Y además, se morirá de pena.

—No, no se morirá. Nadie se ha muerto nunca de amor. Estará muy triste durante un tiempo, pero lo superará. Es duro, pero es así.

Jenny se mordió el labio, pensando.

—¿Y crees que debo ir a París a ver a Fabrice?

—Jenny, creo que eso ya lo dice todo. Quien te preocupa es Fabrice, no Gordon.

—¿Y? —Jenny no podía evitarlo.

—Y no, no debes ir a París. Los hombres no son la respuesta a tu problema. Tienes que aprender a gustarte, a estar a gusto contigo misma, y entonces estarás preparada para tener una relación.

—Mmm... —Jenny se miró las uñas de los pies, de color naranja.

Katie cogió su bolígrafo. Ya sabía lo que iba a pasar.

«Confiscar pasaporte», escribió en el cuaderno que tenía.

—¿Qué opinas, Jenny? ¿Tendrás el valor necesario para dejar a Gordon?

—No lo sé. Creo que sí. —La expresión le cambió—. Pero ¿tiene que ser esta noche?

Katie no era tan dura.

—Claro que no. Pero que sea pronto. En un par de semanas. Antes de que ponga en marcha los preparativos de la boda y esto se te escape de las manos.

Levantó la vista y vio a Rebecca, que cruzaba la oficina. Esta la saludó y sonrió. Pero Katie no hizo caso. Si se enteraba de lo que acababa de decirle a su amiga se pondría furiosa, pero eso no era problema suyo. Como profesional, tenía el deber de asesorar correctamente a la gente.

Jenny se puso de pie. Estaba pálida, pero su boca esbozaba una mueca decidida.

—Gracias por tu tiempo, Katie, te lo agradezco.

—No hay de qué.

—Eres muy sabia —dijo Jenny con admiración—. ¿Estás casada? —Había visto que no llevaba anillo.

—No. No. Pero tengo... compañero. —Katie detestaba aquella palabra, parecía como si estuvieran hablando de abogados.[1]

1. En inglés la palabra para compañero es la misma que para asociado, «partner». *(N. de la T.)*

—Debéis de tener una relación maravillosa. —Jenny cogió su bolso—. Bueno, ¿te llamo yo o lo haces tú?

—Te llamaré mañana para ver cómo lo llevas.

—¿De verdad? Gracias.

Jenny salió y Katie hizo lo mismo detrás de ella. Esa había sido su primera sesión seria. Tendría que sentirse exaltada y en cambio estaba extrañamente desinflada, como champán desbrabado.

33

Suzanne no podía creerse lo que estaba oyendo.

—¿Te ha dicho que dejes a Gordy? ¿Que lo abandones?

—Sí —dijo Jenny riendo tontamente. Estaba en su habitación, con la puerta cerrada. Abajo, su prometido roncaba tranquilamente delante del televisor, con la boca ligeramente abierta y una barba de dos días.

Al mirar a su alrededor, Jenny sintió cierto remordimiento. Con los años habían trabajado mucho en la casa, pulir los suelos, arreglar el jardín, pintar todas las habitaciones, hacer los baños nuevos. ¡Sería una pena dejar todo aquello!

Pero, al mismo tiempo, la idea de romper un compromiso tenía algo de romántico. Le hacía sentirse como Julia Roberts.

—Así que va en serio —dijo Suzy pensativa. Estaba impresionada. Aunque había visto a Katie en acción con Rebecca, no creyó que pudiera ser tan inflexible con el buenazo de Gordon. Debía de ser bastante más dura de lo que parecía.

—¿Con quién estás hablando? —preguntó Hunter. Había entrado en la habitación y (oh, Dios mío), estaba a punto de subirse en la cama con ella.

—Los zapatos, quítate los zapatos —chilló Suzy. Con un ojo puesto en Hunter, siguió hablando por el teléfono—: Y así, ¿cuándo vas a hacerlo?

—Bueno, esta noche no. Para el fin de semana, seguro.

—¿Y Katie conseguirá que lo cumplas?

—Oh, sí. De verdad, Suzy, es muy dura. Me recuerda a Karim, del gimnasio, y a aquella mujer que me daba clase en los Vigilantes del Peso juntos. No deja que aflojes el ritmo.

Se despidieron. Las dos habían olvidado que las visitas de Jenny al gimnasio y los Vigilantes del Peso no habían durado más que unos días.

—¿Cómo va con la adiestradora de amor? —le preguntó Hunter.

Suzy entrecerró los ojos.

—Parece que muy bien. Creo que la llamaré por la mañana.

—¿Cómo has dicho que se llamaba, cariño?

—Katie Wallace.

Mientras Suzy estaba en el cuarto de baño, Hunter abrió su bolso y cogió su agenda electrónica Palm Pilot. Llamaría a esa Katie en cuanto llegara a la oficina.

El teléfono despertó a Katie a las nueve. Desnuda, corrió por la habitación y lo sacó de su bolso. Número desconocido.

—Hola —gruñó. La primera vez que hablaba por las mañanas su voz sonaba como la de un camionero.

—¿Te he despertado? —preguntó una voz divertida de mujer.

—¡Oh, no! Hace horas que estoy levantada.

—Claro.

—Ejem... ¿quién es?

—Oh, perdona. No lo he dicho. Soy Suzanne Bell, de *Seduce!*

Katie sintió un ramalazo de entusiasmo mezclado con terror.

—Hola.

—Te llamo porque me ha impresionado lo que le has dicho a Jenny. No hay mucha gente que tenga el valor de dar un consejo como ese.

—Oh, gracias. —Ahora el cerebro de Katie funcionaba a pleno rendimiento—. Pero la verdad es que Jenny no tendría que haberte contado nada. Mis consejos son confidenciales.

Suzy se rió.

—Eso debe decidirlo Jenny, ¿no?

Katie no dijo nada. Acababa de darse cuenta de que las persianas no estaban bajadas, lo que daba a Vijay Panashatiyam, del taller de enfrente donde explotaban a los trabajadores, una perfecta panorámica de su cuerpo desnudo. Se puso a cuatro patas y empezó a arrastrarse hacia la ventana.

—De todos modos, se ha tomado tus consejos muy en serio —siguió diciendo Suzanne.

—¿De verdad piensa hacerlo? —Después de bajar las persianas, Katie volvió a la cama.

—Eso parece. Pero, para ser sincera, también estoy impresionada con lo que has hecho por Rebecca. La has ayudado a deshacerse de ese espantoso Tim y a evitar que se enamore de ese horrible comosellame... Duff. Así que me gustaría ofrecerte una columna durante seis meses. La adiestradora de amor: «Cómo tratar a tu hombre como a un perro». Cada mes te buscaremos una pareja con problemas y tú se los resuelves.

—Pero ¿dónde los encontraremos? —dijo Katie asustada.

—Oh, no te preocupes. *Seduce!* se encargará de eso. Esta misma mañana pienso poner a alguien en ello. Quiero mover esto deprisita, a ver si podemos publicar el primer caso para... —Hubo una pausa, mientras Suzy estudiaba el programa—. De hecho, tenemos un hueco en el número de noviembre. El número sale a mediados de octubre, lo que significa que necesitaría tenerlo de aquí a dos semanas como mucho.

Katie estaba confundida.

—¿Lo necesitas para finales de septiembre para que salga en noviembre?

—Dile a Rebecca que te lo explique. Tengo que llamarla para discutir con ella tu tarifa. No será suficiente para que puedas vivir de eso, pero la publicidad hará que pronto te lluevan las ofertas.

—Gracias, Suzanne —chilló Katie.

—No hay de qué. Bueno, alguien se pondrá en contacto contigo en un par de días para informarte del caso que queremos que analices. Entretanto, tendremos que vernos para hacerte la fotografía. Preferiblemente hacia el final de la semana. Gemma, mi ayudante, te llamará.

—Gracias —volvió a decir Katie. Se sentía como si se hubiera subido a una noria. No podía asimilar todo aquello.

—Bueno, gracias a ti por hacer entrar en razón a mis amigas. Si pudieras solucionar el caso de Ally, sería una triple.

Katie acababa de colgar cuando el teléfono volvió a sonar.

—¿Hola? —Estaba segura de que sería Suzy, que había cambiado de opinión.

—¿La señorita Katie Wallace? —dijo una voz femenina y aguda con acento norteamericano.

—Sí.

—Un momento, señora Wallace. Le paso con el señor Hunter Knipper.

—¿El señor...? —Pero un hombre acababa de ponerse. También norteamericano. Voz profunda. Parecía amable.

—¿Eres Katie?

—Sí, soy yo.

—Katie —le dijo el hombre—. Te llamo por un asunto estrictamente confidencial. Soy el novio de Suzanne Bell. Y necesito tu ayuda.

34

Jenny quería dejar a Gordon, pero nunca encontraba el momento, lo mismo le ocurría cuando quería depilarse las ingles o pintarse las uñas de los pies. La noche del sábado siguiente a cuando conoció a Katie, fueron a jugar a los bolos con unos amigos y se rieron mucho. Si dejo a Gordy, la mayoría de esta gente me odiará, pensó con tristeza. Nunca volveré a verlos.

El siguiente fin de semana, Gordon había alquilado una casita en Norfolk para ellos y otras dos parejas. Salieron a navegar, caminaron por las dunas y comieron una buena parrillada y bebieron un montón de jarras de cerveza en el pub local.

En una o dos ocasiones, Gordon la puso furiosa... cuando dejó abierta la ventana del cuarto de baño y la habitación estaba helada cuando ella subió a dormir, y cuando bromeó sobre su afición por el vino blanco delante de todos sus amigos. En otro tiempo se hubiera enfadado o se hubiera puesto furiosa, pero ahora no.

—Por favor, no hagas eso, Gordy —le dijo suavemente, pero con firmeza, las dos veces—. Me molesta mucho.

—¡Perdona! —exclamó él con expresión contrita—. No lo sabía.

Así que a lo mejor Katie tenía razón. Quizá lo único que hacía falta era mano dura. Desde luego, Gordy parecía inusualmente atento. Y, en el coche, cuando volvían a casa, confirmó su triunfo.

—La semana que viene iremos a Hatton Garden a elegir tu anillo. Será el más bonito que hayas visto nunca.

Evidentemente, era el momento para decir que tenía dudas, pero con tanto aire puro estaba agotada. No le restaban fuerzas para iniciar una discusión. Por la mañana.

Naturalmente, Katie y Suzy controlaban la situación muy de cerca.

—Lo haré —les dijo Jenny a las dos—. Solo estoy esperando a que estemos solos alguna vez. Ya sabéis cómo es Gordon. Siempre estamos rodeados de gente.

Katie no parecía impresionada.

—Te doy una semana —le dijo—. Si para el viernes no lo has hecho, te casarás con Gordon y pasarás con él el resto de tu vida.

—¿No podemos hacerlo el domingo? —suplicó Jenny—. Es difícil encontrar un momento que estemos a solas.

Así que el miércoles fueron a Hatton Garden y eligieron un bonito solitario de diamante. Ninguno de los anillos que estaban expuestos tenía la etiqueta con el precio y Jenny intentó no curiosear. Pero, más tarde, rebuscó en el cajón de los calcetines de Gordon y encontró la factura. Era tan caro que le dio un vahído. Siempre podía devolverlo, claro. La gente rompía sus compromisos continuamente.

Le hubiera sido de gran ayuda recibir noticias de Fabrice, pero este mantenía un extraño silencio. Katie le dijo que no debía relacionarse con otros hombres, pero esta no era consciente de la química que existía entre ellos. Saber que él estaba allí le daría el valor necesario para dejarlo.

Durante toda la semana, cada vez que oía el bip de los e-mails, se sobresaltaba, pero siempre era algo relacionado con el trabajo, o Gordy, con algún recorte divertido del periódico o algún chiste malo. Jenny se sentía como si una sierra le estuviera cortando los nervios.

Finalmente, el viernes, a las cinco de la tarde, el mensaje que esperaba apareció en la pantalla.

«Mi bella Jenny, he estado toda la semana pensando en ti. París es tan hermoso en esta época del año..., como tú. ¿Cuándo vas a venir a verme?»

Su corazón vibró. Apretó Responder enseguida.

«¿Qué tal el fin de semana que viene?»

Esperó unos minutos, pero no hubo respuesta. Oh, bueno, en París iban con una hora de adelanto. Seguramente ya había salido del trabajo. Jenny sabía lo que tenía que hacer. Haciendo clic unas cuantas veces con el ratón, entró en la web de Eurostar y reservó un billete para salir de Londres el viernes por la noche y volver el domingo. Era condenadamente caro, pero ¿cómo iba a poner un precio a su futura felicidad?

¿Tenía que reservar hotel? Seguramente. Sería un poco excesivo esperar que él la alojara en su casa. Pero sería un verdadero derroche si al final él le ofrecía su casa. Maldita sea. En el caso improbable de que necesitara un lugar donde quedarse, ya encontraría algo cuando estuviera allí.

Supuso que esa misma noche podía decírselo a Gordy. Pero iban a salir a cenar con Lawrence e Isobelle. Mejor mañana. Ese fin de semana no habían hecho planes, lo que significaba que tendría dos días para solucionarlo todo.

Imprimió la reserva de Eurostar, seguida del e-mail de Fabrice. Los días siguientes iban a ser muy duros. Leerlo le daría fuerzas para llevar a cabo sus planes.

Además de estar al tanto de la situación de Jenny, Suzy ya tenía bastantes problemas personales.

—¿Adónde vas esta noche? —le preguntó Hunter en un tono quejoso. Como de costumbre, el canal de deportes se oía de fondo.

—Voy a cenar con Freddie —dijo ella, dándose un toque más de sombra de ojos. Odiaba maquillarse delante de Hunter, pero los espejos de la habitación y el dormitorio no le iban bien.

—¿Y quién es Freddie?

—Un viejo colega. Trabaja para una empresa cinematográfica.

—¿Cuándo voy a conocerle? Me encantaría.

Es gay y seguramente nunca has conocido a un gay, y tú llevas traje y seguramente Freddie se reiría de ti, y Freddie y yo no podríamos hacernos un par de rayas ni reírnos de los chistes del otro.

—Cielo, no veo mucho a Freddie y me gusta pasarlo bien cuando salimos. Además, es una especie de cena de trabajo. Y ya sabes lo importante que es mi trabajo. Llevar a mi... otra mitad conmigo no quedaría muy profesional. Le conocerás. Conocerás a todos mis amigos, te lo prometo.

—¿Cuándo?

Señor, aquello era peor que tener un hijo. O un perro. Mi perro aúlla cada vez que lo dejo solo. ¿Cuál es la solución, adiestradora de amor?

—Pronto, te lo prometo.

—¿Por qué no...? —miró alrededor de la pequeña habitación—. Podemos invitarlos a todos a cenar en algún sitio.

—Hunt, no hace falta. Tienen su propio dinero.

—Lo sé, pero me gustaría tener un detalle con ellos. Esas personas van a ser importantes para mí. Al igual que mis hijas lo serán para ti.

Suzy sonrió débilmente. Su taxi tocó el claxon desde la calle.

—Tengo que irme —dijo. De pronto sintió un pequeño ramalazo de culpabilidad—. ¿Y tú qué vas a hacer, corazón?

Hunter puso una sonrisa afectada.

—En realidad, yo también salgo.

También salgo. Suzy no pudo ocultar la sorpresa.

—¿Oh?

—Pero seguramente volveré antes que tú. —No le digas adónde vas, le había dicho Katie, ni te inventes algo. No, no lo haría.

Suzy no pudo resistirse.

—¿Y adónde vas?

—Salgo con un amigo.

El claxon del taxi volvió a sonar.

—Bueno... Qué bien. Nos vemos luego. —Le dio un beso en la boca y salió.

En la parte de atrás del taxi, Suzy iba que mordía. Pero tú sales, ¿por qué no iba a hacerlo él? Claro que ella era una importante editora de una revista, y él no conocía un alma en Londres. Bueno, a lo mejor quiere conocer gente.

Suzy empezó a sentirse un poco mal. Quizá no estaba bien que dejara a Hunter solo en casa una noche tras otra. Con un perro no lo harías.

—Pero yo nunca tendría un perro —dijo en voz alta.

—¿Perdón? —dijo el taxista.

Quizá Hunter ya había tenido suficiente y había captado el mensaje. Quizá pronto estaría de vuelta en Filadelfia y Suzy podría recuperar su casa y su vida.

¿Por qué aquello no la hacía sentirse tan bien como hubiera sido de esperar?

—Tenías razón —le dijo Hunter a Katie—. Le ha picado la curiosidad. Se notaba. —Levantó su copa de champán para brindar con ella—. Ahora entiendo por qué te valora tanto, adiestradora de amor.

—Bueno, todavía no me valora. Aún están buscando un caso para mi primera columna.

—¿Y si me proponen a mí? —bromeó Hunter. Estaba un poco bebido. Se encontraban sentados en el Blue Bar, del hotel Berkeley, rodeados de chicas delgadas con playeras y banqueros con traje. Era un alivio salir de aquel piso minúsculo y blanco, lejos del televisor, hablar con otro ser humano que no tuviera que ver con el trabajo y que no fuera Suzy.

—La quiero mucho —le dijo a Katie después de la siguiente copa—. Y pensaba que ella me quería a mí. Pero... no sé... parece que mi presencia la altera. Ya no nos lo pasamos bien.

—Bueno, te has instalado en su casa de forma algo precipitada, ¿no? —dijo Katie suavemente.

—Sí, supongo. Pero Justine lo descubrió de pronto. Y es lo que siempre habíamos querido.

—¿Le has preguntado eso a Suzy alguna vez?

Hunter pestañeó, dolido.

—¡Pues claro que sí! —frunció el ceño—. Bueno, puede que no con tantas palabras. Pero cuando tienes una relación como la nuestra, es evidente que lo que quieres es estar siempre con el otro. Es lo que desean todas las mujeres, ¿no?

Vio que una nube de preocupación cruzaba el rostro de Katie.

—Bueno, Hunter, en realidad no. No todas.

A Hunter le sorprendió su tono. Evidentemente la adiestradora de amor era una feminista. De hecho, todas las inglesas que conocía parecían odiar los sujetadores y no tenían ningún interés por la vida doméstica, y no digamos ya el matrimonio.

Pero, o capitulas o te callas. Hunter llevaba el suficiente tiempo allí para saber eso. Sonriendo, levantó las palmas.

—Vale, vale. ¡Lo siento! Está claro que ahí me he equivocado. Al pensar que Suzy es como las otras mujeres cuando en realidad es única.

—Desde luego que lo es.

—Bien —dijo Hunter haciéndole señas al camarero—. Bueno, ¿qué te parece si te invito a otra copa y me dices qué puedo hacer para entenderla?

—Entenderla es una cosa. —Katie sonrió—. Luego tendrás que adiestrarla. Yo tomaré un Cosmopolitan, por favor.

35

Simon, el pelirrojo bajito, llamó a Rebecca el martes para confirmar la cita.

—Espero que te guste el sushi —le dijo—. Porque había pensado llevarte a Nobu.

¿Le gustaba el sushi? ¿A qué huelen las nubes? A lo mejor Simon solo le llegaba al codo, pero tenía otras muchas cualidades... y su excelente gusto en cuanto a restaurantes no era lo menos importante. Mientras caminaba por Park Lane, hizo una lista mental de sus atributos:

Pros

- Rico (tenía un cargo importante en la City, debía comprobar con Ally cuál exactamente. Rebecca nunca entendía lo que los demás hacían para ganarse la vida, y si no lo preguntabas en los primeros cinco minutos, luego ya era demasiado tarde.)
- Tenía piso en Notting Hill.
- Tenía 39 años.
- No estaba casado.
- Sin hijos.
- No era sudafricano.
- Su padre era vicario, lo que significa que creía en la fidelidad y los valores familiares.
- Había estado en Australia y le gustaba.

Contras

- Bajo.
- ¿Por qué no estaba casado?

Cuando llegó a Nobu, estaba muy excitada. Saldrían durante un año y luego se casarían. Se quedaría embarazada durante la luna de miel y su primer hijo sería un chico y se llamaría Ned. Los dos venderían sus propiedades y comprarían una gran casa en LittleVenice, junto al tipo de Riverdance.

Simon la esperaba en una mesa del rincón. Cuando la vio se levantó y la besó en las dos mejillas.

—Estás guapísima —le dijo.

Eran las ocho y Nobu hervía de actividad. Rebecca vio a Sven Goran Eriksson y Pamela Anderson... aunque no juntos. En la mesa de al lado, había una mujer muy bien maquillada con una especie de casco de pelo rubio y una joven negra con un vestido plateado de cota de malla.

—Siento mucho que tengas que pasar tu cumpleaños sola en Londres —dijo la rubia. Tenía un leve acento francés—. Pero de todos modos tengo un pequeño regalo para ti. —Y le entregó una gran caja envuelta en papel de regalo. La chica la abrió. Estaba llena de productos de Christian Dior. Rebecca sintió que los celos le oprimían el corazón.

—¡Oh! —exclamó la chica. Ella tenía acento de Nueva York, como si rascaras el hielo del parabrisas del coche—. ¡Me encanta Dior! Oh, disculpa. —Y cogió su móvil, que había empezado a vibrar—. ¿Hola? Hola, cariño. ¡Sí! ¿Dónde estás? ¿En Ibiza? ¡Oh, es genial! Espera un momento, tengo otra llamada en espera. ¿Sí, cariño? ¿Dónde estás? En Grecia. Oh, Dios. Yo estoy en Nobu. No, no Nobu Tribeca. Nobu de Londres.

Las miradas de Rebecca y Simon se cruzaron. Los dos trataron de no reír.

Durante la comida no hablaron mucho, porque la señora

France y la señorita Noo Yawk acaparaban toda su atención, como un cabaret.

Las mujeres habían hecho llamar al *maître* para decirle lo mucho que les gustaba Nobu.

—Por supuesto, Nobu París es fantástico —decía la joven negra—. Y el de Tokio es para morirse. Pero mi favorito es el de Londres.

—Es estupendo —dijo el *maître*. Parecía que estaba a punto de echarse a llorar.

—Nobu Las Vegas también está bien —dijo la francesa.

—Desde luego, yo siempre como bacalao con miso de judías negras —comentaba la otra. Su móvil sonó—. ¡George! ¡Ciao! ¿Cómo va por Dubai?

—Por Dios —susurró Simon—. Esto es como el McDonalds para la vomitiva euro jet. Vayas a donde vayas, la misma decoración, el mismo menú. Los clientes ni siquiera tienen que fijarse.

Se las arreglaron para hablar un poco. De la infancia de Simon en el campo. De una película que habían visto los dos. Cotilleos del mundo editorial. Simon había visto la fotografía de Rebecca en el Bookseller de aquella semana en una reunión aburridísima.

—No te hacía justicia —dijo sonriendo con afecto—. Me gustaría hacerte una foto. Soy bastante bueno.

«¿Cuándo?», hubiera preguntado ella normalmente, sacando su agenda. Pero ahora se limitó a sonreír vagamente e hizo un comentario neutro.

—Realmente deberían abrir un Nobu Montecarlo —decían en ese momento las de la mesa de al lado.

Rebecca lo estaba pasando bien. Simon era divertido e inteligente. Era evidente que tenía dinero. Cada pequeño detalle parecía correcto. Normalmente se hubiera acostado con él. En realidad, se hubiera acostado con cualquiera que la llevara a Nobu. Pero esa noche sería diferente. Volvería a casa sola.

—Espera —dijo Rebecca cuando trajeron la cuenta—. Deja que pague yo.

Simon pareció sorprendido, pero también complacido.

—No, no. Esta vez pago yo. —Y añadió—: ¿Te apetece una última copa?

—Algo rápido, sí —dijo ella. Y lo decía en serio.

Así que entraron en el Met Bar, escenario de los antiguos flirteos de Rebecca con Johan. Qué tonta había sido aquella noche. Pero ahora todo era diferente. El hecho de que volviera a aquel sitio era el karma, su oportunidad de arreglar las cosas.

—Es como un mercado de carne —comentó Simon—. Pero me divierte.

Rebecca tomó un brandy Alexander y él café irlandés.

—Bueno, bueno, Rebecca. —Simon respiró hondo—. Espero que no te importe que lo diga...

Ahora me dirá que tengo un trozo de alga entre los dientes, pensó Rebecca.

—Pero creo que eres una mujer realmente atractiva y me preguntaba si tendrías novio.

Rebecca se lo quedó mirando. ¿La habría confundido con otra? En la mesa de al lado había una modelo dando sorbitos a una copa de vodka puro. ¿Quizá la pregunta iba dirigida a ella?

—No, no tengo —contestó.

Justo entonces su bolso empezó a vibrar.

—Perdona —dijo, y sacó su móvil.

Ya sabía quién era.

—¿Aún estás con él? —le preguntó Katie.

—Ajá, ajá —hizo con su tono más seductor. Simon apartó la mirada educadamente, pero un destello de celos le pasó por la cara.

—Bueno, tienes diez minutos —le dijo Katie—. Luego tienes que irte. Cuando llegues a casa, llámame. Desde el fijo, así sabré si estás en casa de verdad.

—Mmmm. Nos vemos. Adiós. Lo siento —le dijo a Simon. En otro tiempo hubiera añadido: «Es mi amiga Ally, mi socio Ben, mi secretaria personal, mi madre», para que él se sintiera mejor. Pero ahora era diferente. Apuró su bebida—. Tengo que irme.

—¿De verdad? —Simon pareció molesto.

Salieron y esperaron a la entrada mientras el portero les encontraba un taxi.

—Me lo he pasado muy bien esta noche —dijo Simon.

Rebecca no dijo nada.

—Pero no quiero agobiarte, Rebecca. Seguro que los hombres te acosan constantemente. Así que lo dejaremos así. Si te apetece verme me llamas. Si no, no volveré a molestarte.

—Muy bien —repuso ella algo confusa. Un taxi se detuvo en el bordillo y Rebecca subió.

—Gracias por esta velada tan agradable —le dijo a Simon por la ventanilla. Ni siquiera le había besado para despedirse.

—No —dijo Simon—. Gracias a ti. —El taxi se puso en marcha. Rebecca volvió la cabeza y lo vio solo y entusiasmado en la acera. Si le hubiera arrojado una pelota, no hay duda, él hubiera corrido a cogerla.

36

El viernes, cuando Jenny volvió a casa del trabajo con su reserva de Eurostar en el bolso, se encontró a Gordon esperándola en las escaleras con dos bolsas de viaje.

A lo mejor es que quiere dejarme, pensó confundida. Pero entonces se dio cuenta de que se trataba de algo bien distinto.

—Cariño, ya empezaba a preocuparme —le dijo—. Estaba a punto de llamarte al móvil. Tenemos que ir al aeropuerto.

—¿El aeropuerto?

—Sí, nos vamos a Berlín a pasar el fin de semana. Mi sorpresa. El taxi llegará en cualquier momento.

Jenny dejó caer su bolso al suelo y gritó:

—¡Berlín! ¡Ay, Gordy! Siempre he querido ir a Berlín. —Y, después de acercarle la cara, le besó con fuerza en la boca.

—Supuse que te gustaría —musitó él con aire modesto y orgulloso.

Dos horas después estaban en la terminal de Salidas. A medianoche ya se encontraban en Berlín.

—¿Estás seguro de que no te aburrirás? —preguntó Jenny cuando se dirigían en taxi hacia su hotel, cerca de la principal calle comercial. Estaba profundamente conmovida. A ella le encantaban las viejas ciudades europeas, pero Gordy prefería subir montañas o bajar por un río.

—No. Tú puedes ir a las galerías de arte y yo me dedicaré a mirar los monumentos de la guerra. Será como estar en el cielo.

El hotel no era nada especial: su habitación era un cubículo minúsculo con vistas a edificios de viviendas. Pero a Jenny no le importaba.

—Osito mío —le susurró a Gordon cuando se metió con él en la cama gigante. Era una palabra cariñosa que no utilizaba desde hacía tiempo.

—Cochinilla mía —replicó él subiéndose encima de ella y lamiéndole poco a poco los pezones.

Jenny pensaba levantarse pronto para ir de compras, pero al final estuvieron haciendo el amor buena parte de la noche y por la mañana se quedaron hasta bastante tarde en la cama. Luego cogieron un autobús que hacía un *tour* por la ciudad, pasando ante la catedral bombardeada, la Puerta de Brandenburgo, Unter den Linden y Checkpoint Charlie. Por la tarde, Jenny fue de compras, mientras Gordy veía el fútbol en el canal Eurosport. Y por la noche disfrutaron de una maravillosa cena consistente en cordero con patatas en un restaurante monísimo junto a la Puerta de Brandenburgo.

—¡Cuánta carne! No entiendo cómo las chicas alemanas se mantienen tan delgadas y guapas —exclamó Jenny.

—Pero no hay ninguna tan guapa como tú.

—¡Oh! ¿Y la mitad de delgada tampoco? —dijo ella, y le pinchó con el tenedor, aunque se sentía muy feliz. Normalmente, cuando ella quería que él la halagara, no conseguía nada de nada.

Aquella noche hubo más sexo caliente y cochino. Al amanecer, Jenny estaba despierta, contemplando la salida del sol. Alzó su mano izquierda para admirar su diamante y apoyó su mano derecha sobre las nalgas desnudas de Gordon.

He sido una idiota, pensó, fantaseando con un francés al que apenas conozco. Voy a casarme con el hombre más maravilloso de la tierra. La burbuja de felicidad que le había faltado durante tanto tiempo empezó a desplazarse por su garganta. Las lágrimas le escocían en los ojos.

Dios, me he salvado por muy poco. De pronto se acordó de la adiestradora de amor. Y por lo que se refiere a Katie, no sabe de la misa la mitad. El lunes llamaría a Suzy y le diría que había cambiado de opinión. Y luego se pondría inmediatamente con los preparativos de la boda. No acababa de decidir si quería que fuera en una iglesia o no. Quizá sería más romántico en una barca o algo así. Señor, iba a ser muy divertido. A Jenny nada le gustaba más que una buena fiesta.

Poco a poco se quedó dormida, y despertó tres horas después, con Gordon encima.

—Hola, hombre sexy —musitó.

—Jenny —dijo él, y su voz sonaba muy rara—. ¿Qué demonios es esto?

Agitó un papel delante de ella. Por un momento, Jenny no supo de qué se trataba. Pero entonces, con una sacudida, comprendió. El e-mail de Fabrice. Parecía que habían pasado mil años desde que lo metió en su bolso.

—Gordy, cielo. No es lo que parece.

—¿Y qué es lo que parece? —Su voz era metálica. Como si le hubieran agredido físicamente.

—Es... es... solo es un compañero de nuestra oficina de París. Flirteamos. Pero es un juego. No significa nada.

—¿No significa nada? Y entonces ¿por qué tienes un billete de ida y vuelta de Eurostar para el viernes por la noche?

—Yo... es una reunión de trabajo.

—¡Una reunión de trabajo! ¡El fin de semana!

La mejor defensa es un buen ataque.

—¿Y tú qué hacías registrando mi bolso?

—Tú tenías los billetes. Quería comprobar a qué hora debíamos irnos esta noche.

Mierda. Era verdad, Gordon le había dado los billetes y los pasaportes en Heathrow.

—Aquí tienes, mira —dijo con un saludo burlón. Ella siempre se ocupaba de la documentación cuando salían de viaje. Cuando ocurrió, pensó que tenía que esconder el e-mail y la reserva, pero cuando llegaron a Berlín estaba tan entusiasmada que se olvidó por completo.

—Bueno, ¿quién es Fabrice?

—Ya te lo he dicho... un compañero.

—O sea, que te estás follando a un compañero del trabajo. —De pronto, Gordy se echó a llorar, derrumbado en el borde de la cama, con el rostro entre las manos—. Jenny, eres el amor de mi vida. Hace un mes que nos hemos prometido. Compramos el anillo la semana pasada. Y todo este tiempo te has estado acostando con un francés. ¿Cuánto hace que dura?

—¡Gordy, no nos hemos acostado! Solo es un juego. Y solo iba a ir a París para... para mirar vestidos de boda. Por eso no quise decírtelo.

Cada mentira que decía la hundía más y más. Gordon se debatía entre la esperanza y la ira. Ganó la ira.

—Pensaba que te conocía. Pero veo que me equivocaba.

—¡Gordy! Todo esto es un malentendido.

—Sí, lo es. Nuestra relación entera lo es. Los últimos cuatro años. Un malentendido. Dios, Jenny, yo te quería. —Jenny se dio cuenta de que Gordy estaba vestido.

—Te quiero —le dijo llorando.

—Oh, basta de mentiras. —Se puso de pie—. Bueno, me llevo mi billete y mi pasaporte. Me voy al aeropuerto y cogeré el primer avión que salga. Pero tú puedes quedarte y disfrutar de Berlín. Solo está a unas horas de tren de París.

Cogió su bolsa de viaje y salió.

—¡Gordy! ¡Gordy! —Jenny cogió una de las sábanas de la cama y, liándose con ella, corrió al pasillo como un torpe fantasma a tiempo para verlo entrar en el ascensor.

»¡Gordy! —Jenny corrió, pero las puertas del ascensor se cerraron. Ni siquiera la miró.

Jenny se quedó parada, conteniendo las lágrimas. Oyó un fuerte golpe al fondo del corredor. Al darse la vuelta, vio que la puerta de la habitación se había cerrado.

37

Domingo en Londres. Hacía un bonito día, y Suzy y Hunter decidieron aprovecharlo. Se levantaron tarde y bajaron a Regent's Park Road, la calle más *fashion* de Londres para desayunar en la terraza de un café.

—Estoy segura de que esa es Kate Moss —susurró Suzy, dándole con el pie a su novio y señalando con el gesto a una mujer con un pañuelo a la cabeza y gafas oscuras que reía con sus amigos. Un Weimeramer con la cabeza plateada dormitaba a sus pies.

Hunter levantó la vista de su *Sunday Business.*

—¿Eh? Ah, sí. —Seguramente Hunter no sabía quién era Kate Moss, pensó Suzy. Pero ¿la habría reconocido Kate Moss a ella? Se habían estrechado la mano un par de veces en alguna fiesta y aparecía prácticamente cada mes en la revista. Pero ¿qué pensaría al verla allí sentada con un viejo? A lo mejor creería que se trataba de su padre. ¿Eso sería mejor o peor? Suzy volvió a mirar al bonito perro de Kate, luego a Hunter. El de Kate tenía pedigrí, el suyo era definitivamente un mestizo... aunque fuera muy rico y agradable.

Suzy se bajó la gorra y se tapó un poco la cara con el fular.

—¿Pedimos la cuenta? —preguntó.

Hunter la miró pestañeando.

—Pensaba pedir otro café.

—Muy bien. —Suzy hundió la cara en el *News of the*

World y cuando Kate, quizá se trataba de otra persona, pasó a su lado, se inclinó y fingió que buscaba algo en su bolso.

—¿Estás bien? —preguntó Hunter.

—¡Perfectamente!

Después de desayunar, subieron andando por Primrose Hill, de camino al Heath. En momentos como ese a Suzy le encantaba estar con Hunter. Con él Londres le parecía diferente. Donde ella veía contaminación y potenciales asaltantes, él veía un bonito cielo azul y unos adolescentes que se divertían. Dejaron atrás el Ladie's Pond, y luego Kenwood, cogidos de la mano, riendo como esa gente tan irritante de los anuncios de anillos de boda.

—Hola, Suzy —dijo una voz masculina detrás de ellos.

Suzy se dio la vuelta. Oh, Dios mío. Era Joachim, el que le suministraba la coca. Soltó automáticamente la mano de Hunter.

—¿Qué tal? —siguió diciendo el hombre, y se acercó y le dio un par de besos en las mejillas. Joachim tenía dos dientes frontales negros y el rostro hundido. Parecía taimado; no, era taimado. Suzy siempre temía que lo detuvieran y que diera a la policía los nombres de sus clientes más distinguidos. Pero vendía con diferencia la mejor coca de la zona norte de Londres, y a un precio muy razonable.

—Bien —contestó ella con voz apurada—. ¿Y tú?

—Genial —contestó, mirando de arriba abajo a Hunter, con el anorak y el espantoso chándal—. Hola, yo soy Jo. ¿Y tú eres?

—El novio de Suzy, Hunter. —Suzy se encogió. ¿Qué pensaría Joachim? Pero lo que le sorprendió es que le preocupaba más lo que Hunter pudiera deducir de unos amigos tan desagradables.

Los dos hombres se dieron la mano y, para disgusto de Suzy, se pusieron a charlar: del tiempo, de carreras de motos —por Dios—. Ella cambiaba de un pie al otro.

—Hunter —soltó—, de verdad, creo que tendríamos que irnos.

Su mirada se cruzó con la de Jo. Divertida, con expresión de connivencia. Le contaría a todo el mundo que se había encontrado a Suzy con un novio abuelo.

—Sí, no os entretendré más —dijo con voz arrastrada. Y tendió de nuevo su mano sucia—. Encantado de conocerte, Hunter.

—Ven a cenar con nosotros alguna vez —dijo Hunter.

—Me encantaría. Hasta la vista, Suze.

—Hasta la vista —murmuró ella, tirando bruscamente del brazo de Hunter.

Siguieron paseando, el uno junto al otro, aunque ya no se tocaban.

—Era amable —dijo Hunter en un tono reflexivo—. Me gustaría conocer a otros amigos tuyos, Suzanne.

Suzy lo miró con recelo. ¿Le estaría tomando el pelo?

—Bien —dijo ella algo escueta. ¿Cuánto tiempo podría aguantar aquello? ¿Cuánto tiempo antes de que tuviera que decirle a Hunter que ya tocaba que se volviera a Filadelfia y se reuniera con Justine? Aunque añoraría días como aquel.

—¿Qué haces esta noche, nena?

Ella se encogió de hombros.

—Ver la tele. Dan la serie *24 horas*.

—Es una pena.

—¿Por qué? —preguntó Suzy.

—Bueno, he quedado para cenar con mi amiga Maxine. Es de una agencia de modelos, la conocí a través de mis contactos con el mundo de la publicidad. He reservado mesa en Sketch. Pero sé lo mucho que te gusta *24 horas*.

—Puedo grabarlo en vídeo. —¿De una agencia de modelos? A Suzy no le gustaba cómo sonaba aquello. Seguramente sería muy alta. Y rubia. De hecho así era Justine. Por primera vez, al pensar en Justine, Suzy sintió un hormigueo de envidia, como una erupción cutánea.

—Puedes grabarlo, sí, pero, no sé. Quizá sea mejor que no vengas. Es que... Maxine es muy joven y tiene problemas con su novio. Creo que necesita sincerarse con alguien. Y si hay una desconocida se sentiría... cohibida.

Apuesto a que sí. Se sentiría cohibida a la hora de echar mano de tu cartera.

—Bien —dijo Suzy—. Lo comprendo. Ve tú. No te preocupes por mí. Es solo que... que me apetecía pasar juntos alguna noche.

Hunter le sonrió con dulzura.

—Claro, cielo, lo sé. Pero se trata de trabajo. Bueno, más o menos. Y ya sabes que es muy importante para mí.

Suzy había oído aquella excusa antes, solo que no podía recordar cuándo.

—Claro —dijo—. El trabajo es lo primero. Lo comprendo. —Le hubiera gustado no sonar tan dolida.

En Berlín, Jenny estaba envuelta en una sábana, en el pasillo con luces fluorescentes. Abordó a una joven pareja de japoneses que arrastraban voluminosas maletas con ruedas y les preguntó si podían enviar a alguien de abajo para que le abriera la puerta, pero no hablaban inglés y se limitaron a reír entre dientes, tapándose la boca con la mano. Jenny se volvió hacia una alemana que salía de su habitación.

—Avisaré en recepción —dijo la mujer con entusiasmo—. Pero qué cosa tan absurda.

Después de que un recepcionista tartamudo y bizco le abriera la puerta de su habitación, Jenny trató de llamar a Gordy a su móvil una docenas de veces, pero lo tenía apagado. Se vistió. Teniendo en cuenta su situación, lo mejor era irse al aeropuerto. Su vuelo salía a las siete, pero seguro que habría alguno antes.

—Ya pasan sesenta minutos de la hora para dejar la habitación, así que tendrá que abonar medio día de penalización.

—¿Cómo que es tarde para dejar la habitación? Son las doce.

—Es la una, señora. Y son las normas.

Jenny tardó unos segundos en recordar que aún tenía el reloj puesto en la hora de Inglaterra. Cuando quería saber la hora que era en Berlín, le preguntaba a Gordy. Siempre lo hacían así cuando estaban de vacaciones.

Pagó las cuarenta y cinco libras de penalización y cogió un taxi para el aeropuerto. Allí descubrió que no había ningún vuelo libre hasta las siete.

—¡Nada! ¿Y entonces tengo que esperar cinco horas?

—Puede volver a la ciudad —dijo la mujer de la ventanilla de Bristish Airways—. O quedarse en el aeropuerto, hay muchas tiendas.

No valía la pena volver a la ciudad, así que Jenny se pasó las siguientes cinco horas sentada en un duro banco de metal, leyendo un ejemplar ridículamente caro del *Sunday Times*. Era una edición para el extranjero, así que ni siquiera tenía una revista en color o sección de estilo. Jenny se encontró leyendo y releyendo un artículo sobre los pros y los contras del euro sin enterarse de una sola palabra. Cada diez minutos llamaba a Gordon, pero saltaba siempre el buzón de voz.

El vuelo se retrasó dos horas. No llegó a Heathrow hasta las nueve. Gordon no contestó hasta que estuvo en el Heathrow Express.

—¿Qué quieres?—El tono de su voz hubiera hecho temblar a un oso polar.

—Solo quería decirte que voy para allá. Tenemos que hablar.

—No, no tenemos nada de que hablar.

—¡No, Gordy! Por favor, no seas así. No ha pasado nada. Tienes que dejar que te lo explique.

—No lo creo. Y no se te ocurra volver a casa esta noche. He hecho cambiar la cerradura. No podrás entrar.

—¿Que has hecho qué?

—No quiero que duermas en mi casa.

—¡Es nuestra casa!

—Ya no.

—¿Y qué pasa con mis cosas?

—Las he recogido. Mañana por la mañana te las dejaré en el cobertizo. Esa cerradura no la he cambiado. Puedes pasar a recogerlas cuando yo no esté.

—Pero Gordy...

—Pasa a recogerlas por la mañana —repitió. Y luego colgó.

El tren ya estaba llegando a Paddington. Tratando con todas sus fuerzas de contener las lágrimas, llamó a Suzy.

—Soy yo. Voy para allá.

Suzy acababa de despedir a Hunter en la puerta y —bastante desconcertada— se había puesto a ver *24*.

—Entonces, ¿lo has hecho? ¿Has dejado a Gordy?

—No —dijo Jenny—. No le he dejado. —Se sentía completamente humillada y se puso a llorar. El ejecutivo que iba sentado a su lado apartó la mirada—. Oh, Suzy. Él me ha dejado a mí.

38

Hunter no llegó a casa hasta las once. Jenny, que ya llevaba una hora allí, estaba encerrada en el baño, sollozando ruidosamente y no dejaba que Suzy utilizara el aseo.

Sorprendentemente Hunter pareció encantado de tener una invitada.

—Parece que ha sido una chica mala —comentó Hunter riendo entre dientes cuando Suzy le contó lo sucedido—. Pero, claro, no soy el más indicado para decir nada.

—Lo nuestro es diferente —dijo Suzy suspirando.

—Bueno, me encantará conocerla. —Y, dicho esto, fue a la nevera a buscar una botella de agua mineral—. Me preguntaba cuándo ibas a presentarme a tus amigos.

—No está en su mejor momento —le advirtió Suzy—. Yo de ti esperaría un montón de lágrimas, y no podrás volver a entrar en el baño.

Hunter se rió.

—Cariño, cuanto antes esté listo el divorcio y nos instalemos en una mansión en Hampstead, mejor. Y entonces podrás invitar a todas tus desdichadas amigas a quedarse en casa.

Quién lo iba a decir. Suzy siempre había admirado el porte de Hunter, su estatus y, la verdad, también su dinero. Jamás se hubiera imaginado que podía ser tan atento.

Lo preocupante es que al parecer ella no era la única que lo pensaba.

—¿Cómo ha ido con tu amiguita? —preguntó, fingiendo que no le interesaba. Hunter se había puesto su mejor traje de Paul Smith, el que más le gustaba a ella. Se fue a las siete, silbando y acababa de volver... a las once. ¡Y al día siguiente trabajaba! De nuevo, los celos machacaron su estómago como cristal roto.

—Oh, muy bien —dijo él alegremente—. Pretencioso. La comida era aceptable, supongo... aunque con ese precio ya podía serlo.

—¿Y tu... amiga?

Hunter hizo una mueca.

—La verdad, es algo insulsa. Tiene veintiséis años, y no parece que tenga muchas cualidades. Me da la sensación de que está buscando un marido rico.

—¿Y lo encontrará? —Tono ligero.

—No, si se le nota tanto. —Tono de broma. Se inclinó y la besó en la frente. Con un beso fraternal. Suzy aún no lo veía muy claro—. Bueno, háblame de tu amiga —dijo, quitándose la chaqueta.

El ánimo de Suzy decayó aún más cuando recordó las últimas vacaciones que pasó con Jenny. La ropa tirada por el suelo en la habitación del hotel, bolsitas de té de la selección que el hotel ofrecía gratuitamente en el cuarto de baño, folletos de la oficina de turismo esparcidos por la mesa. Y ahora viviría en su casa. Ya era bastante malo tener a un hombre con ella de forma permanente, aunque había que admitir que Hunter no lo hacía tan mal... Justine lo tenía bien enseñado.

Señor, pero esperaba que Jenny no lo apartara de su lado.

—A veces es un poco desordenada... —le advirtió. Pero, antes de que pudiera prevenirlo, la puerta del cuarto de baño se abrió y Jenny salió, con la cara enrojecida y vestida con el minúsculo albornoz de Suzy. Esta cuadró los hombros; tenía que estar preparada para que aquellas dos partes de su vida se encontraran.

Katie se quedó de piedra.

—¡Encontró un billete de Eurostar!

—Pues sí —dijo Suzy con gesto sombrío. Estaba agotada. Jenny la tuvo despierta la mitad de la noche, repitiendo su historia una y otra vez. Sus lamentos despertaron a Hunter, que se mostró muy comprensivo.

—¡Pero si eso es precisamente lo que le dije que no hiciera!

—Yo le dije lo mismo —dijo Suzy—. Pero nunca escucha.

Entonces, para qué demonios quería consultar a una adiestradora de amor, pensó Katie. Siempre ocurría lo mismo. Todas esas horas en la escuela y la universidad dando consejos a sus llorosas amigas. Ellas te daban las gracias y entonces se iban y hacían justamente lo contrario de lo que les decías. ¿Para qué?

—Bueno, creo que el resultado final es el mismo. Han roto. Que es lo que tú sugeriste.

—Sí, pero no así. Pobre Gordon, parecía encantador. Debe de estar destrozado.

—Mira, Katie, no te lo tomes a mal. Jenny es un encanto, pero siempre pensó que Gordon jamás la dejaría. Espero que le haya servido de lección. Que aprenda a no ser tan descuidada con el siguiente.

—Supongo. —Pero Katie se sentía fatal. He roto una pareja. Una pareja prometida. No, ella no hizo nada... era Jenny la que compró el billete, desobedeciendo expresamente sus instrucciones. Un pensamiento le pasó por la cabeza—. No seguirá pensando en ir a París, ¿verdad?

—Bueno, ella dice que no. Pero tengo mis sospechas.

—Bien. Al menos podemos hacer algo para salvar la situación.

—¿Podemos?

—Sí, tú. Necesito que me ayudes. —Y Suzy rió, mientras Katie le explicaba lo que tenían que hacer.

Rebecca estaba desolada.

—La ha echado —le dijo a Katie sin comprender—. Con lo enamorados que estaban...

—Lo sé. Es terrible.

Rebecca negó con la cabeza. Estaban sentadas en la oficina.

—¡Hombres! La verdad es que no los entiendo, Katie. Pueden volverse en tu contra así, sin más. —Y chasqueó los dedos.

—Las mujeres también lo hacen.

—Normalmente no. Las mujeres somos increíbles. Los hombres son unos inútiles. —Negó tristemente con la cabeza—. Ojalá fuera lesbiana.

—Te entiendo —dijo, y sonrió.

—Pues yo pagaría por veros juntas —dijo una voz desde la puerta. Era Ben.

Katie sintió como si una pelota de críquet le hubiera impactado en el pecho. Se llevó las manos al pelo para comprobar si lo llevaba bien peinado.

—Eres un guarro —dijo Rebecca.

—Qué novedad. —Se volvió hacia Katie—. Hola. —No sonaba demasiado amistoso.

—Hola.

—Has hecho un buen trabajo con Jenny y Gordon —dijo suavemente.

—Eso es injusto —protestó Rebecca—. Katie no ha tenido nada que ver con eso. Gordon ha echado a Jenny. Katie no pudo hacer nada para impedirlo.

Ben resopló.

—Podía haberlo visto venir.

¿Ben hablaba siempre de la gente como si no estuvieran presentes?

—Soy adiestradora de amor, no clarividente —dijo Katie con acritud. ¿Lo he entendido mal?, se preguntó. Pero Jenny hubiera ido a ver a Fabrice pasara lo que pasara, y si hubiera dejado a Gordon antes, como ella le sugirió, al menos le hubiera ahorrado el mal trago de encontrar el billete.

—Lo siento —dijo Ben con una risita. Katie reparó en que tenía un bonito hoyuelo en la mejilla izquierda—. Tienes razón. Estoy seguro de que no has tenido nada que ver con la ruptura de Jenny y Gordon. Pero no deja de ser una coincidencia: vas a la fiesta para analizar su relación y dos semanas después han roto. —Katie se encogió de hombros. Ben se volvió hacia Rebecca—. Adiestradora de amor. Es un nombre ridículo. Pero esperemos que nos haga millonarios, Rebecca.

—A mí me hará ganar millones. A ti ni un penique.

Ben rió. Me encanta la forma en que se le arruga la nariz, pensó Katie. Estuvo a punto de darse una torta.

—Bueno, cuando acabéis tenemos que hablar del acuerdo con Mergassey —le estaba diciendo a Rebecca.

—¿Te va bien durante la comida? —sugirió ella—. Acaban de dejarme plantada.

—Estupendo. —Ben sonrió—. Te veré a la una.

—Perfecto. Dile a Tara que nos reserve mesa.

—Hasta luego. Adiós, Katie.

—Lo siento —dijo Rebecca cuando Ben cerró la puerta—. A veces Ben puede ser muy desagradable, pero en general es un encanto.

Katie tenía que saberlo.

—Rebecca, espero que no te moleste la pregunta, pero ¿qué hay entre vosotros dos?

Rebecca miró al techo.

—Katie, me sorprendes. —Fingió estar consultando su agenda—. Solo eres la... deja que mire... la persona número nueve millones que me hace esa pregunta esta semana.

—Lo siento, pero si te lo preguntan por algo será.

—Sí, lo sé —concedió ella—. Pero no hay nada entre Ben y yo. Cuando nos conocimos los dos salíamos con otra persona. Nos convertimos en socios. Las otras personas se quedaron por el camino, pero para entonces la cuestión del sexo estaba descartada.

Así que se sintieron atraídos, solo que en el momento equivocado.

—¿Y ahora?

—Señor, Katie, no puedo creerme que insistas en esto. A Ben y a mí no nos interesa tener una relación. E incluso si a mí me interesara, hasta hace unos meses él ha tenido novia, y no me apetece conquistarlo cuando está despechado. De todos modos esta noche salgo con Simon. Segunda cita.

—¡Oh! —exclamó Katie, y se olvidó enseguida del otro tema—. ¿Adónde te lleva?

—Al Boxwood Café. Estoy entusiasmada. Hace siglos que quería ir allí.

—Bueno, ya sabes lo que tienes que hacer.

—Por supuesto. Estaré en casa a medianoche. ¿Quieres llamarme para asegurarte?

—No —dijo Katie—. Esta vez me fío de ti.

39

Rebecca esperó diez días para llamar a Simon. Por la voz, parecía que al hombre le había tocado la lotería.

—Vaya, pensé que no volvería a saber de ti. ¡Es estupendo! Reservaré mesa.

Eso sí que era entusiasmo. Al recordar aquello, mientras iba en taxi de la oficina al restaurante (no tenía tiempo para ir a cambiarse a casa), Rebecca no pudo evitar preguntarse si Simon no sería un poco tonto.

Pero... el Boxwood Café. Dios sabe cómo habría conseguido mesa.

Fue en taxi al restaurante, justo en la esquina con Hyde Park Corner, dejó el abrigo en recepción y, muy despacio, para no perder pie con los tacones, bajó la amplia escalera que conducía a la sala, de color fango. Vio que Simon estaba sentado a una mesa del rincón, mirando su reloj con expresión irritada. Cuando la vio, se levantó de un brinco.

—Me encanta este tipo de comida —exclamó Rebecca cuando se sentó y se puso a estudiar el menú—. ¡Bien, comida americana! Creo que tomaré una deliciosa ensalada César.

—¡Justo lo que pensaba pedir yo! —exclamó. La miró con expresión de connivencia—. Sabes, Rebecca, tenemos muchas cosas en común.

Fue una cena encantadora, pero no tanto como la primera en Nobu. Hablaron y rieron, o, mejor dicho, Simon se rió prácticamente de todo lo que dijo Rebecca, tanto si tenía gracia como si no.

La conversación derivó a la política.

—En este país la educación es un desastre —comentó Rebecca—. Tendrías que ver a la gente que viene a pedirme trabajo. Prácticamente analfabetos.

—Entonces, ¿tus hijos irán a una escuela privada? —preguntó él con entusiasmo.

—Bueno, sí, siempre que pueda pagarlo. —Y si alguna vez los tengo, pensó, pero prefirió no decirlo.

—Es muy importante estar de acuerdo en estas cosas —dijo él, recostándose con gesto alegre en la silla.

Pasaron al tema de los cumpleaños.

—El mío será pronto. —Rebecca suspiró.

—Tendremos que organizar algo bonito —dijo él.

¿Por qué su corazón no saltaba de alegría?

A pesar de eso, a medianoche seguían en el restaurante, y ya no quedaba nadie más.

—Por favor, deja que pague yo —dijo Rebecca cuando llegó la cuenta.

—No. Insisto en pagar yo.

El camarero se llevó su tarjeta de crédito. Simon se inclinó hacia delante.

—Bueno, ¿y qué haces este fin de semana?

—No estoy segura. —Y se quedó atónita, porque añadió—: Puede que vaya a Amsterdam.

—¡Amsterdam! ¡Genial! Siempre he querido ir allí. ¿Y cómo es eso?

—Tengo una reunión con un cliente. —¿De dónde le salían todas aquellas mentiras? Había pensado en ir a Amsterdam en el futuro, por negocios, pero aquel fin de semana su idea era revivir su juventud yendo de marcha con Freddie.

Hubo una pausa de un par de segundos. Era obvio que Simon esperaba que le dijera: «¿Quieres venir?». Rebecca esbozó una leve sonrisa.

—Bueno —dijo Simon por fin—, ¿y cuándo lo sabrás seguro?

—No lo sé, quizá mañana.

—Vaya, había quedado para ver un partido de fútbol, pero puedo anularlo. Depende de lo que hagas tú.

Se inclinó para firmar el tíquet de caja. Rebecca se lo quedó mirando. ¿Qué significaba todo aquello? Aquel tipo se comportaba como si llevaran años casados, y ni siquiera se habían acostado juntos. No le gustaba nada.

Él la ayudó a ponerse el abrigo e insistió en llevar su pesado bolso. Si lo hubiera llevado cogido por la boca y hubiera meneado humildemente la cola, el parecido con un perro hubiera sido completo.

Lo he logrado, pensó Rebecca. Yo llevo las riendas.

Salieron a la calle y empezaron a buscar taxi. Y ya estaba. Ahora llegaba cuando decidían compartir taxi, ella sugería que subiera a su casa para tomar un café y la historia volvía a empezar.

Rebecca miró de reojo a Simon. Bueno, sí, era un poco bajito, pero tenía un perfil clásico y un cuerpo sólido. Era inteligente, rico y divertido. Pero faltaba algo.

No me gusta él, comprendió Rebecca. Solo me gusta la idea que me he hecho de él.

Había ocurrido lo mismo una docena de veces. Conocía a un hombre y flirteaba con él. Estaba programada para eso. Luego cenaban y seguía flirteando. Se lo llevaba a casa y se acostaba con él. Y a la mañana siguiente ya eran pareja... por un período de entre tres meses y tres años.

Deberían haber sido aventuras de una noche. Bueno, todas no, pero sí la mayoría. Rebecca se acostó con todos ellos porque se sentía agradecida por sus atenciones, y le maravillaba pensar que alguien pudiera quererla.

Seguía sin creerse que alguien pudiera quererla, pero una cosa estaba clara: no podía perder más tiempo conformándose con el premio de consolación.

—¡Taxi! —hizo, y un coche frenó inmediatamente haciendo chirriar las ruedas—. Este es el tuyo —dijo.

—No, no. Tú eres la mujer. Es tuyo.

Simon esperaba que ella se ofreciera a llevarle, pero en vez de eso Rebecca dijo:

—Bueno, si no te importa. Oh, mira, allí viene otro. ¡Corre! ¡Páralo!

Perplejo, Simon obedeció.

—Escucha —dijo al subir a su taxi—. No quiero molestarte. Llámame tú cuando quieras.

—¡Estupendo! —chilló Rebecca. En el último momento, asomó la cabeza por la ventanilla—. Gracias por esta maravillosa velada.

No tuvo el valor de decir que no quería volver a verle. Pero seguramente no tardaría en darse cuenta.

En ese momento, su móvil sonó. Lo sacó de su bolso. Mensaje de texto. De Simon.

«+–<>», decía.

Rebecca se sintió algo inquieta. Lo borró enseguida, apagó el teléfono y lo volvió a dejar en el bolso.

40

Aquella misma noche, Ally y Jenny se encontraban en un club gastronómico, comiendo salchichas orgánicas.

—No contesta a mis llamadas, ha cambiado las cerraduras. La he cagado. La he cagado a base de bien.

—Solo está molesto. Dale tiempo, se calmará. —Ally no la escuchaba. La regla se le había atrasado dos días.

—No, no se calmará —dijo Jenny desolada—. Todo ha terminado. —En el trabajo dijo que su abuela había muerto y consiguió una semana de permiso. Pasó esa semana llorando en el futón de Suzy y llamando al móvil de Gordon. Siempre estaba apagado.

Ally seguía sin entender qué había pasado.

—Jen... sé que es una pregunta espantosa pero... ¿tenía él una aventura?

Jenny casi se rió.

—¿Gordy? ¡No! No. Pero... cree que yo sí.

—¿Que cree que tú sí? ¿Es que ha perdido el juicio?

—Bueno, el caso es que... en parte era verdad.

Ally respiró hondo. Quería mucho a Jenny, pero siempre había temido que aquello pasara.

—¿Cómo que en parte?

Jenny le contó una versión abreviada de la historia. Ally no sabía nada del francés. Pero el resto de los detalles le resultaban muy familiares, hasta lo de la reserva con Eurostar.

—No se te ocurrirá ir a París, ¿verdad?

—¡Pues claro que sí! No tengo nada que perder.

—Pero tú quieres recuperar a Gordy, ¿no?

—Desde luego. Pero me lo ha dejado muy claro. No piensa ceder.

—Jenny. No puedes rendirte tan fácilmente. Tienes que luchar por tu hombre.

—¿Eso crees? —dijo Jenny con voz llorosa.

—No lo creo, lo sé.

—La adiestradora de amor dijo que no debo ir.

—¿Cómo?

—La adiestradora de amor. Ya sabes, la nueva clienta de Rebecca.

—No, yo no sé nada. —Ally parecía impertérrita, pero se sentía como si estuviera en el patio del colegio y nadie quisiera jugar con ella. ¿Por qué sus amigas ya nunca le contaban nada?

—¿No has oído hablar de ella? —Los ojos de Jenny se abrieron desmesuradamente—. Va a ser algo grande. —Y le habló a su amiga de Katie. Al principio, Ally escuchó con escepticismo, pero cuando supo lo que había aconsejado a Jenny, su actitud cambió.

—Parece que sabe lo que hace, Jen. Quiero decir que... quizá fuera un poco dura al decirte que dejaras a Gordy, pero lo cierto es que pensabas serle infiel. Tendrías que hacerle caso con lo de París.

Jenny hizo una mueca.

—Sí, claro. Ahora Gordy me ha dejado. Soy una mujer libre. Necesito animarme.

Ally se agitó en su asiento.

—Oye, ¿no tendrás su número?

Lo bueno de Jenny es que estaba tan ocupada mirándose el ombligo que nunca se enteraba de nada.

—Claro —dijo sacando su móvil y pasando los números.

—Porque podría ser interesante para el banco. Tener... tener una adiestradora de amor en plantilla. Hay mucho interés en ese tipo de autoayuda.

—Mmm. —Jenny no la escuchaba, porque tenía la mente puesta en la ropa que iba a llevar a París—. Aquí está. —Y leyó el número. Ally lo anotó.

De pronto Jenny chilló.

—Oh, hola, Jon. ¿Qué tal?

Ally se volvió. Jon estaba allí, con la cara blanca y los puños apretados.

—Cielo, ¿qué haces aquí? —le preguntó confundida.

—Te estaba esperando —dijo él. Su voz sonaba tranquila—. No sabía dónde estabas.

—Ya te dije que iba a ver a Jenny —dijo ella en un tono igualmente tranquilo.

—Sí, pero es tarde. Estaba preocupado.

Ally consultó su reloj. Eran las diez y media.

—Bueno, no hacía falta que vinieras hasta aquí. Podías haber llamado.

—¡He llamado! —gritó Jon—. Pero no contestabas.

Con las manos temblorosas, Ally buscó en su bolso. Allí estaba su móvil. Cinco llamadas perdidas.

—Lo siento, cariño, no lo he oído. Aquí hay bastante ruido.

Jenny estaba boquiabierta.

—Estábamos a punto de pedir la cuenta, ¿verdad, Jen?

—Bueno...

—¿Verdad, Jen? —repitió Ally haciendo señas al camarero. Casi se muere de la vergüenza. Le hizo una señal a Jon—. ¿Por qué no te sientas y tomas un vino con nosotras mientras esperamos?

—No —contestó Jon. Se dio la vuelta y se abrió paso entre la multitud de felices bebedores hasta la salida.

—Oh, Dios —dijo Ally—. Lo siento.

Pero Jenny la miraba con admiración.

—Qué romántico —dijo con suavidad—. Gordy nunca hubiera salido a buscarme así. Jon debe de quererte mucho.

Pagaron la cuenta y se fueron. Ally trató de ocultar su rabia cuando besó a Jenny para despedirse, pero las mejillas le ardían y el corazón le golpeaba en el pecho como una tribu tocando tambores. Volvió a casa a toda prisa. Tenía la boca pastosa, y era como si su cuerpo no le perteneciera y estuviera flotando libremente.

¿Cómo ha podido hacerme eso? ¿Está loco? ¿Qué hago con un hombre así?

Encontró a Jon en casa, viendo *News 24*, como si nada hubiera pasado.

—¿A qué ha venido todo eso? —preguntó con frialdad—. ¿Por qué has tenido que avergonzarme delante de mi amiga?

—Era tarde —repuso él en un tono igual de frío—. No sabía dónde estabas.

—¡No era tarde! ¿Desde cuándo tengo que estar en casa antes de las diez?

La cara regordeta de Jon se crispó.

—¡No sabía dónde estabas!

—¿Y tenías que hablarme de esa forma delante de mi amiga?

—Bueno, tú bien que hablas de mí, ¿no? Y a mis espaldas.

—Yo no hablo de ti —gritó ella. Era cierto. Nunca hablaba con sus amigas sobre la realidad de su vida con Jon. Hubiera sido demasiado humillante.

—Sí, claro. —Cruzó los brazos y le dio la espalda al televisor.

—¡No he hablado de ti!

Se hizo un silencio. John Simpson, rodeado de cabras en la falda de una montaña, hablaba y hablaba. Ally decidió cambiar de táctica.

—Pobre Jenny. Gordy la ha dejado y no sabe qué hacer.

—Le está bien empleado —musitó Jon por lo bajo. Se estaba dejando perilla.

—¡Cómo!

—He dicho que le está bien empleado. Jenny siempre anda flirteando. Seguramente Gordon ha acabado por cansarse.

—¿Cómo puedes decir eso? ¿Qué hay de malo en flirtear? A Jenny le gusta divertirse, nada más.

—Bea siempre flirteaba —dijo con amargura. Subió el volumen del televisor.

Una sensación de desagrado se extendió por las venas de Ally como un veneno. Estaba harta de Jon, harta de su mala baba, de su carácter posesivo y sus malos humores. Pero ¿qué podía hacer? Quería tener un hijo y pronto. Ya no había tiempo para buscar a otro. Y Jon sería un padre genial. Y cuidaría del bebé.

Se sentía atrapada y sin aliento. Casi sentía físicamente los barrotes de la jaula cerrándose sobre ella.

—Me voy a la cama —dijo con suavidad.

Jon se volvió, con expresión dulcificada y mirada asustada.

—¿Estás enfadada conmigo?

—Sí, lo estoy.

Jon se levantó y la abrazó.

—Oh, cariño, no te enfades. Si me pongo así es porque te quiero. ¿No? Porque te quiero. Y eso es bueno, ¿no?

Le besó el pelo y le acarició la espalda. Ally estaba demasiado cansada para discutir.

—Me voy a la cama —repitió.

Entró en el baño, echó el cerrojo y se sentó en la taza del váter con la cabeza entre las manos. Entonces, cuando iba a coger el papel, se dio cuenta.

Le había venido la regla.

Consultó el reloj. Las once y ocho minutos. ¿Sería muy tarde para llamar a la adiestradora de amor?

Mierda, si no contestaba, dejaría un mensaje.

Abrió los grifos de la bañera para que Jon no la oyera y marcó el número.

—Hum... ¿Hola? ¿Eres Katie?

41

—¿Quién era? —preguntó Crispin.

Katie pensó con rapidez. Estaban en el sofá de la casa de Crispin y habían visto *La batalla de Argel* en DVD. A Katie el título no le había resultado muy prometedor, pero tenía que admitir que la película no estaba mal.

—Una amiga de Rebecca. Está poniendo en marcha una nueva empresa y necesita personal. Así que, como habrás oído, nos reuniremos para hablarlo.

—¿Qué clase de empresa?

—Bueno... en realidad no me lo ha dicho. Me lo explicará cuando nos veamos.

—Suena bien —dijo él distraído, con los ojos en los Extras del menú. Se volvió y le sonrió—. Ya va siendo hora de que encuentres un trabajo como Dios manda.

Katie se sintió mareada. Quería decirle a Crispin lo de la adiestradora de amor, pero no acababa de encontrar el momento. Sabía que le parecería ridículo, y no se sentía capaz de aguantar sus burlas. Pero, hiciera lo que hiciese, pronto lo sabría, en cuanto el número de noviembre de *Seduce!* llegara a los quioscos. Katie no se engañaba, de una forma u otra acabaría descubriéndolo: alguna secretaria de la oficina o la novia de algún amigo se lo diría. Así que lo mejor era que se lo dijera cuanto antes.

Pero esa noche no. Estaba cansada y no quería discutir.

Su relación con Crispin era bastante tranquila desde hacía un tiempo. Y no quería que eso cambiara.

Le daría la noticia la próxima semana, más o menos.

—¿Crees que he hecho mal? —Como de costumbre, Rebecca tenía remordimientos, y estaba convencida de que su castigo por rechazar a Simon serían un montón de pelillos en la barbilla y la necesidad compulsiva de ponerse calcetines de media de color carne.

—No, Rebecca, no has hecho nada malo —dijo Katie cansada—. Simplemente, te has dado cuenta de que no te gustaba.

—Pero eso es muy superficial. Quizá la atracción física hubiera aparecido más adelante.

—Lo dudo. ¡Rebecca, eso es estupendo! Antes hubieras preferido salir con alguien que no te gustaba a no salir. Has cambiado.

Rebecca levantó la vista y sonrió.

—¿Tú crees?

—Desde luego. —Katie experimentaba la emoción de un logro. Puede que fallara con Jenny, pero al menos con Rebecca estaba consiguiendo algo.

—Pero aun así sé que acabaré organizando ventas benéficas y apadrinando a tres millones de ahijados.

—Siempre será mejor que practicar el sexo con alguien que no te gusta para el resto de tu vida. Y respecto a lo de los ahijados yo no estoy tan segura. Para empezar, Jenny y Gordon parece que están en las últimas. Y Suzy me ha dicho que ella no quiere tener hijos.

Rebecca pareció divertida.

—Lo sé, Suzy se lo ha dicho a todo el mundo. Pero ha cambiado. Desde que Hunter está en su casa se ha vuelto mucho más... blanda. Ni siquiera se ha quejado por tener a Jenny con ellos. O, bueno, no mucho. Y el otro día me dijo que tenía muchas ganas de conocer a las hijas de Hunter.

Katie sonrió. Por fin, un resultado.

—¿En serio?

—Está enamorada —Rebecca suspiró—. Puede ocurrir.

Para su sorpresa, Katie sintió una punzada de envidia. Pero ¿por qué? Tenía su propia pareja, ¿no? Era estupendo que Suzy también fuera feliz. Es solo que... todo el mundo parecía estar cambiando. Incluso Rebecca, estaba felizmente soltera y tenía un aire animoso. Y, aunque a Katie le encantaba ver aquello, no podía entender por qué ella no se sentía igual de bien que las demás. Seguramente estaba nerviosa por la reacción que pudiera provocar en el público la propuesta de la adiestradora de amor.

Jenny había dejado alternativamente mensajes histéricos, suplicantes, abyectos, altaneros y —a sugerencia de Katie— serenos en el buzón de voz de Gordon. Él no contestó, así que le mandó una carta, en la que defendía su postura. Tampoco contestó.

Oh, bueno, pensó, al menos le quedaba París, y eso la tranquilizó. El jueves por la noche, como no consiguió quedar con ninguna de sus amigas, Suzy y Hunter fueron al teatro, se quedó en la casa y preparó el equipaje. Su vuelo de Eurostar salía a la noche siguiente. Era su única razón para seguir viviendo.

Durante media hora disfrutó eligiendo dos camisetas ceñidas, una falda larga y vaporosa y una chaqueta tejana, por si refrescaba por la noche. El lunes, Suzy fue a Balham después del trabajo y volvió con dos inmensas maletas llenas de ropa. Gordon le había puesto su mejor ropa interior... que nunca había apreciado como merecía. Se preguntó si Felix, su peluquero, podría hacerle un hueco por la mañana. Siempre sería mejor que pasarse el día dando vueltas por la casa de Suzy.

Se dio cuenta de que no había pensado en Gordy durante casi una hora. Quizá Katie tenía razón. Quizá estarían mejor separados. Al menos ahora podría ir a París sin mentir ni sentirse culpable.

Lo único que debía hacer era asegurarse de que el pasaporte y el billete de avión, que habían sido los causantes de todos sus problemas, seguían en su monedero. Y entonces todo estaría en orden y podría irse a dormir.

El pasaporte no estaba.

El estómago le dio un vuelco. ¿Dónde demonios podía estar? Recordaba haberlo sacado el domingo al llegar a Heathrow, y luego no volvió a tocarlo. Debía de estar en el bolso. Rebuscó una, dos, tres veces, desesperada. Nada.

Cuando Suzy y Hunter entraron riendo en la casa justo antes de las doce, Jenny estaba hecha un ovillo en el sofá de la sala de estar, con el rostro enrojecido y marcado por las lágrimas.

—Oh, Jen, ¿has vuelto a pasar mala noche?

—No encuentro el pasaporte. ¿Lo habéis visto?

Suzy agachó la cabeza mientras se quitaba la chaqueta. ¿Eran imaginaciones suyas o Jenny evitaba mirarla a los ojos?

—¿Para qué quieres el pasaporte?

—¿Lo has visto?

—No, no lo he visto. Pero ¿para qué lo quieres?

—Lo necesito y ya está. —No podía decirle a Suzy que se iba a París. Le había dicho que se iba a casa de su hermana en Nottingham—. Para un impreso que estoy rellenando.

Suzy pareció preocupada.

—¿Es posible que esté aún en Balham?

—¡No! No puede ser. El domingo por la noche lo tenía.

—Seguro que aparece —dijo Hunter dándole unas palmaditas en el hombro—. Pero ¿por qué tanta prisa? Seguro que ese impreso tuyo puede esperar un par de días.

—Bueno... —A Jenny no se le ocurría nada—. Supongo.

Suzy bostezó.

—Bueno, no te preocupes. Vamos, cariño, estoy agotada. Nos vemos mañana, Jenny.

Jenny estaba anonadada. Tenía la terrible sospecha de que Suzy había escondido su pasaporte. Pero, como no irrumpiera en su dormitorio blandiendo una orden de registro, no podía hacer nada.

—Hasta mañana —dijo derrotada.

Jenny pasó la mayor parte de la noche despierta, dándole vueltas al asunto del pasaporte desaparecido. Registró hasta el último rincón del apartamento. A lo mejor se le había caído en algún sitio entre Heathrow y la casa de Suzy. Lo dudaba. Pero siempre perdía cosas, así que... ¿cómo podía estar segura?

A las tres de la mañana se acordó. La oficina de pasaportes de la estación Victoria. Estaba casi segura de que expedían pasaportes en el mismo momento. Gordon había ido allí una vez, cuando se dio cuenta de que su pasaporte estaba caducado la mañana que tenían que salir para Ibiza. Iría por la mañana. Por fin consiguió dormirse, satisfecha, y despertó una hora más tarde, asaltada por una nueva preocupación. ¿Y Fabrice? Con todo el ajetreo de la semana no había consultado su correo electrónico... solo podía acceder a él en el trabajo. Sabría que iba a verle, ¿verdad?

Tendría que ir al despacho. Comprobaría su correo y luego llamaría a la oficina de pasaportes. Pero los de seguridad no entraban hasta las siete y media. Aún podía descansar unas pocas horas. Puso el despertador del móvil y, tranquilizada por su eficiencia, enseguida cayó en un profundo sueño.

Cuando Suzy se despertó a las siete, hacía rato que Jenny se había ido. No lo descubrió hasta que llamó con suavidad a la puerta de la habitación de su amiga para preguntarle si quería un zumo de naranja. Desde que Hunter se había instalado en su casa, Suzy había tenido que acostumbrarse a desayunar con él. Para su sorpresa, descubrió que era un momento agradable y relajado para los dos... a menudo el único momento de intimidad que tenían en todo el día, porque últimamente Hunter salía con mucha más frecuencia. Y la parte de la comida no estaba tan mal: solo tomaba un par de tostadas con mermelada, y además con eso evitaba que el estómago le rugiese desesperado en las reuniones de equipo donde exponía sus ideas.

Cuando vio la cama de Jenny vacía casi le da algo. Y entonces recordó el dramón de la noche anterior por lo del pasaporte.

—Imagino que irá de camino a la oficina de pasaportes —dijo Hunter a sus espaldas. Llevaba un traje elegante y estaba guapísimo.

—No podrán ayudarla, ya lo he comprobado. Pueden extenderte un nuevo pasaporte en un par de horas, pero si el anterior lo pierdes o te lo han robado, tardan unos días.

Hunter dio un bufido.

—¿Y dónde está el pasaporte?

—En un cajón de mi despacho.

Él se rió y se inclinó para besarla con fuerza en la boca.

—Eres una mujer perversa, Suzanne Bell.

—No es cosa mía —dijo ella—. Fue idea de la adiestradora de amor. —Y entonces calló, sorprendida. Normalmente ella se llevaba el mérito por todo. ¿Qué le ocurría? Y no había probado la coca desde hacía quince días. Por alguna razón, ver a Jo a plena luz del día en Primrose Hill le había quitado las ganas. ¿De verdad quería meterse por la nariz un material que había pasado por esas sucias manos? Además, últimamente había pasado algunas noches maravillosas con Hunter, tomando vino y disfrutando de cenas distendidas en las que hubiera resultado muy problemático meterse en el aseo de señoras con todo el tenderete. Hunter hubiera sospechado (y era terriblemente estricto sobre ese tema) y, de todas formas, ella hubiera perdido el apetito y se hubiera puesto nerviosa y aquello hubiera estropeado por completo el buen humor que tenía. Aquella noche se suponía que tenía que ir a una fiesta *fashion*, donde la coca circularía libremente. La perspectiva le resultaba increíblemente aburrida.

—¿Qué planes tienes esta noche? —le preguntó a Hunter, que acababa de sacar el móvil del bolsillo.

—Tenía pensado tomar algo con unos amigos —dijo él, y al levantar la vista vio la expresión de su rostro—. Pero podemos vernos más tarde.

—Estaría bien —concedió ella—. ¿Qué tal si cocino algo?

—¿Cocinar? —Hunter arqueó una ceja—. Oh, no te molestes por mí.

—No, no —dijo ella, haciendo señas bruscamente a su chófer, que acababa de detenerse en el exterior del edificio—. Será un placer. ¿A qué hora te espero? ¿Hacia las ocho?

Hunter pareció preocupado.

—Que sean las ocho y media... o las nueve, para estar más seguros.

—Muy bien —dijo Suzy, preguntándose por qué le molestaba tanto que Hunter fuera tan poco preciso. Pero no quería imponerse. A ningún hombre le gusta que lo controlen, pensó cuando salía del edificio. ¿Qué hubiera dicho la adistradora de amor sobre el particular?

42

Eran las siete, y no había nadie en la oficina. Jenny encendió su ordenador. Cuarenta y siete e-mails. Pasó con rapidez el cursor sobre la lista. Trabajo, trabajo, trabajo, trabajo. Un par de chistes de los que se van pasando. Más trabajo. Amigas que querían saber si todo iba bien.

Nada de Fabrice.

Sintió como un golpe seco en el pecho. Pero enseguida pasó. Seguramente trató de localizarla por teléfono.

Comprobó su buzón de voz. Trabajo, trabajo, trabajo, amiga, trabajo, amiga, amiga, trabajo.

Oh, bueno, solo estaban a viernes por la mañana. Quizá pensaba llamarla durante el día. Le mandaría un e-mail y se aclararía todo. Iría a París aunque él no diera señales de vida. Después de lo mal que lo había pasado los últimos días, necesitaba animarse un poco. «Hola, Fabrice —escribió. Trató de mantener un tono alegre—. Solo era para recordarte que estaré en París esta noche y espero que podamos vernos. ¡Llámame al móvil! Jenny.» Después de pensarlo un poco, añadió un +–<>.

A pesar de todo, no estaba satisfecha. ¿Y si ese día no iba a la oficina? ¿O si los ordenadores se habían colgado?

Le había dicho a qué hora llegaba su avión, así que quizá pensaba ir a recogerla. Pero tenía que asegurarse. Qué irritante que no tuviera ni su teléfono de casa ni el móvil. Pero siempre podía probar en la oficina. Ellos iban con una hora de adelanto. Incluso si no estaba, quizá alguien podría informarla de sus planes.

Marcó el número de un *loft* en el Marais. Ring, ring, hizo el teléfono.

—*Bonjour*. Blue Custard París.

—Em..., *bonjour* —dijo Jenny. Nunca se le habían dado bien los idiomas—. Um. ¿Fabrice? *S'il vous plait*.

—Un momento, enseguida le paso —replicó la mujer en un inglés perfecto.

Era su buzón de voz, y estaba todo en francés. Mierda. Jenny no entendió una palabra. Estaba a punto de colgar cuando cambió al inglés. «*Allo*, soy Fabrice Dupaignier. Puede dejar un mensaje o llamarme al móvil.» Y daba un número en inglés.

¡Por fin! Jenny lo anotó y llamó enseguida. Estuvo dando el tono tanto rato que Jenny estuvo a punto de colgar.

—*Allo?* —Era una voz de mujer. Sonaba joven y delicada.

Mierda. Seguro que había marcado mal. No sabía explicarlo en francés, así que colgó y volvió a marcar.

—*Allo?* —Esta vez la voz de la mujer sonaba un poco irritada.

—Em..., *allou?* ¿Fabrice? ¿Es su teléfono?

—Oh, sí. ¿Quién le digo que le llama?

—Em, soy Jenny. De la oficina de Londres.

Oyó cómo lo llamaba.

—¡Fabby! ¡Fabby!

Se produjo una conversación de fondo, donde se oyó la palabra Jenny y una exclamación molesta de él. Ella preguntó con voz cortante, y Jenny lo supo.

—*Allo?* ¿Jenny? ¿Cómo estás? —Fabrice tenía una voz tan sexy...—. ¿Por qué llamas?

—Oh, Fabrice, siento de verdad molestarte.

—Ah, *non*, no pasa nada. —Hablaba con voz brusca.

—Es que, bueno, ya sabes que te mandé un e-mail para avisarte que iba a París este fin de semana. Pero al final no voy a ir. Ya sabes, el trabajo y esas cosas. Así que... solo quería avisarte por si acaso... bueno... ya sabes.

Hubo una pausa.

—Oh, sí. Lo había olvidado. En realidad no estoy en París. Estoy en Bordeaux. Aquí es fiesta.

—Oh, claro. Pero ya sabes... valía la pena. —Y se rió con voz chillona.

—Sí, gracias. Adiós.

—Adiós.

Así que al final Jenny no supo que la oficina de pasaportes habría tardado una semana en proporcionarle un pasaporte y no habría podido ir a París de todas formas.

Jenny pasó un fin de semana malísimo. El lunes estaba desesperada por volver al trabajo y ocupar la cabeza en otras cosas. Suzy había sido increíblemente paciente y amable y no había dado señales de querer deshacerse de ella, pero seguro que se moría por estar a solas con Hunter, que también se mostraba extraordinariamente amable. Jenny no entendía por qué Suzy lo había tenido escondido tanto tiempo.

En la oficina todos sabían lo que había ocurrido con Gordy y la miraban con expresión comprensiva. Ella mantuvo la cabeza bien alta y no les hizo caso.

Y entonces encendió el ordenador y vio que tenía un e-mail de F. Dupeignier. Por un momento creyó ver un rayo de esperanza.

«Jenny, por favor, debo pedirte que no vuelvas a llamarme al móvil. Mi novia se ha puesto furiosa. Espero poder verte la próxima vez que vaya a Londres. Fabrice.»

«¡Cerdo! No pensaba volver a llamarlo. Dios, los hombres son unos cerdos. ¿Cómo podía tratar a su novia de esa forma?»

Pero su rabia quedó ensombrecida por la profunda sensación de que era una estúpida. ¿Es que no había sabido siempre que lo suyo con Fabrice no era más que un flirteo? Aquel hombre había dado unas migajas a su ego siempre hambriento y ella decidió que quería una comida completa. Solo era una forma de inyectar algo de efervescencia a su vida por lo demás corriente.

Pero Gordon la quería, la quería más de lo que nadie la querría nunca, solo que no sabía demostrarlo. De pronto recordó algo que había dicho Katie. «Las acciones dicen mucho más que las palabras.» Sí, le enfurecía que Gordy eructara, pero en cambio a él no le importaba encontrarse la ropa sucia de ella por el suelo del dormitorio. La sorprendía con fines de semana en Berlín. Era divertido y amable, y totalmente sincero. Había tenido muchísima suerte al encontrarlo.

Hablaría con él, aunque tuviera que echar abajo la puerta de la casa. En la última semana había perdido algo de peso de no comer y, como su ropa estaba en la lavandería, llevaba puesto su vestido negro, que a Gordon siempre le había gustado. Había reservado hora en la peluquería para mediodía. Cuando la viese no podría resistirse.

Se quedó en el trabajo un rato más, consultando su horóscopo on-line. No tenía sentido que fuese la primera en llegar a la casa y tuviera que esperar en la puerta como una refugiada.

Se fue poco después de las ocho, para sorpresa de Zack, el guardia de seguridad.

—Primero viene muy temprano, ahora se va tarde. No estará robando secretos de la empresa, ¿verdad, Jenny?

—Ojalá —repuso ella con gesto sombrío.

Zack meneó la cabeza. Aquella mujer se comportaba como una excéntrica. Pero, claro, la pobre tenía que superar la muerte de su abuela. Zack pensó en los chistes que corrían por la oficina, todos ellos hablaban de lo injusto que era que a Jenny se le hubiesen muerto ya siete abuelos. Era una chica encantadora, y muy amable.

Jenny cogió el metro para ir a Balham. En la entrada estaba el mismo hombre de Bangladesh vendiendo el *Evening Standards*, y el mismo adolescente sin techo derrumbado en su saco de dormir en la salida. Jenny le dio un par de libras y se lanzó a aquel conocido trayecto a su antiguo hogar, por calles laterales bordeadas por casas semiadosadas. Maldita sea, aún era su casa. Un cuarto de su salario se iba cada mes en pagarla. Seguramente tendrían que ponerla en venta.

Se detuvo en una esquina y respiró hondo, como Katie le había enseñado.

Todo iría bien. Su horóscopo decía: «Un buen día para llegar al fondo de la cuestión». Y en el de Gordon afirmaba que el amor «se respira en el aire esta noche». ¿Podía haber algo más prometedor?

Pasó ante la tienda de la esquina, la lavandería, vio las manchas de sangre del pavimento en un sitio donde se había producido un apuñalamiento. Se detuvo ante la verja de entrada de su antigua casa. Las luces estaban encendidas. Señor, Gordon estaba en casa, y no emborrachándose en el pub. Se había portado muy mal con él. ¿Cómo podría compensarle?

Las cortinas estaban descorridas, así que Jenny pudo ver perfectamente la larga sala de estar del número 27 de Fraser Street, SW17. Las paredes que ella y Gordy pintaron juntos. Las láminas y la estatua de Buda que compraron en Indonesia. Los libros de ella y los CD de él guardados en el viejo aparador que encontraron en el mercado de Chapel Street.

Y a Gordy, su Gordy, besando apasionadamente a una chica menuda y con el pelo castaño. Le resultaba familiar. Jenny tardó un momento en recordar dónde la había visto.

Era la condenada prima de la adiestradora de amor. Jessica.

43

Aquel mismo día, Ally y Katie se reunieron para comer en una bodega de la City.

—¿Cómo me reconocerás? —le preguntó Ally por teléfono.

—En realidad ya nos hemos visto. En la fiesta de Jenny. Tú no me recordarás, pero yo a ti sí.

—Oh —dijo Ally, tarareando unas notas del tema de *Expediente X*—. Qué misterioso.

Pero en realidad, cuando la vio esperando en la pequeña mesa del oscuro sótano, la recordó perfectamente: la camarera que no había dejado de llenarle el vaso en la fiesta.

Katie, por su parte, pensó que a Ally se la veía aún más tensa que tres semanas atrás. Tenía la piel apagada y bajo sus ojos hinchados se notaban perfectamente las marcas del Touche Eclat.

No disponían de mucho tiempo. Ally tenía que estar de vuelta en la oficina en una hora para hacer una llamada a Nueva York.

—Rebecca me dijo que lo normal es que primero nos observes a mí y a Jon —dijo, saltándose los preliminares—. Pero también dijo que nos viste juntos en la fiesta y que quizá eso sirva.

—Quizá —repuso Katie. Dio un sorbito a su Perrier. Ally le había ofrecido vino, pero ella no podía beber, porque tenía una reunión con unos periodistas del *The Sunday Standard* y *The Correspondent*—. Cuéntame cómo os conocisteis tú y Jon.

Ally empezó a hablar. Llevaba más de un año ocultando sus problemas, fingiendo que había encontrado lo que siempre quiso y ahora, por fin, podía decir la verdad. Se dio cuenta de que no podía parar. Su plato de salmón poché se enfrió.

—Creo que voy a volverme loca. Jon tiene muy mal genio, y siempre me responde mal si alguna vez no estoy de acuerdo con él. Pero, por otro lado, está tan apegado a mí... —Y le explicó que la había seguido hasta el pub y algunas otras anécdotas.

—Es la clásica agresión pasiva —explicó Katie—. Es algo muy habitual en los perros. Controlan a sus amos adoptando una actitud sumisa. Por ejemplo, cuando rascan la pierna de su amo pidiendo que los cojan. Es solo una forma diferente de demostrar que ellos mandan.

—¿Y qué debo hacer? —Ally suspiró.

—Debes retirarle tu afecto al perro —dijo Katie recitando de memoria—. Si desea conseguir tu atención, tendrá que hacer algo para lograrlo. No le hagas caso hasta que deje de pedirte cosas, y entonces dile que se siente y acarícialo. El perro aprenderá enseguida que tú mandas.

Miró a Ally. La mujer parecía fascinada.

—La cuestión es que Jon tuvo otra dueña antes que tú y por lo que se ve lo tenía muy mal enseñado. A veces estas cosas son irreversibles. Es posible que tengas que deshacerte de él.

—¿Matar a Jon? —Ally esperaba que le dijera que fuera a la peluquería o se hiciera un masaje.

—No, matarlo no. Pero... dejarlo tal vez sí. —Sabía que se había equivocado con Gordon y Jenny, pero esta vez era distinto.

Ally negó con la cabeza.

—Oh, no. No puedo.

—¿Por qué no?

—Porque quiero tener un hijo.

—¿Quieres tener un hijo con alguien que siempre se está quejando y es gruñón y controla todo lo que haces?

—Sé que suena tonto. Pero tengo casi treinta y cuatro años y se me acaba el tiempo.

—Con treinta y tres años te queda tiempo de sobras para tener un hijo. Cherie Blair ha tenido uno a los cuarenta y seis.

—Sí, pero ella ha tenido suerte. ¿Y si tengo problemas para quedarme embarazada? Les ocurre a muchas mujeres.

—Y a muchas otras no. Y siempre te queda la fecundación in vitro.

—Pero imagina que nunca encuentro a nadie para eso. Tengo treinta y tres años y medio, y ya no estoy tan bien.

Oh, no por favor, el mismo rollo de «tengo cincuenta años». ¿Por qué eran tan duras consigo mismas aquellas mujeres?

—Ally, estás en la plenitud de tu vida —insistó ella—. Conocerás a otro sin ningún problema.

—Entonces, ¿me estás diciendo que deje a Jon?

—La única razón para quedarse con otra persona es que no puedas vivir sin ella —dijo Katie con firmeza—. ¿Soportarías vivir sin Jon?

Ally se encogió de hombros.

—¿Serías más feliz?

Volvió a encoger los hombros.

—Mira. No tienes que decidir nada ahora. Aquí tengo una lista de normas para adiestrar a un perro. Si me das un minuto, subrayaré las que creo que os irán bien a ti y a Jon. Prueba con eso.

Ally hizo una seña para que les llevaran la cuenta mientras Katie señalaba las normas más importantes.

—Tendré que escondérselas a Jenny —dijo Ally metiendo la lista en su bolso—. Cree que eres una destroza hogares. Pero a Rebecca le encantará. Siempre ha detestado a Jon.

—Oh, creo que en realidad no lo conoce —musitó Katie con tacto.

Ally recogió sus trastos y se levantó.

—Bueno, esto sí que es aprovechar bien la hora de la comida. Mucho mejor que hacer una rápida escapada a M&S

para buscar la comida de Jon. ¿Me pasarás una factura o cómo lo hacemos?

—Oh, no es necesario que me pagues —dijo Katie sonrojándose—. No puede decirse que haya sido difícil.

—¡Pues claro que te pagaré! —Ally rebuscó su talonario en el bolso. Pero Katie negó con la cabeza.

—Bueno, si insistes —dijo Ally con aire complacido—. Te diré lo que vamos a hacer. Haré correr la voz por la oficina. Creo que a Zara, que es directora de marketing, le iría bien una sesión contigo. Y a mi secretaria, Belinda, que es muy amante de los melodramas. A todas les encantará que las visites. Y te pagarán lo que les pidas.

Ally acababa de bajar del metro y caminaba en dirección a su casa cuando su móvil sonó. Pensó que sería Jon, que quería saber dónde estaba. Sintió un vuelco en el estómago. Cuando estaba sacando el móvil del bolsillo, se dio cuenta de que cada día su vuelta a casa quedaba ensombrecida por el miedo a no saber de qué humor iba a encontrarlo.

Pero quien llamaba era Jenny.

—¡Oh, Al! Es terrible. Gordy está con la camarera de mi fiesta.

¿De qué demonios estaba hablando?

—¿Gordy y una camarera?

—Sí —gimoteó Jenny al móvil. Estaba delante de la boca de metro de Balham, sin saber adónde ir—. Suzy y Rebecca me la colaron. Es la prima de la adiestradora de amor.

¿La prima de Katie? Pero ¿de qué estaba hablando?

—Jenny, ¿por qué no te vienes? Y si no te apetece ir otra vez a casa de Suzy puedes quedarte aquí.

Así que Ally, que deseaba ponerse cómoda y leer las normas de Katie, fue a casa y dividió los espaguetis vegetarianos precocinados de M&S en tres.

—¿Intentas matarme de hambre? —se quejó Jon mientras la observaba.

De pronto Ally se acordó de Chester, el perro mestizo de su abuelo, lleno de pulgas, y en cómo le daba con el morro en las piernas a la hora de las comidas, gimoteando, hasta que ella cedía y le daba algo.

—Jenny está de los nervios, necesita comer —dijo con firmeza—. Hay un montón de fruta para picar.

—Ya sabes que no me gusta la fruta. ¿Para qué viene? Quiero estar solo contigo.

—Yo también, cariño —dijo Ally con los dientes apretados—. Pero hay que ayudar a los amigos cuando te necesitan.

Jon pareció molesto. Él no tenía amigos de verdad... bueno, quizá Dave, que vivía dos casas más allá y con el que iba a pescar, y Rick, con quien estuvo en una banda de música hacía un montón de años. Pero siempre le fallaban; suspendían las salidas al pub, diciendo que tenían que cuidar del niño o que habían prometido llevar a cenar a su mujer... La gente siempre te deja tirada.

—Pero ¿no tenéis todo el fin de semana para hablar?

Ally lo miró.

—No. Ahora vete a ver la tele o lo que quieras. Hablaré con Jenny en el dormitorio.

Las dos mujeres se tumbaron en la cama doble de Ally y estuvieron hablando hasta las once, hora en que Jon asomó la cabeza de mal humor y dijo que tenía que levantarse temprano y que no estaría de más si pudiera dormir más de cinco horas.

—Lo siento —dijo Ally muy dulce—. Jenny y yo terminaremos la conversación abajo. Y luego Jenny puede dormir en el futón.

Hacia las doce menos cuarto, Ally había conseguido hacerse una idea de la situación.

—Entonces ¿Jess era una de las chicas que sirvieron bebidas en la fiesta?

—Sí, pero solo estaba allí por Katie. Y yo nunca habría conocido a Katie si Rebecca y Suzy no lo hubieran sugerido. Me han arruinado la vida.

Ya habían pasado por eso varias veces.

—Jenny, Suzy y Rebecca no podían saber que Gordy se iría con esa putita. Lo ha hecho porque está solo, triste y confundido.

—¡No puedo creerlo! Él es la última persona que hubiera esperado que fuera infiel.

—Bueno, estrictamente hablando no te ha sido infiel. Quiero decir que... ya os habéis separado, ¿no?

—Él cree que nos hemos separado. —El labio de Jenny tembló.

—Bueno, tú ibas a marcharte a París a ver a ese francés. Por cierto, ¿qué ha pasado? ¿Has ido?

—¡Por supuesto que no! Hubiera sido impensable. Estoy prometida con Gordy.

Cuando finalmente Ally subió a su habitación a las dos, Jon la esperaba.

—Por el amor de Dios, ¿qué es esto? ¿Un centro de salud mental?

Normalmente Ally se hubiera disculpado ampliamente y lo hubiera cubierto de besos.

Sin embargo, esa noche se limitó a desvestirse, se metió bajo la colcha y le dio la espalda.

—En realidad, eso es exactamente lo que esta casa parece la mayor parte del tiempo —dijo ella en un tono meditativo. Y no añadió más.

Jon se quedó un momento callado, esperando a que ella se retractara, luego la tocó.

—¿Al?

—¿Qué? —dijo ella con un bostezo.

—¿Estás enfadada conmigo?

—No —suspiró—. Solo estoy cansada. —Se dio la vuelta y, por primera vez desde hacía semanas, cayó en un sueño tranquilo.

A la mañana siguiente, un Jon bastante asustado le subió una taza de té a la cama.

44

Seduce! había buscado y rebuscado un caso para Katie. Finalmente, eligieron a la hermana mayor de la mejor amiga de Gemma, cuyo novio nunca parecía tener tiempo para ella. La chica, que no se desanimaba, empezó dejando su maquillaje en el cuarto de baño de la casa de él, luego alguna ropa y, finalmente, cuando su contrato de alquiler expiró, se instaló de forma permanente en la casa. Pero ahora siempre estaba sola, mientras él acudía a fiestas a las que ella no podía ir «porque eran de trabajo». No parecía querer presentarle a sus amigos, y menos aún a su familia.

Un Hunter en mujer.

Katie le dio exactamente el mismo consejo que a Hunter y una semana de prueba. Cuando volvió a verla, las cosas habían mejorado mucho. Ahora Katie tenía que escribir su columna. Se pasó todo el martes al ordenador y, para su sorpresa, disfrutó mucho. Al final de la jornada se la mandó a Rebecca por e-mail para ver qué le parecía. Luego cogió el metro para Holborn, donde había quedado con Crispin para cenar en un pequeño libanés que había descubierto en un sótano cerca de su bufete.

Bebieron rosado libanés y disfrutaron de bandejas de tabuleh y falafel, verduras crudas, halumi, humus y albóndigas especiadas. Comieron hasta saciarse.

—Ha sido fantástico —susurró Katie. Se dio unas palmaditas en el estómago con desánimo—. Dios, me siento como si estuviera embarazada.

Crispin le dedicó una sonrisa extraña y apocada.

—¿Tan terrible sería?

Katie lo miró con desconfianza. ¿De qué demonios estaba hablando? Sería un desastre.

—Bueno, no sería precisamente lo mejor que podía ocurrirme, ¿no?

—Bueno, puede que todavía no. Pero mejor pronto que tarde. —Otra vez con esa cara de bobo... la ponía enferma.

—Ejem..., sí, supongo —dijo ella cogiendo la cera que caía de la vela. No quería hablar de aquello. No quería discutir. No quería nada que pudiera resultar doloroso. Acercó la mano a la llama demasiado—. ¡Ay! —y le sonrió a Crispin—. Preferiría tener un perro.

Él hizo que no con el dedo.

—Vamos, Katie, ya sabes lo que pienso de los perros. Para empezar, no son nada limpios, y además pueden resultar peligrosos.

Normalmente Katie hubiera replicado, pero esta vez se limitó a encoger los hombros. De pronto tenía unas ganas terribles de irse de allí. Crispin pagó la cuenta y subieron por la escalera metálica a la calle.

—¿Vamos a mi casa? —dijo Crispin con impaciencia.

El móvil de Katie empezó a sonar. Lo sacó de su bolso.

—¡Déjalo, Katie!

Llamaban de su casa. Seguramente se trataba de Jess o Ronan, para preguntar si había pagado la factura del gas o algo así. Lo cambió a desvío de llamada.

Crispin puso cara de suficiencia.

—Gracias.

Sonó el aviso de Buzón de voz.

—Solo quiero escuchar el mensaje —dijo Katie con voz suplicante—. Podría ser importante.

Era Ronan.

—Katie, ¿sabes lo de Jess? Prefiero decírtelo en persona. ¿Cuándo estarás en casa?

¿Saber lo de Jess? ¿Qué pasaba con Jess? ¿Estaba enferma? Su corazón empezó a latir a toda velocidad.

—Cariño, le ha pasado algo a Jess. Tengo que volver a casa.

La expresión feliz de Crispin se evaporó.

—¿Y no puedes llamarla y ya está?

—No, por lo visto tengo que ir a casa. —Katie se sintió culpable, porque sabía que si hubiera sido tan grave Ronan se lo habría dicho. Seguramente pensaba que se había quedado embarazada o algo así. Quedarse embarazada: eso era justamente lo que a ella le daba miedo. Que Crispin la llevara a casa e hicieran el amor y él no quisiera ponerse condón. Ella no quería tener un hijo, o al menos, no todavía, pero la idea de decírselo a Crispin la aterraba. Quería estar en su casa, en su casa y con la gente a la que quería.

Pero, quieres a Crispin, ¿no?

Trató de evitar aquel pensamiento, pero era como intentar introducir un globo de aire caliente en una lavadora.

Katie le dio un beso, acalorada.

—Lo siento mucho, cariño. Mañana te compensaré. Iré después del trabajo, ¿vale?

—Lo que tú digas —dijo él.

Antes de que pudiera producirse ningún desplante, Katie bajó a toda prisa al metro, introdujo su tarjeta multiviajes en el validador y descendió por las escaleras mecánicas.

Después, cuando ya estaba sentada en el vagón de la Línea Central, se preguntó por qué la habría alterado tanto el asunto del bebé. Claro que quería tener hijos... pero aún no. Su carrera profesional por fin empezaba a despegar y, además, ninguna de sus amigas tenía hijos. Bueno, Clare sí, claro, pero desde la llegada del pequeño Peter, Katie ya no la consideraba del todo una amiga: ahora solo hablaba de escoceduras producidas por los pañales y papillas orgánicas. ¿Qué era eso de la chichonera? ¿Por qué iban ella y Crispin a alterar la tranquilidad de su relación?

Pensó en Ally, que aguantaba al refunfuñón de Jon solo porque quería quedarse embarazada. La hizo sentirse un poco culpable. Quizá debería ofrecerle su novio a Ally, pensó con una sonrisa. Eso sí que hubiera sido un buen servicio.

Hizo trasbordo en Bank y cogió la línea Norte hasta Elephant. En cuanto bajó del metro, su móvil empezó a sonar.

—Oh, cierra el pico —espetó metiendo la mano en el bolso para apagarlo.

Normalmente el piso olía a comida y sonaba la música, pero esa noche lo encontró extrañamente tranquilo.

—¿Hola? —dijo abriendo la puerta de la sala de estar.

Ronan y Jess estaban allí sentados, medio a oscuras. Jess tenía una expresión desafiante. Ronan, el rostro grave.

—¿Qué pasa? Jess, cielo, ¿estás bien?

Jess no la miró.

—Estoy bien.

—Lo que está mal es lo que ha hecho —dijo Ronan. ¿Por qué se le veía tan molesto? Jess siempre tenía un comportamiento censurable y los tres se reían de ello.

—Oh, ¿qué has hecho esta vez? ¿Has arrasado con los suministros de chocolate de Ronan?

—Me he acostado con Gordon —dijo Jess.

¿Gordon? Katie tardó unos momentos en comprender.

—¿Gordon? ¿El novio de Jenny?

—Sí, pero ya no es su novio. Han roto.

—No estoy tan seguro de que Jenny lo vea de esa forma —dijo Ronan.

¿Cómo es que Ronan sabía tanto del asunto? Pero, claro, ahora limpiaba en la casa de Rebecca.

—Estaba en casa de Rebecca cuando se enteró —explicó—. Está bastante enfadada.

Apuesto a que sí.

—¡Jess! ¿Cómo ha sido?

—Fui a la casa a limpiar después de la fiesta. Gordon y yo nos reímos mucho. Jenny tuvo que irse para reunirse contigo, así que nos tomamos un par de cervezas, escuchamos música.

—Su mirada se cruzó con la de Katie—. Aquella noche no ocurrió nada.

—¿Y cuándo ocurrió?

—Cuando él y Jenny rompieron. Él me llamó y fuimos a tomar algo. Necesitaba a alguien con quien hablar.

—¿Y cómo es que tenía tu número?

—Yo se lo di. Me dijo que iba a hablarle de mí a Ben. Al fin y al cabo, tú no le dijiste nada.

—¿Ben? Oh. Ben —dijo Katie quitándole importancia—. Y ahora ¿cuál es la situación?

—Bueno. Nos hemos acostado. Ayer noche. Y fue... bonito.

¿Acostarse? Jess nunca utilizaba palabras como acostarse. Ella hablaba de follar o echarse un polvo o como mucho, cuando tenía que ser más fina, montárselo.

—Jenny está muy alterada —dijo el sabelotodo de Ronan con aire sombrío—. Te culpa de todo a ti.

—¿A mí? —Katie estaba ofendida—. No soy yo la que no sabe tener las bragas en su sitio.

—Oh, vete a la mierda —dijo Jess y salió de la habitación con gesto altanero, con la cabeza bien alta, como le enseñaron a hacer en la escuela de teatro.

El teléfono empezó a sonar.

—Yo lo cojo —dijo Ronan—. Hola. Sí, hola, Rebecca. Sí, ya ha vuelto. Te la paso.

Y le pasó el teléfono a Katie mirando al techo.

—¡Katie! —Rebecca hablaba con su voz de directora de colegio. Katie casi había olvidado lo intimidante que podía resultar—. ¿Por qué tienes el teléfono desconectado?

Mierda, se había olvidado.

—Oh, lo siento, Rebecca. Se me ha acabado la batería. Escucha, siento muchísimo lo de Jess.

—¿Por qué? —dijo Rebecca—. No es culpa tuya.

Katie estaba perpleja.

—Bueno, no... pero ya sabes...

—Ya sabes que no me gusta Jess —dijo Rebecca—. No sé

por qué tú y Ronan la aguantáis. Pero Gordon y Jenny han roto. Él es libre de hacer lo que quiera.

—Sí, supongo.

—Jenny está furiosa conmigo, pero se le pasará. Siempre se le pasa. Seguramente necesitaba que le dieran un palo como este. Después de esto seguro que valora un poco más a Gordy.

—Eso espero. —Si es que vuelven a estar juntos, pensó.

—Por lo que he entendido tú le dijiste a Jenny que debía dejar a Gordon. Ella piensa que es porque querías colarle a tu prima. Creo que he logrado convencerla de que eso es un disparate. Pero me gustaría que me explicaras exactamente qué le dijiste. No acabo de entenderlo.

—Lo siento, Rebecca. Pero tenía mis razones. Jenny me contó muchas cosas que no creo que le haya dicho a nadie.

—Bueno, lo que sea. Suzy me ha dicho que la relación entre ellos era mucho más inestable de lo que yo creía y que tarde o temprano tenía que ocurrir. Así que supongo que no puedo culparte. Sigo siendo una clienta satisfecha.

—Eso está bien —dijo Katie algo nerviosa. No acababa de entender adónde quería ir a parar.

—Bueno, de todas formas, no te llamaba por eso. He leído tu columna, Katie, y creo que es genial. Si tengo que decir la verdad, es mucho mejor de lo que esperaba. Se la he mandado a Suzy y dice que también le encanta. De hecho está entusiasmada. Quiere hacer un lanzamiento por todo lo alto, con mucha publicidad. Ya sabes, un par de entrevistas para la prensa, y quizá alguna aparición en *Breakfast Today*. Así que bien hecho. Estoy muy contenta. Todo ha salido como estaba previsto.

—Gracias, Rebecca —dijo Katie, sin acabar realmente de asimilarlo.

—Estaba pensando que un artículo sobre Crispin y tú podría estar bien. Ya sabes, eso de que «detrás de cada gran mujer, hay un gran hombre». Y tendrías una bonita colección de fotografías de vosotros dos.

—No lo creo —se apresuró a contestar Katie.

—Bueno, tú misma. —No parecía en absoluto preocupada—. Pásate mañana por mi oficina y lo hablamos. ¿Te va bien a las diez?

—Perfecto.

—Bueno, entonces adiós. Oh, y saluda a Ronan de mi parte. Dile que ha hecho un gran trabajo con mi cuarto de baño.

Katie le pasó el mensaje a Ronan, pero, para su sorpresa, se sintió sorprendentemente celosa. Rebecca nunca había elogiado las capacidades de ella con el señor don musculitos.

45

La vida de Katie se había convertido en un torbellino. Rebecca le había concertado entrevistas con *The Times, The Sunday Standard, The Daily Express* y *The Correspondent*, entrevistas que empezaban hoy en las oficinas de Greenhall y Graham.

Katie pensó que estaría nerviosa, pero, cuando se dirigía hacia allí en el metro, tenía la mente puesta en otras cosas.

Tengo que decírselo a Crispin esta noche, tengo que decírselo esta noche. Se pondría furioso si se enteraba por otros medios, y con razón. Las relaciones ya eran bastante complicadas.

Lo llamó cuando salió del metro. Crispin parecía agobiado.

—Había pensado ir a tu casa esta noche —le dijo Katie.

—Pues no sé si es una buena idea, Katie. Me encantaría verte, la verdad, pero no creo que pueda salir del despacho antes de las once.

—No pasa nada. ¿Mañana entonces?

—Mañana estamos igual. Lo siento.

—Bueno, ¿y el fin de semana?

—Oh, no me acordé de decírtelo, el fin de semana estaré fuera. Mamá y yo nos vamos a España.

La madre de Crispin, a quien él quería con locura, era viuda, y estaba algo amargada por la suerte que le había tocado en la vida. Crispin y sus dos hermanos trataban de estimularla, animándola a comprar un piso en España, donde poder pasar los largos inviernos británicos y que pudiera alquilar en verano. Cada mes uno de los hermanos la acompañaba a Málaga en un vuelo de EasyJet, y allí pasaban un tenso fin de semana, criticando las casas y bebiendo sangría. Katie siempre se ofrecía a compañarlos, pero Crispin le decía que sería un infierno y que se quitara la idea de la cabeza.

—Oh. Bueno, que lo paséis bien. ¿Cuándo volvéis?

—El domingo por la noche. Así que, si el vuelo no viene con mucho retraso, te veré sin falta el domingo por la noche.

Bueno, pues se lo diría el domingo por la noche. Y tendría todo el fin de semana para pensar en cómo hacerlo.

El tipo del *Correspondent* era alto y delgado y tenía la piel estropeada. De entrada a Katie no le gustó, pero se portó como si fuera su hermana mayor, como le aconsejó Rebecca.

—Quiero decir que... ¿cuál es exactamente la función de una adiestradora de amor? —preguntó con sorna. Tenía una cosa verde entre los dientes—. ¿No hay ya bastantes tías catastrofistas y psiquiatras y gurús en este mundo?

—Bueno, la adiestradora de amor es otra cosa —dijo Katie, y le explicó en qué consistía su trabajo—. Lo que tu mejor amiga desearía decirte, pero no se atreve —dijo con entusiasmo.

—¿Y cómo pueden aplicarse las normas de adiestramiento de perros a la vida amorosa?

Katie le soltó un discurso sobre cazadores-recolectores y él pareció quedar satisfecho. Hablaron un poco de su pasado (¿Así que tienes la carrera de historia? ¿En qué puede ayudarte eso para solucionar los problemas emocionales de los demás?), pero el hombre no parecía tener mucho interés. No le preguntó si tenía novio.

—Espero que haya ido bien —dijo Rebecca cuando lo acompañaba a la salida, todo sonrisas—. Esperábamos a otro periodista que es amigo mío, pero su hijo se ha puesto enfermo y han mandado a este en su lugar.

Después de aquello, la entrevista con el *Sunday Standard* resultó increíblemente indolora. Dee, la periodista, era morena, agradable y maternal, muy distinta de la bruja avasalladora que Katie esperaba. No dejó de proferir ohs y ahs ante la historia de la asistenta.

—¡A nuestros lectores les encantará! —exclamó—. De la escoba a la riqueza.

—Bueno, yo no soy rica. Y tampoco puede decirse que haya salido del arroyo.

Dee se inclinó hacia delante y le guiñó un ojo.

—Bueno, ¿y quién es el hombre especial que hay en la vida de la adiestradora de amor? —Katie tardó unos segundos en comprender a qué se refería.

—Hay alguien —dijo, como le había indicado Rebecca—. Pero es una persona muy reservada. Me encantaría hablarte de él, pero prefiere mantener el anonimato.

—Bien —dijo Dee sin alterarse—. Bueno, Katie, ¿algún consejo para las lectoras que luchan por salvar su vida amorosa?

—Bueno, Dee. Cada caso es diferente, y no quiero generalizar. Pero las bases del adiestramiento en el amor son las mismas que en el de los perros. Hay que asegurarse de que eres tú quien manda.

—Cierto —dijo Dee chasqueando la lengua y apagando su grabadora—. Bueno, ahora haré pasar al fotógrafo. —Se inclinó hacia delante y le dio dos besos en las mejillas. Olía a Anaïs Anaïs—. Ha sido un placer conocerte, Katie. Mucha suerte.

—¿Ves? —gorjeó Rebecca después de la sesión con el fotógrafo—. Estás hecha una estrella de los medios.

Katie se dio cuenta de que estaba de acuerdo. Tara les preparó un té y Katie le habló de su encuentro con Ally. Rebecca estaba encantada.

—Por fin la has hecho entrar en razón. Eres un genio, Katie.

Estaba despampanante con la camiseta de encaje y unos pantalones de cuero. Se preguntó si no habría pasado por el quirófano. O el sexo. Pero no, Rebecca se lo hubiera dicho, ¿verdad?

Katie pasó el resto de la semana haciendo entrevistas para diversos programas locales de radio, y para Dogs Today. El viernes por la noche estaba agotada. Se quedó sola en casa, viendo la tele.

El sábado ya estaba recuperada y pasó todo el día de compras. Esa noche fue a cenar con su viejo amigo Barnaby. Le contó lo de la adiestradora de amor, y él chilló entusiasmado.

—Vas a ser una estrella, Katie. ¡Oh, qué emocionante! Y podré decir que te conozco.

—¡Oh, calla!

—Tengo un problema de amores para ti. Estoy locamente enamorado de ese tipo que conocí en el gimnasio y que se llama Guy.

—Cuenta, cuenta —chilló ella, aunque no era ninguna novedad que Barnaby se enamorara.

—Tiene todo lo que busco en un hombre —prosiguió él—. Ya sabes, pelo canoso, ojos profundos y azules, dominante....

—¿Es un tory del Parlamento? —Barnaby era director de marketing de una importante marca de bebidas, pero su sueño era ser la «esposa» de un miembro del Parlamento, y pasarse el día ofreciendo comidas, las veladas charlando en las cenas y las noches encadenado con ropa de cuero, como la esclava de amor de un hombre de corazón frío de la escuela pública.

—No, trabaja para el Concejo de Lambeth. Pero eso no supone ningún inconveniente. El problema es que está casado.

Katie suspiró. ¿Dónde había oído aquello antes? Echó mano del habitual «si está engañanando a su mujer, puede engañarte a ti».

—Tienes razón —dijo Barnaby—. Trátale como a un perro —y rió tontamente—. A lo mejor debería comprarle un bozal.

Estaba claro que no se había creído una palabra de lo que le decía.

Era una bonita noche de verano iluminada por una luna llena. Estuvieron charlando en su pequeño jardín trasero de Kenninton hasta las tres. Katie volvió a casa en un minitaxi. La casa estaba desierta. A saber dónde andaría Ronan. Jess —suponía— estaría en casa de Gordy. Katie esperaba que por lo menos apareciera por la mañana, para poder consultarle sobre el problema de Crispin.

Estuvo viendo la tele un rato y se acostó a las cuatro.

Se levantó a las once. El teléfono estaba sonando. Dejó que saltara el contestador y cerró los ojos.

Pero enseguida sonó el móvil también.

Se volvió en la semioscuridad de la habitación y lo sacó de su bolso.

Crispin.

Seguramente llamaba para decirle que habían retrasado el vuelo. Estuvo a punto de apagarlo. Hubiera querido dormir al menos otra hora. Pero a lo mejor era importante.

—Hola, cariño.

Katie nunca lo había oído tan furioso.

—Katie, ¿qué demonios está pasando?

—Crispin, ¿dónde estás?

—En el aeropuerto de Málaga. ¿Qué es ese cuento de la adiestradora de amor?

Ante la duda, distráelo.

—¿La qué?

—La jodida adiestradora de amor. Me has oído perfectamente. Sale en el *Correspondent*. La nueva gurú entre los charlatanes. Katie Wallace. —Y puso voz de chica tonta—. Es muy sencillo. No hay nada como el amor incondicional que recibes de un perro. Solo hay que enseñar a los hombres a comportarse de la misma forma. Katie, ¿qué estás haciendo? ¿Por qué no me habías dicho nada?

—Iba a hacerlo. Esta noche.

—¿Esta noche? Katie, mis amigos llevan todo el día llamándome, muriéndose de risa, preguntando de qué va todo esto. He tenido que ir al aeropuerto para conseguir un ejemplar del periódico.

—No sé cómo ha ocurrido. El artículo no tenía que salir hasta dentro de dos semanas.

—Oh, Katie, no me vengas con excusas. Llevas meses haciendo esto. Todo ese cuento de que limpiabas en casa de Rebecca. —De pronto su voz se ahogó.

—Crispin, lo siento. Puedo explicártelo...

—Yo no estoy tan seguro.

—Pensé que la idea te parecería una estupidez —dijo ella con un hilo de voz.

—Bueno, pues sí, es una estupidez. Pero eso no es lo que importa. Lo que importa es que me has mentido. Te llamaré cuando llegue a Luton.

Y colgó.

46

Katie se puso un vestido encima del pijama y bajó corriendo a la tienda. ¿Qué demonios habían dicho de ella? Cogió un ejemplar del *Correspondent* y pasó las páginas con rapidez. Política, guerra, hambre, ¡ah! Ahí estaba, en la página 17, una fotografía de Katie sonriendo tímidamente junto a un perro pastor muy gordo que pertenecía al fotógrafo.

Con el corazón acelerado y la cabeza caliente y fría, leyó por encima el artículo. Su tono era burlón. Katie, venía a decir claramente el texto, era una artista del timo que sacaba dinero a mujeres tontas que no saben lo que quieren. En un recuadro aparte se incluía una lista con otros «debes consultar» imprescindibles para las chicas de sociedad. Un astrólogo, un irrigador de colonia y un estilista, entre otros.

Era tan injusto... habían cogido sus palabras y las habían tergiversado y convertido en algo completamente distinto. No podía hacer nada, porque cientos de miles de personas las habrían leído. Se sentía impotente.

El resto del día lo pasó dejando mensajes para Rebecca por todas partes. Que ella no contestó. Sin embargo, aparte de Rebecca, por lo visto en Inglaterra todo el mundo lo había leído y el teléfono no dejó de sonar.

Algunas de las amigas de Katie se rieron de ella pero, curiosamente, la mayoría estaban sorprendidas porque había sido capaz de meterse en el papel, por muy humillante que fuera.

—Señor —comentó riendo con disimulo y admiración Fergus, un viejo compañero de trabajo—. No sabía que fueras una adiestradora de sexo.

—No es sexo, Fergs. Amor. Yo trato la vida amorosa de la gente.

—Pero a ti te gusta hacerlo como los perros, ¿no?

Menos mal que sus padres estaban en una gira de siete días por Alaska, ilocalizables.

La llamada de Suzy llegó a primera hora de la tarde.

—Bueno, supongo que cualquier publicidad es buena.

—Lo siento mucho.

—Katie, no es culpa tuya. A cualquiera podían haberle hecho una jugada como esa. Si alguien tiene la culpa es Rebecca. Le advertí que era mejor que nuestra gente se ocupara de la publicidad, pero ella insistió.

—¿Has hablado con ella?

—No, no he podido localizarla. ¿Y tú?

—No.

Suzy se pasó la lengua por los dientes.

—Estúpida. Será mejor que aparezca pronto. Tengo a una tal Dee del *Sunday Standard* que está hecha una furia. Por lo visto Rebecca le prometió que sería la primera en publicar la historia. Pero el *Correspondent* se le ha adelantado. Le he dicho que no es responsabilidad mía, que tendría que ponerse en contacto con Greenhall & Graham.

—¿Significa eso que lo de la columna no sigue en pie?

—Oh, Katie ¡por supuesto que sí! —dijo Suzy riendo—. Todas esas mujeres inseguras leerán el artículo y dirán qué tontería y luego comprarán *Seduce!* a escondidas para saber más cosas de ti. Y a la gente que tenga perro también le gustará.

—Bueno, si tú lo dices.

—Confía en mí.

Suzy fue tan amable que Katie estuvo a punto de hablarle de su furioso novio que volvía de España. Pero se contuvo. Si Suzy se enteraba de que la adiestradora de amor no era capaz de conservar a su hombre, quizá se mostraría menos comprensiva. El resto de la tarde la pasó sentada junto al teléfono, sintiéndose como María, la reina de Escocia en su mazmorra.

A las siete Crispin llamó.

—Nos vemos a las ocho —le dijo con voz glacial.

Katie cogió el metro para ir a casa de Crispin. Sentía las extremidades muy pesadas y al mismo tiempo ligeras como el helio. Los oídos le zumbaban.

Crispin le abrió la puerta con rostro inexpresivo. Katie se inclinó hacia delante para besarlo pero él se apartó. Se dio la vuelta y entró en la sala de estar. Katie lo siguió.

—Bueno, ¿piensas contármelo de una vez?

Katie lo intentó. Se lo contó todo, como se prometió que haría, procurando no dejarse nada. Crispin escuchaba. A veces ponía cara de escepticismo, otras parecía dolido, pero la mayor parte del tiempo su expresión no decía absolutamente nada.

—Así que no te lo dije porque sabía que te parecería una tontería, y no pensé que todo esto se hiciera realidad y no veía por qué teníamos que discutir por algo que no iba a funcionar.

—Pero eres mi novia, Katie. Yo te lo cuento todo. ¿Por qué tú no puedes hacer lo mismo?

—No quería preocuparte.

—Pero ¿no lo ves? Ya nunca podré confiar en ti. ¿En qué otras cosas me has mentido?

—En nada más, Crispin. Te juro que siempre he sido sincera contigo.

De pronto Katie tuvo la sensación de haber vivido aquella escena antes. Ella y Paul, hablando por teléfono entrada la noche, hacía muchos años, cuando Katie descubrió que no había estudiado en Oxford. «Siempre he sido sincero contigo», le dijo Paul entonces. Pero él había mentido en muchas cosas.

Katie recordó algo más. Aquella comida con Ally. Hacía tres días. Aunque parecía que hubieran pasado años. «La única razón para seguir con una persona es que no puedas vivir sin ella.» Es lo que le había dicho a Ally, y era cierto. Ella siguió con Paul a pesar de su engaño y sus jueguecitos, porque pensaba que sin él su vida no tendría sentido. Evidentemente aquello era una tontería, pero en aquel entonces estaba convencida de que era así.

¿Por qué seguía con Crispin? Porque le daba seguridad, porque era sencillo, porque con él nunca tenía que pasar las noches en vela pensando por qué no llamaba.

Hacía tiempo que lo sospechaba, pero cada vez que aquel pensamiento se le pasaba por la cabeza intentaba deshacerse de él. Era como tratar de meter un globo de aire caliente en una lavadora... solo que ahora era imposible mantenerlo dentro.

—¿Y ahora qué? —preguntó Crispin.

Katie podía seguir con Crispin y nunca sentiría dolor. Pero tampoco experimentaría un amor o una felicidad verdaderos. No como los que había sentido con Paul. Y, aunque Paul le había partido el corazón, durante un tiempo ellos tuvieron algo especial.

Era lo último que esperaba decir. Pero le salió... como esa vez que le dijo a Paul que le quería.

—Oh, Crispin. No quiero seguir contigo.

Su rostro se volvió ceniciento de la sorpresa.

—Katie, ¿de qué estás hablando? Esto no es más que una discusión absurda. Claro que quieres seguir conmigo.

—No, Crispin, no quiero. Hace tiempo que no deseo seguir contigo. —Y Katie trató de explicarse y gastó dos paquetes de pañuelos de papel y un rollo entero de papel del váter. Él lloró también. Sentados en el sofá, se abrazaron con fuerza y se consolaron mutuamente entre lágrimas.

Al final, Katie se separó de él.

—Tengo que irme.

—Quédate, por favor —le suplicó él.

—No puedo.

Crispin la acompañó a la puerta y allí se dieron un largo abrazo.

—Te esperaré —susurró Crispin.

Y Katie se sintió la persona más malvada del mundo.

Era raro, volver a casa en el metro como si nada hubiera ocurrido. Otros pasajeros iban leyendo el periódico, o miraban los anuncios con rostros tranquilos e inexpresivos. ¿Nunca les había pasado nada malo? ¿Nunca les habían hecho algo tan terrible a otra persona que hubieran querido morirse?

Katie entró en la casa tan sigilosamente como pudo, pero Jess y Ronan estaban sentados delante del televisor.

—¡Eh, la estrella! —gritó Jess—. ¡Menudos cabrones los del *Correspondent*! Pero qué coño, ¡eres una superestrella!

Pero calló cuando vio la expresión de Katie.

—¿Katie? ¿Qué tienes? No es tan grave.

Así que Katie les contó lo que había pasado con Crispin.

No la creyeron.

—Pero si sois la pareja perfecta —decía Jess una y otra vez.

Katie se sentó en el sofá con un whisky doble que su prima le había servido.

—¡No, Jess, no lo somos! Solo queríais creerlo.

—Volveréis a estar juntos —aseguró Ronan—. Solo es un bache.

—No, Ro. Se ha acabado.

—Crispin me caía muy bien, de verdad —se lamentó Ronan—. Es un buen tipo.

—A mí también me gustaba —dijo Katie, y se echó a llorar.

Jess vaciló un momento. Katie nunca lloraba. Pero enseguida la abrazó como a una niña.

—Ya está. No pasa nada.

El teléfono sonó.

—Seguro que es él —dijo Jess.

Ronan ya había cogido el auricular.

—¿Hola? Ah, hola Rebecca. Sí, lo sé. Mira, se ha producido una pequeña crisis...

Katie reproducía el gesto de cortar la garganta. Lo último que deseaba era que Rebecca supiera que había cortado con Crispin.

—Bueno, no sé si puede ponerse en estos momentos, ella...

Jess no sabría llevar aquello. Katie le arrebató el teléfono.

—¿Hola? —Su voz sonó bastante normal—. Sí, sí, lo sé... Bueno, he tratado de localizarte...

—Lo sé —dijo Rebecca—. Estaba ocupada y olvidé encender el móvil. Pero ahora tengo encima a esa bruja del *Sunday Standard.* Quiere saber qué ha pasado con su exclusiva. Dice que la única forma de compensar a su periódico es conseguir una entrevista de ti y de Crispin.

—Eso no va a poder ser.

—Katie, en estas circunstancias, creo que no tenemos elección.

—Pero no depende de nosotras, depende de Crispin. Y sé que no querrá.

—Bueno, ¿por qué no se lo preguntas? —insistió Rebecca en un tono amable—. A lo mejor es más comprensivo de lo que tú crees. ¿Qué ha dicho del artículo?

—Él... em... no le ha parecido muy agradable.

—No lo era. No tendría que haberme fiado de ese mal bicho. Pero no es tan malo. No, si conseguimos esa entrevista con Crispin.

—Se lo preguntaré, pero la respuesta será no.

—Tú hazlo —dijo Rebecca muy dulce—. Hablaremos por la mañana.

En cuanto colgó, Katie empezó a sollozar otra vez.

—Katie, ¿qué pasa ahora? —preguntó Jess en tono suplicante.

—Soy un desastre como adiestradora de amor. Todas las relaciones que toco se van al traste. Mira mis clientas: Jenny está sola; Ally pronto lo estará, y ahora yo.

—Yo no estoy sola —dijo Jess con aire satisfecho—. Ya no. He pasado todo el fin de semana con Gordon.

Ronan le dedicó una mirada furiosa y se aclaró la garganta.

—Bueno, Katie, eres tú quien siempre decía que es mejor estar sola que con un imbécil.

—Crispin no es un imbécil —dijo Katie—. No es el hombre de mi vida, nada más.

Jess y Ronan se miraron preocupados. Katie les había dicho mil veces que no existe eso de «el hombre de mi vida». Debía de estar muy alterada.

—Katie —dijo Jess con suavidad—. Creo que deberías acostarte. Hablaremos de esto por la mañana.

—¿Has visto el *Correspondent*? —le preguntó Jenny a Gordon. Estaban en la cama, con sus cuerpos entrelazados.

—Mmm —hizo él acariciándole el muslo. Había olvidado lo suave que tenía la piel.

—Me siento como una idiota. Mira que dejar que me liara esa charlatana...

—Bueno, siempre has sido demasiado ingenua —dijo él con afecto pasándole la mano por los rizos.

—Lo sé —dijo ella—. Pero creo que ya he aprendido la lección. Oh, Gordy, te quiero tanto...

—Yo también te quiero.

Jenny casi no podía respirar del alivio. Durante el fin de semana había dado largos paseos por el bosque de Sherwood con su hermana Fiona. Fi le había dicho que siguiera insistiendo. Cuando volvió a Londres, llamó a Gordon, más por costumbre que por otra cosa. Pero, para su sorpresa, él contestó y sugirió que fuera a verle.

Estuvieron hablando durante horas. Jenny se disculpó ampliamente por todo lo que había hecho mal, le repitió una y otra vez lo maravilloso que era y —con una sorprendente fuerza de voluntad— consiguió no echarle en cara lo de Jessica. Después de todo, ella tenía pensado hacer lo mismo con Fabrice. Ahora estaban a la par, y la certeza de saber que Gordy no era solo un peluche y que también podía morder haría que en el futuro lo tratara con mucho más cuidado.

Al final, él le acarició el brazo, le puso la mano en la espalda, se sonrieron, y se inclinaron para darse un beso con lengua, al igual que nuevos amantes.

Cinco minutos después estaban en la cama.

Pero después Jenny sintió que debía saberlo.

—Gordy —dijo tanteando el terreno—, tú y esa Jessica no ibais en serio, ¿verdad?

Gordy pensó en Jessica, que aquella misma mañana estaba tumbada donde ahora se encontraba Jenny. ¡Dos mujeres en un día! Nunca hubiera pensado que era de esa clase de hombres. Podría recordarlo con nostalgia cuando fuera mayor y necesitara la Viagra, aunque no era probable que aquello se convirtiera en un hábito. Jess era muy sexy y divertida. Le ayudó a descargar toda la ira que sentía. Pero en cuanto vio a Jenny en el umbral, con expresión asustada, con su chaqueta larga tejana, supo que era a ella a quien quería.

—No, cielo, solo ha sido una aventura. Me sentía herido. De todos modos, ¿qué ha pasado con ese francés?

—¡Ya te lo he dicho! —dijo ella dándole un fuerte codazo—. No ha pasado nada.

Se volvió sobre el estómago y lo besó en las mejillas, la frente, los párpados, los labios.

—Te quiero, Gordon. Jamás te engañaría.

Bajó de la cama y fue hacia la ventana. Estaba oscureciendo. Hora de cerrar las cortinas.

Se dio cuenta de que Gordy le miraba el culo.

—¿Crees que he engordado? —preguntó asustada.

47

A la mañana siguiente, se publicaron artículos sobre Katie en el *Daily Express* y *The Times*.

—Son bastante favorables —dijo Ronan, que estaba decidido a animarla.

—No están mal —concedió ella, aunque en aquel momento le daba exactamente igual. De hecho, el artículo del *Express* era definitivamente entusiasta, seguramente porque Katie le había dado ciertos consejos a la reportera de treinta y tantos sobre su relación sin futuro con un joven de veintidós años que tocaba en una banda. El tono del artículo del *Times* era un poco más equívoco, pero seguía siendo amistoso, y habían publicado una foto bastante buena de ella con un Ridgeback de Rhodesia.

Unos minutos después, Rebecca la llamó.

—¿Ves?, después de todo no ha sido tan desastroso. El único problema es esa pesada de *The Sunday Standard*. ¿Has hablado con Crispin?

—Dile que está en un viaje de negocios —dijo Katie.

—¿Has hablado con él?

—Sí, hemos hablado. Y ha dicho que no. Lo siento, Rebecca, pero no creo que cambie de opinión.

—Te pagarán.

—Él no querrá su dinero. No funcionará.

—Ya veremos.

Poco después, cuando Ronan se fue al gimnasio, volvió a llamar en un tono mucho más amable.

—Katie, hemos recibido la primera oferta para publicar un libro. ¡Sin proponerlo nosotros! Howard y Otter están muy interesados. Hemos quedado en verlos mañana. ¿No es estupendo?

—Sí —dijo Katie.

—Ah, y más buenas noticias. ¡Jenny y Gordon vuelven a estar juntos!

—Es genial —dijo Katie, dando gracias al cielo porque Jess había salido y no tenía que darle la noticia hasta más tarde.

Un par de horas después, Crispin llamó.

—No entiendo lo que está ocurriendo —dijo algo lacónico—. Siempre hemos sido felices. Tenemos que hablar.

Katie no soportaba la idea de un encuentro doloroso. Pero nunca podría olvidar lo que le pasó con Ian, su novio al terminar la universidad, quien una noche se presentó y dijo que habían acabado. Katie no estaba enamorada de él, pero le gustaba mucho, y había sido duro no saber por qué la había dejado.

Simplemente necesitaba tiempo para aclarar las ideas. Lo más fácil hubiera sido solucionar enseguida las cosas con Crispin, comportarse como si nada hubiera ocurrido. Pero eso no podía hacerlo.

—Creo que es mejor que dejemos pasar una semana —dijo ella—. Entonces iré a verte y hablaremos.

A Crispin no le gustó la idea, pero no tenía elección.

—Sigo queriéndote —le advirtió él—. Y pienso recuperarte.

—Ya hablaremos —dijo ella con tristeza, y colgó. Era una mala persona.

El teléfono no dejó de sonar en todo el día. Más amigas que habían visto el periódico. La madre de Ronan. La madre de Jess, la tía Gillian, que llamaba de Belfast.

—¡Una celebridad en la familia! La abuela está emocionada. Lo está recortando para ponerlo en su álbum de recortes. Pero ¿por qué no nos lo habías dicho?

—Pensaba hacerlo —dijo Katie conmovida—, pero todo ha ido más deprisa de lo que esperaba. Jess no está aquí, tía Gillian. ¡Oh, no! Espera, acaba de llegar.

La puerta se cerró con un portazo. Jess entró con furia. Tenía la cara manchada de rímel.

—¡Es tu madre, Jess!

—¡No quiero hablar con ella! ¡Ahora no! —Entró como una exhalación en su dormitorio y cerró de un portazo.

Seguro que ya se había enterado.

—Tía Gillian, ha venido con una amiga. ¿Puede llamarte ella más tarde?

—Claro. Y bien hecho, Katie. Siempre has sido una joven muy buena. Siempre pensando en los demás. No me sorprende nada que hayas acabado haciendo algo así.

Katie tenía lágrimas en los ojos. Si Gillian supiera de qué manera había complicado las cosas. Pero era una mujer encantadora. Y llevaba treinta y cinco años casada. No necesitaba ninguna adiestradora de amor.

—Jess —dijo tímidamente llamando a la puerta del cuarto de su prima—. ¿Jess?

—¡Ha vuelto con esa zorra! —le gritó su prima desde dentro.

—¿Cómo? —Katie trató de parecer sorprendida—. Oh, qué horror. Pobre Jess. —Si era como con los otros, Jess lo olvidaría en menos de una semana.

—Con él no era como con los otros —gritó Jess como si le hubiera leído el pensamiento—. Me gustaba de verdad.

Katie abrió la puerta.

—Lo sé.

—Había algo especial entre los dos.

—Lo sé. ¿Quieres una taza de té?

—¿Qué es esto? Parece que estamos en *EastEnders.*

—Un whisky, entonces.

—Pues sí.

Katie sirvió dos whiskys largos.

El teléfono volvió a sonar.

—Oh. ¿Quién demonios será esta vez? —Aferró el auricular—. ¿Diga?

—¿Katie? —Era una voz de hombre. Afectada. Divertida. Katie la conocía, pero no acababa de situarla. Quizá sería uno de los periodistas que había conocido la semana anterior.

—Sí.

—Me lo imaginaba. Aunque últimamente eres tan famosa que me sorprende que no hayas contratado a alguien que conteste al teléfono.

—¿Quién es? —Pero, mientras lo decía, lo supo.

—Oh, vaya, veo que te has olvidado de mí. Katie, cielo, soy Paul.

48

—¿Paul? ¿Dónde estás? —chilló Katie, como una rueda que chirría.

—Estoy en Londres —contestó él también imitando su tono chillón.

Katie sintió que las rodillas le flaqueaban, como si hubiera perdido un tornillo.

—¿Cuándo has llegado?

—Hace un par de días. Y ahí estabas. Por todas partes.

—¿Vienes de Los Ángeles? —lo interrumpió.

—Sí, Los Ángeles, vivo allí. He venido por negocios.

—Oh.

—Qué agradable volver a oírte —dijo Paul bromeando—. Qué grata sorpresa.

—Sí, qué bien —dijo ella débilmente—. Una sorpresa adorable. —Durante años, Katie había imaginado aquella conversación. Ella le decía que estaba muy ocupada y le colgaba el teléfono. Pero lo cierto es que sí era una agradable sorpresa. Muy agradable.

—Bueno, ¿y cómo está nuestra celebridad?

—Oh, estoy bien. Ya sabes... —dijo riendo tontamente, histérica—. Un poco abrumada por todo esto.

—Me lo imagino. Pero es genial, Katie. No tenía ni idea de que pensaras hacer algo así. Aunque siempre te han gustado los perros.

Aún se acordaba.

—Bueno, ¿y tú cómo estás?

—Yo bien —dijo él—. Me va bastante bien. Pero, escucha, preferiría contártelo personalmente. ¿Podemos vernos?

Katie también había ensayado aquella parte. «No, lo siento, es que estoy bastante ocupada.» Es lo que hubiera aconsejado a Rebecca o a Jenny que dijeran. Era lo que dictaba el sentido común de la adiestradora de amor.

—Estaría bien. —Habló con mucho más entusiasmo del que pretendía. La lucecita de llamada en espera parpadeaba. No hizo caso.

—Genial, genial. —Paul parecía contento—. Bueno, escucha, estoy en el hotel Charlotte Street. ¿Te va bien que nos veamos allí? Esta noche mismo si te apetece.

—Perfecto. ¿A qué hora?

—Oh, pues no sé. —De pronto el tono de Paul pareció algo precavido. Nunca le había gustado hacer planes demasiado concretos—. Te diré lo que haremos, te llamaré más tarde, cuando sepa cuál es mi programa.

—¿Tienes el número de mi móvil? —De nuevo se dio cuenta de que su voz sonaba demasiado exaltada. ¿Por qué tienes que ser amable con él? Hace años que no te llama. Pero no tenía importancia. Paul no era su novio, era un amigo. Tenía que superar lo de Crispin y le alegraba tener noticias suyas después de tanto tiempo.

—No, no lo tengo. Dámelo. —Ella se lo dio—. Bueno, oye, tengo que irme. Pero hablamos luego. Me ha encantado volver a oír tu voz.

—Y a mí la tuya. —Pero ya había colgado.

Katie se quedó muy quieta. Se sentía mareada, como si acabara de chocar contra una puerta.

Han sido unos días muy duros, se dijo. Estás estresada. Unas copas con Paul te animarán. Lástima que acabara de romper con su novio. No quería que Paul pensara que era una fracasada. Pero entonces recordó que en todos los periódicos se había mencionado a su «misterioso novio». Bueno, Paul no tenía por qué saber más. Le demostraría que ahora su vida era maravillosa, sin especificar demasiado los detalles.

El teléfono sonó.

—¿Diga? —dijo. Trató de sonar tranquila y divertida.

—Katie, ¿estás bien? Te oigo muy rara. —Rebecca otra vez—. Bueno, escucha, este es el plan. Esta noche hay una importante fiesta para Gail Anderson. —Gail Anderson era, en opinión de Katie, una cómica sin ninguna gracia de Nueva York, famosa por las operaciones de cirugía que se había hecho—. Iremos a esa fiesta y te presentaré a los chicos de Howard y Otter y luego iremos todos a cenar. Mucho mejor que una aburrida reunión en una oficina.

—Oh, no puedo.

—¿Por qué no?

—Una vieja amistad está en la ciudad.

—Pues dile a tu amiga que no puedes ir —espetó Rebecca—. Esto es muy importante.

—Mi amiga también.

—Mira, no podemos dejar pasar una ocasión así. Puedes ver a tu amiga mañana.

—No sé si mañana estará aquí.

—Pues llámala y pregúntale.

—Vale, vale —dijo Katie desolada. Se dio cuenta de que Paul no le había dejado su móvil.

—Bueno, la fiesta es en Sanderson —siguió barboteando Rebecca—. De primera. Si yo fuera tú iría a la peluquería y me compraría un bonito traje.

¿Quién se creía Rebecca que era?

—Buena idea.

Cuando colgó, trató de encontrar una solución. Podía llamar al hotel de Paul y dejarle un mensaje. Eso es lo que haría una adiestradora de amor. «Perdona, pero tendremos que posponerlo, había olvidado que ya había quedado. La fiesta de Gail Anderson. Ya sabes.» Aquello la hacía parecer una auténtica imbécil. Pero Paul se quedaría impresionado. Siempre había sentido admiración por las celebridades.

Pero, por otro lado, no quería cancelar esa cita. No sabía cuánto tiempo se quedaría Paul en la ciudad, o si estaría muy ocupado. Además, hubiera sido una descortesía dejarlo plantado porque tenía una oferta mejor.

—¿Estás bien? —preguntó Jess con curiosidad detrás de ella.

—¡En mi vida he estado mejor! —se dio la vuelta y escudriñó el rostro abotargado de su prima—. ¿Y tú?

—Oh, sobreviviré. —Jess sonrió—. Hombres. Todos son unos mamones. Pero eso ya lo sabíamos, ¿verdad, Katie?

—Desde luego. —Katie tuvo la tentación de contarle lo de Paul. Pero hubiera sido una locura. Jess se había pasado los dos últimos años maldiciendo el día en que Paul nació, pensando formas ingeniosas de torturarlo.

De todos modos, empezaba a recuperar el sentido común. Cuanto más lo pensaba... pues claro que cancelaría su cita con él. Aquella era una noche muy importante en su carrera. No pensaba tirarlo todo por la borda por un hombre que le había partido el corazón.

Para las seis, Katie había cogido el teléfono tres veces para marcar el número del hotel de Charlotte Street, pero volvía a colgar enseguida, sin decidirse. Cuatro veces cogió el móvil para comprobar que no hubiera ninguna llamada perdida. Nada. Bueno, seguramente Paul estaba trabajando.

Entretanto, Rebecca la atosigaba para que le diera una respuesta. Así que al final Katie se decidió. Iría a la fiesta y a la cena y después —si Paul seguía interesado—, se reuniría con él. Rebecca estaría contenta y Paul se quedaría impresionado por su ajetreada vida social. Además, después de todo, el Sanderson solo estaba a cinco minutos a pie de Charlotte Street. Lo había comprobado en el callejero.

Jess, que necesitaba distraerse, la ayudó con el maquillaje y le secó el pelo. Katie se puso su conjunto de ropa interior de M&S más bonito y su vestido verde más sexy, el de Karen Millen; le realzaba su figura curvilínea.

—Es el vestido que te pones para las bodas —le dijo Jess.

—Ya lo sé —contestó ella a la defensiva—. Tengo que dar una buena imagen a mis editores.

—Un trasplante de cabeza no te iría mal.

Katie suspiró.

—Lo sé, pero mi cirujano está de vacaciones en las Barbados.

A las siete y media seguía sin tener noticias de Paul. Ya llamará, se dijo, sin hacer caso del nudo que tenía en el estómago. Decidió mimarse un poco y cogió un minitaxi.

Por el camino, le sonrió a su imagen en el espejo retrovisor.

—Solo comprobaba que no tengo lápiz de labios en los dientes —le dijo al taxista cuando sus ojos se cruzaron.

—No tiene que disculparse —dijo el hombre riendo—. A una chica como usted tendrían que arrestarla por ser tan guapa.

Normalmente Katie hubiera despreciado un comentario tan vulgar, pero tuvo la gracia de sonreír. Esperaba que lo hubiera dicho en serio.

En la fiesta, el ambiente era muy caluroso y había mucho ruido. Su móvil estaba dentro de su pequeño bolso de mano rojo. Katie se dio cuenta de que le resultaría difícil oírlo. Tendría que sujetarlo en la mano, para poder notar la vibración.

Localizó a Rebecca enseguida, hablando con dos hombres trajeados.

—¡Katie! —le gritó—. Ven a saludar.

Rebecca la presentó a Jake y Stuart, de Howard y Otter.

—Encantado de conocerte, Katie —dijo Jake—. Nos ha encantado la idea de la adiestradora de amor.

Katie reparó automáticamente en su anillo de boda. Así que no le interesaba para Rebecca. Stuart tal vez sí, aunque quizá era demasiado joven.

Los cuatro estuvieron charlando, pero Katie tenía la mente puesta en su teléfono, que seguía sin moverse en su mano. En la otra tenía una copa de champán, lo cual hacía que sus gestos fueran algo torpes.

Jake se dio cuenta.

—¿Esperando una llamada de tu hombre misterioso?

Katie se sobresaltó ligeramente y su mirada se cruzó con la de Rebecca.

—Sí, sí. En estos momentos está fuera de la ciudad.

—No es muy propio de una adiestradora de amor eso de estar pendiente del teléfono —dijo Jake.

—Bueno, después de... ¿Cuánto era, Katie? Después de tres años una puede relajarse un poquito —comentó Rebecca sonriendo.

En otras circunstancias hubiera sido una velada estupenda. El lugar estaba a rebosar de estrellas —Katie reconoció a Ulrika Jonsson, a algunos de los chicos de Blue y Fergie— y los canapés estaban riquísimos. Rebecca le presentó a un montón de gente, que le dijo lo maravillosa que era su idea y que debería conocer a esta o aquella amiga que estaba colgada por un mujeriego empedernido. No dejaban de pedirle la tarjeta de visita.

—Mañana te haremos unas cuantas —le prometió Rebecca.

Pero el teléfono de Katie no sonaba, aunque recibía la señal perfectamente y la batería estaba completa.

Los cuatro se fueron hacia las nueve.

—He pensado que podíamos ir a L'Etoile, en Charlotte Street —anunció Stuart.

Katie se sobresaltó. Charlotte Street. Donde estaba el hotel de Paul. A lo mejor tropezaban por la calle. Él diría: «Katie, gracias a Dios, he perdido el número de tu móvil y no sabía dónde encontrarte».

Giraron la esquina de la calle Charlotte. Los otros reían y bromeaban, algo achispados. A pesar del champán, ella se sentía completamente sobria. Y no tenía hambre.

Durante la cena, Jake y Stuart charlaron con entusiasmo del libro.

—Tenemos que discutir las cifras con el resto del equipo —dijo Stuart cuando, dos horas después, tras una interminable sucesión de licores, se levantaron para marcharse—. Pero tengo la sensación de que serán buenas noticias.

—Bueno, recordad que hay otras cuatro editoriales esperando —dijo Rebecca con firmeza—. He pasado todo el día dándoles largas.

—¡No lo sabía! —exclamó Katie.

Jake se rió.

—No lo sabías porque no es verdad. Becky solo trata de confundirnos, ¿verdad, cielo?

—Oh, vete a la mierda —dijo ella alegremente.

Salieron a la calle y se quedaron en la acera esperando taxis. Katie veía el hotel Charlotte Street en la otra acera. Estaba temblando. El otoño se acercaba. Normalmente era su estación favorita, porque podía olvidarse de la cuchilla y dejar que la grasa se acumulara en su cuerpo, pero en aquel momento la idea de que el verano acababa hizo que se sintiera terriblemente triste.

—¿Hacia dónde vas, Katie? —le preguntó Jake.

—Elephant —contestó Rebecca por ella.

—Perfecto, yo voy a Camberwell. Te dejaré de camino.

Así que el plan de Katie de pasarse por el hotel y pedir que avisaran a Paul se estropeó. No tenía más remedio que compartir el taxi con Jake, quien estuvo eructando bien fuerte de camino a la zona sur de Londres.

—Lo siento —decía—. Tengo muchos problemas de digestión. A mi novia la pone frenética.

—¿A qué se dedica?

—Es analista de riesgos en un banco alemán. Mucho poder. No tenemos nada en común.

—Oh, estoy segura de que no es cierto —dijo Katie aburrida.

Él sonrió y le acarició el brazo.

—Eres un encanto.

Katie se sintió muy deprimida. ¿Por qué todos los hombres tenían que ser tan poco honestos? El coche se detuvo a la puerta de King Kebab.

—¿Es aquí donde vives? Muy útil cuando necesites un donante.

Qué ocurrente.

—Buenas noches, Jake.

—Buenas noches. Dinos algo pronto. —Y le sopló un beso. Ella le sonrió con tristeza.

Mientras buscaba sus llaves en su bolso rojo se sintió como una idiota. ¿Cómo podía haberse tragado una vez más las mentiras de Paul?

Si se hubieran visto, se habría acostado con él. Ahora lo sabía. Menos mal que no la había llamado, así había podido recordar lo cabrón que era.

49

Katie se fue derecha a la cama, pero tardó un rato en dormirse. Nueve horas después, Jess llamó a su puerta y la despertó, sosteniendo el teléfono como si fuera un pañal sucio.

—Es para ti —dijo. Arrugó la nariz y suspiró aparatosamente—. ¡Es ese cabrón de Paul!

—Oh, muy bien —dijo Katie apartando la colcha.

—¿Para qué te llama?

—Está en Londres. Dame el teléfono.

Jess le dedicó una mirada severa.

—Bueno, recuerda que es un liante —susurró.

—No me hago ilusiones —le espetó Katie.

Jess salió y cerró de un portazo.

—Me alegra ver que Jess sigue tan encantadora como siempre —señaló Paul.

—Hola, Paul.

—Katie, cielo. Siento mucho lo de anoche. Estuve en una reunión hasta las ocho y luego insistieron en que fuéramos directamente a cenar y no terminamos hasta medianoche, y supuse que sería muy tarde para llamarte.

—Podías haberme llamado.

—Lo sé, lo sé. Pero pensaba que la reunión terminaría antes. Y en la cena estaba encajonado y no podía salir.

—¿No podías utilizar el móvil en la mesa?

—No, no podía. —Paul parecía ofendido—. No es esa clase de restaurante.

Katie recordó lo que le había ocurrido a ella misma.

—Bueno, no te preocupes. No pasa nada. Yo también fui a una fiesta y a una cena, y terminamos a medianoche. No era lo que tenía pensado hacer. No importa. Ya nos veremos otra vez que estés por Londres.

—Oh, no, Katie, nada de eso. Me muero por verte. Te he echado mucho de menos, ¿sabes? ¿No podemos quedar esta noche?

—Estoy ocupada.

—¡No seas así! —dijo riendo—. He viajado dieciséis mil kilómetros solo para verte. Seguro que puedes encontrar un hueco.

—Pues no.

—Solo media horita. Por los viejos tiempos. Te invitaré a un montón de daiquiris de fresa. Siempre han sido tus favoritos, ¿no?

—Solo media hora —dijo Katie—. Pero luego tengo que irme.

—Seguro que te convenzo para que te quedes.

—No, Paul, no me convencerás.

—¡Muy bien, señorita seria! ¿A qué hora te va bien?

—¿Las seis y media? —Nadie podía acabar en la cama con alguien a las seis y media de la tarde. Estaría libre para las siete, y llegaría a casa a tiempo para ver *EastEnders.*

El día pasó en un borrón de llamadas, algo a lo que Katie empezaba a acostumbrarse. *Seduce!* trabajaba en su siguiente caso.

—Es la mejor amiga del colegio de una de las chicas más antiguas del trabajo —le explicó Gemma—. Cree que su novio podría ser gay.

—Me parece que no hay perros gays —dijo Katie. Lo de los perros empezaba a convertirse en un engorro. Se sentía como si estuviera en piloto automático. Con un sobresalto se dio cuenta de que no le había dedicado ni un pensamiento a Crispin en todo el día. Solo podía pensar en Paul. Pero porque quería demostrarle lo bien que le iba en la vida, se dijo con firmeza.

A media tarde, Katie volvió a arreglarse. Su falda marrón de cuero (Crispin se la había regalado por su cumpleaños, pensó sintiéndose culpable) y un top azul con el que sus tetas ganaban bastante. Sus sandalias favoritas. El pelo recogido. Solo un toque de maquillaje. No iba a acostarse con Paul, pero quería que viera lo que se estaba perdiendo.

Pensó que estaba preparada, pero cuando lo vio casi se le para el corazón. Estaba sentado a una mesa del rincón, en un sillón bajo, con un daiquiri de fresa y una cerveza delante. Seguía estando un poco regordete; los mismos mofletes de escolar, el mismo pelo rizado. Katie tenía las manos húmedas. Era como estar otra vez en la sala de prensa, recién salida de la universidad, lista para enamorarse.

Él la vio, sonrió y se puso en pie.

—Estás guapísima —susurró.

—Gracias. —Era como si otra persona hablara por ella—. Veo que el sol y el surf no te han ayudado a perder peso.

Paul encogió los hombros.

—Son mis hormonas, creo.

—Y qué más —dijo ella señalando con un gesto la cerveza—. Bebes demasiada cerveza.

—Seguramente, seguramente. —Le indicó el otro asiento—. Bueno, Katie, siéntate. ¿Cómo estás? Quiero que me lo cuentes todo.

—Bastante bien. —Aunque estaba deslumbrada, por lo menos recordaba el guión.

—Eso parece. Tienes que contármelo todo. Adiestradora de amor. —Y chasqueó la lengua—. A mí siempre me llevaste como una vela.

—No es eso lo que yo recuerdo —dijo ella algo seca.

—Bueno, ya habrá tiempo para eso. —Y agitó la mano en el aire—. ¡Tenemos tantas cosas que contarnos! ¿Cómo está la bruja de tu prima? ¿Y tus padres? ¿Siguen viajando por el mundo?

Esa, recordó, era la diferencia entre Paul y Crispin. Paul siempre quería enterarse de los cotilleos. A Crispin le parecía que la charla insustancial era una pérdida de tiempo. Katie había echado eso en falta, estar tumbados en la cama, asesinando a sus conocidos, riéndose de sus compañeros de trabajo, analizando el carácter disoluto de Jess.

—Todos están bien —contestó—. Mis padres están en Alaska, y a Jess acaban de partirle el corazón...

—¡A esa rompepelotas! ¡No!

Katie se bebió su daiquiri, y luego otro. Consultó su reloj. Había pasado una hora.

—Te dije que no podrías resistirte.

—He quedado a las ocho y media —mintió—. Así que aún me queda algo de tiempo. Pero si estás ocupado...

Él le puso la mano en el brazo y Katie notó aquel viejo hormigueo tan familiar entre las piernas.

—No tengo nada que hacer —dijo.

Katie decidió que tomaría un último daiquiri. Paul iba por la cuarta cerveza. Estaba un poco mareada pero, qué demonios, se estaba poniendo al día con un viejo amigo, demostrando que un pasado turbio podía convertirse en un dulce presente.

Le habló a Paul de Rebecca, Jenny y Ally, de lo de la limpieza, y él se moría de risa y le dijo que era la historia más divertida que había escuchado nunca.

—Rebecca es australiana, ¿no? —le preguntó Paul—. ¿De dónde?

—Oh, de Sydney, creo. Pero hace años que vive aquí.

Fue al servicio y volvió con el cuarto daiquiri para ella.

—¿Y qué me dices de tu hombre misterioso? —inquirió, arqueando una ceja de forma sugerente—. ¿No vas a decirme quién es?

—No, si no no sería misterioso.

—Oh, vamos, Katie. —Se inclinó más hacia ella—. Necesito saber quién es mi rival.

—Bueno, se llama Crispin. Pero... en realidad hemos roto.

Paul casi se atraganta conteniendo la risa.

—Lo siento, Katie. No es muy propio de una adiestradora de amor.

—Lo sé —concedió ella—. Y no lo sientas. No funcionaba, y punto.

—¿Crispin qué? ¿Lo conozco?

—McKeith —contestó ella con gesto ausente—. Y no, no lo conoces. De todos modos, ¿qué tal tú? ¿Cómo te va la vida? ¿Y el trabajo?

Paul se inclinó, como si se estuviese atando el cordón de un zapato, y en ese momento se incorporó.

—El trabajo me va muy bien. Ahora trabajo como freelance, y hago muchos encargos para los medios de comunicación estadounidenses, tanto televisión como radio. Y también escribo para algunos periódicos.

—Es genial —dijo ella sinceramente. Hubiera querido odiarlo, pero se alegraba por él, al igual que se alegraba siempre cuando los demás tenían buenas noticias—. ¿Aún vives cerca de la playa?

—Todavía, sí.

—¿Y qué haces aquí exactamente? —Paul fue bastante impreciso cuando ella se lo preguntó antes.

Él se sonrojó.

—Bueno, en realidad estaba pensando en volver a casa. Así que me he entrevistado con gente de la radio y los diarios, para tantear qué puestos hay disponibles.

Paul volvía a casa.

—Así que te han echado por crímenes contra el culto al cuerpo...

—Y por ser totalmente incapaz de aprender a hacer surf. Esas olas son enormes, Katie. Me dan miedo.

—Miedoso —dijo ella riendo.

—Y me asustan los tiburones —susurró Paul, bajando la voz—. Ya sabes, como la película. Tin ton, tin ton, tin ton. —Y con la mano imitó el movimiento de la aleta de un tiburón mientras abría los ojos con una exagerada expresión de terror.

No tenía tanta gracia, pero Katie estaba un poco bebida y se echó a reír.

Paul se inclinó hacia delante y le acarició el rostro con suavidad.

—Siempre nos hemos divertido juntos —dijo.

Y a Katie le salió. Como esa vez que le dijo que le quería.

—Te he echado mucho de menos.

Paul sonrió.

—Yo también.

Y de pronto se encontraron besándose en el rincón del bar del hotel Charlotte Street.

—No —dijo Katie apartándolo.

—Katie —hizo él con voz ahogada.

Volvieron a besarse y, al poco, Paul dijo.

—Sube a mi habitación.

50

Subieron en el ascensor donde siguieron besándose y recorrieron el pasillo dando tumbos, con los labios pegados como moluscos. Paul se metió la mano en el bolsillo buscando la tarjeta de la puerta y, aún abrazados, entraron dando traspiés en la habitación y cayeron sobre la cama, acariciándose, aspirando el sabor y el olor casi olvidado del cuerpo del otro.

Tenía a Paul encima de ella, y notaba la erección contra su pierna, pero por un momento él se detuvo y la miró con intensidad a los ojos. Fue como volver a revivir aquella noche en el motel Brewer, hacía tantos años, cuando volvían de Dorset. Fue la primera vez que Katie le dijo que le quería. En aquel entonces pensó que Paul estaba desbordado por la emoción. No fue hasta mucho después cuando comprendió que aquella mirada era de culpabilidad.

Por un momento Katie sintió pánico. ¿Qué demonios hacía allí, con aquel hombre? Pero entonces él empezó a empujar lentamente dentro de ella. Katie dio un pequeño grito y luego gimió.

Te quiero, Paul, siempre te he querido, vas a volver, vamos a estar juntos otra vez. Hacía mucho tiempo que no se sentía así.

—Para seguir con la metáfora de los perros —dijo él jadeando—. Katie Wallace, eres una perra sexy.

Cuando terminaron, él la besó en el cuello.

—Gracias —murmuró. Y se durmió enseguida. Katie se tumbó de lado y se quedó mirando aquel rostro regordete. Un millón de emociones se debatían en su interior. De pronto se sintió agotada. Paul siempre había tenido ese efecto en ella.

Los dos durmieron alrededor de una hora.

—Me muero de hambre —dijo Katie cuando despertaron.

—Pediremos al servicio de habitaciones que nos suban algo.

Paul pidió tortillas francesas y una botella de champán.

—Es un hotel caro —dijo Katie, ojeando ociosamente el menú—. Debe de irte muy bien si puedes permitirte estar aquí.

Paul no dijo nada; se limitó a sonreír vagamente.

Cuando terminaron de comer era medianoche. Volvieron a hacer el amor, pero esta vez más despacio, sobre la alfombra. Por la mañana Katie tendría rozaduras por todo el cuerpo, pero no importaba.

—¿Me quedo? —susurró Katie cuando terminaron, tumbada sobre la espalda y mirando con gesto soñador al techo.

Paul pareció dolorido.

—Bueno —dijo—. No quiero ser desagradable, pero quizá sea mejor que te vayas. Tengo que levantarme temprano, sabes...

Katie experimentó una repentina punzada de alerta.

—Bueno, yo también tengo que levantarme temprano.

—Lo sé —dijo él con una risita barboteante. Katie había olvidado lo irritante que era su risa. Luego sonrió—. Claro que puedes quedarte, si quieres.

Pero Katie ya se había levantado de la cama y se estaba vistiendo.

—No, me voy. Tengo cosas que hacer mañana... —Notaba que el cuello se le enrojecía por la humillación. Cogió un cepillo de su bolso y se cepilló los rizos.

Paul se había puesto su bata y la miraba algo nervioso.

—¿Estás enfadada? —le preguntó.

—No, no. —Hizo un gran esfuerzo por mantener una

voz tranquila. Solo ha sido una aventura de una noche, le decía una vocecita en su cabeza.

Era lo mismo que sentía cuando las luces se encendían al final de una película muy buena y se daba cuenta de que en vez de estar inmersa en un mundo de ensueño se encontraba en un cine ruinoso, con manchas de Coca-Cola en la moqueta y envases de comida de poliestireno tirados por todas partes.

Paul había hecho el amor con ella porque la tenía cerca. Se encontraba solo en Londres, tenía ganas de sexo y sabía que podía disponer de ella cuando quisiera. Siempre supo cómo utilizarla, como si fuera un par de maracas.

Paul no la quería. Ni la quería entonces ni la quería ahora. Y ella tampoco lo quería. Pero había malgastado muchos años de su vida esperándolo, viviendo en un vacío emocional, hiriendo al pobre Crispin, sin ser capaz de seguir con su vida.

Nunca se había sentido tan estúpida.

El instinto de supervivencia entró en acción. Tenía que salir de allí. Y debía hacerlo con dignidad. Una vez fuera, podía venirse abajo, tirarse al suelo y ponerse a patalear.

Pero no pensaba darle a ese cabrón de Paul Grant la satisfacción de saber el daño que le había hecho.

Le dio un beso fugaz en la mejilla.

—Bueno, ha sido agradable volver a vernos —le dijo, y se volvió hacia la puerta.

—Espera un momento —dijo él, interponiéndose entre ella y la puerta. Y en ese momento el teléfono empezó a sonar.

—¡Oh, mierda!

—¿No piensas contestar?

—No, no es importante.

El teléfono calló, pero volvió a sonar enseguida.

—Paul —dijo Katie, que empezaba a comprender—. ¿Quién está tratando de localizarte?

—¿Cómo voy a saberlo? —De pronto su voz era áspera.

—Bueno, no creo que haya mucha gente que te llame a tu habitación a medianoche.

—Katie, será alguien que llama de Los Ángeles, allí es por la tarde.

—Claro. Tienes que contestar. —Colocó la mano en el pomo de la puerta—. Adiós.

—¡Por favor!

—Contesta al teléfono.

Él cogió el auricular.

—¿Diga? Oh, hola. —Trataba de aparentar tranquilidad—. No, lo siento, estaba en la ducha. Acabo de salir. He tenido un día muy duro... No, ha ido bien. Escucha, cariño, los del servicio de habitaciones están llamando a la puerta. Te llamo dentro de un rato. Sí, yo también. Adiós.

—¿Cariño?

—Katie, ven y siéntate. —Y dio unas palmaditas junto a él.

—No quiero sentarme. —Y se abrazó en un gesto protector—. ¿Cómo se llama tu novia, Paul?

Él se miró los pies.

—En realidad, es mi prometida.

Katie sintió pena por aquella desconocida que estaba a dieciséis mil kilómetros de allí, experimentando el mismo torbellino de emociones que en otro tiempo vivió ella.

—¿Y qué hacías en la cama conmigo?

—No era mi intención. Ha pasado y ya está.

—¡No era tu intención! Me has hecho beber muchísimo. Querías emborracharme y follarme.

—Es que estabas tan guapa... —dijo él rozándole el brazo—. Y ha sido bonito volver a verte.

—Pero ¿para qué querías verme, Paul? ¿Porque soy famosa? —Era un golpe bajo, y le sorprendió ver que él se encogía.

—Te vi en el periódico —dijo con un hilo de voz—. Y recordé lo maravillosa que eras.

Katie nunca supo por qué se le había ocurrido aquello. Lo único que recordaba era que sus ojos fueron directos al suelo, donde estaban tirados los pantalones de Paul, liados con la camisa y el cinturón. Un pequeño cuaderno sobresalía de uno de los bolsillos. Katie fue hasta los pantalones y cogió el cuaderno.

Allí, en grandes letras, estaban sus anotaciones. *Rebecca G — Sidney. Jenny — chiflada. Ally — con un casado*. Y después, con letra apresurada *Crispin McKeith — roto*.

—¿Qué coño es esto? —Intentaba evitar que le temblara la voz.

Paul apoyó la cabeza entre las manos. El teléfono empezó a sonar otra vez. Él lo cogió bruscamente.

—¿Diga? Cariño, hola... Lo siento... No, es que estaba hablando por la otra línea... Mamá... Sí, es tarde... tiene insomnio. Te llamo en cinco minutos, te lo prometo. —Y colgó bruscamente.

»Katie, lo siento —dijo.

—Has estado tomando notas sobre lo que hago. Pensabas escribir un artículo.

Él no dijo nada.

—Me has llamado porque estás tratando de hacerte un nombre aquí y decidiste escribir un artículo sobre mí. ¿Por qué no me lo has dicho, Paul? ¿Por qué has tenido que actuar a mis espaldas?

Silencio.

Katie hojeó el cuaderno. En la cubierta interior, había escrito «Harry Knox, artículos, *Sunday Standard*», y un número de teléfono.

—¿Ibas a escribir algo para el *Sunday Standard*?

Él asintió con pesar.

—Adiós, Paul —dijo Katie metiendo el cuaderno en su bolso—. Espero no volver a verte.

Cerró la puerta y, con las piernas pesadas, se encaminó hacia el pasillo para coger el ascensor.

Sin saber muy bien cómo, encontró un taxi y volvió a casa. El piso estaba a oscuras y entró sigilosamente en su habitación. Se pasó la noche tendida en la cama, hecha un ovillo. Las primeras dos horas estuvo gimiendo con la colcha metida en la boca, hasta que sintió que tenía la garganta rasposa y los ojos escocidos. Luego los gemidos se convirtieron en suaves sollozos.

La última vez que vio a Paul pensó que había experimentado lo que era el dolor, pero lo que acababa de ocurrirle estaba en un nivel diferente. Lo único que podía compararse a ese sentimiento fue lo que sintió cuando dejó a Crispin. Oh, Dios ¿cómo debió de vivirlo él? ¿Cómo era posible que lo hubiera complicado todo de esa manera?

Katie se sentía como una versión deformada del cuento de la Bella Durmiente. Se había pasado los últimos años en coma, negándose a sentir dolor. Pero el príncipe malvado había aparecido y la había besado, y con su beso la anestesia se desvaneció y ella volvía a estar completamente despierta al mundo y al mal que habitaba en él.

Volvía a sentirse humana. Y no estaba segura de que eso le gustara.

Oh, Dios mío, ¿cómo hacen los humanos para sobrellevar sus vidas? Y lo único que había hecho había sido acostarse con un hombre malo. ¿Cómo era posible que fuera tan débil para que unas pocas horas pasadas con Paul provocaran en ella ese efecto? ¿Qué pasaría cuando tuviera que enfrentarse a algo realmente terrible como la enfermedad o la muerte?

Eres patética, pensó reprendiéndose, y lloró más.

Al amanecer, Jess abrió la puerta.

—¿No has tenido buena noche? —preguntó con suavidad.

Ella negó con la cabeza y se puso a llorar otra vez. Entre sollozos, contó lo que había sucedido. Jess estaba horrorizada. Al final abrazó a Katie.

—Paul es un gusano —le dijo con ternura—. No se merece ni que le escupas.

—Me siento tan idiota... —dijo Katie sollozando.

—Pues no lo sientas. A todos nos engañan en algún momento. Es como querer convencerse de que Guy Ritchie y Madonna están felizmente casados. Tienes tantas ganas de que lo sean que te niegas a ver la verdad.

Katie trató de reír, pero la risita se convirtió en sollozo.

—Yo creía que podía controlarlo...

—Eh, que todos hemos pasado por lo mismo. Todos pensamos alguna vez que podíamos cambiar las cosas. Que las reglas no nos afectaban. —Jess le acarició el pelo—. Te sentirás muy triste durante un tiempo. Pero lo superarás.

—No. Nunca. Menuda adiestradora de amor...

—Siempre resulta más fácil aconsejar a los otros.

¿Desde cuándo Jess se había vuelto tranquila y sabia? Era como si se hubieran invertido los papeles. En realidad, a Katie no le importaba, se sentía bastante serena, allí tumbada, escuchando la voz tranquilizadora de Jess. Pero entonces pensó en la noche anterior, cuando besaba apasionadamente el rostro y el cuerpo desnudo de Paul, y se sintió terriblemente desdichada.

—Ahora duerme. ¿Quieres un Valium? Aún me quedan algunos de mi viaje a Tailandia.

Katie se tomó uno, pero sus sueños fueron agitados y disparatados.

51

Ally leyó los artículos que se publicaron sobre la adiestradora de amor, y Jon también, mirando con sorna la forma tan absurda que tenía la gente de malgastar su dinero.

—Es su dinero, pueden hacer lo que quieran con él —le dijo Ally en una ocasión.

—Tendrían que donarlo para obras de caridad —replicó Jon. Dio unas palmaditas en el sofá—. Ven y siéntate a mi lado.

Pero Ally había estado leyendo las normas de Katie: «No respondas a las peticiones de atención y afecto de tu perro. La persona que lleva las riendas solo es afectuosa cuando ella lo decide».

—Venga, Al —gimoteó él—. Ven y nos ponemos cariñosos.

—No, tengo cosas que hacer —dijo Ally, y se fue del salón.

Subió a su habitación y estuvo leyendo un par de horas. Cuando bajó, Jon estuvo muy atento.

—¿Quieres que veamos Newsnight o prefieres otra cosa? —le preguntó. Él nunca le preguntaba.

—Oh, mejor otra cosa —dijo ella. Cogió el mando a distancia y empezó a pasar canales.

—Esto está bien —dijo al encontrar un documental sobre famosos enganchados a las drogas. Era el tipo de programa que Jon detestaba.

Ally recordó otra norma: «Cuando tu perro se porta bien, entonces tienes que recompensarlo. Espera a que esté tranquilo y entonces acércate y lo premias».

Ally se inclinó y besó a Jon en la oreja.

—Estás guapo —musitó.

—¿Ah, sí? Gracias. —Sonrió y se volvió hacia ella—. Pero este programa es una porquería.

Ella le devolvió la sonrisa.

—Lo sé. Pero es la clase de porquería que me gusta ver.

—Vale. Yo me voy a la cama.

El único fallo en aquella velada, por lo demás perfecta, era que, cuando Ally subió a la cama, Jon ya estaba dormido.

Aun así, Ally estaba satisfecha con el consejo que le había dado la adiestradora de amor. Y la aliviaba pensar que ya no necesitaba abandonar a Jon. Aunque sabía que Katie tenía razón y que aún podía conocer a alguien, la idea de tener que buscar a otra persona la aterraba. No, era mejor arrastrarse por la vida como si estuviera al borde de un precipicio que se desintegra. Si daba un paso en falso, caería al abismo.

Enumeraría sus virtudes. Muy bien, Jon podía ser un gruñón, pero también sabía comportarse como un compañero. La escuchaba cuando necesitaba desahogarse después del trabajo... aunque no dejara de despotricar contra la sociedad capitalista. La acompañaba a las fiestas, aunque siempre quería que se fueran pronto. La esperaba cuando volvía tarde a casa... aunque a veces salía a buscarla y se la llevaba a rastras. Se podía ir con él de vacaciones, aunque en realidad nunca habían tenido unas vacaciones como Dios manda, porque cada vez que él tenía tiempo debían visitar a sus hijas.

Se podía ver la tele con él, pensó ligeramente contenta. Bueno, al menos en ese campo habían hecho progresos.

Y además, era lo más importante de todo, pronto le daría un hijo.

Jon sería un padre estupendo. Y un gran hombre de su casa. Y ahora esperaba enseñarle que un perro que ladra mucho muerde poco.

Katie pasó el resto de la semana como entumecida. Aparte de alguna salida puntual y necesaria a la tienda, se quedó en casa, hecha un ovillo en la cama, destrozada por la pena. Se sentía como si un vampiro le hubiera chupado toda la sangre.

Rebecca estuvo increíblemente amable con ella.

—Ronan me ha dicho que estás pasando un mal momento —le decía en un mensaje—. No te preocupes por nada.

El sábado, ella y Jess se instalaron en el sofá y disfrutaron de una sesión continua de buenas películas. Ronan estaba fuera —extrañamente—, había ido con un amigo a España.

—Espero que moje algo —dijo Katie.

—No ha estado con ninguna mujer desde Suzy —comentó Jess suspirando.

Katie sonrió.

—Me sorprende que la experiencia no lo haya animado a hacerse cura.

Ese día se acostó sintiéndose un poco mejor. El domingo, se levantó a las once y fue a la cocina en pijama.

Jess estaba sentada a la mesa, con expresión solemne.

—Más malas noticias —le dijo.

Y le pasó el periódico. El *Sunday Standard*, página nueve. Allí aparecía una fotografía en blanco y negro de un hombre atractivo que abría la puerta de entrada de un edificio. Miraba por encima del hombro a la cámara, con expresión muy molesta.

—Oh, Dios —jadeó Katie—. Es Crispin.

Al lado aparecía una fotografía de Katie en la que estaba especialmente fea. El pie de foto decía «mentirosa».

Katie leyó el artículo, *Adiestradora de amor en Desastre de Amor*. Firmaba Dee Padfield, la buena y comprensiva de Dee, que la había abrazado y le había deseado suerte.

> La entrenadora de amor, Katie Wallace, afirma que debe su felicidad a un hombre misterioso.

Pero *The Sunday Standard* puede revelar de forma concluyente que Katie nunca ha estado más sola.

Esta es una fotografía del ex novio de Katie, Crispin McKeith, de treinta y dos años. En una sincera charla con él, confesó que han roto hace una semana y que la mujer que dice saber exactamente cómo manejar a un hombre le ha suplicado que la deje volver a su lado.

Ayer, Crispin, abogado y amante de Katie durante tres años, dijo: «Entre Katie y yo todo ha terminado. No sé si alguna vez volveré a verla». A la entrada de su lujosa residencia en Islington, Londres Norte, el abogado añadió: «Me ha mentido tantas veces que ya no sé qué creer».

Katie, de veintinueve años, de Elephant and Castle, Londres Sur, tiene una columna en la revista *Seduce!* en la que dice a sus lectoras cómo «conseguir y conservar a un hombre». Se cree que está a punto de firmar un acuerdo para publicar un libro en Howard y Otter por valor de un millón de libras. Un portavoz de la empresa ha declarado: «Vamos a reconsiderar la situación».

La señorita Wallace no ha querido hacer ninguna declaración.

Jess la observaba.

—Lo siento —le dijo.

—No es culpa tuya. —Y para su sorpresa, Katie se puso a reír como una histérica—. El muy cabrón lo ha vendido al *Sunday Standard*. ¿Es posible que mi vida vaya peor?

—¡Qué cerdo! —dijo Jess, arrugando la nariz de indignación—. No estará a salvo en ningún sitio. Pienso buscarlo hasta el último rincón del mundo y cuando lo encuentre le haré picadillo y le daré los trocitos a los leones del zoo.

A Katie le temblaban las manos.

—Pero si me llevé su libreta de notas... Debe de haberlo redactado de memoria. ¿Ha llamado Rebecca? —preguntó; de pronto sintió miedo.

Jess negó con la cabeza.

—Oh.

Y en ese momento el teléfono dio un timbrazo. Las dos se sobresaltaron. Volvió a sonar. Jess contestó.

—¿Diga? —dijo con recelo—. ¿Sí? ¿De parte de quién, por favor? —Se volvió hacia Katie, que tenía los ojos muy abiertos por la alarma—. Ben Graham —gesticuló la otra con la boca.

¿Ben Graham? Por un momento, Katie no supo de quién se trataba. Y entonces recordó. ¡Ben! Ben, que no veía con buenos ojos lo que hacía, cuyas sospechas sobre ella habían resultado ser ciertas.

Sintió como si un pájaro estuviera aleteando con violencia en el interior de su pecho. Negó con la cabeza.

—Dile que no estoy —susurró.

—Lo siento, pero ha salido —dijo Jess en un tono algo forzado—. Muy bien. Gracias. Se lo diré. Adiós. —Volvió a dejar el auricular en su sitio—. Probará con el móvil. —Y justo en ese momento su móvil empezó a sonar.

Katie se levantó y vio cómo vibraba sobre la mesa.

—Creo que deberías contestar, Kate —dijo Jess con suavidad.

—¿Tú crees? —Katie la miró aterrada. Jess pasó a su lado, apretó Aceptar llamada y le puso el móvil en la mano.

—¿Ho... hola?

—¡Katie! —No era Ben. Era una mujer. Mierda.

—Ah, hola, Suzy.

—Deduzco que ya has leído el *Sunday Standard.*

—Me temo que sí.

—¿De verdad habéis roto tú y Crispin?

—Bueno. Sí. No. Nos hemos dado... un tiempo. Una separación temporal.

—Oh —dijo Suzy. Katie se preparó para una buena reprimenda, pero en vez de eso, Suzy dijo—: Bueno, lamento oír eso.

—Gr... gracias.

Suzy lanzó una risotada.

—Bueno, debo decir que al menos nos estás haciendo

mucha publicidad. Cuando recibamos el informe sobre el número de veces que has aparecido en la prensa nacional este mes, seguro que habrás superado la media.

—Oh.

—Y creo que podría sacarse un buen artículo de esto. «Yo enseñaba a amar a los otros, y mientras mi corazón estaba destrozado.» Algo así.

Ni en un millón de años.

—Sí. Estaría bien. —Katie se distrajo momentáneamente por el parpadeo de la llamada en espera.

—¿Te ha llamado Rebecca?

—Mmm. Todavía no.

—Bueno, tampoco es tan raro. Está en Mallorca.

¿Ah, sí? Katie no tenía ni idea.

—Oh, claro, es verdad. Pero su teléfono le funciona en Mallorca, ¿no?

—Sí, pero está en un balneario, ¿recuerdas? Así que seguramente lo tiene apagado. Y con un poco de suerte no habrá visto aún los periódicos.

La señal de llamada en espera seguía parpadeando, y mientras Jess daba largas por la línea fija.

—No, tía Minette, se ha ido. Puedes probar en el móvil. Oh, salta directamente a buzón de voz. ¿Y cómo va por Alaska? ¿De verdad? ¿Osos polares? ¡No!

—Bueno, lo discutiremos en la oficina —dijo Suzy—. Y entonces valoraremos los daños. Mientras tanto, no contestes ninguna llamada de los medios. Remítelos todos a nuestra oficina de prensa. ¿Tienes un bolígrafo? Te daré el número.

Katie lo apuntó.

—Por cierto, Katie —dijo Suzy de pronto con voz mucho menos segura—. Quería preguntarte algo sobre perros.

—¿Sí?

—¿Un perro con pedigrí es mejor que uno cruzado?

Katie no entendió a qué venía la pregunta. Pero conocía la respuesta.

—No necesariamente. Los que tienen pedigrí pueden parecer mejores porque se adaptan a un canon de belleza. Pero con frecuencia están completamente locos. Ya sabes, tantos años de consanguineidad. ... Los mestizos suelen tener mejor carácter, son listos y viven mucho más. Mi abuela tenía un mestizo adorable. Se llamaba Penny.

—¿De verdad? —dijo Suzy en un tono algo áspero—. Bueno, gracias por el consejo, Katie. Era... era solo por saberlo.

Qué más da, pensó Katie al colgar. Jess estaba plantada delante, agitando una lista.

—Nos han llamado del *Sun*, el *Mirror*, el *Mail*, el *Express*, el *Daily Standard*... ¡Oh, mierda! —exclamó porque el teléfono se puso a sonar otra vez—. Y tu madre, y mi madre.

Katie miró su móvil. Tenía un mensaje de texto. No conocía el número.

Mejor abrirlo. Con un poco de suerte, sería de alguna línea erótica sueca.

«Siento que hayas tenido problemas. Rebecca está fuera está semana, así que lo solucionaré yo. Tenemos que hablar. Ben Graham.»

—Será mejor que le llame —Katie suspiró. Pero entonces se acordó.

¡Crispin! Él era la persona que más importaba en todo aquello. ¿Qué estaría pensando? ¿Podía ser ella más mala de lo que ya era? ¿Qué iba a hacer?

Le mandó un mensaje de texto.

«Lo lamento más de lo que imaginas. Perdóname, por favor, aunque sé que no lo merezco + – < >.»

La respuesta llegó enseguida.

«Puedo perdonarte. ¿Podemos vernos esta noche?»

Los ojos de Katie volvieron a llenarse de lágrimas. Le contestó.

«Esta noche está bien.»

Tardó una hora en reunir el valor para llamar a Ben.

Fue muy amable.

—Estas cosas ocurren —le dijo él—. Aunque tenías que haberle dicho a Rebecca que habías roto con Crispin. El *Sunday Standard* decidió atacar porque nosotros no hacíamos más que evitarlos, con la excusa de que no podías conceder una entrevista. Por desgracia, las cosas funcionan así.

—Ben, lo siento mucho. Lo he estropeado todo.

—Katie, por favor, no te preocupes. —Sonaba como si realmente lo sintiera—. Nosotros somos tan culpables como tú. No tendríamos que haberte puesto en manos de la prensa.

—No, la culpa es mía por tratar de controlarlo todo.

Ben no hizo caso.

—Todo el mundo anda loco tratando de localizarte. Tara les ha dicho que estás en el campo. Tendríamos que vernos y decidir lo que vamos a hacer.

Katie, que andaba de un lado al otro de la habitación, se acercó inmediatamente al espejo para ver cómo llevaba el pelo.

—¿Te va bien esta noche? —preguntó Ben.

—¡Esta noche! ¡Oh, no puedo! Tengo que ver a Crispin. Para disculparme.

Hubo una pausa.

—Lo entiendo —dijo—. Pero tenemos que discutir con calma todo esto.

—¿Y mañana por la mañana?

—Mañana tengo reuniones todo el día. Deberá ser después del trabajo. Pásate por la oficina y nos vamos al pub a tomar algo. ¿Hacia las siete?

—Bien —dijo Katie, dando gracias al cielo porque aún tenía un día para arreglarse el pelo—. ¿Crees que debo llamar a Rebecca? No sabía que se iba de vacaciones —dijo en tono lastimero.

Ben hizo otra pausa.

—No. No. Yo hablaré con ella. Se ha tomado un pequeño descanso y no quiero agobiarla.

Bueno, al menos había podido librarse de ese compromiso.

—Bueno, te veo mañana.

—Hasta mañana. Y ánimo, Katie. Esto es pan comido.

Crispin la esperaba en un pub que había cerca de su casa. Se le veía más delgado, más pálido y enjuto. Se dio cuenta de que empezaban a salirle canas en las sienes. Se sentaron en un reservado al fondo del local. Él se estaba bebiendo una cerveza. Katie se echó al coleto su vaso de vino tinto con el mismo entusiasmo.

—Siento mucho lo del *Sunday Standard* —le dijo Crispin—. Se presentaron en mi casa cuando yo salía para el trabajo el viernes por la mañana. No tenía ni idea de lo que estaba ocurriendo. No debí decirles nada.

—No importa —dijo Katie—. Es culpa mía.

—No sé cómo me han encontrado.

—Rebecca dice que la prensa siempre consigue lo que quiere. Son terribles.

Él asintió con gesto agrio y, al mirarla, le dedicó su sonrisa más dulce y afectuosa.

Y Katie supo que aún conservaba las esperanzas. Que pensaba que con aquello lograría que volvieran a estar juntos. Tenía que ser sincera con él.

Se sentía como si hasta ese momento hubiera tenido el corazón pegado con velcro. Y ahora poco a poco se estaba resquebrajando.

—Crispin —dijo, dando un largo trago—. He hecho algo terrible. Durante tres años te hice creer que eras el hombre perfecto, aunque en el fondo de mi corazón yo sabía que no estábamos hechos el uno para el otro.

Él la miró con expresión incrédula.

—Pero, Katie, estábamos bien juntos. Yo creía que seríamos una pareja para siempre.

La noche que pasó con Paul fue terrible, pero esto era mucho, mucho peor.

—Eres un hombre maravilloso, amable, inteligente y guapo. Y sé que ahí fuera hay una chica que tendrá la suerte de conseguir tu amor. Seguramente la envidiaré. Pero esa chica no soy yo.

—Oh, Dios mío. —Crispin parecía desconcertado—. Pensaba que volveríamos a estar juntos.

Katie negó con la cabeza.

—Te he hecho perder tu tiempo, Crispin —dijo ella sinceramente—. Estaba enamorada de otro hombre y te utilicé para olvidarme de él. Eras guapo e inteligente y te portabas bien conmigo, y pensé que eso sería suficiente. Pero me equivocaba. No lo es. Lo que siento por ti no es un sentimiento lo bastante fuerte, Crispin, y sé que podría sentirlo por otra persona. Si sigo con esta relación no seré justa ni contigo ni conmigo. Porque tú necesitas a alguien que te quiera de verdad.

Sonaba tan absurdo, siempre ocurría lo mismo. Se merecía que la metieran en la cárcel por haber herido a un hombre tan adorable y bueno.

Crispin siempre conservaba la calma, era una de las cosas que le gustaban de él. Pero esta vez la cogió de la mano y la sujetó con fuerza.

—Si he hecho algo mal, intentaré mejorar.

Ella sonrió con tristeza.

—Crispin, tú no has hecho nada mal.

—A lo mejor cambias de opinión —dijo él esperanzado.

—No lo haré —contestó ella angustiada.

—Pero ¿podemos ser amigos? —Tenía una expresión tan desolada que Katie pensó que no podría soportarlo. La tentación de mentir, de decir que todo iría bien era abrumadora. Pero no podía hacer eso. Estaba haciendo pasar a Crispin por una situación muy dolorosa... ¿por qué hacer algo solo para sentirse mejor consigo misma?

—Quizá algún día seamos amigos, pero ahora no. Al menos durante un tiempo. Necesitas estar solo para recuperarte. Verme te haría concebir falsas esperanzas. Y lo haría todo mucho más difícil. —Había fracasado del todo como adiestradora de amor, pero al menos recordaba las normas para romper con otra persona.

De pronto, el aire derrotado de Crispin se convirtió en rabia.

—No puedo creerlo, Katie. Estás cometiendo un terrible error. Te arrepentirás de esto toda tu vida.

Acabarás por darte cuenta de que esto ha sido lo mejor para los dos. Lo pensó, pero no lo dijo. En vez de eso, se quedó sentada, mirándose las manos.

—Adiós, Katie.

—Adiós, Crispin. —Lo vio salir con paso rígido del pub y supo que jamás volvería a verlo.

»Lo siento —musitó. ¿Podría dejar alguna vez de disculparse?, pensó, y lloró, en silencio, por el pobre Crispin, que la había querido y a quien ella nunca correspondió. El sentimiento de culpa se mezclaba con un inmenso alivio. Lo había hecho. Se había acabado. Ya no habría otra oportunidad.

52

A la mañana siguiente, después de derramar muchas lágrimas, Katie despertó. Pensó en lo que había sucedido aquella noche, y luego se preguntó con temor en lo que le deparaba ese día.

Ben. Ben, que siempre la había mirado con severidad y talante desaprobador, que le había hablado con tanta amabilidad el día antes por teléfono, pero que evidentemente la consideraba una completa idiota. Y tenía razón. Era una idiota.

Y lo que más le fastidiaba era que a pesar de todo le preocupaba mucho el aspecto que tendría esa noche.

Jess salió y compró todos los periódicos. Había pequeñas historias sobre ella y Crispin en el *Daily Mail* y el *Sun*, pero nada que no hubiera leído el día antes. Katie remitió los números de todos los periodistas que la llamaron a la oficina de prensa de *Seduce!*, y era evidente que los habían despistado con alguna explicación. Y ahora los teléfonos estaban inquietantemente silenciosos. De alguna forma el tiempo pasó; un largo baño, un poco de televisión, un rato leyendo una novela de detectives. Casi deseó poder ir a casa de Rebecca a limpiar. Pero aquella semana Rebecca ni siquiera estaba allí... por eso Ronan tenía vacaciones.

Finalmente llegaron las cinco de la tarde. Hora de salir. Bien, la verdad es que nunca había tardado dos horas en llegar a Greenhall y Graham, pero con los problemas que tenía últimamente, seguro que hoy el transporte público no funcionaba bien. Sentía un nudo en la garganta por la expectación. Comprobó su aspecto en el espejo.

—No seas infantil —le dijo a su reflejo—. Solo se trata de trabajo, de cómo la cagaste al contarle al taimado de tu ex novio todos tus secretos, que luego él vendió a un periódico.

Pero aun así estaba bastante guapa. Sus rizos tenían una caída perfecta y se le veían las facciones luminosas. Llevaba un jersey rojo con cuello de pico y una falda negra de tubo. Como siempre, nada excesivamente sexy, pero sí muy ceñido.

Te vas a acostar con Ben, le dijo una vocecita. No, claro que no, repuso otra. ¿Después de lo que ha pasado con Paul? ¿Estás loca? Nunca volveré a acostarme con ningún hombre.

De acuerdo, concedió la primera voz, puede que no sea esta noche. Pero algún día lo harás. Es inevitable. Es el destino.

Katie explotó y, en voz alta, dijo:

—No existe el destino.

—Otra vez hablando sola —dijo Jess, asomando la cabeza—. Es el primer indicio de senilidad.

—Bueno, de todos modos ya tengo los salvaslips para la incontinencia urinaria, así que ¿qué más da?

Jess la miró de arriba abajo.

—¡Uau! ¡Mírate! —exclamó con un silbido—. ¿Adónde vas?

—A una reunión de negocios. Estoy tratando de evitar que me echen la bronca.

Jess se rió.

—Bueno, no creo que tengas problemas con eso. Estás fantástica. Ningún hombre podría resistirse.

Katie llegó demasiado pronto a la parada de metro de Bond Street, y al final pasó casi una hora mirando escaparates por Oxford Street, hasta que empezó a oscurecer.

Al llegar a las oficinas, experimentó una desagradable sensación de *déjà vu* al recordar su primera entrevista con Rebecca. Esta estaba de vacaciones, así que Ben podría decirle libremente que se olvidara de toda aquella payasada de la adiestradora de amor.

Tendría que haber aceptado el trabajo para la cadena de pizzerías.

—Hola, Katie —dijo Tara saludándola cuando entró con paso inseguro en la oficina—. ¿Cómo va? Todos estamos muy orgullosos de ti. —Y le indicó con el gesto que tomara asiento en el sofá de cuero color chocolate del rincón—. Ben está hablando por teléfono, pero en cinco minutos lo tienes contigo.

Katie lo vio a través del cristal. Iba vestido con traje y corbata, y su expresión era seria. Una o dos veces golpeó la mesa con el puño. Pero entonces levantó la vista y vio a Katie, y le sonrió.

«Cinco minutos», gesticuló con la boca. Ella asintió, también sonriendo. Ben no parecía furioso. Era como cuando una aspirina hace efecto. De pronto todo iba mejor.

—Perdona —dijo Ben al salir de su despacho. Katie se levantó. Se produjo una situación incómoda, porque él se inclinó para darle un beso y ella se apartó. Los dos se quedaron parados y sonrieron.

—Como Rebecca está fuera, estoy bastante ocupado —le explicó.

—Lo imagino. —Katie, si no eres capaz de decir nada interesante, ¿por qué no tienes la boca cerrada?

—Bueno. ¿Te parece... que vayamos al pub? ¿O prefieres picar algo? Me muero de hambre, y hay un buen tailandés en la esquina y... —no terminó la frase—. ¿Has comido ya?

—No, no he comido —dijo Katie. Creo que él también está nervioso, pensó sorprendida, y una sensación de poder se agitó en su interior.

Bajaron algo incómodos en el ascensor, sin mirarse a los ojos. Ya en la calle, Ben caminó con rapidez, volvió la esquina y entraron en un restaurante con la fachada rosa. Dentro estaba oscuro; había velas en las mesas y se notaba un olor especialmente desagradable a incienso.

—¿Te gusta el sitio? —le preguntó Ben. El sudor le brillaba en la frente.

—Es estupendo —dijo ella en un tono cordial.

Se sentaron. Ben pidió una botella de tinto y un montón de comida.

—Así que vives en Elephant, ¿no? ¿Te gusta la zona?

—Está bien —contestó ella—. Muy útil si te gustan los pinchitos. Tenemos una tienda en la planta baja.

—Yo vivo en Camberwell.

—Ah, ¿de verdad? Allí es donde vive Jake, de Howard & Otter.

—¿Ah, sí? Esa birria de tipo. Bueno, seguro que por eso han bajado tanto los precios de las casas.

—¿Tu casa es de propiedad?

—Sí. ¿Y la tuya?

—No, yo estoy de alquiler. Yo no puedo permitirme comprar. —¡Jesús! ¿Era posible que hubiera dos personas más aburridas en toda la tierra? Pero claro, se trataba de una reunión de negocios.

Sin embargo, cuando el vino empezó a hacer efecto, se fueron relajando y parlotearon tontamente sobre la ciudad y el campo. Inglaterra frente al resto del mundo.

—Creo que me gustaría vivir aquí con el tiempo —dijo Katie—. Pero no me importaría pasar una temporada en otro país. Nunca he viajado de verdad. Es una de las cosas de las que más me arrepiento.

—Bueno, ahora ya lo sé. —Ben sonrió—. Pero nunca es tarde. No es como si estuvieras en una silla de ruedas.

Ben le estaba diciendo que viajara. Porque no tenía futuro.

—Pero si lo de la adiestradora de amor funciona... —empezó a decir. Mejor terminar cuanto antes. Pero en ese momento sonó su móvil—. Perdona —dijo, y sacó el móvil del bolso—. Lo despacharé enseguida. —Pero cuando vio quién llamaba, dijo con aire de suficiencia—: Vaya, trabajo. Será mejor que conteste. —Bajó la voz—. Hola.

—Solo quería saber cómo estás, cielo. —Era Hunter.

—Bien —repuso ella con educación—. ¿Y tú?

Lo hacían regularmente: él la llamaba y hablaba en un tono seductor hasta que Suzy entraba, momento en el cual Hunter colgaba. Eso hacía que ella estuviese alerta. Si alguna vez Suzy se enteraba, las consecuencias serían demasiado terribles para pensarlo, pero, mientras Hunter destruyera sus facturas de teléfono y le pagara en efectivo, no había razón para pensar que pudiera enterarse.

—No podía ir mejor. He hecho una oferta para una casa en Hampstead y creo que Suzy se vendrá conmigo.

—Suzy es afortunada. —Ben puso cara de interés—. Hunter, la verdad es que tengo que dejarte. Estoy con otra persona. Pero hablaremos más tarde. Me alegra que vaya todo bien. —Cuando guardó el teléfono, se sonrojó ligeramente.

—¿Era el Hunter de Suzy? —preguntó Ben.

—Era una llamada privada —dijo Katie, pero no pudo evitar sonreír.

Él también sonrió.

—¡Estás adiestrando al hombre de Suzy!

—¡No se te ocurra decírselo!

—Desde luego —dijo él, aún sonriendo—. El novio de Suzy. Qué gracia. —De pronto adoptó un tono muy serio—. ¡No se te ocurra contárselo a la prensa!

—¡Sí, corriendo! —Sus ojos se encontraron. Katie sintió que las mejillas le ardían—. ¡Bueno! —añadió casi gritando—. Me decías que tendría que viajar.

Ben puso cara de sorpresa.

—Vaya, si es lo que te apetece, claro.

—¿Y qué pasaría con lo de la adiestradora de amor?

Él sonrió.

—Eso puede esperar.

—Pero ¿qué pasa con el porcentaje de Greenhall y Graham? —Hablaba en tono de broma, pero tenía que saber por qué estaban allí. ¿Estaba tratando de deshacerse de ella?

—Oh, olvídate de Greenhall y Graham. —Ben rió—.

Tienes que hacer lo que te haga feliz. —Miró la botella vacía y le hizo una señal al camarero—. ¿Puedes traernos otra, por favor?

—¿Crees que tendría que dejarlo? —insistió Katie confundida—. Lo he liado todo, ¿verdad?

Ben parecía perplejo.

—Eh. Claro que no. Has hecho un trabajo estupendo. Toda la prensa habla de ti... aunque sea negativamente... y Howard & Otter siguen babeando por conseguir el contrato para el libro. Lo que digo es que no tendrías que seguir con eso si hay otras cosas que pueden hacerte feliz. —Dejó su vaso en la mesa—. Lo has pasado bastante mal últimamente, ¿no?

Katie se encogió de hombros. ¡A él se lo iba a decir!

—Quien juega con fuego, se quema. —Buen intento. Pero había sonado fatal.

—Sí pero... que te vapuleen en los periódicos, luego tu novio. Seguro que no ha sido fácil.

—Lo de mi novio tenía que haberlo hecho hace tiempo —dijo Katie algo tensa.

—Quizá. Pero sigue sin ser fácil. Yo también he pasado por eso y lo sé.

—¿Ah, sí? —Automáticamente Katie sintió que afloraba su lado maternal. Quería saber más, darle consejo, curarle.

—¿No ha pasado todo el mundo por algo así? —Ben suspiró—. Al menos a mi edad, quien más quien menos ha vivido ese tipo de experiencia. Tú aún eres joven, Katie. De hecho, me sorprende que puedas hablar con tan buen juicio sobre la desdicha y el sufrimiento.

—Bueno, yo también he pasado por eso —exclamó Katie, y se sintió perpleja porque los ojos se le llenaron de lágrimas.

Ben se inclinó hacia delante. Y rozó suavemente su mano.

—Eh —dijo con ternura—. Lo siento. ¿Quieres que hablemos de ello?

—No pasa nada —dijo ella con brusquedad.

—Bueno, si alguna vez necesitas hablar, aquí me tienes.

Katie levantó la mirada y sus ojos se encontraron. Sentía un hormigueo por todo el cuerpo. Tenía la boca seca. ¿A qué olería el aliento de Ben? Quizá debiera ir al aseo y comprobar cómo llevaba el maquillaje. ¿O estropearía eso el momento?

—Katie... —empezó a decir Ben, y en ese momento su móvil sonó—. Mierda. Perdona. —Se sacó el móvil del bolsillo y al ver quién era sonrió—. Hola... Sí, en realidad estoy en un restaurante... con la adiestradora de amor. Me está dando algunos consejos. —Y miró a Katie sonriendo—. Es Rebecca, te manda saludos. —Volvió a ponerse el teléfono en la oreja—. ¿Ah, sí?... No, por supuesto que no... ¡No pienso hacerlo! Mira, no tengo los detalles del vuelo, pero creo que estaré por allí hacia las seis. Te llamo luego... Bueno, que te diviertas... Pero no demasiado... Sí, sí... Nos vemos.

—¿También te vas a Mallorca? —preguntó Katie. Tenía una sensación terrible en el estómago.

Ben puso cara de taimado.

—Sí, me voy mañana. Solo serán un par de días.

La luz que había empezado a encenderse en Katie se apagó. De prontó le pareció que hacía fresco, y se sentía como una idiota. Era lógico. Ben y Rebecca. Estaban juntos. Por supuesto. Rebecca era una ejecutiva australiana con glamour, mientras que ella era... una fracasada de Solihull con el pelo estropajoso.

Claro, con razón últimamente Rebecca estaba siempre de tan buen humor. Katie había vuelto a hacerlo. Lo había entendido todo al revés. Había malinterpretado las señales. No se había dado cuenta de lo que estaba pasando delante de sus narices.

Era tan embarazoso que casi se rió. Menos mal que Rebecca había llamado. Si no seguramente se hubiera comportado de una forma absurda delante del novio de su jefa. Tragó con dificultad.

—¿Más curry? —preguntó Ben ofreciéndole un plato. La miraba con expresión burlona. A Katie le dieron ganas de pegarle una torta.

—Oh, no —contestó ella con voz espesa—. No, gracias. —Consultó su reloj—. Será mejor que me vaya. Mañana me espera un día muy largo. —Y rió con voz vacilante—. Pero me ha encantado comer contigo.

Ben se puso de pie.

—Oh, vamos, Katie. Si acabamos de empezar. No seas así.

—¿Así, cómo? Estoy un poco cansada. Pero gracias de todos modos. Ha sido encantador. —Deja de utilizar esa palabra tan ridícula.

La cara de Ben era una mezcla de irritación y confusión.

—Mira, creo que lo más educado sería que te quedaras hasta que termine el primer plato.

—Muy bien —concedió ella a disgusto, y se quedó allí sentada mientras él pinchaba los tallarines y le preguntaba por los sitios adonde le gustaría viajar.

No seas tan paternalista. Katie tenía la vista clavada en su vaso y contestaba con monosílabos cuando la respuesta se lo permitía. Sabía que se estaba comportando como una cría, pero no podía evitarlo. Aquel tipo le gustaba de verdad. Era la primera vez que le pasaba en años. Ni siquiera había sentido eso por Crispin. Pero, como de costumbre, había juzgado la situación de forma equivocada. Desde luego, como adiestradora de amor era mucho más mala de lo que ella pensaba.

Intentó ser amable. Aquello no era culpa de Ben. Él había tratado de ser agradable.

—Pagamos a medias —dijo ella cuando Ben pidió la cuenta.

—No seas absurda. —Ben sonrió débilmente—. Pagaré yo. De todas maneras, desgrava. Cena con un cliente.

Qué romántico.

—Mira —dijo Katie—. Siento tener que irme tan pronto. Es que... no me encuentro muy bien.

—Haberlo dicho —replicó Ben. No parecía ni remotamente molesto—. ¿Quieres que te pida un taxi?

—No, no, cogeré el metro.

—Bueno, pues ve saliendo. Me reúno contigo en un momento.

—¿Te importa? —No, no le importaba. Katie se puso la chaqueta y salió a toda prisa. Por la ventana lo vio hablando por el móvil. Seguramente le estaba contando a Rebecca que era una perdedora.

53

Pasaron tres meses. Llegó Navidad, Año Nuevo. Rebecca, que había vuelto de Mallorca, con un bronceado perfecto, tenía a Katie ocupada. Sus dos nuevas columnas para *Seduce!* funcionaron bastante bien.

Las lectoras y las espectadoras le enviaban cientos de e-mails de apoyo y le planteaban docenas de problemas. Rebecca había llegado a un acuerdo razonablemente lucrativo con Howard & Otter y estaba negociando un espacio quincenal para Katie en *Breakfast Today.*

Y ocurrieron otras cosas. Para empezar, Orla, Orla precisamente, le mandó un e-mail desde Brasil para informarle de que en Semana Santa se casaba con su profesor de taekwondo en Sao Paolo y le preguntaba si podía ser su dama de honor.

«¡Pues claro que sí!», se apresuró a contestar Katie y acto seguido se puso a bailar. Por fin iba a subirse en un avión y volar a algún lugar lejano. Empezó a buscar información sobre Brasil en internet y a planificar un viaje de dos semanas en plan mochilero por el país después de la boda.

¡Me voy de vacaciones!, pensaba. Y recordó todas las veces que Crispin no había podido viajar a ningún sitio por el trabajo, y ella se había quedado también en Londres, porque la idea de irse sola le parecía tan triste como que Jess y Ronan no se permitieran nunca un par de semanas de vacaciones por si los llamaban para un casting.

Pero, claro, las cosas habían cambiado en la vida de Katie. Estaba soltera y sin compromiso. Y, sinceramente, no le importaba. Todavía no se había comprado un gato ni se había apuntado a clases nocturnas. A veces salía con Jess de marcha, aunque la verdad es que no estaba por la labor. Pero se divertían mucho juntas. Siempre se habían divertido, claro, pero era mucho mejor ahora que no tenía que sentirse culpable por no estar con Crispin, y pensar que estaba siendo injusta con él.

El compromiso de Orla le había enseñado una cosa. Hay una persona para todo el mundo, por muy rara que esta sea. Ella siempre se había burlado de otras chicas que tenían demasiado miedo de abandonar una relación que no las llenaba, pero en realidad ella había hecho exactamente lo mismo; tenía miedo de que hubiera algo malo en ella, de no encontrar a nadie que la quisiera, y sentía que debía estar agradecida por haber tenido una segunda oportunidad con Crispin. Con él había fingido ser algo que no era: la novia perfecta, a la que le gustaba Bruce Springsteen, porque estaba convencida de que si lo contrariaba todo acabaría.

Nunca volvería a fingir ser lo que no era. Su forma de vestir empezó a cambiar poco a poco. Las delicadas falditas y chaquetas de punto y tacones bajos que había preferido porque eran bonitos y poco llamativos quedaron abandonados en un montón en el suelo. Se compró dos pares nuevos de vaqueros y rescató sus viejas zapatillas de deporte y el top, dejó de cepillarse continuamente el pelo y se obsesionó con comprar lápiz de labios.

A veces veía a Ben en Greenhall y Graham y el corazón se le ponía a cien, pero se controlaba. Estúpidas hormonas. Poco a poco sus esperanzas fueron desvaneciéndose. Le habría gustado que al menos Rebecca tuviera el valor de reconocer abiertamente su relación, en vez de pasarse el día en las musarañas con cara de satisfacción. A veces a Katie le preocupaba estar convirtiéndose en una nueva Rebecca. Algún día conoceré a alguien que esté bien y que no quiera solo sexo, se decía. Pero entonces recordaba que ya había encontrado a esa persona: Crispin.

—En realidad utilicé a Crispin —le dijo a su prima un sábado por la tarde, poco después de Año Nuevo, mientras deambulaban por la sección de belleza de Selfridge—. Era como un escudo para poder continuar con mi vida, sin la preocupación de encontrar novio.

—Dime algo que no sepa —le dijo Jess, empapándose del último número de Elizabeth Arden.

—Crispin tiene otra novia —señaló Katie. Cuando se enteró, se sintió mucho mejor... aún tenía pesadillas por la forma en que se había portado con él.

—¿Ah, sí? ¿Y quién es?

—Otra abogada de su bufete. Emily. La vi una vez. Y me pareció una buena chica.

—¿Y no estás celosa?

—No. Me gustaría estarlo. Pero Crispin merece ser feliz.

—Hay una persona para cada uno. Excepto para ti, para mí y para Ronan. —Jess suspiró, probando un colorete color naranja en el dorso de su mano.

—¡Oh, calla! ¿Crees que no lo sé? Me da pánico pensar que algún periódico pueda publicar un artículo sobre la adiestradora de amor y sus tristes y solitarios amigos. —Desde su experiencia con el *Sunday Standard* estaba bastante nerviosa.

—Pero no es ninguna vergüenza no tener pareja. Eso es lo que tú dices en tu columna y en las consultas telefónicas.

—Sí. —Cada vez que alguien le preguntaba por qué no tenía pareja, ella explicaba que era mejor estar solo que con la persona equivocada y por razones equivocadas—. Pero me avergüenza pensar que mientras estuve con Crispin no dejaba de hablar y hablar sobre lo mismo. No me daba cuenta de que todos aquellos sermones los decía por mí.

—¿Ah, no? —Jess sonrió levemente.

—Y siempre estaba tan predispuesta a solucionar la vida amorosa de los demás y decirles cómo hacerlo, porque así no tenía que pensar en la mía, que francamente era un desastre.

—No era ningún desastre. Tuvisteis muchos buenos momentos. Concéntrate en ellos.

El móvil de Katie sonó.

—¡Rebecca!

—¿Cómo va? —La voz de Rebecca, como era habitual últimamente, sonaba anormalmente alegre. Katie sabía por qué. ¿Cuándo pensaba decírselo?

—Bien, bien. Estaba de compras.

—Me alegro. Escucha. ¿Jess y tú tenéis algún plan para el sábado por la noche?

—¿Jess y yo...? —Al oír su nombre, Jess dejó el tubo de polvos bronceadores que tenía en la mano, fascinada.

—Ya me has oído.

Bueno..., yo estoy libre. Y Jess no sé. ¿Por qué? —No hizo caso de su prima, que no dejaba de formar con la boca la palabra «qué, qué».

—Quería invitaros a las dos a cenar. He vendido el piso, y quería celebrarlo. A las ocho.

—¿Que has vendido el piso? —¿Por qué Ronan no les había dicho nada? Seguramente también sabría lo de Rebecca y Ben. Seguía limpiando para Rebecca, pero nunca hablaba de ella ni de sus hábitos de limpieza—. ¿Has encontrado otro sitio?

—Sí. Pero os lo contaré cuando os vea. ¿Podéis venir?

—Sí, sí. Suena bien. Pero... ¿por qué quieres que vaya Jess?

—No quiero —dijo Rebecca algo cortante—. Pero Ronan se niega a cocinar si no la invito.

—¿Así que será Ronan quien se encargue de la cocina?

—Por supuesto. Pero él también cenará con nosotros.

—Genial —dijo Katie, todavía sorprendida porque Jess estaba invitada—. Le preguntaré a Jess si puede y te llamo.

—Con un poco de suerte tendrá reservado un pasaje para Mongolia —comentó Rebecca suspirando.

—Te digo algo —dijo Katie, echando una ojeada a su entusiasmada prima.

—¡Pues claro que voy! —exclamó Jess, pero entonces recordó una cosa—. On, no, no puedo.

—¿Por qué?

—Jenny y Gordon estarán allí.

—No, no lo creo —le aseguró Katie—. Están de luna de miel en Egipto. —Miró con inquietud a su prima, pero parecía perfectamente feliz mezclando diferentes tonos de lápiz de labios en su mano. Desde lo de Gordon, por su vida habían pasado otros ocho hombres.

—No puedo creerme que Ronan me haya conseguido una invitación —dijo Jess—. Ahí se ve quiénes son mis verdaderos amigos.

—¡Qué raro! ¿Por qué iba a importarle a Rebecca la opinión de Ronan? A nosotras no nos importa.

—¿Habrá algún agente en la cena?

—Seguramente —repuso Katie, y se sonrojó al pensar en Ben.

El sábado, Katie llegó a casa de Rebecca poco después de las ocho. Jess —que se había pasado la tarde con Miranda— la esperaba en la portería, charlando con Johnny, el portero.

—No quería subir yo sola —dijo con una risita.

Entraron en el ascensor. Subieron al último piso y recorrieron el corredor hasta la puerta roja. Rebecca les abrió, sonriente.

—Bienvenidas por última vez a mi humilde casa.

El piso estaba inmaculado. El suelo relucía, había flores por todas partes. De la cocina llegaba el delicioso olor de carne asada.

Jess pasó el dedo por el marco de una fotografía. Ni una mota de polvo.

—Has hecho bien, Rebecca. Ronan es el mejor asistente de la ciudad. No como otras.

—No está mal —dijo Rebecca sonriendo con gesto grácil. Se notaba que Jess seguía sin gustarle, pensó Katie, pero también ea evidente que trataba de ser amable con ella—. Pero claro, ahora me voy. He vendido el piso.

—¿Adónde vas?

—He hecho una oferta por una casa en Archway. Cuatro habitaciones y un jardín precioso. Tenéis que venir a verla.

—¿Archway? —¿Por qué demonios se iba Rebecca a Archway? Siempre decía que alejarse de la Zona Uno le producía *jet lag*. Pero, en lugar de explicar aquella extraña decisión, se limitó a sonreír de una forma extraña.

—Vamos a tomar algo. —Y sirvió un poco de champán. El timbre de la calle sonó.

—¿Sí? —dijo Rebecca por el interfono—. ¡Oh, Suzy! Sube.

Suzy entró como una viuda negra, seguida por Hunter. Jess y Katie cruzaron una mirada de preocupación. ¿Sabía Ronan que Suzy estaba allí?

—Hola, adiestradora de amor —dijo besando a Katie bruscamente en las dos mejillas—. A nuestras lectoras les ha encantado tu última columna. Ya hemos recibido cincuenta e-mails.

—¿No piensas presentarme? —preguntó Hunter. Aferró la mano de Katie con tanta fuerza que los ojos se le llenaron de lágrimas—. Soy Hunter. El... amigo de Suzy.

—Encantada de conocerte —mintió.

—Igualmente. —Se inclinó hacia delante—. Aunque me das un poco de miedo. Tienes una reputación terrible. Será mejor que me comporte en tu presencia, o antes de darme cuenta me habré convertido en historia.

—Ja, ja —rió Katie. Hubiera preferido que no lo hiciera, pero Hunter le guiñó un ojo. Suzy estaba hablando con Jess y no se dio cuenta.

Rebecca estaba ocupada, recibiendo invitados en la puerta. Freddie acababa de llegar, espléndido con su pelliza.

—Encantado de conocerte —dijo besando la mano de Katie—. Tienes que ayudarme. Estoy harto del club y de hacer manitas con críos de dieciocho años. Creo que ya es hora de que siente cabeza. Necesito una esposa.

—Ya hablaremos —dijo Katie, y enseguida pensó en su

amigo Barnaby. Bueno, de momento que ella supiera lo único que tenían en común es que los dos eran gays, pero mejor eso que nada, ¿no?

La siguiente en llegar fue Ally. Jon venía detrás, con cara de pocos amigos, incluso cuando Rebecca lo abrazó y le dio un par de besos.

Ally no fue capaz de mirar a Katie a los ojos.

—Bueno, ahora solo falta una persona —exclamó Rebecca. Estaba sentada en el sofá. Su piel se veía luminosa. Katie recordó aquella noche, hacía un año, cuando caminaba arriba y abajo por el comedor, pálida y deprimida, esperando a que aquel horrible Tim apareciera. Ahora estaba completamente en su salsa.

Al menos he hecho algo bien, pensó.

Sonó el timbre.

—¡Oh, seguro que es él! Hola, cariño, sube.

Dos minutos después, Ben entró en el piso. Tenía la cara sonrosada por el frío.

—Lo siento, llego tarde. Es que me he entretenido para traer esto —dijo, y le entregó a Rebecca un ramo enorme de rosas.

Rebecca chilló y le dio un fuerte abrazo.

—¡Eres un ángel!

A su pesar, Katie se sintió muy triste. Quería que Rebecca fuera feliz. Solo que era una maldita ironía que el único hombre a quien la adiestradora de amor quería, después de tantos años sin desear a nadie, acabara con su mejor clienta.

Al menos nadie sabría nunca lo que sentía.

—Bueno, ahora que estáis todos aquí, podemos brindar —proclamó Rebecca. Y gritó en dirección a la cocina—: Ronan, ¿podrías traer el champán?

Ronan, al que hasta ese momento no habían visto, salió de la cocina con dos botellas de Moët. Katie miró a Suzy. Parecía fascinada por el dibujo de la moqueta.

—¡Hola! —dijo Freddie con voz seductora. Ally le dio una patada—. ¡Ay! ¿A qué ha venido eso, Al?

Ronan descorchó las botellas y todos se exclamaron al ver que el champán salía burbujeando.

—¡Deprisa! ¡Deprisa! Las copas —exclamó Rebecca. Le sonrió a Ronan—. Para mí solo un poquito.

Formaron un círculo.

—¡Bueno! —dijo Rebecca—. Esta noche hay que brindar por unas cuantas cosas. En primer lugar, por la adiestradora de amor. No solo se va a convertir en una de las clientas con más éxito de Greenhall y Graham de los últimos tiempos sino que, desde un punto de vista personal, ha hecho maravillas por mí y mi triste vida.

—¡Por la adiestradora de amor! —Todos chocaron sus copas, excepto Jon, que se había apartado del grupo y estaba estudiando la colección de libros de Rebecca.

—¡Aún no he terminado! —exclamó Rebecca—. Ha hecho maravillas por mi vida porque me ayudó a dejar al inútil de mi novio y estoy muy contenta porque...

—¿Qué, qué? —la apremió Freddie. Katie miró a Ally, pero su expresión no decía nada.

Katie sabía lo que diría a continuación: ahora había encontrado el amor en un hombre (de la oficina) que siempre había tenido a su lado. Siempre había estado ahí, pero no sabía que él era ese hombre.

Rebecca hizo una pausa y respiró hondo.

—Estoy embarazada —dijo.

Todos se quedaron asombrados.

—¡Felicidades! ¡Felicidades! —Las copas volvieron a chocar.

—Rebecca —dijo Suzy—. Sé que es una pregunta muy anticuada pero ¿quién es el padre?

—Me preguntaba quién sería el primero en decirlo. Bueno, pues lo tenéis aquí mismo.

«Ben», estuvo a punto de exclamar Katie mientras Rebecca cruzaba la sala y le echaba los brazos al cuello a Ronan.

—¡Oh, Dios mío! —gritó Jess. Dejó su copa y fue a abrazarlos a los dos.

Todos empezaron a hablar y a reír. Rebecca gritaba un poco. Suzy estaba fuera de sí de la emoción. Ronan estaba colorado por el orgullo.

—Yo también quería proponer un brindis —gritó por encima del vocerío—. Por mi preciosa novia, a la que quiero con todo mi corazón.

—Por tu preciosa novia —exclamaron todos, excepto Jon, y Rebecca se sonrojó y ocultó el rostro con una mano.

—¿De cuánto estás? —le preguntó Ally, tragando saliva con dificultad.

—De doce semanas. Ayer me hicieron una ecografía y me dijeron que ya podía dar la noticia.

Sacó la imagen de la ecografía y todos hicieron más ohs.

—Todos parecen iguales, ¿verdad? —preguntó Suzy, y ahora fue a ella a quien Ally dio una patada.

—Entonces, ¿nos dejas? —le preguntó Jess a Ronan con suavidad.

Él asintió.

—Lo siento. Esperaba el mejor momento para decíroslo. Eso significa que rompemos el acuerdo del piso.

—No seas crío —le dijo Jess dándole un beso en la mejilla—. No podíamos estar juntos para siempre. Ahora Katie tendrá que aprender a cocinar.

—Ni lo sueñes —dijo ella riendo. Pero sintió una punzada. Siempre habían pensado que sería ella quien rompería el trío. Mejor así.

»Y no podrás recorrer Costa Rica en bicicleta —le dijo a Rebecca. De hecho, ahora que lo pensaba, Rebecca no mencionaba el tema desde hacía tiempo.

—La bicicleta me costó 860 libras y solo la he utilizado dos veces —dijo riendo—. Ronan no me deja montar. Dice que es peligroso.

Se sentaron a comer. Ronan había preparado una ensalada César para empezar, con porciones de queso, aliño y anchoas para los que estuvieran a dieta. Después pasaron al rosbif y el acompañamiento, con una lasaña vegetal preparada especialmente para Jon.

—No me gusta el bróquil —musitó apartando los troncos.

—Es la mejor comida que he probado en años —dijo Ben—. Rebecca ha elegido bien, ¿eh?

—Me voy a poner muy gorda —dijo ella sonriendo alegremente.

—Ahora tienes que comer por dos, cielo —dijo Freddie—. Disfruta. —Y le puso cara larga a Ronan—. ¿Seguro que no prefieres casarte conmigo? —Ronan se ruborizó.

—Bueno, ¿y cómo ha ocurrido? —preguntó Jess.

—Bueno, Ronan estaba convirtiendo mi casa en un sitio tan bonito, y es tan guapo que al final no tuve más remedio que invitarle a cenar conmigo —explicó.

—¡Tú le pediste que saliera contigo! —Jess chilló—. Pero eso es terrible. Va en contra de las normas de la adiestradora de amor.

—Es verdad —apuntó Katie con expresión divertida—. Tiene que ser el perro el que corra.

—Lo sé, lo sé. —Rebecca se sonrojó ligeramente—. Pensaba preguntártelo, Katie. Pero sabía que te llevarías las manos a la cabeza. Estaba rompiendo las normas con Ronan. No podía creer que tú y Jess no lo quisierais para vosotras.

—¡Querer a Ronan! —Jess reía entre dientes. Había olvidado por completo lo que en otro tiempo sentía por él—. Puedes quedártelo.

—De todos modos, me alegro de que ella me lo pidiera —dijo Ronan. Sus ojos se posaron con expresión amorosa sobre Rebecca—. Yo no me atrevía a decir nada porque Katie siempre me ha reprochado que me rebajo demasiado.

—Menos mal que ninguno de los dos me hicisteis caso —dijo Katie. Se sentía un poco avergonzada, pero se alegraba tanto por Ronan y Rebecca que no tenía importancia. Y, además de alegrarse por ellos, también sabía que quizá cierta persona estaría libre. Ben estaba sentado a su izquierda. Katie le lanzó una ojeada. Sus ojos se encontraron y Katie sintió aquel cosquilleo tan familiar en el estómago. Si fuera un perro, tendría la lengua fuera.

Ben se inclinó hacia ella.

—Así que la adiestradora de amor no lo ha visto venir. —Hablaba en voz baja y solo ella le oyó.

—No tenía ni idea. —Katie sonrió—. Tú siempre lo has dicho. Soy una farsante. No sé de lo que hablo. —Se dio cuenta de que se sentía un poco molesta—. En realidad —confesó—, pensaba que Rebecca se había liado contigo.

Ben echó la cabeza hacia atrás y se rió.

—¡Rebecca y yo! Debes de estar de broma. Sé que todos llevan años convencidos de que algún día entre nosotros surgiría algo, pero no. La quiero mucho, pero... —de pronto calló, como si se hubiera estrellado contra una pared.

—¿Pero? —lo apremió Katie tímidamente.

—Pero no hay química —dijo, y sus ojos volvieron a encontrarse—. Bien, ¿y cómo va tu trabajo de adiestradora? —preguntó él de pronto.

—Bien —dijo ella—. Bueno, en general. Me encanta ayudar a la gente, pero me agobia ser el centro de atención. Jess se lo pasaría mucho mejor. —Y señaló con el gesto a su prima, que estaba charlando con Freddie sobre dónde conseguir el mejor éxtasis.

—Lo había olvidado —exclamó Ben—. Le prometí a Gordy que estudiaría su caso.

—Dudo que siga queriendo que lo hagas.

—Gordy tiene cerebro de mosquito. Nunca se enterará. —Ben sonrió.

Después de la cena, estuvieron repartidos por los diferentes sofás, charlando y riendo. Todos estaban muy relajados, excepto Jon.

—¿Por cuánto vendes el piso? —le preguntó a Rebecca, y cuando ella se lo dijo, espetó—: Qué barbaridad.

—Rebecca no es responsable de la situación del mercado inmobiliario en Londres —replicó Ally, y se levantó para volver a llenar su copa, sin hacer caso de las miradas de Jon.

—Vaya, ¿y será niño o niña?

—No lo sabemos. Nos gustaría que fuera una sorpresa.

—Buena idea —dijo Suzy—. Si sé lo que van a tener mis amigas enseguida pierdo el interés. Mejor mantener la intriga hasta el gran día.

—¿Y dónde lo concebisteis? —insistió Jess—. Así podremos pensar en un nombre, sea niño o niña.

Rebecca y Ronan se miraron y rieron.

—En Mallorca —confesó Rebecca.

—Deia —añadió Ronan. Miró a Rebecca—. Es precioso, Deia sería un nombre precioso para una niña.

—Sí, ¿verdad? —concedió ella.

—¡Mallorca! —chilló Jess—. Así que ahí es donde estabas cuando nos dijiste que te ibas con tus amigos.

—Exacto —dijo Ronan con orgullo—. Estuvimos Rebecca y yo, aunque Ben vino y pasó con nosotros un par de días.

—Fue horrible —comentó Ben.

—Oh, Ben. —Esta era Rebecca—. Nos encantó que vinieras a vernos. Tú piensa que estabas en la habitación de al lado cuando... —Se interrumpió—. Bueno, a lo mejor prefieres no saberlo.

—¿Volverás a trabajar cuando nazca el bebé? —preguntó Suzy. No podía creerse que nadie hubiera hecho aquella pregunta tan importante.

—Los primeros tres meses no. Mi madre vendrá a Inglaterra para ayudarme.

—¿Va a subir en un avión?

Rebecca asintió.

—Lo intentará. La he apuntado a un cursillo para superar el miedo a volar. Está que no cabe en sí de la emoción.

—¿Y cuando terminen los tres meses?

—Ronan se ocupará.

—Voy a ser amo de casa —dijo él feliz.

—Lo tiene bien pillado por las pelotas —musitó Jon por lo bajo.

—¿Qué has dicho? —dijo Ronan con acritud.

Jon se volvió hacia él.

—Bueno, tú tampoco lo has hecho nada mal —dijo en un tono burlón—. Te has buscado una mamita que te mantenga.

—No como tú, supongo —dijo Ally.

Jon pareció ofendido.

—¿De qué estás hablando? El arte no da dinero.

Ally no dijo nada.

—Bueno, me gustaría decir algo —dijo de pronto Hunter poniéndose en pie.

Todos se volvieron a mirarlo con aire expectante. Suzy sintió una oleada de exaltación mezclada con auténtico pánico. Llevaba semanas esperando aquello, pero no era posible... no, claro... no era posible que fuera a decirlo delante de toda aquella gente.

—Lo que quería decir es que recibí la sentencia de divorcio el viernes. Así que el mes que viene me instalaré de forma permanente en Londres. Estoy deseando poder conoceros a todos mejor.

—Nosotros también —comentaron todos con educación. Suzy sonrió complacida, pero notaba una opresión debido a la decepción en el plexo solar.

—Sobre todo porque espero teneros a todos de invitados a nuestra boda.

Todos —excepto Jon— chillaron. Hubo otra ronda de besos, abrazos, apretones de manos y felicitaciones. Y, para sorpresa de todos, Suzy se puso en pie y le echó los brazos al cuello a Hunter.

—¡Te casas! —exclamó Rebecca—. Es perfecto. Perfecto.

—Yo me encargo de organizar la despedida de soltera —dijo Ally—. ¿Tiene alguien el número de los Chippendale?

—Un momento —dijo Suzy todavía colorada—. Aún no le he dado mi respuesta.

Hunter pareció desolado. Suzy sonrió con dejadez.

—Lo pensaré —dijo.

—¡Suzy! —protestó Rebecca.

—¿Cómo puedes decir eso? —gritó Ally.

—Qué dura eres —exclamó Freddie, aunque ninguno se había creído lo que decía.

Katie se inclinó y la besó en la mejilla.

—La adiestradora de amor está muy orgullosa. Que sude.

—Lo haré. —Pero entonces sintió que el pánico se apoderaba de ella—. Pero no demasiado. No sea que cambie de opinión. —Sus ojos siguieron a Hunter, que estaba en el otro lado de la habitación, riendo y hablando con Ronan.

—No lo hará. —Katie se incorporó. Ben la estaba mirando. Sintió que las mejillas le ardían.

Jon estaba con cara de pocos amigos al margen del grupo.

—Veo que nadie se ha acordado de mencionar a la pobre esposa y a las hijas abandonadas.

Katie observó a Ally con atención. Como de costumbre, su expresión no traicionaba ningún sentimiento cuando se volvió hacia su novio.

—Creo que están haciendo lo correcto, cielo. La mujer de Hunter está locamente enamorada de su profesor de hípica. Y las hijas adoran a Suzy. Les consigue un montón de maquillaje gratis...

Jon resopló.

—Como si el maquillaje pudiera compensar el amor de un padre.

Ally se estaba clavando las uñas contra las palmas.

—Si tú lo dices —comentó con dulzura. La regla tenía que venirle dentro de una semana. Esperaría hasta entonces para decidir.

Entretanto, Katie se había sentado al lado de Rebecca.

—Oye, lo de tu bicicleta —le dijo—... Si no la quieres a lo mejor no te importaría vendérmela...

54

Bebieron más y más vino, hablaron y rieron. Curiosamente, la primera en marcharse fue Jess.

—Me voy a otra fiesta —dijo con una voz algo chillona—. Es en un garito de Brixton. Estáis todos invitados.

—Sería divertido —dijo Hunter entusiasmado—. ¿Qué es un garito?

—¡Hunter! —Suzy suspiró—. Yo no creo que te resultara divertido.

Katie le dio un abrazo y un beso para despedirse.

—¿Estás segura de que no es peligroso que vayas sola hasta allí? —le preguntó como hacía siempre.

—Oh, sí —le contestó ella. Puso una sonrisa pícara—. En realidad voy con otra persona. Me está esperando abajo.

—¿Abajo? ¡Jessie! ¿Quién es?

Jess puso una amplia sonrisa.

—Johnny, el portero —le confesó en un aparte—. Estuve charlando con él cuando llegué. Es muy sexy, Katie. Y me encanta su pelo a lo rasta.

¡Johnny el portero! Katie chasqueó la lengua.

—Bueno, que te diviertas.

—Lo haré.

Katie vio que Jon le daba un fuerte codazo a Ally.

—Será mejor que nosotros nos vayamos también —dijo

ella a desgana, y se puso en pie—. Tenemos que madrugar, claro.

Besó a todo el mundo y dio las gracias a Rebecca y a Ronan, mientras Jon permanecía unos pasos más atrás, mirando la moqueta.

—Con ellos me he equivocado —dijo Katie en cuanto la puerta se cerró. Se había acurrucado al lado de Rebecca.

—Yo no lo veo así —la reprendió Rebecca—. Yo creo que Jon se está comportando un poco mejor gracias a tus consejos. Ya no se presenta en los restaurantes para exigirle que vuelva a casa.

—Pero sigue siendo un hombre horrible —la interrumpió Suzy—. En la boda de Jenny y Gordon parecía un fin de semana pasado por agua en Blackpool. Hunter le preguntó qué le pasaba y él dijo que odiaba las bodas porque le recordaban su fracaso matrimonial. Se llevó a Ally a casa a las diez. —Se interrumpió al ver la expresión perpleja de Katie—. Katie, no te lo tomes como algo personal. Ella es quien decide. Tú le dijiste que lo dejara. Pero si no quiere hacerte caso...

—Quizá. —Katie se encogió de hombros. Hora de cambiar de tema—. Y ¿cómo fue la boda de Jenny y Gordon?

—Adorable —dijo Rebecca, mientras que Suzy decía:

—Pero la comida fue espantosa. Yo elegiré un sitio mucho mejor.

—Jenny estaba guapísima —comentó Rebecca con firmeza—. Aunque a ella no se lo parecía. Se pasó toda la boda sufriendo porque tenía una pequeña espinilla bajo la nariz. Pero creo que Gordy consiguió tranquilizarla. Y pronunció un discurso de lo más divertido.

El resto de invitados se marcharon hacia las dos.

—Bueno, supongo que tú te quedas aquí —le dijo Katie a Ronan, dándole un beso de buenas noches.

Él parecía preocupado.

—¿Te importa? Si te da miedo volver sola a casa puedo ir contigo.

—¡Ronan, no seas ridículo! No me pasará nada.

—Ben vive en Camberwell —dijo Rebecca como si nada—. Él y Katie podrían compartir un taxi. ¿Tú qué dices, Benny? Katie va hacia Elephant and Castle.

—Claro —repuso él sin demostrar un especial entusiasmo—. ¿Por qué no?

Katie se puso el abrigo y lo abotonó con los dedos algo temblorosos. Ben se puso a su lado.

—No tiene sentido que llamemos a un taxi, tardará una eternidad —le dijo muy tranquilo—. Mejor salimos y ya encontraremos uno por la calle.

—Buena idea —contestó ella.

Y así fue como Katie y Ben se encontraron a la entrada de Dartmouth Mansions.

—En realidad —dijo Ben—, hace una noche estupenda. ¿Te importa si caminamos un poco? Solo para despejarnos.

Sí, la noche era estupenda; extrañamente cálida, con una suave brisa y una luna casi llena, baja en el horizonte. Cruzaron Bayswater Road y se dirigieron hacia Hyde Park.

—Mierda —dijo Ben sacudiendo la verja de la entrada—. Está cerrada.

Se quedaron allí, mirando el gigantesco candado.

—Podríamos saltarla —comentó Ben algo indeciso, mirando los tacones que llevaba Katie. En otro tiempo, ella hubiera accedido... lo que fuera por complacerle... pero esta vez se limitó a reír e hizo que no con la cabeza.

—Vamos paseando hasta Marble Arch —propuso.

Así que siguieron caminando por Bayswater Road. El arco estaba en el centro de una enorme rotonda.

—¿Está hecho de mármol? —preguntó Ben—. Nunca se me había ocurrido preguntarlo.

—Vamos a comprobarlo —sugirió Katie.

Así que, escurriéndose por un hueco de la baranda, cruzaron corriendo —Katie más bien tambaleándose— los carriles vacíos de la calle y entraron en el pequeño parque que rodeaba el arco. Aparte de un vagabundo que roncaba en un banco, no se veía a nadie.

—Tendría que estar en la antigua Roma —dijo Ben mirando aquel monumento feo y blanco—. No rodeado de cines, McDonalds y coches. Y sigo pensando que no está hecho de mármol. ¿Sabías que en este sitio antes colgaban a la gente? —De pronto se interrumpió—. Estoy diciendo tonterías, ¿verdad?

—Un poco, sí —contestó ella, sintiendo una felicidad indescriptible. Se sentó en un banco y él hizo lo mismo.

—Bueno, quién iba a pensarlo, ¿eh? —dijo Ben—. Rebecca Greenhall será feliz por siempre jamás.

—Con el hombre más maravilloso del mundo —añadió ella, abrazándose por el frío—. No sabes cuánto me alegro por ellos.

Ben la miró de reojo.

—Te gusta mucho ver felices a los demás, ¿verdad?

—A todo el mundo le gusta, ¿no?

—No como a ti. Ceo que es algo estupendo.

Katie no supo qué decir, así que se mordió el labio y observó un autobús nocturno que daba la vuelta por la rotonda. Notaba el calor del cuerpo de Ben a su lado, el olor de su loción de afeitado, el sonido de su anorak cuando se volvió para mirarla.

Katie notó que esa sensación que tanto la asustaba se agitaba en su interior.

—Bueno, ¿y ahora qué, adiestradora de amor?

—¿Ahora qué? —Katie estaba confusa—. Bueno, creo que seguiré adiestrando gente en el amor, pero voy a viajar a Brasil para la boda de mi amiga Orla, y creo que después me apuntaré a la vuelta ciclista por Costa Rica. Hace tiempo que quería viajar por el mundo, y no pienso seguir posponiéndolo. —Se detuvo algo nerviosa—. ¿Te importa si me tomo un descanso en mi trabajo?

Ben se rió.

—Katie, ya te lo he dicho. Quiero que hagas lo que te haga más feliz. —Ben levantó su mano fría y le acarició la cara. Un escalofrío recorrió el cuerpo de Katie—. Aunque en realidad no te estaba preguntando por el trabajo. Lo que quería decir es ¿ahora qué?

—Oh —dijo ella—. ¿Oh? —Y luego—: ¡Oooh! —cuando Ben se inclinó y le rozó la boca con los labios.

—Oh —volvió a hacer bastante más tarde.

—Adiestradora mía —dijo Ben—. Estoy loco por ti.

Y yo también estoy loca por ti. Se moría por decirlo, pero se limitó a sonreír.

—Lo estoy desde hace tiempo. Pero siempre te has mostrado tan fría... Tan distante... No sabía cómo llegar a ti.

—No quería que llegaras a mí —le confesó ella—. Quería seguir en mi burbuja. No quería que nadie se acercara. No quería enamorarme.

¡Mierda! Lo había dicho. No pensaba volver a beber champán en su vida. Ni ninguna otra cosa.

—Lo que quiero decir... no quería... —empezó, pero Ben le puso los dedos sobre los labios.

—Tengo que besarte otra vez —dijo.

Se besaron durante tanto tiempo que el cielo pasó del negro al gris y los pájaros empezaron a emitir pequeños cantos.

—La cuestión es que... —dijo Katie, aferrándose a él mientras él le besaba las yemas de los dedos—. La cuestión es... que tengo que irme.

—A Costa Rica —comentó él con calma.

—A Costa Rica. Y después no sé qué haré. Me he pasado toda mi vida de adulta en medio de la nada. Sin saber lo que quería. Primero me enamoré de la persona equivocada y luego estaba demasiado asustada ante la idea que me había hecho del mundo para dejar a una persona de la que no estaba enamorada. Todo lo que le dije a Rebecca eran las cosas que yo quería hacer. Hacer contrabando de armas en Afganistán. Aprender la danza del vientre. Tener aventuras.

—Lo entiendo —dijo Ben—. No quiero que te vayas. Pero comprendo por qué tienes que hacerlo.

—¿Lo comprendes?

—Ve a Costa Rica —le dijo—. Solo es un mes. Cuando

vuelvas te estaré esperando. Y si quieres volver a irte, ¿quién sabe? A lo mejor me dejas que vaya contigo.

—Una adiestradora de amor tiene que mantener siempre el misterio —dijo Katie—. Pero es posible que te deje, sí. —Los primeros rayos de sol empezaron a acariciar Hyde Park. Iba a ser un bonito día de primavera.

[illegible]

[illegible] ganes del mundo. A Harry Kane, creo [illegible] [illegible] [illegible] [illegible] A [illegible] [illegible] [illegible] [illegible] [illegible]

[illegible]

Mi agradecimiento a Lizzy Kremer y Ed Victor, los mejores agentes del mundo. A Harrie Evans, cuya ayuda ha sido incomparable y a quien añoraré terriblemente, y a Louise Moore por su derroche de afecto. A Fergus y Victoria Stoddart, Guy Gadney y Esther Bailey, gracias a los cuales pude escribir el libro cerca de Bondi Beach. Por el mutuo adiestramiento en amor, a Victoria McDonald, Frances Grey, Sarah Smith, Kate Townsend y Ruth Davis: no hubiera podido escribir el libro sin vosotras. Al doctor Bruce Fogle, cuyos numerosos libros sobre perros se han convertido en puntos de referencia de un valor incalculable. Y gracias a James Watkins.